NIEDERSACHSEN

Entdeckungen zwischen Natur und Kultur

Band 1: Der Norden
Band 2: Der Süden

Fackel träger

NIEDERSACHSEN

Entdeckungen zwischen Natur und Kultur

Band 1: Der Norden

herausgegeben und bearbeitet
von Jürgen Ricke und Dieter Sajak

unter Mitarbeit von
Claus Dahm
Heinrich Hofmeister
Hery A. Lauer
Bärbel Lübbecke
Dagmar Ricke
Elmar Saathoff
Claudia Sajak
Bernd Schrader
Hartmuth Seitz

Fackel
träger

Jürgen Ricke, Dieter Sajak (Hg.)

NIEDERSACHSEN
Entdeckungen zwischen Natur und Kultur
Band 1: Der Norden

Reproduktionen: PZ Pädagogika Zentrale, Velber
Druck: PPK, Bielefeld
Printed in Germany, 1994
ISBN 3-7716-1569-0

Vorwort

Begleiten Sie uns bitte, liebe Leserin und lieber Leser, in diesem Buch auf einer Reise durch das nördliche Niedersachsen. Wenn auch eine geographische Abgrenzung nicht eindeutig vorgenommen werden kann, so ist es doch ein Raum von besonderer historischer Bedeutung und vielen landschaftlichen Schönheiten zwischen Ems und Elbe, Nordsee und den Ausläufern der Mittelgebirge .
Einzelne Landschaften sind ebenso berühmt wie ihre kulturellen Stätten und die Menschen, die hier wohnten und wirkten. Es gibt auch noch die stillen, abseits der bekannten Touristenpfade liegenden und weniger bekannten Landschaften, die sich Wanderern, Radfahrern und Autotouristen gleichermaßen erschließen. Neben Bekanntem werden Sie auch viel Unbekanntes in diesem Buch entdecken.
Als Wanderbuch – sicherlich nicht im herkömmlichen Sinne – eignet sich dieser Band sowohl für den, der sich über Land und Leute informieren will, als auch für den Natur- und Kulturbegeisterten, der Anregungen für seine Ausflüge haben möchte.
Die acht Hauptkapitel zeigen die thematischen Schwerpunkte, die mit einer Kartenskizze und einführendem Text auf die einzelnen Beispiele hinweisen. Diese Beispiele werden dann ausführlicher vorgestellt und häufig um „Sehenswertes in der Umgebung“ erweitert. So kann sich jede Leserin und jeder Leser individuell gestaltete Touren durch das nördliche Niedersachsen zusammenstellen, um Menschen und Landschaften auf eine neue Weise erleben und verstehen zu können. Eine Wertung ist mit der vorgenommenen Auswahl der Beispiele nicht beabsichtigt, wohl aber der Versuch, den Blick auf einige weniger bekannte Ziele zu konzentrieren.
Zur Information ist eine Liste der Museen und Fremdenverkehrsämter im Anhang beigefügt. Alle Fremdenverkehrsämter halten weiteres Material für Interessierte bereit.
Verlag, Herausgeber und Autoren danken an dieser Stelle allen Städten, Gemeinden und Museen für die freundliche Unterstützung.

Inhalt

ZU FUß DURCH MOOR UND HEIDE 12

Eine geheimnisvolle Moorlandschaft
Naturschutzgebiet Ewiges Meer
von Claudia Sajak 14

Wo der Heidepastor wirkte
Eine Idee setzt sich durch
von Dieter Sajak 20

Friederikeneiche, Amalieneiche und andere Baumriesen
Urwüchsiges im Urwald Hasbruch
von Jürgen Ricke 26

Dünen fernab der Küste
Binnendünen im Naturschutzgebiet Neumühlen bei Verden
von Heinrich Hofmeister 32

Eine moorige Einöde wird Wald
Der Ihlower Forst – Laubwaldinsel mit Geschichte
von Claudia Sajak 34

Die Bullenseen bei Rotenburg
Von Bullen und Bulten
von Bernd Schrader 40

Einst ödes Moorland
Von Rußland nach Amerika
von Dieter Sajak 46

ROMANTISCHE SCHLÖSSER UND BURGEN 52

Benediktinerkloster und Residenz
Die eindrucksvolle Geschichte Iburgs
von Claudia Sajak 54

Die alte Neue – oder die neue Alte?
Die Burg in Bederkesa
von Hartmuth Seitz 58

Von friesischen Häuptlingen und ihrer Herrlichkeit
Dornum – eine Perle Ostfrieslands
von Claudia Sajak 62

Barockes Kleinod im Emsland
Jagdschloß Clemenswerth
von Jürgen Ricke 68

Wasserburgen im Osnabrücker Land
Schelenburg und Schloß Gesmold
von Dieter Sajak 76

Eine gewaltige Wehranlage
Burg Bentheim
von Dagmar Ricke 80

KIRCHEN UND KLÖSTER 84

Der stürmischen See angepaßt
Eine ungewöhnliche Inselkirche
von Dieter Sajak 86

O selige Einsamkeit, o einzige Seligkeit
Mariental – einst ein Zisterzienserkloster im Lappwald
von Claudia Sajak 92

Ein einfacher Saalbau mit Kostbarkeiten
Die Dorfkirche in Burlage
von Claudia Sajak 100

Die Spur des Löwen
Der Dom zu Bardowick
von Claudia Sajak 104

Eine „Basilika" mit prächtiger Ausstattung
Die Stiftskirche von Bücken
von Claudia Sajak 112

600 lohnende Taler
Kirchen und Orgeln im Land Hadeln
von Hartmuth Seitz 118

Imposante Bauwerke am Ufer der Ems
Wasserburgen und der „Emsland-Dom"
von Jürgen Ricke 122

GESCHICHTE „LIVE" 124

Rätselhafte Zeugen uralter Architektur
Grabanlage Soderstorf und Totenstatt Oldendorf
von Jürgen Ricke 126

Klassische Quadratmeile der Prähistorie
Das Pestruper Gräberfeld und die „Großen Steine" von Kleinenkneten
von Jürgen Ricke 130

Vorgeschichtspfad und Steinkiste bei Flögeln
Besuch vorgeschichtlicher Grabanlagen und Siedlungsspuren
von Hery A. Lauer 136

Pipinsburg, Bülzenbett, Heidenschanze und die Sieben Berge
Ein archäologischer Spaziergang bei Sievern
von Hery A. Lauer 140

Dinos auf Tour
Saurierfährten in Münchehagen und in Barkhausen
von Jürgen Ricke 144

MERKWÜRDIGE DÖRFER 148

Menschen schützen sich vor der See
Wurtendörfer in der Krummhörn
von Claus Dahm 150

Warum sind die Dörfer rund?
Rundlinge im Wendland
von Dieter Sajak 158

Nicht nur wenn die Bäume blühen…
Hufendörfer im Alten Land
von Elmar Saathoff 162

Häuser – fast endlos aufgereiht
Hagenhufen im Schaumburger Land
von Dieter Sajak 166

Fischerhude – von der Moorsiedlung zum Künstlerdorf
Museum in der Landschaft
von Bernd Schrader 172

KOSTBARKEITEN IN ALTEN STÄDTEN 176

Hansemetropole im Dornröschenschlaf
Buxtehude und Horneburg – Orte zwischen Geest und Marsch
von Elmar Saathoff 178

Das „Norddeutsche Rothenburg"
Stade – lebendiges Museum mit 1000jähriger Geschichte
von Jürgen Ricke 182

Die kleinste Stadt in Niedersachsen
Schnackenburg – wo das Mittelalter lebendig wird
von Dieter Sajak 188

Rauhe Häuptlinge und ein zartes Fräulein
Jever – friesisch herb und traditionsbewußt
von Jürgen Ricke 194

Warum Hamburger, Kraniche und die Odyssee doch zusammenpassen!
Deutscher Olymp und Otterndorf
von Hartmuth Seitz 202

TECHNISCHE SEHENSWÜRDIGKEITEN 204

Wer kennt schon Herrn Pinette?
Schwebefähre über die Oste
von Hartmuth Seitz 206

Schiffe fahren Fahrstuhl
Scharnebeck – das größte Senkrecht-Schiffshebewerk der Welt
von Dieter Sajak 208

Einzige Talsperre im niedersächsischen Tiefland
Die Thülsfelder Talsperre
von Dieter Sajak 212

Mit der Bimmelbahn von Bruchhausen-Vilsen nach Asendorf
Eisenbahn-Nostalgie
von Bernd Schrader 216

UNGEWÖHNLICHE MUSEEN 220

Beziehungsgefüge Mensch und Region
Natureum Niederelbe
von Hartmuth Seitz 222

„Es klappert die Mühle…"
Mühlenromantik im Gifhorner Mühlenmuseum
von Bärbel Lübbecke 224

Moorgeschichte zum Anfassen
Das Moormuseum in Moordorf bei Aurich
von Claudia Sajak 228

Wrackmuseum, „Alte Liebe", Steubenhöft und Schloß Ritzebüttel
Maritimes in Cuxhaven
von Jürgen Ricke 232

Vom „Kraft durch Freude"-Wagen zum Vento
Volkswagen in allen Variationen im AutoMuseum Wolfsburg
von Jürgen Ricke 236

Anhang

Literaturhinweise 240
Museen, Ausstellungen und Freizeiteinrichtungen 244
Anschriften der Fremdenverkehrsämter 268
Ortsregister 278
Bildnachweis 280

ZU FUẞ DURCH MOOR UND HEIDE

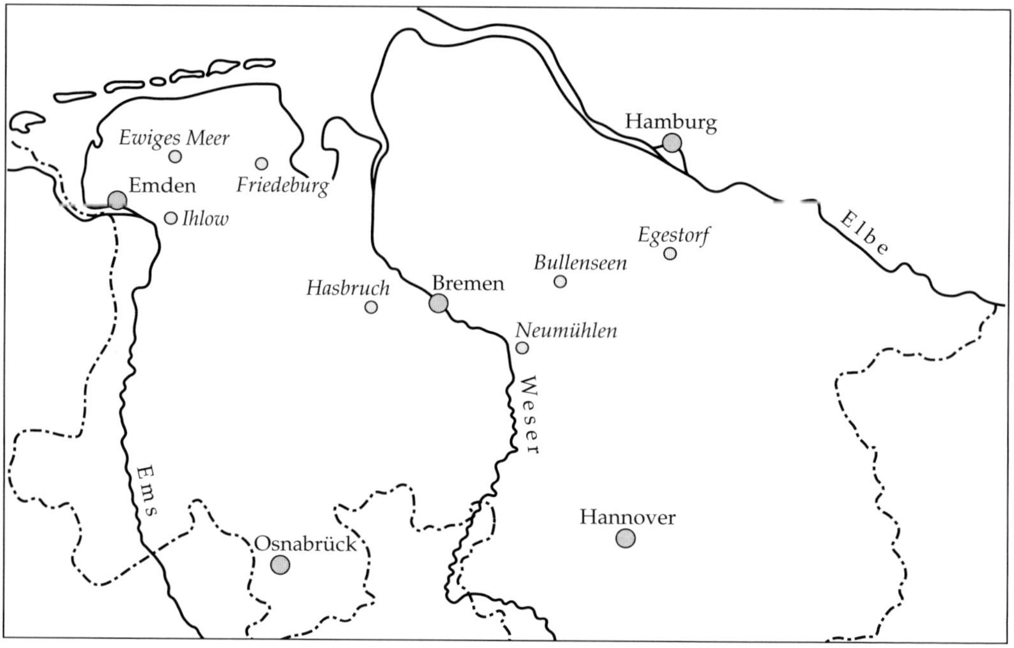

In keinem anderen Teil Deutschlands haben Moor und Heide eine so große Bedeutung wie in Niedersachsen. Etwa 20 % des niedersächsichen Flachlandes sind von ihnen bedeckt. Trotz Entwässerung, Abtorfung und Kultivierung gibt es noch Gebiete, die weitgehend naturbelassen und somit Oasen der Ruhe und Beschaulichkeit sind. In Zeiten gesteigerten Umweltbewußtseins und aktiven Eintretens für den Landschafts- und Naturschutz, sollten diese naturnahen Gebiete eine Herausforderung sein, sie auch zukünftigen Generationen zu erhalten.

In der geheimnisvollen Moorlandschaft rund um das *Ewige Meer* wird die Faszination lebendig, die von einem Hochmoorsee ausgeht. Von Rußland nach Amerika führt eine Wanderung in *Friedeburg,* bei der auch Kulturelles erkundet wird. Die immer noch beeindruckende Heidelandschaft mit ihrer wechselvollen Geschichte wird im Raum *Egestorf* vorgestellt.

Die Bullenseen bei *Rotenburg* an der Wümme sind zu einem beliebten Freizeit- und Erholungsgebiet geworden. Dünen fernab der Küste sind im Naturschutzgebiet *Neumühlen* bei Verden zu erleben.

In seltsame Wälder, eingebettet in urtümlich anmutende Landschaften, führen Erkundungen im *Ihlower Forst* und im *Urwald Hasbruch.*

Das Foto rechts zeigt die Heidelandschaft am Wilseder Berg.

Eine geheimnisvolle Moorlandschaft

Naturschutzgebiet Ewiges Meer

Als Annette von Droste-Hülshoff, eine Erzählerin mit intensivem Naturgefühl, letztes Jahrhundert dieses Gedicht schrieb, bedeckten noch weite Moorflächen das Land. Heute gibt es kaum noch unberührte Moore. Eine systematische Kultivierung hat aus dieser mystischen Urlandschaft trostlose Abtorfflächen, Äcker und Weiden gemacht. Im Naturschutzgebiet Ewiges Meer (bei Aurich/Ostfriesland) erlebt der Besucher noch den Zauber eines lebenden Hochmoores mit seinen seltsamen Pflanzen und Tieren, Spezialisten in einem extremen Lebensraum. Ein bequemer Rundwanderweg, als Bohlenweg auf leicht schwankendem Boden errichtet, ermöglicht einen gefahrlosen Ausflug in die herbschöne Moorlandschaft, die dadurch gekennzeichnet ist, daß das Wasser in ihr keinen anderen Ausweg findet als in die Atmosphäre zurück zu verdunsten.

O schaurig ists übers Moor zu gehn,
Wenn es wimmelt vom Heiderauche,
Sich wie Phantome die Dünste drehn
und die Ranke häkelt am Strauche,
Unter jedem Tritte ein Quellchen springt
Wenn aus der Spalte es zischt und singt,
O schaurig ists übers Moor zu gehn,
Wenn das Röhricht knistert im Hauche!
(A. v. Droste-Hülshoff,
„Der Knabe im Moor")

Ein See ohne Leben

Mitten im Naturschutzgebiet liegt das Ewige Meer, einer der schönsten und größten Hochmoorseen Deutschlands. Die Länge des Sees beträgt etwa 1800 m und die durchschnittliche Breite 600 m.
Wenn man an seiner oft überhängenden Uferkante steht, hat man das Gefühl, etwas Merkwürdiges, ja Unheimliches geht von ihm aus. Kein Tier, keine Pflanze ist in ihm zu entdecken, keine Bewegung zu beobachten, nur der Wind kräuselt leicht sein braunes Wasser, das zuweilen durch physikalische Spielereien des Lichtes an seiner Oberfläche das Blau des Himmels vortäuscht. Der 90 Hektar große See scheint jedoch von Organismen ungenutzt. Obwohl Lebewesen, bedingt durch den Druck der Konkurrenz um Nahrung und Raum, sich sogar extremen, ja fast feindlichen Lebensräumen angepaßt haben, wurden hier in dem nährstoffarmen und sauren Wasser Grenzen der Anpassung erreicht. Im Moorwasser mit seinem niedrigen pH-Wert gedeiht kein sichtbares Leben.
Das Ewige Meer hat keinen Zufluß. Es wird vom Regenwasser und dem Grundwasser des höher liegenden Moores gespeist. Trotz der geringen Wassertiefe weist der See nur eine schmale Verlan-

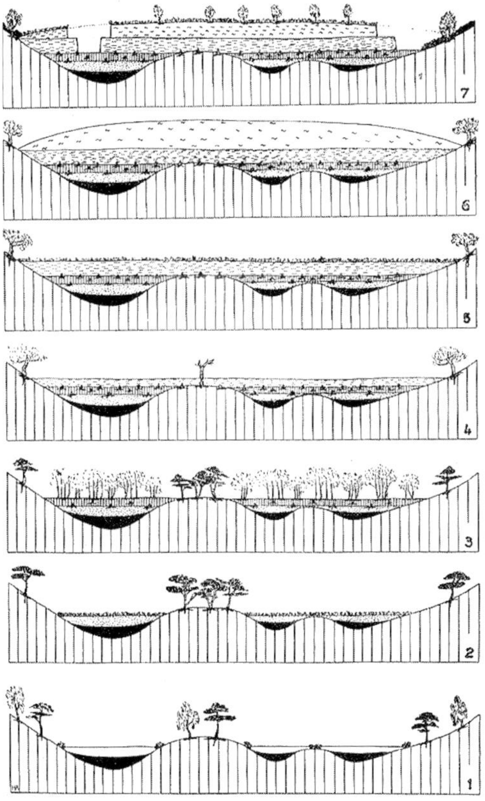

Entwicklung eines Hochmoores (von unten nach oben zu lesen)

7 – Neuzeit (ab etwa 1600)
Entwässerung und Torfabbau, Bewuchs mit Heidekraut und Birken

6 – Subatlantikum (ab etwa 500 v. Chr.)
Feuchtes und kühles Klima, Bildung von Weißtorf (= jüngere Torfmoose)

5 – Ende Subboreal (um 500 v. Chr.)
Trocken-warmes Klima, Bildung des Grenzhorizontes Schwarztorf-Weißtorf

4 – Atlantikum (5500 v. Chr.)
Mildes Klima mit wechselnder Feuchtigkeit, Bildung von Schwarztorf (=ältere Torfmoose)

3 – Boreal und Atlantikum (7000 v. Chr.)
Auf dem Niederungsmoor entsteht ein Erlenbruchwald und bildet Torf

2 – Präboreal (ab 8000 v. Chr.)
Verlandung der Senken mit Schilf und Seggen zu einem Niederungsmoor

1 – Allerödzeit (9000 v. Chr.)
Subarktisches Klima, in wassergefüllten Senken bildet sich Mudde

dungszone auf, und Wind und Wellen verhindern ein Vordringen des Moores, so daß sich die Größe des Sees nicht stark verändert. Im Gegensatz dazu verlanden die anderen drei kleinen Seen im Naturschutzgebiet, das Kleine Eversmeer, das Krickmeer und die Dobbe sehr stark, und nur die hellen grünen Flächen von Schwingrasen, die sich vom bräunlichen Moorland deutlich unterscheiden, lassen noch die ursprüngliche Größe der Seen erkennen.

Winzige Seen und kleine Wasserlöcher sind oft trügerisch überwuchert und können gefährlich werden, wenn man die vorgeschriebenen Wanderpfade verläßt. Das Ewige Meer hat im Sommer eine warme, angenehme Wassertemperatur, so daß Badelustige sich herrlich darin vergnügen können. Im Winter bildet sich schnell eine dicke Eisschicht auf dem See, dann kann, wer will, die Schlittschuhe anziehen und auf der weiten glitzernden Fläche dahingleiten.

Baumeister der Moore

Etwa um 6000 v. Chr. begann die Bildung des Hochmoores im Naturschutzgebiet. In dieser Zeit begünstigte das verhältnismäßig warme und feuchte Klima das

Das Ewige Meer – ein Hochmoorsee ohne Leben

Wachstum des Torfmooses, einem Winzling von Pflanze, das Baumeister mächtiger Moorkomplexe in Niedersachsen ist. Torfmoose zeigen ein einmaliges Wachstumsverhalten. Sie wachsen im oberen Teil, während der untere Teil abstirbt. Große Moospolster wuchsen so weitflächig zusammen, während die tieferen Schichten abstarben und zu Torf wurden, dadurch verlagerte sich die wachsende Oberfläche immer weiter nach oben. Andere Pflanzen wurden überwuchert und starben ab. Durch die Fähigkeit des Torfmooses, Boden und Wasser sauer zu machen, schafft es zusätzlich für die meisten Pflanzen eine lebensfeindliche Region, in der es dann konkurrenzlos bestehen kann. Besondere Zellen ermöglichen dem Torfmoos, Wasser wie ein Schwamm aufzunehmen und zu speichern, um Trockenzeiten gut zu überstehen.

Nur Spezialisten überleben

Da ein Hochmoor auf einem wasserundurchlässigen Bodenprofil entsteht, hat es keine Verbindung zum eigentlichen Grundwasser. Es ist allein vom Niederschlagswasser abhängig und erhält sich nur bei positiver Wasserbilanz, d. h. wenn die Niederschlagsmenge größer ist als die Verdunstung und der Abfluß des Wassers.

Hochmoore entwickeln sich zu einem stark sauren und nährstoffarmen Lebensraum, in dem nur wenige besonders angepaßte Tier- und Pflanzenarten lebensfähig sind. Ein ausgesprochener Hochmoorspezialist ist zum Beispiel der „fleischfressende" Sonnentau. Er hat durch umgebildete Blätter einen Fangmechanismus für Insekten entwickelt. Aus der tierischen Kost erhält er den im Hochmoor fehlenden Stickstoff.

Bohlenwege führen durch das Naturschutzgebiet

Blütenstaub aus Jahrtausenden

Im Verlauf der Erdgeschichte war die Moorbildung immer mit der Entwicklung des Klimas und der Pflanzen verknüpft. Änderte sich das Klima, veränderten sich die Wachtumsbedingungen für die Pflanzenwelt. Die Moorbildung blieb davon nicht unberührt.

Moorfunde aus den einzelnen Torfschichten ermöglichen eine Rekonstruktion der Entwicklungsgeschichte des Moores. Eines dieser Verfahren ist die Pollenanalyse, die Untersuchung des Blütenstaubes, der für jede Pflanzenart in Form und Oberflächenstruktur spezifisch ist. Mit Hilfe des Mikroskopes kann man so die Pollen einer bestimmten Pflanzenart zuordnen und gleichzeitig feststellen, wie häufig sie in den einzelnen Schichten vorkommt. Im prozentualen Vergleich mit anderen Gebieten, z. B. Waldgebieten, ergibt sich ein Diagramm, wodurch das Vegetationsbild des untersuchten Hochmoores während der vergangenen Jahrtausende erkennbar wird.

Das Naturschutzgebiet Ewiges Meer blieb in vergangener Zeit von Veränderungen nicht verschont. Abtorfung und Flächenbrände wandelten das Vegetationsbild. Seit Mitte der siebziger Jahre begann man durch Wiedervernässungsmaßnahmen eine Regeneration des Hochmoores.

Natürlich begleiten uns heute keine Moorhexen und Unholde mehr auf dem Weg durch das Moor wie den armen Wanderer früherer Zeiten, der dann abends am Torffeuer so manches Schauermärchen von ihnen zu erzählen wußte. Doch geheimnisvoll ist das Moor geblieben. Geheimnisvoll sind die Sachverhalte und Zusammenhänge dieses Lebensrau-

Backsteinkirche in Marienhafe

mes, die es für den Besucher zu entdecken gibt. Er wird so auf seine Weise im Hochmoor einer Welt der Wunder und des Wunderns begegnen.

Sehenswertes in der Umgebung

Marienhafe

Die Marienkirche (erbaut 1250 – 1270) war die größte und bedeutendste des Brookmerlandes, bis 1829 große Teile abgerissen wurden. Alte Relieffriese (vorwiegend Tierdarstellungen oder satirische Darstellungen) und Teile von Kapitellen sind im Turm untergebracht. Seit 1396 war Marienhafe als damalige Hafenstadt ein Schlupfwinkel für den Seeräuber Klaus Störtebeker. Ebenfalls im Turm, auch Störtebekerturm genannt, befindet sich ein Museum, das an die Störtebeker-Zeit erinnert. Vom Kirchturm bietet sich ein weiter Blick über das Land bis zur See. Die zwei Windmühlen (Galerieholländer) im Ort sollte man unbedingt gesehen haben.

Lütetsburg

Schloßanlage mit Brücke, wappengeschmücktem Torturm und Vorburg, etwa zwei Kilometer östlich von Norden. Sehenswert ist die täglich geöffnete Parkanlage im Stil eines englischen Landschaftsgartens mit exotischen Bäumen, Blumenbeeten, Baumgruppen und künstlich angelegten Gewässern. Im späten Frühjahr (Zeit der Rhododendronblüte) und im Herbst ist ein Besuch besonders lohnenswert.

Hage

Die Hager Mühle und die alte Wehrkirche (13. Jahrhundert) sind die besonderen

Schloß Lütetsburg

Sehenswürdigkeiten des Ortes. Von der Ausstattung der Kirche beeindrucken die Triumphkreuzgruppe, der Altaraufsatz (Relieftechnik), der mit spätgotischem Schnitzwerk versehene Levitenstuhl aus vorreformatorischer Zeit (eine Rarität in Niedersachsen) und der Taufstein aus dem frühen 13. Jahrhundert.

Norden
Im äußersten nordwestlichen Winkel Niedersachsens liegt die aus einem kleinen Handelsplatz entstandene Stadt. Sie war zentraler Marktort für viele Orte Ostfrieslands. Bereits zu Beginn des 13. Jahrhunderts wurde ein Marktplatz errichtet, der mit etwa sieben Hektar Fläche auch heute noch beeindruckt.
Etwa gleichzeitig wurde die Ludgerikirche gebaut. Von den einst bedeutenden Gebäuden am Markt steht das Rathaus (16. Jahrhundert) mit Ziergiebeln und Treppenturm (im Obergeschoß befindet sich das sehenswerte Heimatmuseum), die ehemalige Mennonitenkirche (Backsteinbau von 1662) sowie das prächtige Schöningh´sche Haus (Osterstraße 5), 1576 im Stil der niederländischen Renaissance erbaut.
Die außen an der romanisch-gotischen Ludgerikirche sichtbare Höhenstaffelung findet man im Inneren der Kirche wieder. Von der reichen Ausstattung sind die Grabdenkmäler, die barocke Kanzel, das spätgotische Sakramentshaus und die Arp-Schnitger-Orgel besonders hervorzuheben.

Osteel
Nur zwei Kilometer von Marienhafe entfernt, ähnelt die St. Werenfridus-Kirche der Marienkirche von Marienhafe. Auch diese Kirche wurde 1830 auf die heutige Größe verkleinert, als man Querschiff und Chor abtrug und das Langhaus verkürzte. Der berühmte Astronom David Fabricius entdeckte vom Kirchturm 1596 den Stern Mira Ceti und 1610 die Sonnenflecken. Ein Denkmal auf dem Friedhof erinnert daran.

Wo der Heidepastor wirkte

Eine Idee setzt sich durch

Die Heide, die einer Landschaft den Namen gab, hat viele Gesichter: bisweilen eintönig und dann wieder vielfältig, einsame Steppe und vielbesuchte Touristenattraktion, stille Naturlandschaft und attraktive Kulturlandschaft, romantisch verklärt und ökologisch gefährdet. Was heute viele Menschen begeistert, diese vielbesungene Lüneburger Heide, ist eine alte Kulturlandschaft, die der Mensch einst schuf, um hier überleben zu können. Es ist ein Paradies aus zweiter Hand, das jeder mit anderen Augen sieht.

Daß die Heide etwas Besonderes ist, wurde vor 100 Jahren zuerst Malern und Schriftstellern klar. Sie entdeckten die einsame Weite mit den Resten sonnen-

Heidelandschaft in der Nähe des Wilseder Berges

Bienenzaun mit 60 Bienenkörben

hungriger Besenheide (Calluna vulgaris) und begeisterten sich am stillen Charme der Heidedörfer. Aber der Vormarsch von Äckern und Wäldern schien unaufhaltsam, die Heide im Rückzug begriffen, das Landschaftsbild war im Wandel.
Dem „Verein Naturschutzpark", 1909 von Heimat- und Naturfreunden in München gegründet, haben wir es zu verdanken, daß wir heute überhaupt noch Teile der alten Heidelandschaft vorfinden.

Entstehung und Wandlung der Heidelandschaft

Auch die Lüneburger Heide ist als Folge massiver Waldvernichtungen durch den Menschen entstanden, die von der Bronzezeit bis zum Mittelalter vorgenommen wurden. Die Eichen-Birken- und Eichen-Buchenwälder zerstörte man durch Abholzung (u. a. Holzbedarf der Lüneburger Saline, Holz für Schiffbau und Hausbau) und Beweidung. Anstelle der Wälder traten das lichthungrige, genügsame Heidekraut und der Ginster. Eine einseitige intensive Nutzung, als Weide für Schafe und Bienen, ermöglichte es diesen sekundären Pflanzengemeinschaften, sich über Jahrtausende dauerhaft anzusiedeln.
Die größte Ausdehnung hatte die Heide in der Zeit zwischen 1500 und 1900. Damals nutzte man, neben der Schafzucht (1861 gab es noch über 700.000 Schafe, um 1900 nur noch 200.000 Stück) und Bienenhaltung, die Heide auch zum Ackerbau.
Heideplaggen (Soden abgestorbenen Gesträuchs mit etwas Erde) wurden als Streu in die Ställe und dann mit Dung vermischt auf die Äcker gebracht. Die Erträge waren sehr bescheiden, und jedes Dorf mußte neben dem Ackerland ein

Vielfaches an Heideflächen zur Verfügung haben, um den Ackerbau in dieser Form betreiben zu können. Durch das Stechen von Plaggen, die Beweidung durch Schnucken und die Bienenzucht war das „Ökosystem Heide" über Jahrhunderte im Gleichgewicht.

Es waren hauptsächlich zwei Faktoren, die in der zweiten Hälfte des 19. Jahrhunderts zu einer tiefgreifenden Veränderung der Heidelandschaft führten: Preiswerte Importe ersetzten die heimische, doch etwas grobe Schafwolle, und der Mineraldünger ersetzte den Plaggendung. Dazu kam, daß durch Tiefpflüge große Heideflächen umgebrochen und weitläufige Kiefernforste angelegt wurden.

Die Heide mit ihrer typischen Vegetation wäre bereits gegen Ende des 19. Jahrhunderts für immer verschwunden, hätten nicht namhafte Persönlichkeiten auf das Verschwinden dieser einzigartigen Landschaft aufmerksam gemacht.

In Egestorf fing alles an

Dieses alte Heidedorf, im Ortskern um die Kirche herum richtig gemütlich wirkend, ist eng mit dem Heidepastor Wilhelm Bode (1860 – 1927) verbunden. In Lüneburg geboren, und damit ein echtes Kind der norddeutschen Landschaft, übernahm er nach seinem Theologie-Studium mit 26 Jahren das Pastorenamt in Egestorf.

Er war ein streitbarer Gottesmann, über den auch manche launige Geschichte erzählt wird. So sprach ihn einst ein Fremder auf die Kirche in Egestorf an, ob sie denn nicht viel zu klein für die Gemeindemitglieder des Ortes und der umliegenden Gehöfte bei Gottesdiensten sei. „Nun ja," meinte der Pastor, „wenn alle reingehen, gehen nicht alle rein. Wenn nicht alle reingehen, gehen alle rein. Da sowieso nicht alle reingehen, gehen bestimmt alle rein."

Aber Bode kümmerte sich nicht nur um das Seelenheil seiner ihm anvertrauten Gemeinde. Er griff auch tatkräftig und entschlossen in das kommunalpolitische Geschehen ein. Er hatte gehört, daß der Totengrund bei Wilsede zu Beginn des 20. Jahrhunderts als Baugebiet freigegeben werden sollte. Professor Thomsen aus Münster hatte auch davon gehört, und 1906 das gesamte Gebiet durch Vorkauf für den Verein Naturschutzpark (V.N.P.) gesichert.

Auch Pastor Bode trat öffentlich dem Ausverkauf der Heide entgegen, unterstützte Thomsen und den V.N.P. Er sah die Heidelandschaft in ihrer ursprünglichen Form bedroht, weil die Heidebauernwirtschaft durch den Fortschritt in der Landwirtschaft nicht mehr rentabel war.

In München hatten im Jahre 1909 Heimat- und Naturfreunde den Verein Naturschutzpark mit dem Ziel gegründet, „ursprüngliche und eindrucksvolle Landschaften... gegen die verhängnisvollen Eingriffe der fortschreitenden Zivilisation zu verteidigen". Im Auftrag dieses Vereins konnte Pastor Bode im Herbst 1910 den Wilseder Hof Nr. 4, zu dessen Areal der Wilseder Berg gehörte, für 100.000 Mark erwerben. Nun war der Bann gebrochen: Selbst Kaiser Wilhelm II. setzte sich für das Vorhaben mit einer preußischen Staatslotterie ein, die schließlich 1,4 Millionen Goldmark einbrachte. Weitere Ländereien konnten gekauft werden, so daß „der schöne Traum eines niedersächsischen Naturschutzparks" (so Bode im Jahr 1913) Wirklichkeit werden konnte. Offiziell wurden 1921 rund 200 km² unter Naturschutz gestellt und vom V.N.P. verwaltet. Pastor Bode starb am 10. 6. 1927. Ein Findling in Wilsede erinnert an diesen für die Heide bedeutenden Mann.

Der V.N.P. schützt die Kulturlandschaft der Heidebauernzeit

Der Verein Naturschutzpark hat es sich zur Aufgabe gemacht, die Landschaft der Heidebauernwirtschaft als einer in Jahrtausenden gewachsenen bäuerlichen Kulturlandschaft zu erhalten und zu schützen. Um die Heide zu erhalten, führt der Verein im Park Maßnahmen durch, die der früheren Bewirtschaftung durch die Heidebauern möglichst nahe kommen. Die Heide wird, dort wo es notwendig ist, abgeplaggt, um eine stärkere Humusbildung des Bodens zu verhindern. Die auf den Heideflächen hochwachsenden Birken können nur teilweise durch die Schnuckenherden „verbissen" werden. Hier mußte der Mensch zusätzlich eingreifen, um den Stockausschlag künftig zu unterbinden.

Die eigentliche Aufgabe der Schnucken ist es, das Heidekraut abzuweiden (naschen = schnucken, wie die Heidjer sagen). So bleibt die Heide kurz und der nährstoffarme Boden erhalten. An mehreren Stellen sind Bienenzäune aufgestellt. Die Bienen verdanken den Schafen ungehinderten Flug, weil die Schnucken weidend die klebrigen Spinnennetze zerstören. Durch das Bestäuben der Heideblüten schaffen die Bienen wiederum die Nahrung für die Schafe.

Trotz aller Maßnahmen zum Schutz der Heide breitet sich vielerorts die Drahtschmiele, ein robustes Gras, aus. Das deutet auf einen zu hohen Humusgehalt des Bodens hin. Man geht davon aus, daß die Drahtschmiele den Humus abbaut und danach wieder abstirbt.

Naturpark – eine Idee setzt sich durch

Der Verein Naturschutzpark will aber nicht nur historische Landnutzungsformen wiederbeleben, sondern durch intensive Forschung sollen die Zusammenhänge zwischen Natur, Geschichte und Landschaft einem breiteren Publikum zugänglich gemacht werden.

So wurde der Naturschutzpark Lüneburger Heide zum Vorläufer und Modell der ganz Deutschland erfassenden Idee der Naturparks.

Inzwischen gibt es in Deutschland fast 100 Naturparks, in denen naturnahe Landschaftsformen bewahrt und gepflegt werden, die aber gleichzeitig für den erholungssuchenden Menschen erschlossen sind. Alle Naturparks sind Landschaftsschutzgebiete, in die vielfach kleine, unter dem strengeren Naturschutzrecht stehende Teile eingeschlossen sind. In Zeiten gesteigerten Unweltbewußtseins und besserer Kenntnisse ökologischer Zusammenhänge ist die Idee der Naturparks nicht mehr umstritten und es bleibt zu hoffen, daß auch in Zukunft charakteristische Landschaften Deutschlands erhalten bleiben.

Auch heute noch – Dörfer wie aus dem Bilderbuch

Der Heidebauernzeit vergangener Jahrhunderte verdanken wir heute die geringe Siedlungsdichte. Weil jedes Dorf relativ viel Heidefläche zur Bewirtschaftung benötigte, liegen die Dörfer ziemlich weit voneinander entfernt, eingebettet in weite Wald- und Heideflächen. Wilsede, Undeloh, Döhle, Egestorf und Volkwardingen sind die bekanntesten Orte; aber auch von Ehrhorn, Einem, Nieder- und Oberhaverbeck, Heber, Sellhorn, Wehlen, Behringen, Handeloh, Inzmühlen, Sudermühlen u. a. kann man erlebnisreiche Wanderungen oder Touren durch das Naturschutzgebiet Lüneburger Heide starten.

Als Ausgangspunkt bieten sich zahlreiche Parkplätze rings um den Naturpark an, von wo man zu Fuß, per Fahrrad oder

Die alte Dorfkirche in Egestorf

Pferdekutsche auf ausgeschilderten Wegen die Heide erkunden kann. Eigentlich will die Heide erwandert sein. Erst dann erlebt man ihre Weite und Einsamkeit, und das zu jeder Jahreszeit, trotz der Touristen-Ströme in die Zentren der Heide. Besonders schön ist es im Frühling, wenn der Brambusch (Ginster) und das helle Grün der Birken leuchten; oder im Spätsommer, wenn ein violetter Schimmer über den weiten Heideflächen liegt.
Wie sagte doch Hermann Löns so treffend: „Vier hohe Zeiten hat die Heide, einmal im Jahr blüht sie."

Ober- und Niederhaverbeck – Wanderung in die Frühgeschichte

Diese Orte sind beliebte Ausgangspunkte für Heidewanderungen, Radtouren und Kutschfahrten nach Wilsede und zum Wilseder Berg, zum Totengrund, Wulfsberg und zum einsam gelegenen Tütsberg.
Weniger bekannt ist ein urgeschichtlicher Museumspfad (Wegzeit 1 – 2 Stunden) westlich von Niederhaverbeck. Ungefähr parallel zum Bach Haverbeeke läuft ein Weg, auf dem man zunächst Hügelgräber der Älteren Bronzezeit (etwa 1500 v. Chr.) sieht. Südlich des Baches laufen alte, bisweilen schwer zu erkennende Wegespuren durch das Heidekraut, sogenannte Gräberstraßen.
Nahe der Brücke über die Haverbeeke, in einem sumpfigen Gebiet, liegen zahlreiche Findlingsblöcke. Hier biegt der Weg nach Norden ab und mündet auf einen Fahrweg, dem man in westlicher Richtung folgt. Auf einem schmalen Sandweg, der nach Norden abbiegt, erreicht man eine Wallanlage von etwa 20 Metern Durchmesser mit mehreren Wällen. Ver-

Alter Schafstall bei Niederhaverbeck

mutlich stammt diese Anlage aus dem Mittelalter, im Volksmund wird sie als Schwedenschanze bezeichnet, obwohl Schweden in kriegerischer Absicht hier nicht nachgewiesen sind.
Für den Rückweg benutzt man den breiten Fahrweg, an dem etwa 500 m vor Niederhaverbeck ein einzelner Grabhügel liegt, gekennzeichnet durch einen Steinkranz. Kurz vor dieser Stelle zweigt ein Weg nach Norden ab, der zu zwei gut erhaltenen bronzezeitlichen Hügelgräbern führt, die unter einem dichten Heideteppich liegen.
Für urgeschichtlich Interessierte sei besonders auf einen längeren Museumspfad zwischen Niederhaverbeck und Wilsede verwiesen (vgl. Wanderkarte Naturschutzgebiet Lüneburger Heide, Hrsg. Niedersächsisches Landesverwaltungsamt).

Sehenswertes in der Heide

Als Besonderheit der Heide sollen kurz die Heideklöster vorgestellt werden, die sowohl Typisches der Heidelandschaft als auch kulturgeschichtlich Interessantes aus Vergangenheit und Gegenwart vermitteln. Die Klöster können auf einer Rundfahrt besichtigt oder auch einzeln besucht werden. Die Öffnungszeiten sind dem Anhang zu entnehmen.
Kloster Walsrode (ältestes Heidekloster); Kloster Wienhausen bei Celle (berühmte Teppiche); Kloster Ebstorf bei Uelzen (Ebstorfer Weltkarte, ein Kleinod mittelalterlicher Kartenkunst); Kloster Medingen nördlich von Uelzen (sehenswerte Barockkirche); Kloster Lüne bei Lüneburg (klösterliche Textilkunst); Kloster Isenhagen nördlich von Gifhorn (Klosterkirche aus der Zeit um 1350).

Friederikeneiche, Amalieneiche und andere Baumriesen

Urwüchsiges im Urwald Hasbruch

Der Urwald Hasbruch ist leicht über die Autobahn A 28 (Anschlußstelle Hude) zu erreichen. Angesichts des Zustandes des sterbenden deutschen Waldes bietet es sich an, den Hasbruch nicht mit dem PKW, sondern mit der Bahn (Bahnhöfe Hude, Bockholzberg und Ganderkesee in einer Entfernung von jeweils weniger als 5 km) oder mit dem Fahrrad zu besuchen.
Natürlich führen mehrere gut ausgeschilderte Wanderrouten durch Staatsforst und Naturschutzgebiet Hude.

Der Hasbruch

Der Hasbruch als große, zusammenhängende Waldfläche von etwa 600 ha Gesamtgröße liegt am Rande der Geest, den Ablagerungen der Saaleeiszeit. Hier fällt eine wellige Grundmoränenplatte in einer etwa 20 m hohen Stufe gegen die Weser-Niederung ab. Im Bereich des Baches Brookbäke dringen sogar die tiefer liegenden Sedimente der Elstereiszeit an die Erdoberfläche.
Es handelt sich dabei um den sogenannten Lauenburger Ton, der wasserstauend wirkt. Dieser Untergrund gewährleistet eine gute Wasserversorgung der Vegetation.
Auf den lehmigen und mergeligen Böden, die ebenfalls ein überwiegend wasserstauendes Verhalten aufweisen, entwickelte sich ein Stieleichen-Hainbuchenwald mit Buchenanteil. Außerdem sind Esche, Ahorn, Kirsche, Ulme und Stechpalme anzutreffen.

Die Entwicklung des Waldes

Der feuchte Charakter des Waldes beeinflußte die Namensgebung. „Hasbruch" kommt von Asa/Ase/Asche = Wasser/Wasserlauf. Die Endung -bruch bezeichnet ein sumpfiges Gelände. Ursprünglich waren hier nur die Baumarten Eiche und Weißbuche heimisch, die auf natürliche Weise an die feuchten Böden angepaßt sind.
Seit dem 17. Jahrhundert änderte sich durch die Waldweide, bei der das Vieh zur Mast in den Wald getrieben wurde, das Aussehen des Waldes. Wie im Mittelalter allgemein üblich, wurde auch der Hasbruch zum Holzeinschlag und zur Plaggen- und zur Streuentnahme genutzt.
Der Vorgang der Beweidung als forstliche Nebennutzung hatte vor allem durch Verbiß und Viehtritt beträchtliche Einflüsse auf Zusammensetzung, Entwicklung und Bestand der Waldvegetation. Bis heute sind Reste eines solchen lichten und parkartigen „Hutewaldes" im Naturschutzgebiet erhalten geblieben.
Die Ablösung der Weiderechte im vorigen Jahrhundert ermöglichte jedoch das

Aufwachsen von Buchen und Hainbuchen in diesem Bereich. Die weitständige Pflanzung des Baumbestandes für die Waldweide mindert durch ungeraden Wuchs und große Anzahl von Ästen die forstwirtschaftliche Qualität des Nutzholzes. Dichtere Anpflanzungen – auch von Nadelhölzern – etwa seit dem Jahre 1880 tragen diesem Umstand Rechnung.

Der „Urwald" im Hasbruch

Der unter Naturschutz stehende „Urwald" im Hasbruch umfaßt 16 ha (das entspricht etwa der Fläche von 20 Fußballfeldern). Das sind nur etwa 2,5 % des Staatsforstes Hasbruch. Dennoch ist dieses in seiner Ursprünglichkeit erhaltene Waldstück in Größe und Art nahezu einmalig in Norddeutschland.

In diesem Teil des Staatsforstes stehen Eichen, die zum Teil ein Alter von bis zu 1200 Jahren aufweisen. Ein weitläufiges, aber der Natur angepaßtes Wegenetz verbindet die wichtigsten Sehenswürdigkeiten.

In seinem Kerngebiet wird seit etwa 100 Jahren keine Forstwirtschaft betrieben, so daß der Wald weitgehend sich selbst überlassen ist. Eine Folge davon ist der hohe Anteil an Altholz und Totholz, wodurch der eigenartige Reiz und der urwaldähnliche Charakter entstehen. Die alten, zum Teil hohlen und vermoderten Baumriesen bieten zahlreichen Tieren, Amphibien, zahlreichen Laufkäferarten, aber auch Wildschwein und Marder, Lebensraum, Wohnung und Nahrung. Hauptattraktion sind natürlich die „Baumriesen", wobei es sich um mehr als 1000jährige Eichen handelt. So ist die Friederikeneiche (benannt nach der Oldenburgischen Prinzessin Friederike) der älteste lebende Baum im Hasbruch mit gut 30 m Höhe, etwa 20 m Kronendurchmesser und 7,50 m Stammumfang. Die Amalieneiche galt mit einem Alter von 1250 Jahren als älteste Eiche Niedersachsens und zweitälteste Eiche Deutschlands, bis sie im Februar 1982 in sich zusammenstürzte und heute nur noch eine eindrucksvolle Baumruine ist.

Neben den mächtigen Eichen sind die Hainbuchen aufgrund ihres ungewöhnlichen Wuchses besonders auffällig. Früher wurden sie durch Kopfholzbetrieb, Weide-, Plaggen- und Streunutzung stark in Mitleidenschaft gezogen. Wegen ihrer starken Regenerationskraft konnten viele Hainbuchen die kräftezehrende Beeinträchtigung zwar überleben, zeigten aber abnormen Wuchs mit gedrehten, bizarren oder gar durchlöcherten Stämmen.

Sehenswertes in der Umgebung

Klosterruine Hude

Fast ebenso alt wie die Eichen im Urwald Hasbruch ist die Klosterruine am nordwestlichen Stadtrand von Hude.

Der Ursprung des Klosters läßt sich auf die Stiftung einer Kapelle der Grafen von Oldenburg zurückführen. Sie wurde 1192 in Bergedorf, etwa 10 km südlich des jetzigen Standortes errichtet und 40 Jahre später von Zisterziensermönchen aus Mariental bei Helmstedt übernommen. Diese begannen 1232 bei Hude mit dem Bau der Klosteranlage, weil dort die natürlichen Siedlungsbedingungen besser waren als in Bergedorf. Die Lage am Bach Berne bot Wasser für Menschen und Vieh, der Geestrand sicherte festen Baugrund für die Klostergebäude, die Weserniederung bot nahes Grünland, und auf der lehmigen Grundmoräne schlossen sich die Ackerflächen an.

Die Landwirtschaft und handwerkliches Schaffen der Mönche (Herstellung von Ziegeln und Tuchwaren) brachten dem Kloster wirtschaftlichen Aufschwung.

Geheimnisvolle Welt im Urwald

Durch den wachsenden Reichtum konnten die frühen Holzbauten durch feste Gebäude aus Ziegelsteinen ersetzt werden.

Die Klosterkirche

Eindrucksvolles Beispiel ist die Ruine der Klosterkirche, die erkennen läßt, welche großzügigen Ausmaße die Kirche ursprünglich hatte. Der Niedergang des Klosters begann am Ende des 15. Jahrhunderts mit der Eroberung der Grafschaft Delmenhorst durch Bischof Heinrich von Münster. Im Jahre 1530 verließen die letzten Mönche das Kloster. In der Folgezeit dienten die Gebäude als Steinbruch.

Diesem Raubbau wurde erst 1687 Einhalt geboten, als die Familie von Witzleben Hude und damit das Kloster erwarb und die Ruine der Klosterkirche vor weiterer menschlicher Abtragung bewahrte. Seit einigen Jahren ist die Ruine der Klosterkirche aus Sicherheitsgründen nicht mehr zu betreten.

Restaurierung der Klosterruine

Der Verein „Freunde des Klosters Hude e.V." sorgt für eine bauliche Sicherung der Ruine. Im ehemaligen Klostersaal befindet sich eine Sammlung mit Gegenständen aus der Geschichte der Klosteranlage. Ein Modell gibt einen guten Überblick der ehemaligen Gebäude. In der vollständig erhaltenen Wassermühle des Klosters befindet sich heute eine Galerie; in der Klosterschänke wird für das leibliche Wohl der Besucher gesorgt.

Die Pfarrkirche St. Elisabeth

Die ehemalige Torkapelle des Klosters und heutige Pfarrkirche St. Elisabeth blieb als einziges Bauwerk in der ursprünglichen Form erhalten. Sehenswert sind farbige Fresken und ein Altaraufsatz aus dem 14. Jahrhundert, eine Glocke aus dem Jahre 1488, ein großes, frei hängendes Kruzifix vom Anfang des 16. Jahrhunderts und eine mit reichen Schnitzarbeiten geschmückte Kanzel von 1672.

Besichtigung der Sammlung:
Von Mai bis September samstags, sonntags und an Feiertagen von 15.00 bis 17.00 Uhr, für Gruppen mit Voranmeldung ganzjährig auch an anderen Wochentagen.

Berne
Dieser kleine Ort war früher Hauptort des im 12. Jahrhundert nach „Hollerrecht" besiedelten, an der westlichen Weserseite gelegenen Stedingerlandes. Seine freiheitsliebenden Bauern erlitten nach zunächst erfolgreichen Aufbegehren gegen die Bremer Erzbischöfe in der Schlacht von Altenesch (1234) eine vernichtende Niederlage. Eine von den Oldenburger Grafen in Berne errichtete Burg verlor schon bald ihre Bedeutung, nachdem die stärkere Wasserburg von Delmenhorst errichtet wurde. Die evangelische Pfarrkirche zeigt Stilelemente des endenden 12. Jahrhunderts der westfälischen Hallenarchitektur. Bemerkenswert sind die Kapitelle am rundbogigen Stufenportal. Im Innern dominiert die Plastizität der Bündelpfeiler und der gegliederten Gewölbe.

Ganderkesee
Dieser Ort, westlich von Delmenhorst, wurde bereits im Jahre 860 erstmalig urkundlich erwähnt; damals wurde der Ort „Gandrikesarde" genannt. 1052 ließ Erzbischof Adalbert von Bremen hier eine Pfarrkirche erbauen und folgte der Verordnung Karls des Großen. Die große Orgel von 1699 ist ein Werk des bekannten norddeutschen Orgelbauers Arp Schnitger.

Teil der Klosterruine in Hude

Harpstedt
Der Ortskern zeigt einen geometrischen Grundriß aus der Barockzeit (vergleichbar zu Karlsruhe, Karlshafen oder Mannheim) mit rechtwinklig zueinander verlaufenden 17 m (65 Fuß) breiten Straßen. In der Ortsmitte befindet sich der quadratische Marktplatz, daneben der ummauerte Kirchhof mit der Christuskirche, der einzige barocken Kirche der Umgebung. Der Amtshof wurde im 18. Jahrhundert in Fachwerkbauweise auf den Fundamenten des alten Schlosses erbaut. Vor dem

Kirche in Wiefelstede

Amtshof steht der bekannte Harpstedter Sonnenstein aus der Bronzezeit mit zwölf konzentrischen Ringen.
Nahe der Ortsmitte kann eine noch funktionierende Windmühle aus der Zeit um 1870 besichtigt werden. Harpstedt ist Endstation der Museumseisenbahn „Jan Harpstedt", die auf der Strecke Delmenhorst – Harpstedt verkehrt. (Informationen unter der Tel.-Nr. 04244/10 11 bzw. 8216).

Dötlingen

Die eindrucksvolle Landschaft um Dötlingen regte den Maler Georg Bernhard Müller, genannt Müller vom Siel, an, hier eine Künstlerkolonie zu gründen. Von Marie Stumpe, eine Schülerin von Müller vom Siel, stammen zahlreiche Landschaftsbilder mit Motiven aus der Umgebung.

Wiefelstede

In der Umgebung von Wiefelstede finden Naturfreunde ein ausgedehntes Wanderwegenetz in den Mansholter Büschen. In Wiefelstede werden Rhododendren, Azaleen und Koniferen gezüchtet, die im Güsteder Busch bewundert werden können. Die Backsteinkirche im Zentrum von Wiefelstede ist die älteste des Ammerlandes und stammt aus dem Jahre 1057. Auf dem kostbaren Flügelaltar von 1520 ist die Leidensgeschichte Jesu in zwölf Bildern dargestellt. Bei elf dieser Darstellungen hat der Künstler die Kupferstichpassion von Albrecht Dürer als Vorbild benutzt.

Westerstede

Auch hier ist die Kirche einen Besuch wert: die St.-Petri-Kirche von 1123 mit dem eindrucksvollen, 48 m hohen Turm

(1232 errichtet). Der mächtige achteckige Helm und die vier Seitentürmchen sind kupfergedeckt. Zu beachten sind der aus einem Findling gehauene Taufstein, der gotische Chorraum und das Kruzifix.
Weitere Sehenswürdigkeiten in und um Westerstede sind die Wassermühle Howick, der Burgplatz Mansingen mit Wallresten, der Mühlenberg in Westerlay (ein Ammerländer Bauernhof). Außerdem gibt es einen Vogel- und Landschaftspark mit Tropenhalle und Tropencafé (geöffnet vom Frühjahr bis zum Herbst täglich von 9.00 – 18.00 Uhr) sowie einen Waldpfad für Blinde.

Windmühle in Bad Zwischenahn

Bad Zwischenahn

Das staatlich anerkannte Moorheilbad hält zahlreiche Anwendungen für die Patienten bereit. Die Geschichte Zwischenahns reicht bis ins 12. Jahrhundert zurück. wenig später wurde die St.-Johannis-Kirche in Holzbauweise errichtet und im 13. Jahrhundert aus Stein fertiggestellt. Daneben setzte man den für die alten Ammerländer Kirchen typischen freistehenden Glocken- und Torturm. Sehenswert sind die Wandmalereien (1512) sowie der aus Eichenholz geschnittene spätgotische Flügelaltar.
Im Ammerländer Freilichtmuseum, dem ältesten Niedersachsens, sind das Ammerländer Bauernhaus von 1605, das Heuerhaus, die Töpferei und eine alte Dorfschmiede zu besichtigen. Im „Spieker", einer historischen Gaststätte und Teil des Museums, werden Ammerländer Spezialitäten serviert.
Das Zwischenahner Meer ist mit einer Wasserfläche von 5,25 km^2 nach dem Steinhuder Meer und dem Dümmer das drittgrößte stehende Binnengewässer Niedersachsens. Das Zwischenahner Meer ist im Gegensatz zu fast allen größeren Stehgewässern des niedersächsischen Tieflandes nicht durch Gletscher der Saaleeiszeit ausgehobelt und somit von Schmelzwässern ausgespült worden. Es handelt sich dagegen um einen Erdfall- oder Einsturzsee. Unter dem See liegt ein Salzstock, dessen oberste Schicht ausgelaugt wurde und das darüber liegende Land um 9 Meter einsinken ließ. Heute ist das Zwischenahner Meer fast auf der ganzen Länge seines 11 km messenden Ufers von einem Schilfgürtel gesäumt. Auf der dünnen, schwankenden Grasnarbe im nordwestlichen Teil haben sich Erlen und Weiden angesiedelt. Dieser Bereich kann weder zu Fuß noch im Boot erreicht werden und bietet zahlreichen Wasser- und Watvogelarten ungestörten Lebensraum.

Delmenhorst

Kurz vor den Toren Bremens gelegen, ist das Industriemuseum die herausragende touristische Attraktion. Die Geschichte der Textilindustrie und die industrielle Entwicklung von Delmenhorst wird am Beispiel der Nordwolle dargestellt. Eindrucksvollstes Gebäude ist das Turbinenhaus (1902 erbaut).

Dünen fernab der Küste

Binnendünen im Naturschutzgebiet Neumühlen bei Verden

Bekanntschaft mit Dünen haben viele Menschen an der Küste gemacht. Daß es Dünen aber auch im Binnenland gibt, ist den meisten sicherlich fremd. Der Besuch des Naturschutzgebietes Neumühlen bei Verden bietet die Möglichkeit, diese interessante Landschaftsform mit ihren charakteristischen Pflanzenarten näher kennenzulernen.

Das Naturschutzgebiet Neumühlen erreicht man von Verden aus auf der B 215, die nach Rotenburg führt. Kurz nach der Bahnunterführung fährt man nach rechts Richtung Scharnhorst bis nach Neumühlen. Hier geht es wieder nach rechts, bis man nach etwa 700 m einen kleinen Halteplatz mit der „Hinweistafel der Reit- und Wanderwege im Stadtwald Verden" (linke Straßenseite) erreicht. Unmittelbar an der gegenüberliegenden Straßenseite liegt das Dünengebiet.

Die ersten Schritte führen uns durch Kiefernwald. Dann wird die Landschaft immer offener, und wir betreten den lockeren hellen Sandboden, der den Randbereich der Neumühlener Dünen bildet. Vor uns liegen die bis zu 15 m hohe Dünenkuppen, zwischen denen sich sanft geneigte Dünenhänge und Dünentäler ausdehnen. Bei trockenem Wetter kommt der humus- und nährstoffarme Sand leicht in Bewegung. Er ist nur stellenweise von einer spärlichen und artenarmen Vegetation bedeckt. Die Erstbesiedlung der offenen Sandflächen erfolgt durch das Silbergras, das mit seinen hellen Vegetationsorganen dem Rasen ein charakteristisches Aussehen verleiht und mit seinem umfangreichen Wurzelsystem vor Übersandung geschützt ist. Dazu gesellen sich die ausläuferbildende Sandsegge, die wegen der in regelrechten Reihen wachsenden Pflanzen auch „Soldatensegge" genannt wird, sowie die unscheinbaren und nur im Frühjahr auffallenden Einjährigen Frühlings-Spörgel und Bauernsenf. Am Rand der angrenzenden Kiefernforsten, wo der Sand bereits festgelegt und humusreicher ist, findet man neben Rotem Straußgras, Schaf-Schwingel und Kleinem Sauerampfer eine große Zahl verschiedenartiger Flechten und Moose. Binnendünen sind am Ende der Eiszeit und zu Beginn der Nacheiszeit entstanden als weite Gebiete vegetationsfrei waren. Die Dünensande wurden mit den vorwiegend aus westlichen Richtungen kommenden Winden herangeweht und in den Flußtälern an den östlichen Geesträndern abgelagert. Vielfach haben sich Binnendünen aber erst durch die Eingriffe der Menschen – vor allem nach der Zerstörung von Wäldern – entwickelt. Inzwischen sind die meisten Dünenstandorte mit Kiefern aufgeforstet, andere sind durch die Anlage

Dünen im Naturschutzgebiet Neumühlen

von Siedlungen und Industriebetrieben sowie durch den Sandabbau in Mitleidenschaft gezogen. Dünengebiete, die wie das NSG Neumühlen ihren offenen Landschaftscharakter bewahrt haben, gehören zu den seltenen und besonders schützenswerten Landschaften Niedersachsens.

Sehenswertes in der Umgebung

Verden

Eine Furt durch die Aller (Karl der Große sprach 810 in einer Urkunde von „Ferdi in Saxonia") gab der Stadt ihren Namen und nicht die Pferde, obwohl sich inzwischen in dieser Stadt viel um die Pferde dreht (Turniere, Auktionen). Für jeden Pferdefreund ist das Deutsche Pferdemuseum (Andreasstraße 7) unbedingt einen Besuch wert. Sichtbares Zeichen einer weit ins Mittelalter reichenden Geschichte ist der mächtige Dom mit einer Firsthöhe von 38 m und dem massiven Turm. Trotz einer sich über 200 Jahre hinziehenden Bauzeit hat der Dom ein einheitliches Aussehen bewahrt. 44 Touristik-Informationstafeln, angebracht an verschiedenen Gebäuden, informieren den Besucher bei einem Spaziergang durch die Altstadt knapp über Besonderheiten oder frühere Bedeutung der einzelnen Gebäude.

Nördlich der Stadt befindet sich der landschaftlich schön gelegene Sachsenhain, an dem Karl der Große angeblich über 4000 sächsische Adlige hinrichten ließ.

Etwa zwei Kilometer vom Stadtzentrum entfernt befindet sich die Niedersächsische Storch-Pflegestation, wo kranke oder verletzte Weißstörche gepflegt werden, um sie später wieder in die Freiheit zu entlassen.

Eine moorige Einöde wird Wald

Der Ihlower Forst – Laubwaldinsel mit Geschichte

Der 360 Hektar große Ihlower Forst liegt mitten in einer Landschaft, in der weite offene Flächen, zahlreiche verschlungene Wasserläufe und Fehnsiedlungen mit ihren Kanälen, charakteristischer sind als geschlossene Waldgebiete. Mit seinem Buchen- und Eichenbestand, vermischt mit Linden, Ahornen und Weißtannen, erweckt die Laubwaldinsel den Eindruck, von Natur aus hier gewachsen zu sein. Jedoch wurde dieses Forstrevier südlich von Aurich im 13. Jahrhundert von Zisterziensermönchen als Nutzwald angelegt.

Mönche, die Ödland urbar machen

Die Dynamik, die vom Zisterzienserorden damals ausging, bewirkte, daß im 12. und 13. Jahrhundert viele Abteien (Zisterzen) gegründet wurden. Wie gewaltig und explosionsartig sich der Orden ausbreitete, beschreibt eine Bemerkung in Texten aus jener Zeit: „Die Welt ist zisterziensisch geworden". Auch das Benediktinerkloster zu Meerhusen bekannte sich zu der neuen klösterlichen Lebensform und trat zu den Zisterziensern über, allerdings war ihm vom Generalkonvent von Citeaux, dem Mutterkloster des Ordens, die Auflage erteilt worden, ein neues Kloster zu bauen.

Das Ziel der Zisterzienser, das monastische Leben nach den Regeln des Heiligen Benedikt mit dem Geist des Eremitentums zu verknüpfen, verlangte nach einer einsamen und abgeschiedenen Lage des Klosters. So fiel die Wahl auf das Ihlower Gebiet, zu dieser Zeit ein mooriges, nur mit Heide und Bruchwald bewachsenes Ödland.

Das Kloster „Scola Dei ter Ihl"

Die Mönche machten das Land urbar und bauten das Kloster, das 1230 von ihnen bezogen wurde. Vom Namen des Kosters „Scola Dei ter Ihl" läßt sich wahrscheinlich der Name Ihlow ableiten.

Die Reformationszeit, 300 Jahre später, bedeutete das Ende der Abtei. Graf Johann zeigte – wie die Mehrheit der protestantischen Fürsten – kein Interesse, das Kloster im evangelischen Sinn zu erneuern. Er zahlte die Mönche aus, die daraufhin die Zisterze verließen. 1533 wurden die Klosterkirche und mehrere Konventsgebäude abgerissen und an der Stelle ein Jagdschloß errichtet. Dazu entstanden Wirtschaftsgebäude, Stall und Forsthaus. Wie so oft, hat auch hier der Wandel der Zeit fast alle Spuren der Geschichte ausgelöscht. Nur ein Wall- und Grabensystem läßt heute noch die Lage des alten Klosterkomplexes erkennen. Der Grundriß der mächtigen Klosterkirche ist durch Grabungsarbeiten freigelegt worden. Die historische Stätte, beim Forsthaus gele-

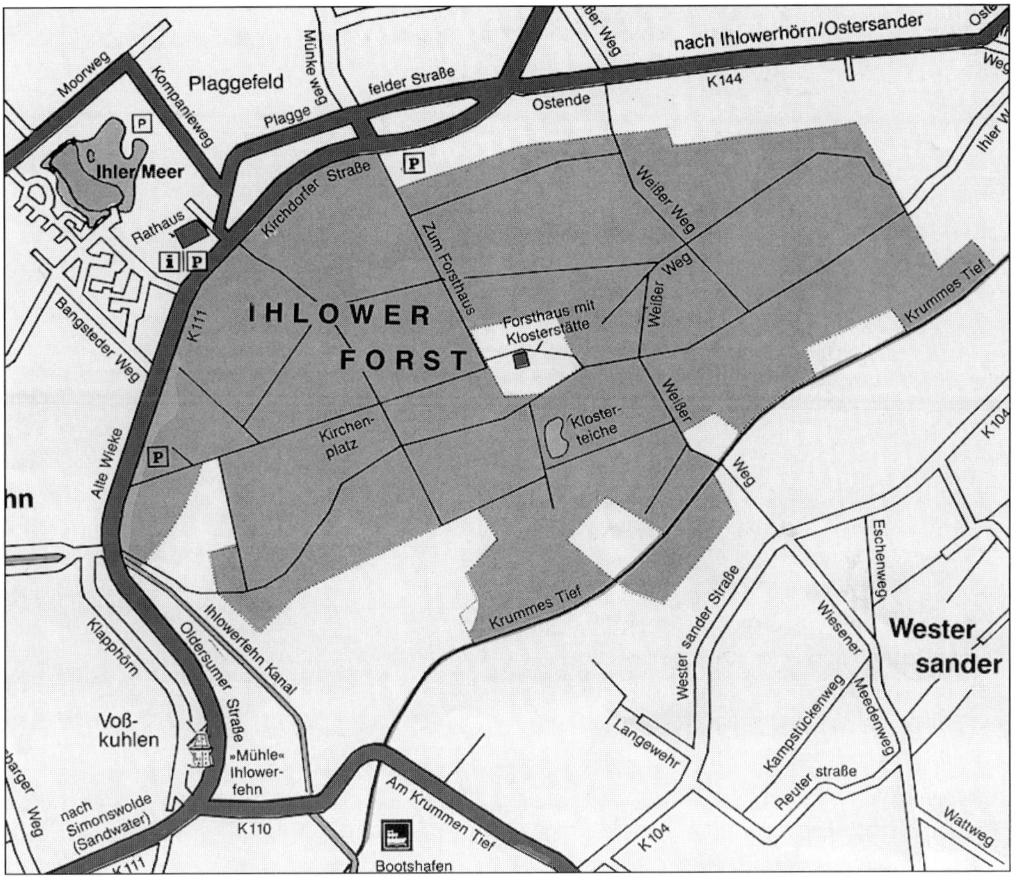

Wanderwege im Ihlower Forst

gen, kann jederzeit besichtigt werden. Der Klosterbezirk wurde am Rande der Geest zur Niederung des „Krummen Tiefes" angelegt. Dieser Wasserlauf verband das Kloster mit der Ems und damit mit dem offenen Meer. Es ist zu vermuten, daß in der Nähe des Klosterbezirks ein Anlegeplatz für Schiffe existiert hat.

Waldwirtschaft der Mönche

Das Leben in der Einöde erforderte eine eigenständige Versorgung. Die Mönche legten Getreidefelder, Gärten und Weiden an. Sie bauten Fischteiche und forsteten das Land mit Eichen, Buchen, Erlen und Eschen auf und schufen so das Waldgebiet von Ihlow. Die waldwirtschaftliche Nutzung war vielfältig. In erster Linie diente sie zur Gewinnung von Brenn- und Bauholz. Seit altersher wurden Laubwälder auch als Hudewälder genutzt. Man trieb das Vieh zum Weiden in den Wald. Die Mönche unterhielten mit wilden Bienenstöcken eine Waldbienenwirtschaft, mit der sie größere Erträge erzielten als mit ihrer Haus- und Gartenimkerei. Honig war das einzige Mittel zum Süßen im Mittelalter, wichtiger für die Mönche war das Bienenwachs zur Herstellung der Kerzen für den kirchli-

Forsthaus mit Klosterstätte

chen und klösterlichen Gebrauch. Ihrer Klostertradition folgend, lieferte jede Neugründung einer Zisterzienserabtei einen Beitrag zur Binnenkolonisation.

Bäume verraten ihr Alter

Der Ihlower Forst hat sich als prächtiger Laubmischwald bis heute erhalten, obwohl er, wie viele andere Wälder, in der Zeit von 1811 – 1813 von napoleonischen Truppen schwer geschädigt wurde. Nachdem die Franzosen die Herrschaft in Ostfriesland übernommen hatten, benötigten sie Bauholz für ihre Festungsanlagen und rodeten rücksichtslos die Wälder.

In den folgenden Jahren bis 1847 konnte der Wald unter der Leitung des Oberförsters Lantzius-Beninga in seiner charakteristischen Weise wieder aufgeforstet werden.

Die Vielfalt von Flora und Fauna zeigt, daß hier ein naturnahes Ökosystem geschaffen wurde. Gut ausgebaute Wanderwege führen durch den Forst, an dem alten Klosterteich vorbei zu knorrigen Eichen, deren gewaltige Umfänge auf ein hohes Alter schließen lassen. Doch so lange der Baum lebt, gibt er sein genaues Alter nicht preis, erst sein Stammholzquerschnitt mit den Jahresringen verrät, wie alt er war.

Das weitlumige Frühlingsholz eines Stammes und das englumige Spätholz, das sich im Sommer bildet, bestimmen die Breite eines Jahresringes. Da in unseren Breiten die Holzbildung im Stamm meist Mitte August aufhört, ergibt sich eine scharfe Trennung zum nächstjährigen Frühlingsholz. So gibt die Anzahl der Jahresringe Aufschluß über das Alter des Baumes.

Laubwald und Wasser prägen den Ihlower Forst

Beeindruckend sind die mächtigen Bäume im Ihlower Forst, romantisch seine Gewässer und erholsam seine Ruhe. Der Weg durch den Wald ist ein Erlebnis.

Sehenswertes in der Umgebung

Deutsche Fehnroute (Länge etwa 160 km)

In vielen Gemeinden entlang der Route ist der typische Charakter der Fehnkolonien erhalten geblieben. Wer Erholung und Entspannung sucht und abseits vom Touristenrummel Land und Leute kennenlernen möchte, dem sei die Fehnroute als Radtour empfohlen. Hotels, Pensionen, eine gepflegte Gastronomie, komfortable Campingplätze und eine Vielzahl unterschiedlicher Freizeiteinrichtungen machen das Radfahren auf Radwegen und wenig befahrenen Straßen zu einem Vergnügen. Man kann die Route überall beginnen, vorgeschlagen wird ein Start in Wiesmoor. Verlauf der Route (in Klammern sind kurz einige Sehenswürdigkeiten aufgeführt):

Wiesmoor (Bekannteste Blumengemeinde Niedersachsens; großflächige Gewächshausanlagen mit Besichtigungsmöglichkeiten; Blumenhalle; der Ort ist eine typische Fehnkolonie/Moorkolonie und um das Jahr 1900 entstanden) –

Großefehn mit den Ortsteilen Ostgroßefehn, Mittegroßefehn, Westgroßefehn (Hier lernt man das Fehn und seine Entstehung vor malerischer Kulisse mit Klappbrücken, Mühlen, Kanälen und alten Kolonistenhäusern kennen. Das Fehnmuseum „Eiland" sollte unbedingt besichtigt werden) –

Timmel (Freizeitmöglichkeiten am Timmeler Meer; interessantes Naturschutzgebiet Boekzeteler Meer. Alte Seefahrtsschule mit „Haus des Gastes") –

Am Fehnkanal in Papenburg

Das Rathaus in Papenburg

Moormerland mit Boekzetelerfehn und Iheringsfehn (Typische Fehnkolonien) – ***Leer*** (Alte Handels- und Seehafenstadt an Leda bzw. Ems; sehenswert Rathaus mit Waage; Haus Samson aus dem Frühbarock; Hardewykenburg von 1573; Haneburg von 1621; Evenburg von 1650; Seeschleuse; Leda-Sperrwerk) – ***Westoverledingen*** mit den Ortschaften Esklum, Driever, Mitling Mark, Völlen (Fahrtroute fast parallel zur Ems nach Süden; Campingplatz mit großem Badesee und Riesenrutsche am Emsdeich; voll funktionsfähige Galerie-Mühle in Mitling Mark; Ostfriesisches Schulmuseum in Folmhusen; Romanische Einraumkirche in Steenfelde aus dem 13. Jahrhundert) – ***Papenburg*** (Älteste und größte/längste Fehnkolonie Deutschlands mit 15 km; Rathaus in nordischem Barock; St.-Antonius-Kirche; Meyer Werft mit dem größten Trockendock der Welt; Museumsanlage am Splittingkanal) – ***Rhauderfehn*** mit West- und Ostrhauderfehn (Sehenswertes Fehn- und Schifffahrtsmuseum; historische Schmiede; Fehn-Klappbrücke; Landschaftsschutzgebiet Langholter Meer) – ***Barßel*** (Altes Seemannsdorf; Tjalk „Angela"; Windmühle von 1717; Moor- und Fehnmuseum in Elisabethfehn; 800 Jahre alte Johanniterkapelle in Bokelesch, Teil eines ehemaligen Klosters aus dem 13. Jahrhundert) – ***Apen*** (Heide, Wald und Moor charakterisieren den Ort; viele Freizeitmöglichkeiten) – ***Südgeorgsfehn/Nordgeorgsfehn*** (typische Fehnkolonien) – ***Uplengen/Remels*** (Uplengen besteht heute aus 18 Gemeinden, die in einer reizvollen, von Moor und Heide geprägten Landschaft liegen; einzelne Orte sind über 1000 Jahre alt; Wehrkirche und Ostertor in Remels; zu empfehlen ist ein Abstecher zum Lengener Meer mit seinen botanischen Raritäten) – wieder zurück nach Wiesmoor.

Die Bullenseen bei Rotenburg

Von Bullen und Bulten

Bereits vor etwa 70 Jahren ist ein Reiseführer erschienen, der „Luftkurort Rotenburg in Han." benannt ist. Die Bullenseen vor den Toren der heutigen Kreisstadt Rotenburg/Wümme gehörten schon damals „zu den lohnendsten Ausflügen, die sich von Rotenburg aus ausführen lassen", wie man dort nachlesen kann.

Die namengebenden „Bulten"

An der Anziehungskraft der beiden Bullenseen hat sich bis heute nichts geändert. Bullen kommt in diesem Fall sehr wahrscheinlich aus dem Niederdeutschen „Bulten" und bedeutet soviel wie große Grasblöcke, wie sie am Rande von Mooren und Moorseen wachsen.

Viel sieht man allerdings heute nicht mehr vom Moor. Rings um die beiden Bullenseen (etwa 10 ha und 7 ha groß) finden wir ausgedehnte Nadelwälder vor. Auch Torfstechen ist nicht mehr gefragt. Vielmehr steht der Erholungs- und Ausflugscharakter im Vordergrund. Wer immer im Sommer, natürlich auch zu anderen Jahreszeiten, mit dem Fahrrad, dem Motorrad oder Auto (ganz Mutige gehen auch zu Fuß) von Rotenburg in Richtung Visselhövede (B 440) unterwegs ist, kann den Abzweig zu den Bullenseen gar nicht verfehlen (Richtung Kirchwalsede). Inmitten eines ausgedehnten Waldgebietes und ehemaligen Moores kommt man, dieser Route folgend, zunächst zu einem großzügig angelegten Parkplatz. Von hier aus ist man schon in zwei Minuten am See.

Freizeit und Erholung an den Bullenseen

In Jahren, in denen es einen Sommer gibt, (das ist in unseren Breiten leider nicht immer der Fall) sorgen die Fluten des Großen Bullensees rasch für die nötige Abkühlung.

Wir finden einen vorzüglichen Sandstrand vor. Besonders vorsichtig sein sollten alle Nichtschwimmer oder ungeübte Schwimmer. Zur Mitte hin fällt der See bis zu 11,5 m Tiefe ab, und es gibt kalte Strömungen.

Wer nicht baden möchte, kann Tretbootfahren, Sonnenbaden oder einen kleinen Spaziergang um den See machen (etwa 20 Minuten). An schönen Sommertagen ist der Andrang groß. Die Bullenseen werden von den Rotenburgern gern genutzt.

Nur die Petri-Jünger kommen nicht auf ihre Kosten. Da das Wasser des Sees relativ sauer ist, was für Badende keinerlei Gefahr bedeutet, können sich keine Fische in den beiden Seen halten. Da die Gegend um die Seen auch von Mooren durchsetzt ist und das Moorwasser im

Feiner Sandstrand am Bullensee

Grundwasserstrom auch in die Seen fließt, kann auch das Niederschlagswasser das saure Wasser des Sees nicht genügend aussüßen.
Die trichterförmige Vertiefung der Seen zur Mitte, weist auf eine Entstehung durch Gletschererosion hin.
Am Bullenseepavillon gibt es Eis und Kuchen oder Würstchen mit Kartoffelsalat, dazu die Tasse Kaffee oder ein kühles Bier, und schon ist Sommerfrische auch in heimischen Gestaden angesagt.
An Wochentagen, außerhalb der Ferien, lohnt die Fahrt hierher allemal, zu einem ausgedehnten Spaziergang, bei dem man selten anderen Besuchern begegnet.
Vom Großen Bullensee aus gelangt man nach etwa 8 Minuten Waldwegstrecke zum noch schöneren kleinen Bullensee, der die Idylle eines ruhigen Waldsees ausstrahlt.

Sehenswertes in der Umgebung

Rotenburg/Wümme
Die Stadt Rotenburg an der Wümme ist heute bekannt als bedeutender Bundeswehrstandort.
Sehenswerte ältere Gebäude sind – abgesehen vom Heimatmuseum – kaum vorhanden, obwohl Rotenburg auf eine recht lange Geschichte zurückblicken kann.
Um das Jahr 1195 baute der Verdener Bischof Rudolf I. im Gebiet zwischen Wümme, Rodau und Wiedau eine Burganlage, die seinen Herrschaftsbereich gegen Eingriffe der sächsischen Herzöge und der bremischen Erzbischöfe schützen sollte.
Vermutlich erhielt sie ihren Namen „Roderberg" bzw. „Rodenborch" nach den roten Backsteinen, die zu ihrem Bau verwendet worden waren.

Kiefernwald auf Sandflächen am Großen Bullensee

Bald wurde der Name auf die Siedlung, die sich um die Burg entwickelte, übertragen. Häufig wurden Siedlung und Burg in den folgenden Jahrhunderten erobert, durch Einquartierungen und Feuer geschädigt. Etwa um 1600 errichtete Bischof Philipp Sigismund ein Renaissanceschloß, das aber den Dreißigjährigen Krieg nicht überdauerte. Weder von der Burg noch vom Schloß ist heute noch etwas zu sehen. Lediglich der Burgberg (beim Heimatmuseum) und einige Steinreste erinnern an diese Bauten.

Sehenswert sind die Gebäude und Ausstellungsstücke des Heimatmuseums. Der Museumsbau wurde 1779 in Bellen errichtet, dort abgebaut und 1974 nach Rotenburg gebracht.

Das Zweiständergefüge trägt ein mächtiges, tief herabgezogenes, reetgedecktes Sparrendach, und sein Mittelbereich vermittelt durch seine Ausmaße einen imposanten Eindruck von dem im Halbdunkel liegenden Dielenraum.

Diele, Wohnräume und Flett (früher Arbeitsbereich der Bäuerin und Aufenthalts- und Versammlungsraum der zum Hof gehörenden Menschen) sind als Museum eingerichtet. In den ehemaligen Viehställen wird altes Haus-, Arbeits- und Ackergerät ausgestellt. Im Speicherraum werden wechselnde Ausstellungen gezeigt.

Der Honigspeicher (ein hölzerner Treppenspeicher aus dem Jahre 1789) diente früher dem Imker als Arbeits- und Lagerhaus und beherbergt heute das „Angerburger Zimmer", eine Erinnerungsstätte für den ostpreußischen Kreis Angerburg.

Das Rudolf-Schäfer-Haus (Große Straße

15, in der Fußgängerzone nahe dem Rathaus) ist wohl das älteste erhaltene Fachwerkhaus Rotenburgs. Hier hat der Kirchenmaler Rudolf Schäfer gelebt und gearbeitet, der durch seine Bibel-, Gesangbuch- und Katechismus-Illustrationen bekannt wurde und auch zahlreiche Gemälde in Kirchen und Sälen schuf.
Im Rudolf-Schäfer-Haus sind eine kleine stadtgeschichtliche Sammlung, das Atelier Rudolf Schäfers und eine Holzschnitzerwerkstatt untergebracht. Es ist von Dienstag bis Freitag zwischen 10.00 und 12.00 sowie 15.00 und 18.00 Uhr geöffnet.
Die hübsche Innenstadt mit kleiner Fußgängerzone und guten Einkaufsmöglichkeiten, mit Restaurants und Straßencafes lädt zum Bummeln und beschaulichen Betrachten ein.
Eine besondere Attraktion ist das Erlebnisschwimmbad „Ronolulu".
Kulturelle Veranstaltungen des Landschaftsverbandes der ehemaligen Herzogtümer Bremen und Verden unter dem Motto „Kulturlandschaft zwischen Elbe und Weser" erfreuen sich eines regen Interesses.
In der kalten Jahreszeit heißt Geselligkeit hier „Kohl und Pinkel-Fahrt". Den Grünkohl und die würzig schmackhafte Pinkelwurst (Grützwurst) verdaut man am besten mit einigen Korn und Bier.

Scheeßel

Scheeßel liegt etwa 10 km von Rotenburg entfernt an Wümme und B75 in Richtung Hamburg. Der Ort ist bekannt durch seine lebendige Brauchtumspflege.
Hier sind „De Beckscheepers" zu Hause. Mit ihren 600 Mitgliedern sind die Beckscheepers die größte Trachtengruppe Niedersachsens. Dazu gehören auch die „Heidjer Dörpsmusikanten", singend begleitet von den „Bekk Uln". Die Dörpsmusikanten spielen nach niederdeutscher Art zum Tanz auf. Alle zwei Jahre bietet das „Beeke-Trachtenfest" internationale Folklore vom Feinsten. Mehr als 10.000 Besucher lassen sich das Fest, das auf dem Gelände des Heimathauses und des Meyerhofes stattfindet, nicht entgehen.
An der Mühle von Scheeßel wird die Wümme aufgestaut. Hier ist der Ausgangspunkt für viele schöne Kanuwanderungen.
Wegen seines Innenausbaus ist die evangelische Pfarrkirche bemerkenswert. Sie weist eine fast unverfälschte barocke Einrichtung auf. Der Raum wird durch den großen Kanzelaltar beherrscht, der von zwei mächtigen Säulen eingerahmt ist. Auf dem Deckel der Kanzel befindet sich die den Glauben symbolisierende Figur Christi. In der Sakristei ist das Gemälde eines Altars aus dem 17. Jahrhundert zu bewundern.

Wümmequelle

Zur Wümmequelle gelangt man bei Niederhaverbeck (von Scheeßel etwa 40 Minuten Fahrt, B 75 in Richtung Hamburg und dann über die B3, Richtung Soltau bis Wintermoor und nach Niederhaverbeck) inmitten des Naturparks Lüneburger Heide, am Rande des Wilseder Berges. Wir finden hier eine ausgedehnte Heidelandschaft vor, mit guten Wandermöglichkeiten und urigen Restaurants, die zur Einkehr einladen.

Wildpark Lauenbrück

Der Wildpark Lauenbrück liegt direkt an der B 75 Richtung Hamburg, etwa 20 km von Rotenburg entfernt.

Neuenkirchen

In Neuenkirchen, auf Heidegebieten, den Ackerflächen und in den Wäldern, sind zahlreiche Plastiken, die Ergebnisse der Auseinandersetzung von Künstlern mit

Das Heimatmuseum in Rotenburg

der Heide sind, zu besichtigen. Hier stehen die Ausstellungsstücke nicht wie in einem Freilichtmuseum mit festem Ausstellungsareal, sondern wie selbstverständlich in der Heidelandschaft. Im Kunstverein Springhornhof in Neuenkirchen (früher hieß sie Galerie Falazik, nach der Gründerin Ruth Falazik, die 1966 mit ihrer Galerie von Bochum nach Neuenkirchen umzog) ist eine genaue Karte zu erhalten, auf der die Standorte der Kunstwerke eingetragen sind. Die Skulpturen sind der zeitgenössischen Kunst der siebziger und achtziger Jahre zuzurechnen mit Beziehungen zu ihrem Standort in der Lüneburger Heide. Dabei war die jeweils vorgefundene Landschaft Voraussetzung und Anstoß für die besondere Arbeit.
Dabei versuchen die Künstler, den Begriff „Kultur" in seiner vielschichtigen Bedeutung transparent und erlebbar zu machen.
Zum Besuch aller Objekte um Neuenkirchen empfiehlt es sich, eine Fahrradtour über zwei oder drei Tage vorzusehen, um so auch die schöne Landschaft um Neuenkirchen zu entdecken.
Der Kunstverein Springhornhof in Neuenkirchen bietet wechselnde Ausstellungen bekannter aber auch unbekannter Künstler, wobei es auch das Ziel ist, junge und besonders talentierte Künstler zu fördern.
Auf dem Gelände des Kunstvereins Springhornhof wurde 1970 ein eindrucksvoller Treppenspeicher aus dem Jahre 1736 wieder aufgebaut. Die Bauweise des Speichers mit Eichenfachwerk und Reetdachdeckung ist typisch für diese Gegend.

Die aufgestaute Wümme bei Scheeßel

Tewel
Wenn man von Neuenkirchen über Brockdorf nach Tewel, vorbei an den zahlreichen Skulpturen, fährt, kann man einen anderen einzigartigen Speicher besichtigen. Der Fachwerkspeicher auf dem Lünsmannhof wurde mehrgeschossig über auf Lücke gesetzte Quadersteine errichtet und im Fachwerk mit Ziegeln ausgemauert. Ursprünglich 1777 im Nachbarort Söhingen errichtet, wurde er als sogenannter Hochzeitsspeicher 1841 nach Tewel versetzt.

Visselhövede
Das kleine Heidestädtchen hat seinen Namen von der Visselquelle, die neben der St.-Johannis-Kirche entspringt. Die Kirche mit ihrem freistehenden hölzernen Glockenturm ist noch weitgehend in der Form aus der Mitte des 14. Jahrhunderts erhalten, mit alten Ausmalungen im Chor. Diese Ausmalungen wurden erst in unserem Jahrhundert wiederentdeckt. Es werden das Weltgericht, der gekreuzigte Christus, ein Gnadenstuhl mit Gottvater, Christus am Kreuz und in der Apsis eine Taube dargestellt. Seit einiger Zeit steht vor dem Chor wieder das romanische Taufbecken aus Sandstein.
Die Visselquelle liegt in einer von Bäumen und Sträuchern umstandenen Mulde so versteckt, daß sie erst auf den zweiten Blick zu erkennen ist, – dabei schüttet sie pro Tag zwischen 50 000 und 60 000 Liter. Für eine Flachlandquelle ist das recht ansehnlich, obwohl die Rhumequelle im südlichen Harzvorland die Tagesleistung der Visselquelle in nur zehn Sekunden schafft.

Einst ödes Moorland bei Friedeburg

Von Rußland nach Amerika

Topographisches Wissen ist ein wichtiger Bestandteil des Weltbildes eines Menschen. Aber manchmal müssen topographische Kenntnisse revidiert werden. Wenn von Rußland und Amerika die Rede ist, denkt jeder an die beiden großen Staaten, die seit Jahrzehnten die Weltpolitik bestimmen. Rußland und Amerika in Ostfriesland? Etwas eigenartig ist das schon – aber in Ostfriesland ist auch heute noch manches anders! So ist den Friedeburgern vor langer Zeit eingefallen, zwei Ortsteile nach diesen großen Staaten zu benennen. Natürlich wissen auch die Friedeburger, wo das „richtige" Amerika bzw. Rußland auf einer Weltkarte zu suchen sind. Aber mit verschmitztem Lächeln wird bisweilen ein Ortsunkundi-

Von Rußland......

ger auf seiner Wegsuche „eben mal" nach Rußland oder Amerika geschickt. Das Erstaunen ist dann groß, wenn tatsächlich Ortsschilder mit diesen Namen an der Straße stehen.

Von Russen keine Spur

Noch im 14. Jahrhundert reichte die Nordsee mit dem heutigen Jadebusen bis wenige Kilometer östlich von Friedeburg. Auf einer flachen Geestinsel gelegen, umgeben von feuchten Wiesen, kargen Sandböden und moorigen Gebieten, wohnte in der Gegend des heutigen Ortsteils Rußland vor mehr als 100 Jahren ein armer Moorbauer. Wegen seiner einfachen Lebensweise und seines rauhen Auftretens wurde er „Russe" genannt.

Eine andere Geschichte erzählt von einem Köhler, hier auch Rußer genannt, der vor 150 Jahren einen Meiler betrieb und in seiner Köhlerhütte abseits des kleinen Dorfes wohnte. Da er durch seine Tätigkeit am Kohlenmeiler immer ein „verrußtes" Aussehen hatte, übertrug der Volksmund schon bald die Bezeichnung auf das ganze Gebiet.

Wahrscheinlich ist aber die Deutung des Namens „Rußland" aus den natürlichen Gegebenheiten der Landschaft abzuleiten. Die Böden waren hier wenig ertragreich, Heideflächen wechselten mit kleineren Moorgebieten ab, über allem wuchs fast undurchdringliches Buschwerk.

Im Vorstellungsbild der Menschen des beginnenden 19. Jahrhunderts glich das Land den unfruchtbaren und unwegsamen Gegenden Rußlands. Der Name wurde als Flurbezeichnung übernommen, in die amtlichen Karten übertragen und hat sich bis heute erhalten.

......nach Amerika

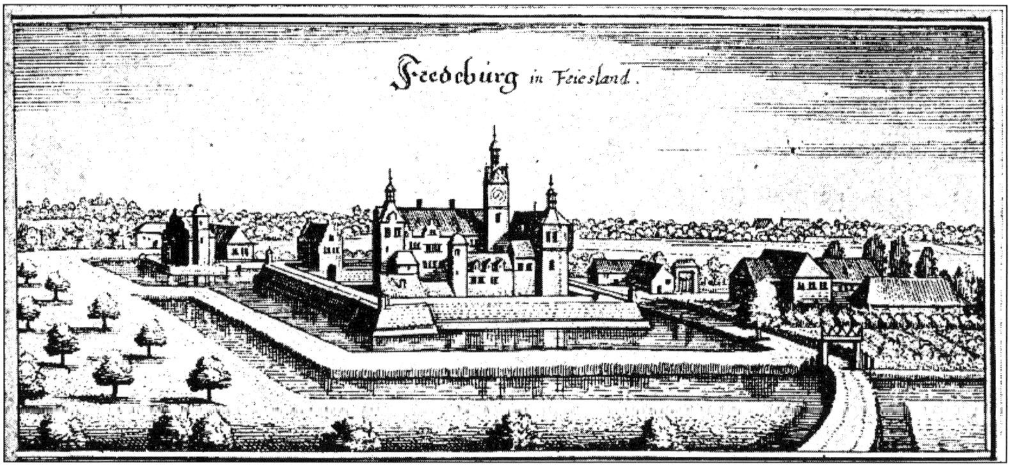

Die Darstellung der Friedeburg von Matthäus Merian aus dem Jahr 1647. Es ist die zweitälteste Ansicht, die allerdings nicht fehlerfrei ist, weil der Zeichner wohl phantasievoll einige Gebäudeteile hinzugefügt hat. Man blickt von Südosten auf die Burganlage.

Amerika – Land der Sehnsucht

Der Name der ehemaligen Kolonisten-Siedlung „Amerika" im Ortsteil Heselerfeld ist durch die damalige soziale Situation der Menschen dieser Gegend gekennzeichnet. Im 19. Jahrhundert war häufig eine große Arbeitslosigkeit festzustellen. Das führte in breiten Schichten des Volkes, vor allem im ländlichen Raum, zu einer für heutige Verhältnisse kaum vorstellbaren Armut.

Eine Auswanderung nach Übersee schien der einzige Ausweg. Besonders in den küstennahen Orten sprach sich schnell herum, wie man in der „Neuen Welt" ein besseres Leben führen konnte. Seeleute, die als „Amerikafahrer" in den Wirtshäusern und Hafenkneipen vom Leben jenseits des Atlantiks berichteten, vermittelten erste Kontakte zu den Schiffahrtsgesellschaften; und mancher Ausreisewillige zahlte ihnen ein Handgeld für die Vermittlung der Passage.

So war in der Mitte des 19. Jahrhunderts eine starke Auswanderung zu verzeichnen, die allein im Jahre 1851 mehr als eine Million Deutsche über den Atlantischen Ozean führte. Eine noch stärkere Auswanderungswelle entwickelte sich zwischen 1881 und 1890. Insgesamt wanderten von 1821 bis 1920 etwa 5,3 Millionen Deutsche aus.

Um die Auswanderung einzudämmen, wurden in manchen ländlichen Gebieten die letzten Flächen an Ödland für Kolonisten zur Verfügung gestellt. So war es auch in Friedeburg, wo man noch nicht kultivierte Gebiete im Nordwesten zur Kolonisation freigab. Manchen Familien, die nicht auswandern wollten, wurde Land zugeteilt, das sie urbar machen und dort siedeln konnten. Wenn auch die ersten Jahre als Kolonisten sehr hart waren, fanden sie hier „ihr Amerika" und hatten mit der Zeit ihr Auskommen.

Eine Wanderung von Rußland nach Amerika

Auf einem etwa zweistündigen Rundweg lassen sich beide Ortsteile bequem er-

Das Gelände der Friedeburg mit der Aussichtsplattform (ehemaliger Turm)

schließen. Der Weg führt durch bebaute Gebiete und erschließt die Wallheckenlandschaft in der Umgebung Friedeburgs. Findige Gemeindeväter haben eine originelle Urkunde entwickelt, die für eine erfolgreiche Wanderung ausgehändigt wird. Die erforderlichen Informationen gibt es vom Fremdenverkehrsverein und vom Heimat- und Verkehrsverein. Ausgangspunkt der Wanderung ist der „Rußlandhof", eine Gaststätte, in der tatsächlich russische Gerichte angeboten werden. Vom „Rußlandhof" geht es in östlicher Richtung bis zur Kreuzung Rußlandweg/Mickenbarger Weg. Von hier nach links und dann nach 200 m in einen Feldweg, den Geescheweg, einbiegen. Über den Hohen Weg, Friedeburger Weg, die Heseler Straße, den Alten Postweg und den Schlagbaumweg erreicht man „Amerika". Der Rückweg erfolgt über die Heseler Straße und den Mickenbarger Weg zum „Rußlandhof".

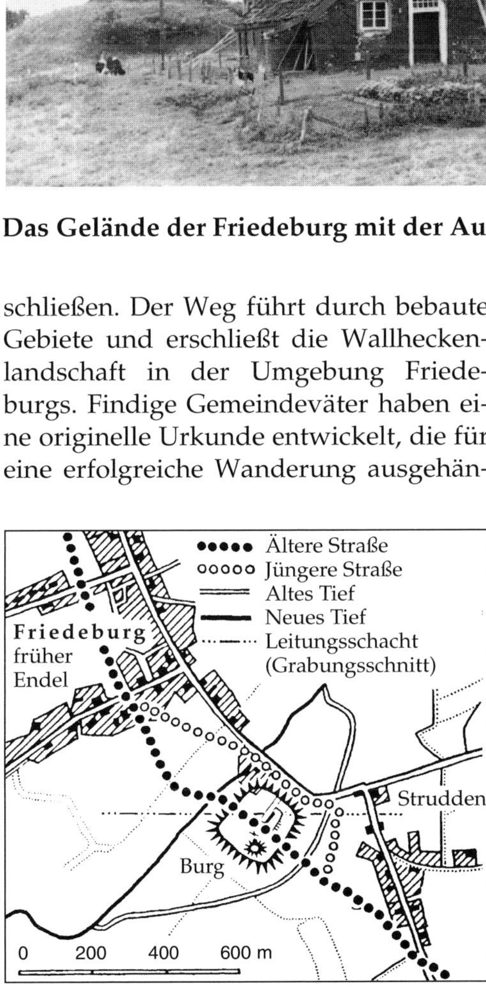

Plan der Friedeburg; die Ergebnisse der Grabung durch K.-H. Marschallek sind eingezeichnet

Die Friedeburg
– einst bedeutende Grenzfeste

Am südlichen Ortsausgang Friedeburgs liegen Reste der ehemaligen Burg. Von der Aussichtsplattform, Teil eines einstigen Wehrturms von Burg und Festung Friedeburg, kann das Burggelände betrachtet werden. Wenn auch Ausgrabungen und Verfüllungen das Burggelände verändert haben, sind doch der Verlauf des alten Tiefs, Reste der Umwallung und die tiefer gelegenen Graften im Gelände deutlich sichtbar. Die Graften sicherten einst die Friedeburg gegen die von Oldenburg kommende und nach Jever führende Heerstraße. Das Wasser des Tiefs wurde in die Graften geleitet, und selbst in trockenen Sommern war durch die Verbindung zum Jadebusen ein ausreichender Wasserstand in den Gräben gewährleistet.

Die Burg wurde vermutlich im Jahre 1359 vom friesischen Häuptling Fredo von Wangern an strategisch günstiger Stelle angelegt. Es war eine Zeit der inneren Unruhen in den friesischen Ländern Östringen, Rüstringen und Wangern. Die bisher gültige Ratgeberverfassung wurde Mitte des 14. Jahrhunderts in Ostfriesland durch die Häuptlingsherrschaft abgelöst, da sich die durch die Landesgemeinden gewählten Organe gegen das Machtstreben einzelner Häuptlinge nicht durchsetzen konnten. Die Grafen von Oldenburg sahen hier eine willkommene Gelegenheit, ihre angestammten Rechte auf das östliche Ostfriesland wieder geltend zu machen. Sie konnten aber den Bau der Friedeburg nicht verhindern, weil es dem Häuptling Fredo gelungen war, die im Lande herrschenden Unruhen und Feindseligkeiten zu unterbinden. Das gemeinsame Ziel, keine Unterwerfung durch die Oldenburger Grafen zuzulassen, hatte Rüstringer, Östringer, Wanger und sogar Harlinger geeint.

Nach wechselvoller Geschichte, wobei die Besitzverhältnisse nicht immer eindeutig festzustellen sind, wurde die vielumkämpfte Festung in preußischer Zeit 1763 durch Friedrich den Großen geschleift.

Vermutlich haben in den folgenden Jahren die Bauern der Umgebung die Steine der zerstörten Burganlage für eigene Bauten genutzt. Die 1955 durchgeführte Grabung erbrachte kaum Funde, so daß heute nur bedingt Auskunft über die Baugeschichte der Burg erteilt werden kann.

Im Heimatkundlichen Museum Friedeburgs können sich Besucher über die Geschichte des Raumes näher informieren.

Sehenswertes in der Umgebung

Natur- und Landschaftsschutzgebiete

„Sumpfmoor Dose" (Gebiet mit verlandeten Torfpütten und typischer Fauna und Flora im Moor);

„Restmoorflächen Wiesedermeer" (verheidetes Restmoor mit alten Torfstichen);

„Stroot" (20 ha großes Waldgebiet mit alten Eichen und Buchen);

„Schwarzes Meer" (Grundmoränensee bei Marx-Barge mit seltenen Pflanzen);

„Lengener Meer" (südlich von Friedeburg, 140 ha großes Moorschutzgebiet mit dem zweitgrößten Moorsee Ostfrieslands).

Reepsholt

In dem heutigen Ortsteil Friedeburgs wurde im Jahr 983 das erste Kloster in Ostfriesland gebaut. Von den Gebäuden blieb nichts erhalten. Sehenswert ist die St.-Mauritius Kreuzkirche aus dem 12. Jahrhundert (teilweise barocke Ausstattung) mit dem eingestürzten Turm.

Wiesmoor

Wo heute der Ort liegt, lag noch vor 80 Jahren eine einsame Torfkolonie. Inzwischen ist Wiesmoor die bedeutendste Blumengemeinde in Norddeutschland geworden. Gewächshausanlagen (fast 75000 m^2 sind unter Glas) und die Blumenhalle (1500 m^2) sowie die Parkanla-

Schloß Neuenburg mit dem Museum

gen sind zu besichtigen. Die jährlich wichtigste Veranstaltung ist das Blütenfest am ersten Wochenende im September. Blumenfreunde werden bei einem Spaziergang durch den Ort, man wandelt wie durch einen großen bunten Garten, restlos begeistert sein.

Schloß Gödens

Das Wasserschloß Gödens mit seinem Park, etwa 10 km nordöstlich von Friedeburg, wird als der schönste Barockbau im Nordwesten Deutschlands bezeichnet. Von Wasser umgeben, erhebt sich hinter einer Vorburg das Herrenhaus (Backsteinbau) aus dem 16. und 17. Jahrhundert.

Neuenburg

In diesem südlichsten Ort des Jeverlandes steht das durch Graften gesicherte Schloß. Eine breite Allee, von der Ortsmitte kommend, führt auf das Schloß zu. Der Backsteinbau von 1462 ist heute übertüncht. Die drei Flügel des Schlosses umrahmen einen hübschen Hof. Eine Besonderheit ist die in den Bau integrierte Kapelle, auf die ein Dachreiter weist und die heute mit dem Schloß das Heimatmuseum beherbergt. (Geöffnet vom 15. Mai bis zum 15. September am Mittwoch und Sonntag von 15.00 bis 17.00 Uhr.)

In der ***Rutteler Mühle*** (am westlichen Ortsrand) kann man frisch gemahlenes Getreide kaufen.

Am östlichen Ortsrand befindet sich ein reizvolles Waldgebiet, der ***Neuenburger Urwald***. Spazierwege und schmale Pfade führen durch den Urwald, der mit seinen mächtigen Bäumen wirklich imposant ist. Im Sommer lädt ein Kaffeegarten unter alten Bäumen zur Rast ein.

ROMANTISCHE SCHLÖSSER UND BURGEN

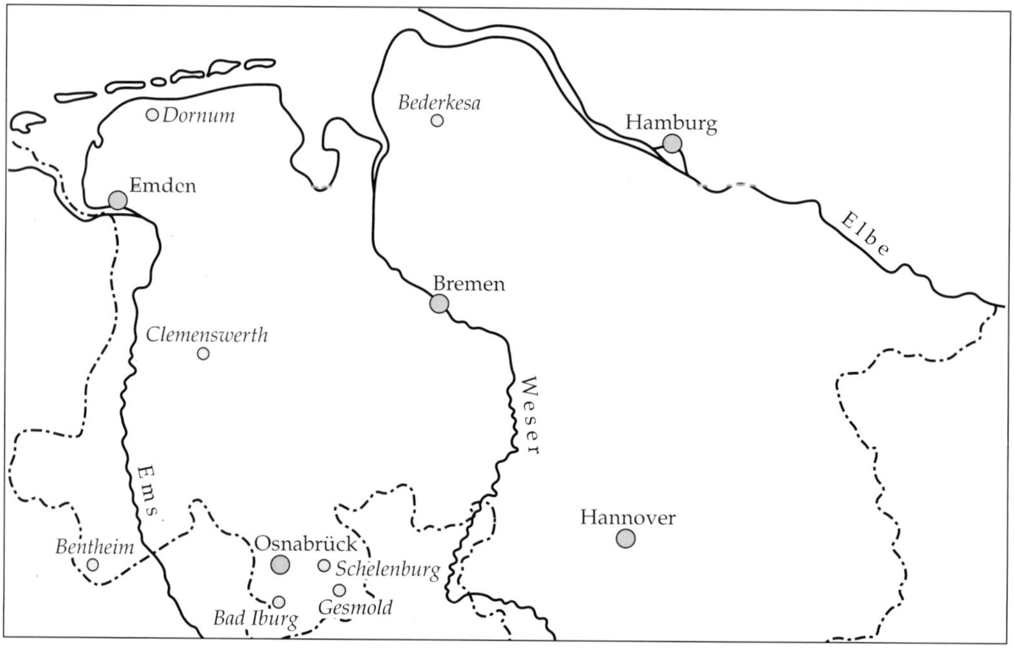

Zwischen Ems und Elbe gibt es eine Reihe von Schlössern, Burgen und Herrensitzen. Ihre Voraussetzungen waren vor allem das mittelalterliche Feudalwesen mit seiner Verselbständigung örtlicher Gewalt.
Iburg erlangte große Bedeutung durch die Doppelanlage von Benediktinerkloster und bischöflichem Schloß. Die schloßartige Burg *Bederkesa* war jahrhundertelang küstennaher Vorposten der Stadt Bremen, die das Bild der Burg auch am nachhaltigsten geprägt hat.
Der barocke Schloßbau in *Dornum,* inmitten eines großen Parks gelegen, gehört zu den bedeutendsten Wasserburgen in Ostfriesland. Da Hochburgen im weitgehend flachen Norddeutschland sehr selten sind, wurden die Niederburgen gern im Schutze des Wassers gebaut.
Auch die malerische Anlage der *Schelenburg* und der großzügig angelegte Herrensitz *Gesmold* zählen zu diesen Wasserburgen.
Imponierend ist der Anblick der scheinbar aus dem Felsen wachsenden Burg *Bentheim.* Sie ist eines der seltenen Beispiele einer Höhenburg im Norden Niedersachsens.
Das Jagdschloß *Clemenswerth* ist von faszinierendem Reiz. Die achtstrahlig sich ausbreitende Gesamtanlage ist einmalig in ihrer erhaltenen Vollkommenheit.

Das Foto rechts zeigt das Wasserschloß in Dornum.

Benediktinerkloster und Residenz

Die eindrucksvolle Geschichte Iburgs

Am 23. November des Jahres 1068 ernannte Kaiser Heinrich IV. seinen langjährigen Freund und Berater Benno II. zum Bischof von Osnabrück. Diesem Mann ist es zu verdanken, daß Iburg sich zu einer Residenzstadt entwickelte, deren große Bedeutung im Osnabrücker Bistum jahrhundertelang erhalten blieb. Über einen Zeitraum von 600 Jahren bildeten das von Benno errichtete Kloster und die später angegliederte Burg den Regierungssitz der jeweiligen Landesherren und Osnabrücker Bischöfe. Wer aber war dieser Mann, dessen Wirken so eng mit der Geschichte Iburgs verbunden ist?

Benno II. – ein großer Bischof und treuer Gefährte des Kaisers

Benno II. wurde um das Jahr 1021 in Schwaben geboren und entfaltete schon früh eine außerordentliche Aufgeschlossenheit für die Wissenschaft. So war es nicht verwunderlich, daß, als unter Heinrich III. in Speyer die sogenannte „Ringschule des Geistes" entstand, in deren Rahmen sich Geistliche aus allen Teilen des Reiches trafen, um über wissenschaftliche Probleme zu diskutieren, auch Benno II. zu den Teilnehmern zählte.
Der Kaiser war von dem jungen Mann so beeindruckt, daß er ihn überredete, mit nach Sachsen zu ziehen, wo Benno erst als Lehrer an der Domschule zu Hildesheim und später als Domprobst wirkte. 1056 starb Kaiser Heinrich III..
Da sein Sohn Heinrich IV. zu dieser Zeit erst sechs Jahre alt war, bemächtigte sich Erzbischof Anno II. von Köln seiner Vormundschaft, bis Heinrich schließlich als fünfzehnjähriger durch eine feierliche Schwertleite in Worms im Jahre 1065 zum Herrscher erklärt wurde. So, wie er früher dem Vater zur Seite gestanden hatte, blieb Benno auch dem Sohn treu, und übernahm innerhalb des komplizierten Dreifrontenkrieges des Kaisers, der sich gegen die revoltierenden Sachsen, seine aufständischen Herzöge und Papst Georg VII. zu behaupten versuchte, die Vermittlerrolle. Er war es auch, der Heinrich IV. im Jahre 1077 auf dem schweren Gang nach Canossa begleitete. Im Jahre 1068 ritt der neue Bischof von Osnabrück, Benno II. durch sein Bistum. Er hatte, aus Dankbarkeit über seine Ernennung gelobt, dort ein Benediktinerkloster zu gründen, und befand sich auf der Suche nach einem geeigneten Standort. Seine Wahl fiel auf die ebenso idyllisch wie strategisch günstig gelegene Iburg.
Auf dem heutigen Schloßberg ragten damals die Ruinen einer von den Sachsen errichteten Fluchtburg empor, die Karl der Große hatte schleifen lassen. Doch sogar 200 Jahre nach der Zerstörung ließ sich aus den Überresten ersehen, daß es

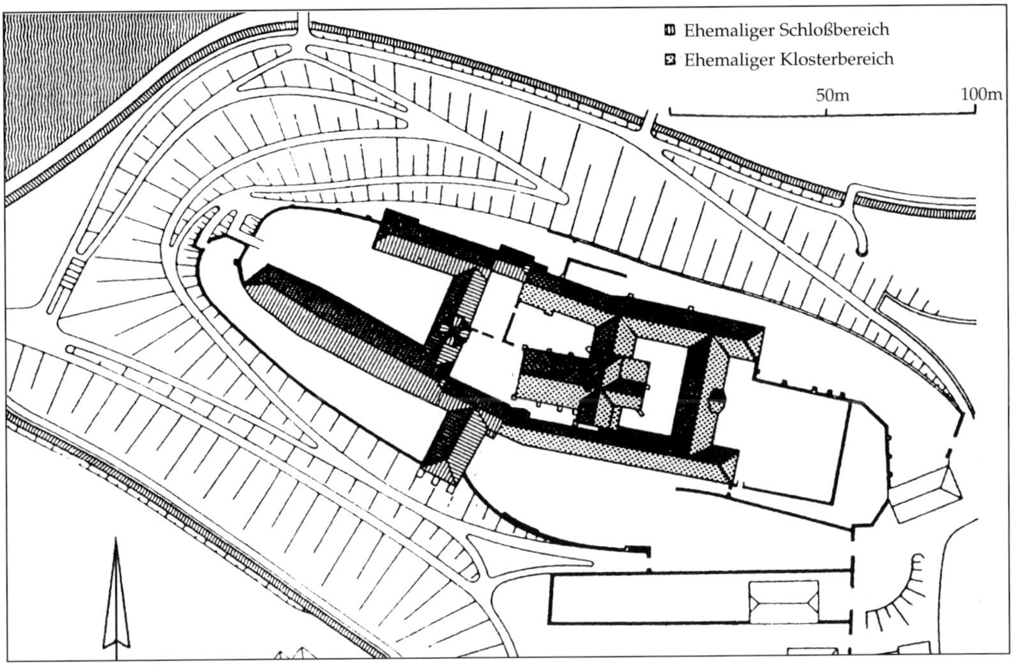

Grundriß der Burganlage

sich um eine „stark befestigte Anlage mit herrlichen Wohnungen“ gehandelt haben muß. Möglich ist, daß die Iburg dem Sachsenherrscher Wittekind seinerzeit als Wohnsitz diente.

Bau des Benediktinerklosters auf der Iburg

Benno, der wegen seiner baumeisterlichen Fertigkeiten später vom Kaiser mit der Oberaufsicht über den Dombau zu Speyer beauftragt wurde, begann in Iburg zunächst mit dem Bau einer Kapelle, der im Jahre 1070 vollendet wurde. Wie auch das Kloster wurde sie dem Heiligen Clemens geweiht, den Benno zum Schutzpatron bestimmt hatte, da er am Clemenstage, dem 23. November, in sein Amt eingesetzt worden war. Die Grundsteinlegung für das Kloster erfolgte 1080. Erhalten geblieben sind aus jener Zeit lediglich einige Teile des Mauerwerks der Klosterkirche, sowie der untere Bereich eines rechteckigen Wohnturmes, der vermutlich die Unterkunft von Benno gewesen ist. Der achteckige Bergfried, den man im Volksmund als „Bennoturm“ bezeichnet, wurde erst um 1500 errichtet und als Gefängnis benutzt. In ihm saßen die münsterschen Wiedertäufer eingekerkert, bevor man sie 1534 auf dem Gerichtsplatz vor dem Schloß zum Tode verurteilte.
Bischof Benno starb 1088 in Iburg. Beistand leistete ihm sein guter Freund, Abt Norbert, mit dem er in den letzten Jahren seines Lebens eine enge Gemeinschaft pflegte. Nach Bennos Tode schrieb Norbert die „Vita Bennonis“, eine anschauliche Beschreibung vom Leben des Klostergründers. Der Sarkophag mit den sterblichen Überresten des Bischofs befindet sich in der Klosterkirche. Er trägt folgende Inschrift: „Pilgert zum gleichen Verwesen, ihr wollt wer hier modere lesen?

Klosterfassade Iburg

Ruft euren Gruß denn hinab Benno, dem Bischof ins Grab." 1408 wurde die Leiche exhumiert. Dabei entdeckte man, daß das wertvolle Meßgewand aus purpurner Seide, ein Geschenk Heinrichs IV., unversehrt geblieben war. Bis zum Jahre 1888 ist das kostbare Gewand danach am Sterbetag Bennos, dem 27. Juli, von Geistlichen während der Meßfeier getragen worden.

Das Residenzschloß entsteht

Unter seinen Nachfolgern wurde die Anlage der Iburg in ein Residenzschloß umgewandelt. Fürstbischof Philipp Sigismund (1591 – 1623) veranlaßte eine umfangreiche Erweiterung der bestehenden Gebäude. Es entstand eine prächtige Bibliothek, eine Apotheke, Ratsstuben wurden eingerichtet und der Rittersaal erhielt seine erste Fassung.

Im Dreißigjährigen Krieg zerstörten niederländische, vor allem aber schwedische Truppen große Teile der Iburg. Da sie 1633 ganz in die Hände der Schweden gefallen war, machte man die Festung den Feinden zum Geschenk, um eine Plünderung abzuwenden. Trotzdem sah sich Bischof Franz Wilhelm von Wartenberg, nachdem das Kloster 1645 für 6000 Reichstaler zurückgekauft worden war, mit schweren Verwüstungen an vielen Gebäuden konfrontiert. Er beschloß, die Kriegsschäden zu beseitigen.

1656 wurde auf seine Anregung mit einer Umgestaltung des Rittersaales begonnen. Johannes Crafft übernahm die baulichen Aufgaben, während der Bologneser Maler Andrea Aloisi das perspektivische Deckengemälde schuf. Dargestellt sind die Taten des Herkules. Die Innengestaltung des Saales ist eines der wenigen Beispiele für vorbarocke Raumausstattung im Gebiet nördlich der Alpen. So handelt es sich bei dem Deckengemälde um die einzige Darstellung in dieser, den italieni-

Der Rittersaal im Schloß

schen Vorbildern folgenden Tradition, die in Deutschland besichtigt werden kann. Mit dem welfischen Fürstbischof Ernst August von Braunschweig-Lüneburg und seiner Gemahlin Sophie von der Pfalz zog noch einmal neuer Prunk in die Osnabrücker Residenz ein. Als erster lutherischer Bischof entstand unter ihm die evangelische Schloßkapelle. Doch die Iburg genügte den Ansprüchen ihrer Herrscher nicht mehr, denn obwohl zu einiger Bedeutung gelangt, hatte die Residenz ihren ländlichen Charakter nie verloren. Ernst-August ließ in Osnabrück ein neues Schloß errichten und verlegte den Regierungssitz im Jahre 1673 dorthin. Die 600jährige Herrschaft der Osnabrücker Fürstbischöfe in Iburg fand so ihr Ende.

Eine große Bauepoche konnte das Kloster noch erleben. Zu verdanken haben wir das dem wohl herausragendsten unter den 46 Äbten, die das Kloster geleitet haben: Abt Magnus Rost (1666 – 1706). Dem disziplinierten Gottesmann, gelang es nicht nur, die klösterliche Ordnung aufrechtzuerhalten, sondern seine, aus Weitblick heraus entwickelte Sparsamkeit, ermöglichte es dem späteren Nachfolger, Abt Adolf Hane von 1751 vier Jahre lang nach den Plänen Johann Conrad Schlauns, einen Neubau errichten zu lassen. Das Klostergebäude wurde vollendet, die Klosterkirche ausgeschmückt und eine neue Orgel aufgestellt. Georg III., König von England und Kurfürst von Hannover kehrte Iburg endgültig den Rücken. Er ließ das Kloster 1803 säkularisieren. Heute befinden sich in den Gebäuden Amtsgericht und Polizeischule von Iburg. Die Innenräume können nur am Freitagnachmittag um 15.00 Uhr besichtigt werden.

Die alte Neue – oder die neue Alte?

Die Burg in Bederkesa

Meyers Konversations-Lexikon beschrieb Bederkesa 1908 wie folgt: „Flecken im preuß. Regierungs-Bezirk Stade, Kreis Lehe, am fischreichen See von B. am Hadelner- und Geeste-Kanal und an der Staatsbahnlinie Speckenbüttel – B., hat eine gotische evangelische Kirche, Reste eines alten Schlosses, eine Rolandsäule, ein Schullehrerseminar, Oberförsterei, Bierbrauerei, Branntweinbrennerei und 1617 Einwohner".
Eine Wanderung durch Bederkesa kann das Lexikon in einigen Dingen tatsächlich bestätigen. Besonders auffällig ist der Lauf der Zeit an zwei Gegenpolen: Die ehemalige Staatsbahnlinie ist verwaist und soll als Museumsbahn wiederbelebt werden, das verfallene Gemäuer des alten Schlosses dagegen strahlt seit einiger Zeit wieder im Lichte von Scheinwerfern.

Die Geschichte der Burg Bederkesa

Bederkesa war für das Hadelner Umland bedeutend. Johann Heinrich Voß, der Übersetzer der Odyssee lobte das „Bergster Bier", das auch vor Meyers Konversationslexikon Gnade fand. Im Mittelalter tummelten sich in und um Bederkesa die Erzbischöfe von Bremen, die Herzöge von Sachsen-Lauenburg und die Bremer Ratsherren. Der niedersächsische Flecken Bederkesa hat sich gewandelt. Heute zählt man 11000 Einwohner und ist stolz auf den Wiederaufbau des alten Schlosses – obwohl manche Menschen eher von einem Neubau sprechen.
Die Geschichte der Burg ist alt. Ein Kupferstich von Wilhelm Dilich zeigt, wie die Burg im Jahre 1604 angelegt war. An dem Bau soll damals Lüder von Bentheim mitgewirkt haben. Er schuf 1608 die Weserrenaissance-Fassade des Bremer Rathauses.

Die Burg im Mittelalter

Die Burg war zwar seit dem 12. Jahrhundert fest in der Hand der Ritter von Bederkesa – doch auch damals schon waren die Schulden schuld an jeder Misere. 1383 verkaufte man einen Teil von Burg und Land an den Bremer Erzbischof. Knapp 40 Jahre später war alles in Bremer Händen. Da aber auch die Lauenburger Rechte an der Burg hatten, blieb der Streit nicht lange aus. Und 1473 mußte der letzte Sproß der Ritter von Bederkesa das Schloß an die Bremer Ratsherren verpfänden. Für knappe 200 Jahre wurde es ruhiger, man plante und baute – die Burg paßte sich der Landschaft an, sie wurde herausgeputzt, sie fand Liebhaber!

Graf Königsmarck

Ab 1654 wird es in und um Bederkesa turbulent. Der schwedische Graf Königsmarck machte es sich auf der nunmehr prächtig hergerichteten Burg bequem. Hätte es damals schon die Yellow Press gegeben, man wäre aus den Schlagzeilen nicht herausgekommen. Wichtigster Name: Aurora von Königsmarck – ja, hier schlägt die Geschichte wieder einmal erbarmungslos zu. Die in Stade, im Haus ihrer Großeltern geborene Schwester des Burgherrn, verlebte hier einige Jungmädchenjahre. Später sorgte sie als Geliebte August des Starken für Gesprächsthemen an europäischen Höfen.

Wiederaufbau der Burg

Die Freude währte nicht lange, ab 1735 war Bederkesa Amtssitz der Hannoveraner. Aber das war wohl nicht der Grund, daß der Landkreis 1975 für teures Geld die alte Burgruine ankaufte. Diese Stätte Bremischer Geschichte war nach Bremervörde die bedeutendste Burg im Erzstift Bremen. Bremen und Bremerhaven (also Binnen- und Buten-Bremer) stellten die für den Wiederaufbau benötigten Architekten. Nach langen Diskussionen wird die verfallene Ruine in „historisierendem Stil" wiederaufgebaut. Das paßt zu dem, was die Denkmalpfleger wollten – die wollten vor allem im neu zu errichtenden Nordflügel „ländlich-bäuerlichen" Burgstil gewahrt wissen. Wer mehr über die Geschichte der neuen Burg erfahren möchte, sollte an einer Führung teilnehmen.

Roland von Bederkesa

Wissen sie noch, wo man den braven Soldaten Schweijk nach dem Krieg wiedertreffen wollte?

In Bederkesa gibt es zwei Treffpunkte. Es ist zum einen der Roland von Bederkesa, der jahrelang vor der Kirche des Fleckens stand, im Zuge der großen Renovierungsarbeiten aber in den Burghof umziehen mußte.

Der Roland vor der Burg in Bederkesa

An einem weiteren Denkmal auf dem Marktplatz geht man eher vorbei. Hier setzte 1981 Gerhard Olbricht der Hausfrau ein Denkmal – in Gestalt einer Bronzefigur mit Biedermeierhut auf dem Kopf und Körbchen in der Hand.

Sehenswertes in der Umgebung

Der Bederkesaer See

Der fünftgrößte See Niedersachsens ist seit „Jahrtausenden" Hauptanziehungspunkt Bederkesas.

Blick auf die restaurierte Burganlage mit dem schilfbestandenen Graben

Um 1500 v. Chr. hat der See seine heutige Ausdehnung und Tiefe erreicht, obwohl er auch heute noch ständigen Veränderungen durch Verschilfung und Verlandung unterworfen ist. Der flache, durchschnittlich nur 0,95 m tiefe See, zeigt meist eine bräunliche Farbe und lädt – auch wegen des schlickig-moorigen Untergrundes – nicht zum Baden ein.
Es empfiehlt sich daher ein Rundgang auf dem Deich, der auch zum Ostteil des Bederkesaer Sees mit dem angrenzenden Hörner Moor führt, wo über 20 seltene Vogelarten eine Heimat gefunden haben. Früher wurden hier besonders Hecht, Zander, Barsch und Aal gefischt – heute hat sich der Bestand zugunsten von Aal und Brasse gewandelt.
Wegen der nur geringen Wassertiefe des Bederkesaer Sees wurde eine sehr ungewöhnliche Form der Archäologie entwickelt: Man watet durch den See und tastet mit den Füßen nach festen Gegenständen im morastig-schlammigen Untergrund. Dadurch wurden schon erstaunliche Funde gemacht, so z. B. ein gut erhaltener Einbaum von 2,85 m Länge und 0,63 m Breite aus dem 9. oder 10. Jahrhundert neben dem Knochen, Gefäßreste und ein gut erhaltenes Eisenschwert lagen. Zwei weitere Einbäume von knapp 5 m und 6,50 m Länge konnten außerdem aus dem Schlamm gehoben werden.
Es lohnt natürlich auch, vom See aus die Zuflüsse zu besuchen. Der „Russengraben" erinnert an die Kolonisierung des Ahlener Moores im Ersten Weltkrieg durch russische Kriegsgefangene. Außerdem wird der See vom Ankeloher Randkanal und dem Falkenburger Bach gespeist. Der Abtransport der Wassermen-

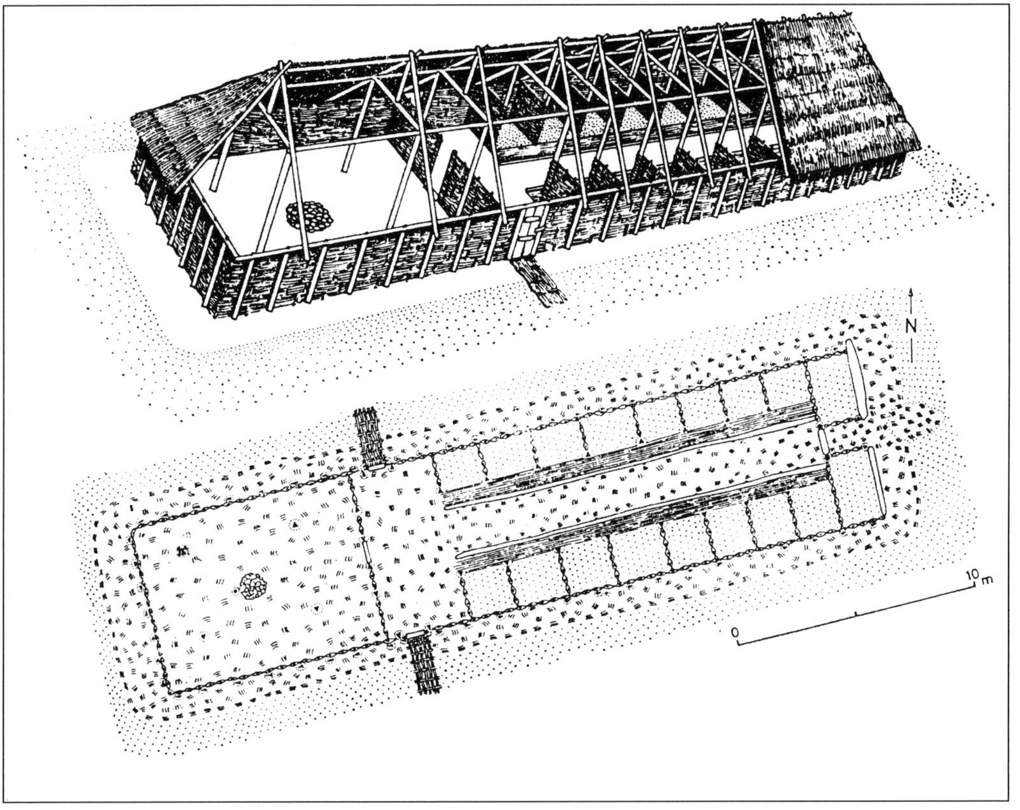

Grundriß und Rekonstruktion eines dreischiffigen Wohn-, Stall-Hauses in der Wurtensiedlung Feddersen Wierde (nach J. Herrmann 1976)

gen erfolgt durch den Hadelner bzw. den Bederkesa-Geeste-Kanal.

Museum Burg Bederkesa

Die Burg Bederkesa ist hervorragend geeignet, um als Museum, Museumswerkstatt, Sitz der Archäologischen Denkmalpflege des Landkreises Cuxhaven, sowie als Zentralmagazin prähistorischer Funde zu dienen.

Neben einem Überblick über die Geschichte der Burg und einer Einführung in die Vor- und Frühgeschichte des Landkreises wurden zum besseren Verständnis der Besiedlungsgeschichte des Elbe-Weser-Dreiecks die verschiedenen Landschaftsformen vorgestellt. Die Ausstellungsstücke aus allen prähistorischen Epochen und dem Mittelalter weisen das Gebiet als eine außerordentlich reiche archäologische Fundlandschaft aus.

Neben den Exponaten zur Geschichte der Burg Bederkesa bilden die Ergebnisse der aufsehenerregenden Siedlungsgrabungen des Niedersächsischen Landesinstituts für Marschen- und Wurtenforschung einen besonderen Schwerpunkt, die in Flögeln und Feddersen Wierde durchgeführt wurden.

Feddersen Wierde ist eine Wurtensiedlung der römischen Kaiserzeit und der Völkerwanderungszeit.

Von friesischen Häuptlingen und ihrer Herrlichkeit

Dornum – eine Perle Ostfrieslands

Dornum ist eine Idylle im Harlinger Land nur wenige Kilometer von der ostfriesischen Küste entfernt. Besonders das repräsentative Schloß ist ein Kleinod des Ortes. Es zählt sicherlich zu den schönsten Schlössern und Burgen Ostfrieslands.

Mächtige Bäume umrahmen die Tordurchfahrt der Vorburg, deren Schloßturm sich mit den beiden aufstrebenden Säulenetagen und dem geschwungenen Helm zwischen die Baumkronen schiebt. Das Schloß hinter der Vorburg ist von einer großen Graft umgeben.

Diese Art von Wasserschlössern findet man in Ostfriesland wie Perlen an einer Kette aufgereiht, vom Dollart bis fast zum Jadebusen. Die planmäßig angelegten Wasserburgen boten Burgherren wie Untertanen Schutz vor zwei besonders unberechenbaren Gegnern: dem „Blanken Hans", dem Meer also, das ständig das tiefgelegene Land bedrohte, und den Seeräubern, die Vitalienbrüder um Störtebeker, die ebenfalls weit ins Binnenland vorstießen und vor keiner Gewalttat zurückschreckten.

Die Herrschaft der Häuptlinge

In Dornum entstanden so bis zum 14. Jahrhundert drei Burgen: die Norderburg (das heutige Schloß) die Osterburg (die heutige Beningaburg) und die Westerburg. Es war die Zeit der großen Häuptlingsgeschlechter.

Die ostfriesische Freiheit hatte kaum noch Bestand, so drängen die aus dem Bauernstand hervorgegangenen Häuptlinge an die Macht.

Hero Attena war Herr der drei Burgen in Dornum, doch ein Ehedrama setzte im Jahre 1410 seiner Herrschaft ein jähes Ende. Sein Sohn Lütet erschlug sein untreues Weib mit dem Schwert. Die Rache seiner Schwiegermutter war jedoch fürchterlich. Sie drang mit ihren Mannen in die Norderburg ein und ließ den Schwiegersohn mit seinem Vater hinrichten.

Als der Besitzwechsel der Burgen an das Geschlecht der Kankena erfolgte, wurde das Jahr 1481 von besonderer Bedeutung. In diesem Jahr erhielt Dornum den Beinamen Herrlichkeit. Den Burgherren Hero Mauritz und Hicko Kankena bestätigte man urkundlich den Besitz der „herlicheit to Dornum". Damit wurden sie Herrscher über ein größeres Gebiet um Dornum und verfügten im Bereich ihrer Herrlichkeit über das Zollrecht, das Wegerecht, das Strandrecht und das Jagdrecht. Von besonderer Bedeutung war aber die dreifache Gerichtsbarkeit (Halsrecht, Zivilrecht, Kirchenrecht), die sie von nun an ausübten.

Als äußeres Zeichen ihrer Macht fügten die Kankena ihrem Wappen (schwarzer

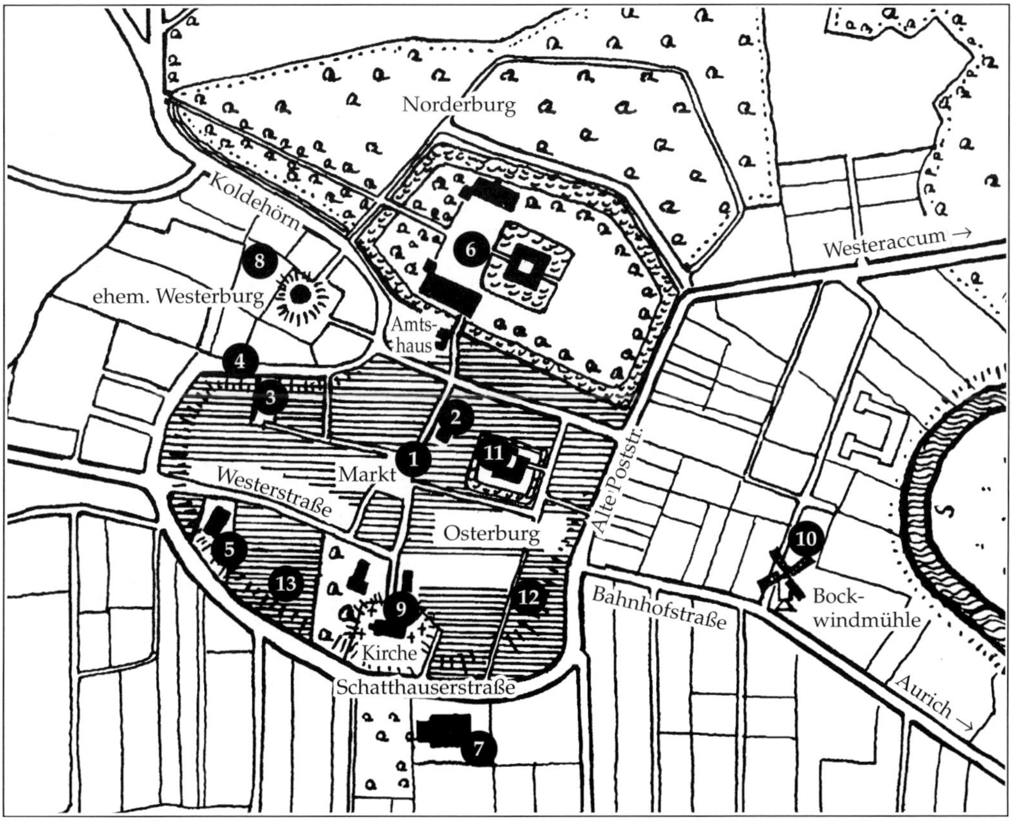

Übersichtsplan von Dornum: Die graue Fläche zeigt den Ortskern, d. h. die alte Warftbebauung.
1= Kirchstraße; 2 = ehem. Synagoge; 3 = Jüdischer Friedhof; 4= Bollwarfsweg; 5 = Gasthaus (Schatthaus); 6 = Wasserschloß; 7 = Rathaus; 8 = ehemalige Westerburg; 9 = Kirche St. Bartholomäus; 10 = Bockwindmühle; 11 = Beningaburg (Osterburg); 12 = Heimatstube; 13 = Verkehrsbüro

Adler auf weißem Grund) drei Faschinen hinzu, Rutenbündel, die als Symbol der Gerichtsbarkeit schon auf die Zeit der Römer zurückgehen.
In der Epoche der Häuptlinge soll es etwa 60 Herrlichkeiten in Ostfriesland gegeben haben, und natürlich waren damit kriegerische Auseinandersetzungen vorgegeben in der Hoffnung, die Macht des anderen zu zerstören.
So geschah es auch während der Sächsischen Fehde (1514 – 1517), als Hero Omken Attena die drei Dornumer Burgen in Schutt und Asche legte. Die Westerburg wurde nie mehr aufgebaut. Überreste im Bollgrafsweg dokumentieren noch den Standort der ältesten der drei Burgen.

Die Herren von Closter

Die wieder instandgesetzte Norderburg fiel durch Heirat dem Geschlecht von Closter zu. Unter der Herrschaft des Haro Joachim von Closter erfolgte der Umbau der Norderburg zwischen 1698 – 1717

Eingang zum Schloß durch den Torturm

Eingang zum Schloßgebäude über die Holzbrücke

Sandstein-Löwe mit Wappen

in ein barockes Schloß. Garten und Parks wurden angelegt und die Gebäude zur heutigen Form ausgebaut.
Über dem Schloßportal prangt ein mächtiger reliefverzierter Dreiecksgiebel, der Pallas Athene zeigt. Die hölzerne Brücke, die zum Portal führt, wird von zwei steinernen Löwen bewacht, die in ihren Pranken Wappen halten, als Zeichen der Würde und des Ansehens der herrschaftlichen Familie des Erbauers und seiner Ehefrau. Wenige Schritte vom Schloß entfernt, liegt die Beningaburg.
Ein Burggraben umgibt die Gebäude, die ehemals ein Geviert bildeten. Der kleine viereckige Burghof läßt noch die alte Anlage des einstigen Häuptlingssitzes erkennen. In der völlig renovierten Burg befinden sich heute ein Hotel, ein Restaurant und ein Café.

Hinter schweren Klosterziegeln üppiger Barock

Auf der Kirchwarft, am Ende der Kirchstraße, liegt die Dornumer Kirche St. Bartholomäus. Sie wurde vermutlich in der zweiten Hälfte des 13. Jahrhunderts erbaut. Der schlichte einschiffige Backsteinbau, aus schweren Klosterziegeln errichtet, überrascht im Innern mit einer form- und farbenprächtigen barocken Ausstattung. Besonders beeindruckend sind die reich dekorierte Kanzel, das Schnitzwerk und die Gemälde des Altars und die dreimanualige Orgel, die auf der Westempore fast die ganze Breite des Kirchenschiffes einnimmt.
Auffallend sind die Grabsteine und zahlreichen Totentafeln, die sich in der Kirche befinden. Sie tragen die Namen Dornumer Herrscherfamilien, deren Angehörige hier die letzte Ruhe fanden. Vor dem Altar liegt eine kostbar ausgearbeitete Grabplatte, die einen geharnischten Ritter in voller Größe zeigt. Sie bedeckt das

Enno Hektor

In Ostfreesland is't am besten,
Aver Freesland geit d'r nix,
Wor sind woll de Wichter mojer,
Wor de Jungens woll so fix?
In Ostfreesland mag ick wesen,
Anners nargens lever wesen,
Aver Freesland geit d'r nix.
1. Strophe des Ostfrieslandliedes

Grab des Gerhard II. von Closter, der 1594 starb, als er die Treppe des Wirtshauses „Zum Blauen Krug" in Emden herunterstürzte.
Neben der Kirche erhebt sich der wuchtige Glockenturm. Eine der drei Glocken, die Johannaglocke, wurde schon um 1200 gegossen. Bei vielen Gelegenheiten erklingt volles Glockengeläut, auch wenn beim Pastor ein neugeborenes Kind zur Taufe angemeldet wird. „Denn weten de Lü, dat dor weer een Kind upstahn is."

In Ostfriesland is't am besten

Diese Zeile spricht jedem Ostfriesen aus dem Herzen. Sie ist der Beginn ihres Heimatliedes. Enno Hektor, 1820 in Dornum geboren, dichtete es fern der Heimat in Dernau an der Ahr. Sieben Jahre war er in

Dornum als Gerichtsschreiber im ehemaligen Amtshaus neben dem Schloß tätig. Eine Gedenktafel erinnert hier an ihn. Seine Liebe aber galt der Dichtkunst und Schriftstellerei, für die er schon früh eine Begabung zeigte. Seine schonungslose Kritik an der Gesellschaft brachte ihn schon bald in den Ruf eines Sonderlings, so daß er im Jahre 1849 Dornum verließ. Besonders erwähnenswert sind seine großen Bemühungen, dem Plattdeutschen wieder einen Platz in der Literatur zu geben. Er starb in Nürtzberg, weit weg von „wor so lut die Nordsee bullert" aber mit dem Bekenntnis „Aver Freesland geit d'r nix".

Tip:
Am Rande des Ortes, in Richtung Westerholt, steht eine Rarität für ganz Ostfriesland, eine alte Bockwindmühle, die 1962 vor dem Verfall gerettet und in mühevoller Arbeit restauriert wurde. Sie überlebte die Zeit des 18. Jahrhunderts als man begann, diese alten Ständermühlen, bei denen der ganze Mühlenkörper in den Wind gedreht wurde, durch die Holländerwindmühlen mit drehbarer Kappe zu ersetzen. Seit 1626 dreht sie ihre Flügel in Wind und Sturm, damals mit großer wirtschaftlicher Bedeutung, heute als Zeugin alter Zeiten, in denen Mühlen zum Bild der Landschaft gehörten.

Sehenswertes in der Umgebung

Westeraccum

Auf einem Granitsockel erhebt sich der um 1270 gebaute Backsteinbau. Die auf einer hohen Wurt (=Erdhügel) liegende Kirche beeindruckt durch den prächtigen Innenraum. Neben dem rechteckigen Altaraufsatz von 1665 ist die reich ausgestattete Barock-Kanzel von beachtlich künstlerischem Wert.

Arle

Diese ebenfalls auf hoher Kirchwurt gelegene romanische Saalkirche aus Tuff (um 1170) ist dem Heiligen Bonifatius geweiht. Der „Apostel der Deutschen" starb 754 in Friesland den Märtyrertod.

Der vorgestellte neuromanische Westturm stammt von 1886, da der Vorgängerturm in den Häuptlingskämpfen 1430 niedergerissen worden war. Im Inneren beeindrucken der spätgotische Kreuzigungsaltar mit bemalten Seitenflügeln, ein spätgotisches Sakramentshäuschen aus Sandstein, ein Taufstein von 1230, die Kanzel, der Orgelprospekt und das Triumphkreuz von 1450, das 1858 restauriert wurde.

Esens

Esens ist der Hauptort des Harlingerlandes. Bereits im 13. Jahrhundert als Häuptlingsstadt erwähnt, erinnert noch heute vieles an den mittelalterlichen Städtebau. Einfache Bürgerhäuser des 18. und aufwendig gestaltete Bauten des Klassizismus aus dem 19. Jahrhundert wechseln einander ab.

Die meisten dieser Häuser tragen ornamentalen Schmuck. Sehenswert sind das Edzardsche Haus (Steinstraße 12) und das Haus am Herrenwall.

Das Rathaus, ein großer Bau mit Elementen der Renaissance, bestimmt das Aussehen des Marktplatzes. Der Ahnensaal kann in den Sommermonaten und in der Ferienzeit jeweils Donnerstag um 15.00 Uhr besichtigt werden.

Gleich neben dem Rathaus, auf einer Wurt, wo schon um das Jahr 1100 ein Gotteshaus stand, befindet sich die St. Magnus-Kirche. Diese große, dreischiffige Basilika aus Backstein stammt aus den Jahren 1848 – 1854. Der Vorgängerbau mußte 1847 wegen Baufälligkeit abgebrochen werden.

Barockes Kleinod im Emsland

Jagdschloß Clemenswerth

In der sonst herben Schönheit des Hümmlings ist diese architektonische Kostbarkeit von europäischem Rang aus der Übergangszeit von der Barock- zur Rokoko-Epoche kaum zu erwarten. Sie liegt am östlichen Stadtrand Sögels. Sögel ist gut zu erreichen über die B 70 (Rheine – Papenburg, Abzweigung Lathen) oder von Osten kommend über die Autobahn A 1 (Hansalinie) entweder Ausfahrt Wildeshausen-West in Richtung Cloppenburg über Lastrup, Lindern und Werlte; oder Autobahnabfahrt Bramsche über Fürstenau und Haselünne in Richtung Sögel.

Ein fanatischer Jäger als Erbauer

Ursprünglich war Clemenswerth als Jagdschloß konzipiert. Sein Gründer und Erbauer war der Kurfürst Clemens August von Köln (1700 – 1761), ein Abkömmling aus dem bayrischen Hause Wittelsbach.

Welch großen Einfluß er hatte, aber auch über welche finanziellen Mittel Clemens August von Köln verfügte, zeigt folgende Aufzählung: er war auch Fürstbischof von Paderborn und Münster, Bischof von Hildesheim und Osnabrück und auch Hochmeister des Deutschritterordens. Als Fürstbischof von Münster war er demzufolge auch Herr über das Emsland.

Seine Amtszeiten waren von keinen besonderen Höhepunkten gekrönt, er galt in politischen Dingen als völlig unselbständig und wankelmütig.

Ganz anders gelagert waren seine Hauptinteressensgebiete: die schönen Künste, die Jagd und eine außergewöhnliche Bauleidenschaft.

Neben dem Wunsch, seiner Jagdleidenschaft einen passenden Rahmen zu verschaffen, gab es sicher noch andere Gründe für den Bau von Clemenswerth: Zum einen bot die Einsamkeit des Hümmlings eine Zufluchtsstätte vor der vom Kurfürst als beengend und vielfach überflüssig empfundenen Hofetikette und den Mißerfolgen und Kränkungen seiner unglücklichen Politik gegenüber Wien und dem Hause Habsburg. Zum anderen wollte er dem entsprechenden, fertiggestellten Bauprojekt seines Bruders im Forstenrieder Park, Kurfürst Karl Albrechts – später als Karl VII. einziger deutscher Kaiser aus dem Hause Wittelsbach –, ein eigenes Jagdschloß gegenüberzustellen. Beide Anlagen haben in der Jagdsternanlage von Kurfürst Max Emannuel von Bayern in Bouchefort bei Brüssel ihr Vorbild.

Für die Bauleidenschaft der Kurfürsten Clemens August und Joseph Clemens gibt es weitere eindrucksvolle Belege. Sie bauten Bonn nach dem Einfall der Nie-

Das Hauptgebäude im Zentrum des Schloßplatzes

derländer in der ersten Hälfte des 18. Jahrhunderts zur barocken Residenzstadt aus. Das Rathaus am Marktplatz mit der eindrucksvollen Fassade zählt zu den damals errichteten Gebäuden. Weitaus bekannter ist die Sommerresidenz von Clemens August: Schloß Augustusburg bei Brühl. Es wurde zwischen 1724 und 1748 von den damals bedeutendsten Barockbaumeistern, François Cuvilliés und Balthasar Neumann, errichtet und dient heute bei Staatsempfängen des Bundespräsidenten als prachtvoller Rahmen.

„Wir haben gnädigst beschlossen, zu unserer bequemeren Wohnung ein Jagdschloß auf dem sogenannten Hümmling erbauen zu lassen und haben darüber bereits einen Abriß durch unseren Obersten von Schlaun anfertigen lassen."
(Aus einer kurfürstlichen Mitteilung vom 27. März 1736)

Der Bau der Anlage

Clemens August beauftragte 1736 den Münsteraner Architekten Johann Conrad Schlaun mit dem Bau von Schloß Clemenswerth.

In mehr als 12 Jahren Bauzeit (von 1737 bis 1749) entstand in einem neu angelegten, 62 ha großen Waldpark ein für diese Landschaft einzigartiges Architektur-Ensemble, bei dem es Schlaun hervorragend verstanden hat, dem Bedürfnis des Kurfürsten nach intimer, privater Atmosphäre Rechnung zu tragen.

Die Demonstration von absolutistischer Macht bestand hier in der energischen, alle Schwierigkeiten mißachtenden Umsetzung des Willens eines Landesherrn, sich

Jagdtrophäe am Hauptpavillon

der großen höfischen Repräsentanz gelegentlich zu entziehen und seiner Jagdgesellschaft sogar manche Unbequemlichkeit zuzumuten. (Näheres bei Rudolf Vierhaus: „Clemenswerth – Baukunst und höfische Repräsentation im nordwestdeutschen Absolutismus").

Das Jagdschloß des Kurfüsten steht im Zentrum des symmetrischen achtstrahligen Schneisensystems. Dieser zweigeschossige Mittelpavillon in Kreuzform wird in geziemendem Abstand umkreist von acht einstöckigen, gleichförmigen Pavillons, die z. T. als Wohnungen für die adligen Jagdgäste aus nah und fern dienten. Gelegentlich wurden einige von ihnen auch im nahegelegenen Sögel untergebracht.

Obwohl der Kurfürst fünf weitere Jagdschlösser besaß, hat er die wildreiche Landschaft zwischen Ems, Hase und Soeste und dem Hümmling bald zu seinen beliebtesten Jagdgründen ausgewählt. Für die ausgedehnten Parforcejagden standen an die 200 Jagdpferde und mehrere Hundemeuten bereit. Fürsten und Grafen, auch hohe geistliche Herren, Minister und Diplomaten genossen die sprichwörtliche Gastfreundschaft Clemens Augusts. Über die damaligen Jagdarten informiert umfassend Horst-Rüdiger Jarck in „Herrliches Vergnügen – bäuerliche Last. Die Jagd des Bischofs Clemens August in Clemenswerth".

Die Anlage in Clemenswerth zählte zu den teuersten kurfürstlichen Bauvorhaben und verschlang die immense Summe von 195 000 Talern, was in erster Linie auf die riesigen Transportkosten des Materials zurückzuführen war; aber auch die hervorragenden, z. T. aus Italien und Frankreich stammenden, Handwerker werden ihren Preis gehabt haben.

Diese Rokoko-Spielerei in einer Landschaft mit darbender Armut! Das muß damals noch viel mehr als heute als Sensation gewirkt haben. Trotz der Lasten, die auf die bäuerliche Bevölkerung zukamen (Bereitstellung von Pferden und Wagen, Hand- und Spanndienste) blieben bäuerliche Proteste die Ausnahme. Ganz im Gegenteil – für Einquartierungen von Personen des Hofes, Pferde und Hunde zahlte der Kurfürst gern angenommene Entlohnungen.

Die sternförmige Symmetrie der Anlage
Ein Blick auf den Gesamtplan zeigt die „Geometriesierung" der Anlage: Die Sichtachsen – ausgehend vom kurfürstlichen Zentralpavillon – verlaufen sternförmig in alle Himmelsrichtungen. Das gleiche stilisierte Motiv einer Windrose zeigt sich auch auf dem Fußboden im Rundsaal des Zentralpavillons.
Von Sögel kommend führt die Hauptachse auf den Marstallbau, in dem damals die Pferde untergebracht wurden. Dem Zweck entsprechend erinnert seine Rundung an die Form eines Hufeisens. Heute beherbergt er eine Jugendbildungsstätte. Am Ende der etwa 800 m langen Hauptallee bildet die Wasseranlage den zweiten Endpunkt: drei Bassins mit Verbindungskanälen (fertiggestellt 1742) dienen heute als Fischteiche.

Die Bauten von Schloß Clemenswerth
Im Rahmen dieses Buches auf jedes Gebäude oder gar auf jedes Zimmer im einzelnen einzugehen, ist unmöglich und sprengt den Rahmen. So können nur einzelne Hinweise gegeben werden – eine hervorragende Anleitung für intensivere Erkundungen bietet die Schrift „Jagdschloß Clemenswerth auf dem Hümmling – Geschichte und Sinn" (Herausgeber: Emslandmuseum Schloß Clemenswerth, Emsländischer Heimatbund, Text von Eckard Wagner).

Das Schloß
Am Schloß fallen die Verzierungen – Behangschmuck genannt – aus Baumberger Sandstein auf.
Sie stellen Jagdmotive dar, wobei je zwei dieser Gehänge der Wolfsjagd, der niederen Jagd, der Hirschjagd und der Reiherbeize gewidmet sind. Ganz im Gegensatz zum recht schlichten Äußeren zeigt sich das Schloßinnere, das nach der damals bestimmenden französischen Mode in Repräsentations- und Privatgemächer (appartements de parade et de commodité) aufgeteilt ist.
So gehören zu den – nach der französischen Architekturtheorie genau festgelegten – Zierelementen die „lambris" (Täfelwerk, Bekleidung der Wände mit Stuck), die „trumeaux" (gemalte oder in Stuckarbeit ausgeführte Mauer- oder Wandteile zwischen den Fenstern), die „dessus de la porte" (gemalte oder gestuckte Surporten), die „glaces" (gerahmte Spiegel), die großen „portes à deux battans" (zweiflügelige Türen mit feinem Schnitzwerk) sowie die „plafonds" (mit Stuckarbeit versehene Decken). Auch die verwendeten Schmuckmotive und die Einzelheiten des Dekors gehen auf französische Vorbilder zurück.

Die Schloßkapelle
Das besondere Augenmerk des Architekten Schlaun galt der Schloßkapelle. Sie unterscheidet sich von den Gästepavillons durch einen kleinen Glockenturm. Wegen des ungewöhnlich festlich-feierlichen Innenraums wird sie auch „nördlichste Rokokokapelle Bayerns" genannt. Die Decken und Wände sind farbig bemalt, teils in Freskotechnik behandelt, teils aber auch mit Stukkaturen geschmückt. Ölgemälde, Holzschnitzereien und farbiger Stuck ergeben eine eindrucksvolle Zusammenstellung.

Altar in der Klosterkirche Clemenswerth

Besonders hervorzuheben sind: der Barockaltar, ein typisches reichgegliedertes Barockgehäuse, mit Säulen, gebogenem und unterbrochenem Gebälk und Vasenaufsätzen aus blauem Stuck; die Kanzel, aus dem gleichen blauen Stuck gefertigt, sowie der prachtvoll ausgestattete, silbergefaßte und verglaste Sarg mit dem heiligen Märtyrer Fructuosus. Diese Reliquien hatte Papst Benedict XIV. im Jahre 1740 dem Kurfürsten geschenkt. Zum Andenken an die feierliche Einweihung bewil-

Die Klosterkirche – ein Pavillon in der Gesamtanlage

ligte der Kurfürst einen jährlichen freien Markt, der in der Sögeler Kirmes mit dem Namen „Märhimmelfahrt" heute noch weiterlebt.

Die Kapelle und der anschließende Klosterbau wurden 1741 dem Kapuzinerorden übergeben. Hinter dem Kloster liegt der Klostergarten. Diesen Ort der Stille, mit seinen durch Blumenrabatten und Pyramidentaxus begrenzten Wegen, inmitten der mächtigen 250 Jahre alten Taxushecke mit einzigartigem Formschnitt, soll auch der Kurfürst häufig aufgesucht haben. Hier fand er Ruhe nach lärmend anstrengenden Jagden, Zeit für religiöse Betrachtungen mit den Kapuzinern, aber auch Gelegenheit zu politischen Verhandlungen mit Geheimboten.

Die Pavillons

Die Kapelle gehört zu den acht schlichten einstöckigen Backsteinpavillons, die den Namen des Kurfürsten, seiner Bistümer Köln, Münster, Paderborn, Hildesheim und des Deutschen Ordenssitzes Mergentheim tragen.

Die Pavillons „Cöllen" und „Mergentheim" waren Wachthäuser, der Pavillon „Paderborn" mit seinem Anbau beherbergte die kurfürstliche Küche und die Geschirrkammer.

Sie wies Außergewöhnliches an figürlicher Fayencekunst auf, so z. B. Terrinen in Gestalt eines Eberkopfes oder eines Puters, kleine Schüsseln als Enten oder Schildkröten, Deckeltöpfchen in Taubenform, Gemüse- und Kompottschüsseln in

Form von Kohlköpfen. Diese dienten neben ihrem eigentlichen Zweck auch als große Dekorationsobjekte für die barocke Tafel.
Der Kurfürst wa,r wie viele seiner adligen Zeitgenossen, ein leidenschaftlicher Porzellansammler – infiziert von der „maladie de porcellaines".
Jedes Gästehaus ist mit sieben großen Wohnräumen ausgestattet, zu denen durch Anbauten noch weitere 24 hinzukamen. Sie sind aber weitaus schlichter ausgestattet als das kurfürstliche Schloß.

Im Schloßpark
Auch ihn hatte der Barockbaumeister Johann Conrad Schlaun bis ins kleinste geplant. Der ursprünglich vorhandene Bestand mit Eichen und Buchen wurde damals durch einen Mischwald ersetzt. Hierfür wurden in den Jahren zwischen 1738 und 1756 ungefähr 12500 Hainbuchen, 6800 Erlen, 5200 Ebereschen, 1600 Eichen, 300 Linden, 300 Buchen, 100 Ulmen, 100 Weiden und 60 Edelkastanien angepflanzt. Aber auch Kiefern und Fichten waren vorhanden; später kamen noch Weißtannen, Lärchen, Weymouthskiefern und österreichische Schwarzkiefern hinzu, die noch heute beim Pavillon Hildesheim zu finden sind. Heute besteht der Wald zu zwei Dritteln aus Laubholz (Stieleiche, Roteiche, Rotbuche, Linde, Erle) und zu einem Drittel aus Nadelholz (Fichte, Weißtanne, Europäische Lärche und Douglasie).
Durch Pflegemaßnahmen hat sich ein ungewöhnlicher Wald entwickelt, der besonders im Herbst zu ausgedehnten Spaziergängen einlädt.
Welche Bedeutung Clemenswerth zugemessen wird, zeigt, daß die Parkanlage von der EG-Kommission für die Bewahrung des europäischen architektonischen Erbes als förderungswürdig (neben weiteren 52 Objekten in Europa) ausgewählt wurde.

Ziele des Emslandmuseums Schloß Clemenswerth
Bis zum Ersten Weltkrieg war Schloß Clemenswerth ein vollständig erhaltenes Dokument des Kunstschaffens und des fürstlichen Wohnens in der Zeit des Rokoko. Jedoch verschwanden im Zweiten Weltkrieg fast alle Einrichtungsgegenstände, wie Wandbespannungen, Teppiche, Möbel, die gesamte Kücheneinrichtung.
So übernahm die öffentliche Hand ein von jeglichen barocken Gegenständen entleertes Schloß. Da es unmöglich erschien, Originale wiederzuerwerben, entschloß man sich für die Replikenanfertigung von Möbeln. Es gelang jedoch, Teile des berühmten „Clemenswerther Jagdservice" wieder zu beschaffen. Dieses Service war im Zweiten Weltkrieg zu großen Teilen in den deutschen Kunsthandel gegangen.
Auch ist in Clemenswerth eine ansehnliche Sammlung barocker Trinkgläser und Pokale zusammengetragen. Zu den Glanzlichtern gehört mehr als ein Dutzend Wappenpokale des Kurfürsten, die nicht nur zur Ausstattung seiner Schlösser gehörten, sonderndamals auch häufig an verdiente Landeskinder verschenkt wurden.

Emslandmuseum im Schloß Clemenswerth
In den drei Pavillons der Schloßanlage sind die kulturgeschichtlichen Abteilungen des Emslandmuseums (Urgeschichte des nördlichen Emslandes, Emsländische Wohnkultur und Volkskunst, Barocke Jagd) untergebracht.
Die Keramik der verschiedenen Epochen spielt hierbei eine dominierende Rolle, so

sind u. a. folgende Arten ausgestellt: jungsteinzeitliche Trichterbecher, Keramik aus der Eisenzeit, Meißener Porzellan, Straßburger Fayencen, Thüringische Porzellane aus Spätbarock, Klassizismus und Biedermeier, emsländisches Steinzeug.
Moderne deutsche Keramik ist im Keramikkeller ausgestellt. Es besteht auch Gelegenheit, dem Museumstöpfer in der alten Schloßgärtnerei, am Rande des Parks, über die Schulter zu sehen.

Tip:
Von der Jugendbildungsstätte Marstall Clemenswerth und der Erich-Kästner-Schule in Sögel ist im Parkwald ein sehr informativer Waldlehrpfad erstellt worden.
Der Rundgang von etwa zwei Kilometer Länge (Dauer eine gute halbe Stunde) beginnt am Schloßkeller (Café) und führt zu 15 Bildtafeln, auf denen die ökologische Bedeutung des Waldes und seine Bedrohung durch den Menschen dargestellt wird.

Öffnungszeiten:
Das Emslandmuseum Schloß Clemenswerth kann vom 1. April bis zum 1. November täglich, außer montags, zwischen 10.00 und 12.30 sowie 14.00 und 18.00 Uhr besichtigt werden.
Es besteht für Gruppen und Reisegesellschaften – nach vorheriger Anmeldung – die Möglichkeit, an Führungen teilzunehmen.

Sehenswertes in der Umgebung

Hüvener Mühle
Diese kombinierte Wind- und Wassermühle liegt inmitten des Hümmlings an der Mittelradde. Der Fachwerkbau stammt aus der Zeit um 1800 und zeigt einen ungewöhnlichen Wechsel von Lehmgefachen und Ziegelausmauerung.

Werlte
Etwa 10 km östlich von Clemenswerth gelegen, ist die katholische St. Sixtus-Kirche (erbaut von 1830 – 1832) das herausragende Bauwerk Werltes. Der Architekt J. Niehaus verwertete hier seine in Italien und Frankreich gemachten Erfahrungen. Im Innern ein bemerkenswerter Raum mit breitem Mittelschiff und schmalen Seitenjochen.

Holte
Die katholische Clemenskirche zeigt eine reiche Ausstattung: Vortragekreuz aus dem 14. Jahrhundert, zierliches Sandsteinsakramentshäuschen des späten 15. Jahrhunderts; drei Altäre, Kanzel, Kommunionsbank und mehrere Einzelfiguren. Auf dem Kirchplatz stehen in einer Klause die „Holter Juden", eine Kreuzwegstation mit verschiedenen lebensgroßen Einzelfiguren.

Bokeloh
Die im Jahre 783 von Karl dem Großen gegründete Taufkirche soll die älteste des Emslandes sein. Der einfache gotische Granitbau mit einem gequaderten Westturm malerisch am hohen Hase-Ufer.

Bückelte
Die katholische Kapelle St. Antonius liegt idyllisch in noch ungestörter bäuerlicher Umgebung auf einer mit alten Bäumen bestandenen Warft.
Im Inneren sind die Gewölbe und das aufgehende Mauerwerk des Chores in der Erbauungszeit der Kirche vollständig mit Szenen des Jüngsten Gerichts und Aposteln unter Baldachinen ausgemalt. Die Ausstattung stammt aus dem 16. bis 19. Jahrhundert.

Wasserburgen im Osnabrücker Land

Schelenburg und Schloß Gesmold

Zahlreiche Hügel und Bergkuppen sowie Reste von Waldflachen und punktartig über das Land verteilte Bauernhöfe prägen das Osnabrücker Hügelland. Es ist ein Streusiedlungsgebiet mit kleinen Dörfern (sogenannte Weiler oder Drubbel) sowie einer Vielzahl größerer und kleinerer Einzelhöfe. Die weitläufig angelegten kleinen Dörfer und die Einzelhöfe standen am Anfang der Siedlungsentwicklung.

Erst im 14./15. Jahrhundert, im Zuge weiterer Rodungen in den Gemarkungen, kamen mit geringeren Landzuweisungen sogenannte Erb- und Markkötter dazu. Im 17. Jahrhundert wurden Heuerleute auf kleinen Einzelhöfen in den noch freien Teilen der Gemarkung angesiedelt, die

Die Schelenburg

Schloß Gesmold

neben ihrer eigenen landwirtschaftlichen Tätigkeit zusätzlich auf den größeren Althöfen zu Dienstleistungen verpflichtet waren. So zeigt die heutige Kulturlandschaft in Grundzügen auch die soziale Gliederung der Dorfbevölkerung früherer Zeiten.

Wasserburgen als Zeugen einer ruhmreichen Vergangenheit

Besonders im Norden und Osten des Osnabrücker Landes sind noch einige bedeutende Wasserburgen zu finden. Im Unterschied zu den Höhenburgen, umschließt ein System von Gräben diese Burgen, und mit ihren dicken Mauern, Toren und Türmen bieten sie ein Bild der Wehrhaftigkeit, auch in dem bisweilen flachen Land.

Seit Anfang des 12. Jahrhunderts baute man zum Schutz vor Übergriffen verstärkt Wasserburgen. Vermutlich waren einzelne Gräftehöfe, die mit einem, dem Gelände angepaßten Graben, umgeben

waren, hierfür die eigentlichen Vorläufer. Ein steinerner Turm und die Wirtschaftsgebäude aus Fachwerk bildeten den Gräftehof, der zum Schutz vor Eindringlingen von einem hohen Palisadenzaun und dem dazugehörigen tiefen Graben (=Graft) umgeben war.
Der massive, steinerne Wohnturm stand auf einem von Wasser umgebenen Hügel, der aus dem Aushub des Grabens entstand, manchmal zusätzlich auf Pfählen erbaut. Dieser Wohnturm bildete die Hauptburg, während weitere Wohn- und Wirtschaftsgebäude ebenfalls durch Wassergräben mit entsprechenden Brücken ausgestattet waren und zur ursprünglichen Vorburg gehörten.
Die Gesamtanlage ist häufig durch eine äußere Umflut (z. B. Bach, Fluß) geschützt, wie es das Beispiel der Schelenburg verdeutlicht.

Die Schelenburg bei Schledehausen

Das Geschlecht der von Sledesen, als Besitzer der Burg, wird urkundlich erstmals im Jahre 1160 erwähnt; ab 1396 ist sie im Besitz der Familie von Schele. Aus dem 12. Jahrhundert stammt vermutlich auch der rechteckige Wohnturm mit seinen über zwei Meter dicken Mauern. Der mit Wehrgang und Ecktürmen ausgestattete Turm, damals noch ohne Satteldach, wurde nach dem Vorbild des fränkisch-normannischen Wohnturms, dem sogenannten „Donjon", gebaut. Rechteckiger Grundriß, Verteidungscharakter und Bewohnbarkeit sind wichtige Kennzeichen eines solchen Turmes.
Der Wohnturm der Schelenburg steht auf Pfählen, besitzt kein Kellergeschoß, und es gab vom Erdgeschoß keine Verbindung zum Obergeschoß. Ursprünglich war der 1. Stock nur durch eine Öffnung auf der südlichen Schmalseite mit Hilfe einer Leiter zu erreichen. Obergeschoß und Dachgeschoß dienten Wohnzwecken. Die Schießscharten haben nach außen enge und nach innen sehr breite Schlitze und waren für die Verteidigung mit Armbrüsten gebaut. Die Schlitze in den Ecktürmen haben runde Erweiterungen und waren für Feuerwaffen angelegt. Die Wirtschaftsgebäude befanden sich nördlich des Turms.
Zu Beginn des 16. Jahrhunderts hat man die Schelenburg – der damals sich ausbildenden ästhetischen Verfeinerung des adeligen Lebensgefühls folgend - grundlegend umgestaltet. An den bisher isoliert stehenden gotischen Wohnturm wurden massive Gebäude angebaut, allerdings viel schmaler als der alte Turm. Der Ostflügel, das eigentliche Herrenhaus, wurde mit einer kunstvollen Wendeltreppe aus Stein mit dem Turm verbunden. Das entsprach dem Gefühl der Baukunst des ausgehenden Mittelalters und der Renaissance, eine Burg als geschlossene Anlage mit vierseitigem Gebäudekomplex und geräumigem Innenhof anzusehen.
Spätgotische Formenwelt, Anregungen aus Holland und Besonderheiten der Weserrenaissance haben sich bei der Schelenburg in architektonisch origineller Form und der für das Osnabrücker Land eigentümlichen Weise gemischt. Bei einem Rundgang um die Wasserburg und Wirtschaftsgebäude entdeckt man viele der angesprochenen Besonderheiten in der Anlage, die sich harmonisch in die Landschaft einfügt.

Das Wasserschloß Gesmold

Ein weiterer bedeutender Herrensitz des Osnabrücker Landes ist Schloß Gesmold, ein Gebäudekomplex aus dem letzten Drittel des 17. Jahrhunderts. Die Entwicklung muß ähnlich wie bei der Schelenburg verlaufen sein. Der über 2,60 Meter starke Turm, mit allen Merkmalen eines

Wohnturms aus dem 12. Jahrhundert (die aufgesetzte Balustrade, mit den Figuren der vier Evangelisten an den Ecken, stammt aus dem 17. Jahrhundert), stand ursprünglich allein.
Der Plan aus dem Jahre 1725 zeigt noch das früher rund angelegte Grabensystem. Im 16. bzw. 17. Jahrhundert entstand daraus eine geschlossene rechteckige Anlage. Vermutlich wurde aus finanziellen Gründen darauf verzichtet, alle vier Schloßflügel zu Wohnzwecken auszubauen. So wurden die beiden fehlenden Seitenflügel durch eine hohe Mauer mit einer bekrönenden Galerie und einem die Ecke hervorhebenden Türmchen ersetzt (nach R. Poppe 1953). Noch heute hat man, von außen betrachtet, den Eindruck einer von einem breiten Wassergraben umgebenen geschlossenen Burganlage.
Nach mehrmaligem Wechsel der Besitzer gehört das Schloß seit 1664 der Familie von Hammerstein, die bereits im 17. Jahrhundert zwei Vorburgen zwischen der inneren und äußeren Graft anlegte. Hier liegen noch die Wirtschaftsgebäude und ein nach französischem Vorbild etwas tiefer angelegtes Gartenparterre, das durch eine figurengeschmückte Mauer nach außen abgeschlossen ist. Der einzige Zugang zum Schloß erfolgte durch den Torturm. Dieser Torturm lag hinter der Zugbrücke an der äußeren Graft. Im Inneren der Anlage verbanden nicht bewachte Brücken die beiden Vorburgen und das Schloß miteinander.
Bei einem Rundgang betritt man heute durch ein barockes Torhaus die ehemaligen Vorburgen; links sieht man das Gartenparterre, rechts die Wirtschaftsgebäude. Der Weg führt direkt zum Haupttor des eigentlichen Schlosses.
Lohnenswert ist ein kleiner Spaziergang im nördlichen Teil des Schloßparks, der dem Stil englischer Landschaftsgärten nachempfunden war, und wo man heute leider nur noch Reste dieser Parklandschaft mit alten Bäumen findet, während sich die Wasserläufe weiterhin harmonisch in die Umgebung einfügen.

Sehenswertes in der Umgebung

Weitere Wasserburgen bzw. Schlösser: Schloß Barenaue, Schloß Ledenburg, Schloß Hünnefeld, Schloß Ippenburg

Oldendorf

Dieser nördlich von Melle gelegene Ort ist ein typisches Beispiel für eine mittelalterliche Kirchenburg. Um die Martinskirche (Saalbau aus der zweiten Hälfte des 13. Jahrhunderts) gruppieren sich ringförmig die Häuser, die durch die Geschlossenheit der Anlage beeindrucken. In der Kirche sind Wandmalereien des 13. Jahrhunderts zu sehen.

Rulle

Wallfahrtsort (8 km nördlich von Osnabrück) mit einem Gebäudekomplex des ehemaligen Zisterzienserinnen-Klosters von 1232 mit der alten Pfarrkirche St. Ulrich und der Klosterkirche St. Maria. In der Nähe liegt die Wittekindsburg, eine der größten frühgeschichtlichen Befestigungsanlagen in Niedersachsen. Bezüge zum sächsischen Herzog Widukind lassen sich nicht herleiten, da die Anlage erst im 9./10. Jahrhundert entstand.

Bad Essen

Das heutige Sole-Heilbad hat im Ortskern schöne Fachwerkhäuser. Das Wahrzeichen der Stadt ist die Alte Wassermühle am Mühlbach. Während der Saison ist die Mühle jeden Samstag von 14.30 bis 17.30 Uhr in Betrieb und kann besichtigt werden. Sehenswert ist die St. Nikolai-Kirche auf dem Kirchplatz

Eine gewaltige Wehranlage

Burg Bentheim

Oberhalb der Stadt Bentheim, auf einer nach Norden abfallenden Sandsteinrippe des westlichen Ausläufers vom Teutoburger Wald, erhebt sich die größte Festungsanlage Niedersachsens im äußersten südwestlichen Bereich dieses Bundeslandes.

Wie eine alte Sage berichtet, soll von Drusus, einem Stiefsohn des römischen Kaisers Augustus, an der Stelle, wo heute die Bentheimer Burg steht, ein Kastell errichtet worden sein. Noch heute heißt ein säulenartiger Felsblock von etwa 10 m Höhe, der dem Burgberg im Westen gegenübersteht, Drususstuhl. Von hier aus soll einst der römische Feldherr das Baugeschehen verfolgt haben.

Aus allen Richtungen – besonders aber für den aus den Niederlanden kommenden Besucher – zeigt sich eine vielfältige Baugruppe mit drei zinnenbewehrten Türmen, die durch hohe Mauern und Terrassen miteinander verbunden sind. Überall scheint die Burg förmlich aus den Felsen zu wachsen. Mag der Anblick der Burg von außen schon recht eindrucksvoll sein, so fühlt man sich bei einem Besuch zeitweise ins Mittelalter zurückversetzt.

Sie war bei den holländischen Malern ein äußerst beliebtes Motiv. Wegen ihres eindrucksvollen Erscheinungsbildes hat sie der große niederländische Landschaftsmaler Jacob van Ruysdael (1628 1682) viele Male auf der Leinwand verewigt. Auf seinen Reisen nach Ostholland und Westdeutschland hat er immer wieder die Bentheimer Burg besucht. Der schwermütige Pathos später Werke regte die Landschaftsmaler der deutschen Romantik, besonders Caspar David Friedrich, an.

Nach dem Vorbild der Bentheimer Burg soll in England das Schloß Windsor, von dem Sohn Wilhelms des Eroberers, angelegt worden sein.

Die Geschichte der Burg

Auf diesem höchsten Teil der Bentheimer Sandsteinscholle soll schon zur Römerzeit eine germanische Volksburg bestanden haben. Im Jahre 1116 wurde die Burg von den Truppen Lothars von Süpplingenburg zerstört. Im gleichen Jahr wurde die Siedlung bei der Burg erstmals erwähnt. Heute umfaßt die mächtige Burganlage Bauteile aus dem 13., 15., 17. und 19. Jahrhundert. Seit dem 13. Jahrhundert ist sie im Besitz der Grafen von Bentheim.

Die einzelnen Gebäudeteile

Die Vorburg ist heute mit Gartenanlagen ausgestattet und wird durch das untere Torhaus mit dem Tonnengewölbe aus dem 12. Jahrhundert betreten. Der mächtige Katharinenturm ragt rechts vor dem

Die Burg Bentheim auf einem Gemälde von Jacob van Ruysdael (Ausschnitt)

Tor zum unteren Burgtor empor. Sein unteres Geschoß birgt den Chor der ehemaligen Schloßkapelle. Diese stammt mit dem westlich angrenzenden balkengedeckten Langhaus aus dem 13. Jahrhundert. Die einschiffige, ursprünglich spätromanische Katharinenkapelle gehört damit zu den ältesten Bauteilen des Schlosses. Unverkennbar überragt der Turm mit den vier Ecktürmen, wie ein schlanker Kegel, die Anlage. An der steilen Südecke des inneren Burgkomplexes steht ein mächtiger Bergfried aus gotischer Zeit; die Südwestecke der Burg wird von einem imponierenden Rundturm gleicher Prägung eingenommen. Die westliche Seite des Schlosses umfaßt die neugotische Kronenburg, in der sich der durch neugotische Umbauten stark veränderte Wohnturm und die Kemenate aus dem 12./13. Jahrhundert befinden. Vom geräumigen Burghof blickt man auf die verschiedenen Gebäudeteile.

An der Außenmauer zur Altstadt hin befindet sich der „Herrgott von Bentheim“, das älteste Steindenkmal Nordwestdeutschlands. Dieses 2,70 Meter hohe Werk eines unbekannten Meisters stellt Jesus Christus in einer eigenartigen Form dar, über die schon viel gerätselt worden

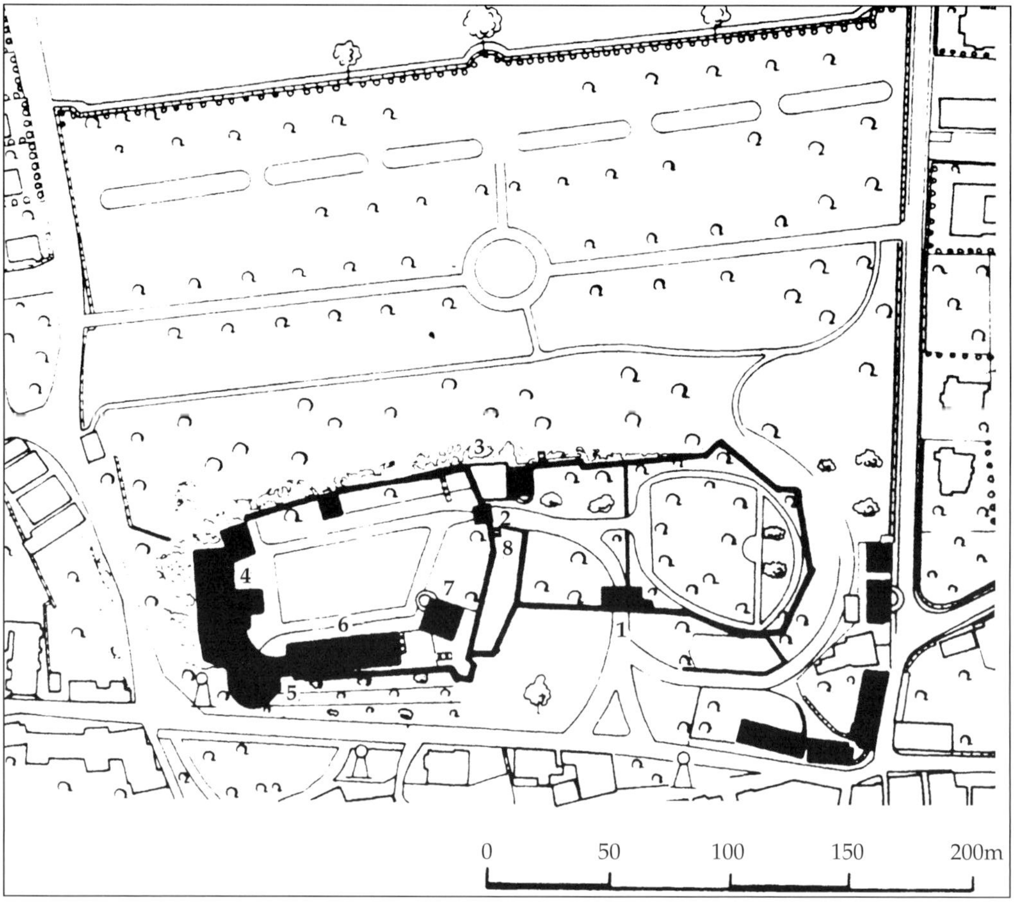

Übersichtsskizze der Burg Bentheim (nach Dehio); Zahlenerklärung: 1 – Unteres Tor; 2 – Oberes Tor; 3 – Katharinenkapelle ; 4 – Kronenburg; 5 – Runder Turm; 6 – Schloßmuseum; 7 – Pulverturm; 8 – Zwinger

ist. Christus ist zwar als Gekreuzigter dargestellt, trägt aber statt des Lendenschurzes eine kurze Ärmeltunika. Ebenfalls im Gegensatz zu den üblichen Darstellungen hängt er nicht mit schmerzverzerrtem Gesicht am Kreuz, sondern steht hoheitsvoll mit erhobenem Haupt auf einem Sockel.

Der „Herrgott von Bentheim" wurde aus Bentheimer Sandstein geschaffen. Diese Schicht steht mit etwa 50 m Mächtigkeit in der Umgebung an und wird seit Jahrhunderten in Steinbrüchen bei Bentheim und Gildehaus gewonnen. Die Grafen von Bentheim haben diesen Baustoff wegen seiner Reinheit und marmorähnlichen Festigkeit nicht nur zur Errichtung und Erweiterung ihrer eigenen Burg benutzt, sondern auch weithin an andere Bauträger verkauft. So wurden aus diesem hellen, gelbgrauen Sandstein u. a. das Emder Rathaus, das Königliche Palais in Amsterdam und die Börse von Rotterdam errichtet.

Schloßmuseum Bad Bentheim

Als hervorragende Ergänzung zur Schloßbesichtigung ist ein Besuch des Schloßmuseums anzusehen.
Es werden Kunstwerke und Sachgüter zur Landesgeschichte der Grafschaft Bentheim und der Burg Bentheim, heimatliches Gebrauchsgut, Militaria und landesgeschichtliches Schriftgut aus dem 17. bis 19. Jahrhundert ausgestellt.

Das Heimatmuseum in der Katharinenkapelle des Schlosses

In der schon 1415 als Burgkapelle erwähnten Katharinenkapelle wird neben Exponaten kirchlicher Kunst die vor- und frühgeschichtliche Sammlung des Heimatvereins gezeigt.

Kuren in Bad Bentheim

Bereits vor 250 Jahren wurde von einem Bentheimer Grafen ein Brunnenhäuschen über einer Schwefelwasserquelle errichtet. Schwefelmineralwasser, Schwefeltorf und die erst in den siebziger Jahren entdeckte Thermalsole werden in Bad Bentheim besonders zur Rheuma-Therapie verwandt.

Sehenswertes in der Umgebung

Haselünne

Die alte Hansestadt hat eine ungewöhnliche historische Bausubstanz: barocke Klosterkirche, gotische St. Vincentius-Kirche mit romanischem Taufstein aus dem 12. Jahrhundert. Der Westerholtsche Burgmannshof ist der älteste Profanbau des Emslandes; renovierter Rittersaal im Erdgeschoß. Im Freilicht- und Heimatmuseum stehen sechs Fachwerkhäuser an einer Pflasterstraße mit Dorfplatz und Brunnen. Volkskundliche Sammlung mit bäuerlichen und bürgerlichen Haus- und Arbeitsgeräten; Ackerwagen, Kutschen, Pflüge; alte Handwerksstuben; „Burgenarchäologische Museumsabteilung“ mit Modellen, Zeichnungen, Waffen und anderen Fundstücken aus emsländischen Befestigungsanlagen.
Das Brauereimuseum Haselünne ist im Bentinckhof, einem alten Burgmannshof, untergebracht. Neben Destillationsapparaten, Kellereimaschinen, einer Brennerstube, einer Alchimistenkammer, einer „Schwarzbrennerei“, ist eine funktionstüchtige Dampfmaschine zu sehen. Die Geschichte der Weinbrennerei Winkelhausen wird durch eine Bilderreihe dokumentiert.

Gildehäuser Venn

Das 175 Hektar große Gebiet in der Nähe Bentheims besteht aus Dünen, Heide, Moor und Weihern. Dieses Venn konnte fast unversehrt in die Gegenwart gerettet werden und ist nun eine Zufluchtsstätte für selten gewordene Tier- und Pflanzenarten geworden. So sind hier noch botanische Raritäten wie Zypressenbärlapp, Wasserspleiße, Ährenlilie, Sumpfhartheu, Lungenenzian, Arnika und Sumpforchideen zu finden.

Kloster Frenswegen

Der Bentheimer Sandstein eignet sich hervorragend für Skulpturen, wie beim Kloster Frenswegen zu sehen ist. Dort haben Künstler auf Bildhauer-Symposien eindrucksvolle Werke geschaffen. Graf Bernhard I. von Bentheim gründete 1394 das ehemalige Augustiner-Chorherrenstift St. Marienwalde in Frenswegen. Bis auf die spätgotische Hallenkirche von 1445, die einem Blitzschlag zum Opfer fiel, und einen östlichen Südflügel, der 1889 abbrannte sind alle Klostergebäude erhalten. Durch die 1974 gegründete Stiftung Kloster Frenswegen wurde das Kloster zum Haus der Bildung und Begegnung.

KIRCHEN UND KLÖSTER

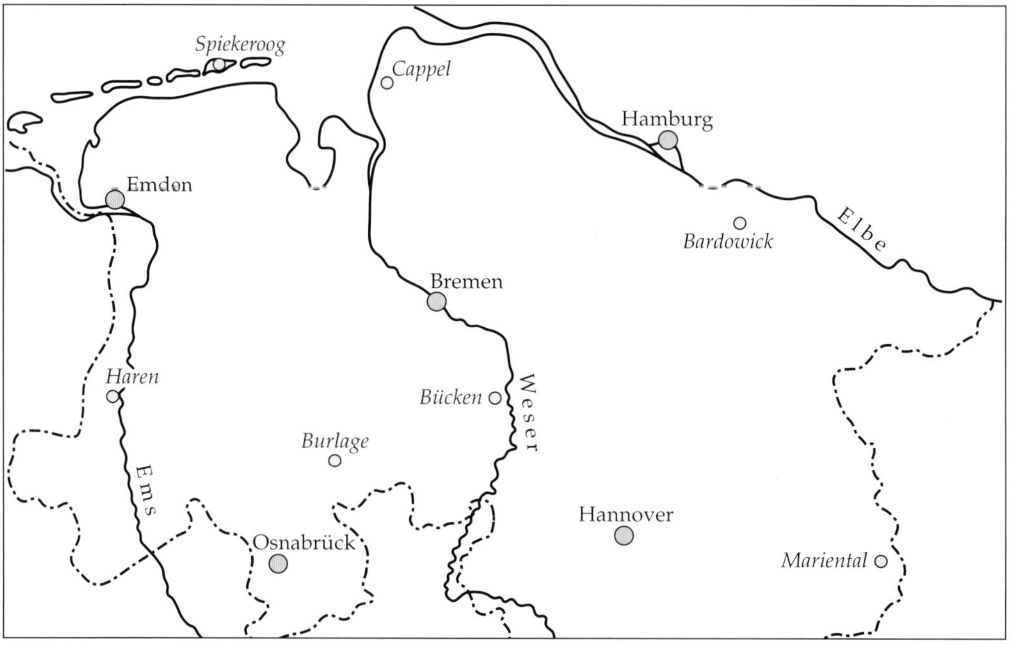

Bauten in der Sakralkunst, wie Kathedrale, Stiftskirche und Pfarrkirche, liegt das gleiche Bestreben zugrunde, im architektonischen Raum durch Maß und Proportionen, die harmonische ewige Ordnung der Schöpfung darzustellen.

Die Verwirklichung dieses Prinzips reicht vom strengen Stil des monastischen Kunstverständnisses der Zisterzienser – durch die bedeutende Klosteranlage in *Mariental* hervorragend vermittelt – bis zu einer ungewöhnlich kostbaren Ausstattung einzelner Kirchen, wie beispielsweise in *Bücken*, wo die Kirche ein glanzvolles Abbild des himmlischen Jerusalems ist.

Die kleinen Orte *Bardowick* und *Haren* werden dagegen von gewaltigen Domen überragt. Das Vorhandensein dieser großen Kirche in Bardowick ist nur durch die einstmals historische Bedeutung des Ortes zu verstehen.

Aber auch die kleine *Dorfkirche in Burlage* und die *Inselkirche auf Spiekeroog* besitzen ungewöhnliche Kostbarkeiten aus ihrer religiösen Tradition.

Vielfach sind Orgelprospekte, mit ihren reichverzierten Holzgehäusen, wahre Kunstschätze in Kirchen, besonders wenn berühmte, meisterliche Hände sie geschaffen haben. Zahlreiche kleine *Dorfkirchen im Land Hadeln* besitzen einmalige Prunkstücke deutscher Orgelbaukunst.

Das Foto rechts zeigt den Innenraum der Stiftskirche zu Bücken.

Der stürmischen See angepaßt

Eine ungewöhnliche Inselkirche

Die Ostfriesischen Inseln sind weder Festlandsreste noch Überbleibsel eines ehemals geschlossenen Strandwalls; geologisch gesehen sind sie „sehr jung", nicht älter als 2000 Jahre. Sie entstanden durch das Kräftespiel von Strömung, Wellen, Wind und Vegetation im Bereich der Flachküste des Gezeitenmeeres Nordsee. Noch heute unterliegen die Inseln stetigen Veränderungen, am auffälligsten ist dabei die Wanderung bzw. Verformung einzelner Inseln nach Osten. Neben Norderney, Baltrum und Wangerooge ist davon auch Spiekeroog betroffen. Die Westseite wird besonders stark angegriffen, wenn der Ebbstrom im Seegatt nach Osten drückt. Heute werden die Westköpfe besonders befestigt, um die Strömungsrinne vom Inselkörper fernzuhalten. Am Beispiel von Dorf und Kirche Spiekeroogs lassen sich die Prozesse der Veränderung deutlich machen.

Auch Dörfer müssen wandern

Die erste Ansiedlung erfolgte vermutlich im Nordwesten der Insel, im Schutz der Dünen. Aus dem Jahr 1398 stammt die erste urkundliche Erwähnung als „Spiekeroch" in einer Lehensverhandlung. Eine zweite Ansiedlung lag auch noch im Westteil, aber weiter zum Inneren der Insel hin. Ob hier bereits eine kleine Kirche stand, kann nicht mit Sicherheit gesagt werden. Überliefert ist aus dem Jahr 1525 ein Überfall ostfriesischer Truppen mit

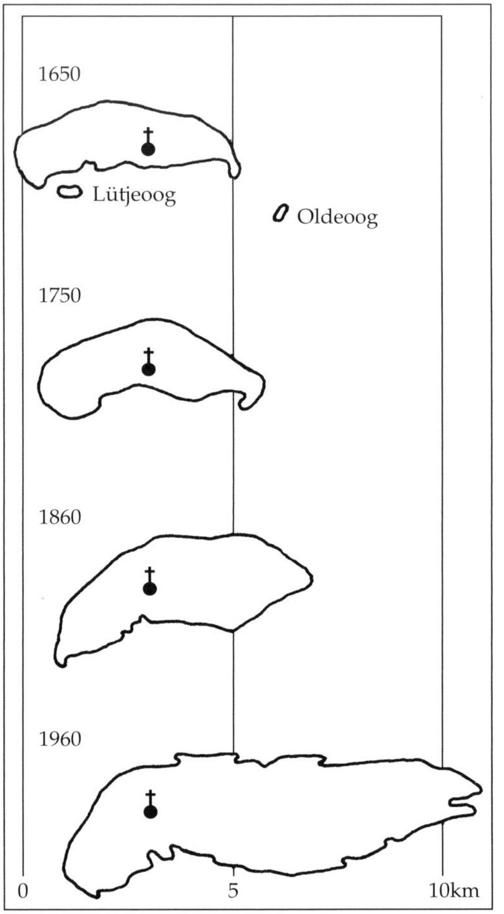

Die Abbildung zeigt die Ostwanderung Spiekeroogs in den letzten 350 Jahren

der Plünderung der Kirche. Nach einem Bremer Bericht von 1538 haben Bremische Soldaten die Insel gebrandschatzt und einen „armen Pastor" mitgenommen.

Von schicksalhafter Bedeutung wurde das Jahr 1570, als die wenigen Menschen Spiekeroogs (es gab damals lediglich 12 Haushaltungen) unfreiwillig in den Freiheitskampf der Niederlande gegen Spanien gerieten. In der Nacht vom 17. zum 18. Februar plünderten „Wassergeusen" die Insel. Spiekeroog gehörte in dieser Zeit zum Harlingerland und dieses wiederum galt als spanisches Lehen. Noch verheerender war die Allerheiligenflut am 1. und 2. November 1570. Teile der Insel wurden durch die Orkanflut weggerissen, das kleine Dorf so schwer beschädigt, daß ein Wiederaufbau nicht lohnte.

So verlegte man in den folgenden Jahren das Dorf mehr zur Inselmitte, und die ersten Häuser am heutigen Noorderloog entstanden. 1684 zählte das Dorf 19 Häuser mit 110 Einwohnern. Erst 1696 wurde die heutige Alte Inselkirche gebaut. Ein Vorgängerbau stand am östlichen Ende des Dorfes, östlich des seit 1967 bestehenden Inselcafés.

Wie seinerzeit üblich, lagen Kirche, Pfarrhaus und Friedhof eng beieinander. Der Friedhof befand sich allerdings an der ungeschützten Nordseite, am Rande des Dorfes, und wegen der häufigen Sandverwehungen mußte er ins Dorfinnere, zur Alten Inselkirche, verlegt werden.

Die Alte Inselkirche – ein einfacher Fachwerkbau

Der anfänglich schlichte Fachwerkbau, gut 10 m lang und 7 m breit, wurde um die Jahrhundertwende außen mit rotem Backstein verkleidet. Das im Westen vorgebaute Portal mit einer breiten, zweiflügeligen Tür diente früher als Leichenhaus und zur Unterstellung des „Gemeindeboots", das auch für Rettungsfahrten genutzt wurde.

Auf den Backsteinmauern ruht ein Satteldach, das früher einfach auf den Mauern als sogenanntes Schwimmdach auflag. Bei einer Sturmflut konnten sich die Inselbewohner auf den Dachboden zurückziehen. Kam die Flut und riß Ständer oder Mauern ein, so schwamm das Dach wie ein Floß auf dem Wasser. Die meisten Fischerhäuser auf den Inseln waren ebenfalls derart konstruiert. Seit 1860 ersetzt der Dachreiter mit der kleinen Glocke das hölzerne Gerüst, das südlich der Kirche als Glockenturmstand.

Harmonie im Kircheninnern

Heute beeindruckt diese älteste Inselkirche Ostfrieslands durch eine Reihe von Gegenständen sowie die harmonische Ausgestaltung des Raumes. Von der Decke herab hängen zwei Schiffsmodelle, von Insulanern angefertigt, gleichsam als ständige Mahnung, der zur See fahrenden Männer zu gedenken.

Altar und verzierte Kanzel mit Schalldeckel sind aus Holz gefertigt, ebenso wie die Aposteldarstellungen an der westlichen Empore. Das Altarbild stellt das Abendmahl dar. Von großer Schönheit sind die Kirchenfenster, die von langjährigen Kurgästen gestiftet wurden. Die beiden bunten Fenster hinter dem Altar zeigen die Symbole der vier Evangelisten: Matthäus (Engel), Markus (Löwe), Lukas (Stier) und Johannes (Adler). Drei Fenster gliedern die Südseite. Das mittlere zeigt ein Schiff als Symbol der Kirche; die beiden anderen Fenster stellen Luthers und Melanchthons Wappen dar. Die früher niedrige Decke wurde 1901 an eine höhere Balkenlage verlegt und ausgemalt. Die tragenden Balken wurden dem Wandanstrich angepaßt.

Farbig gestaltete Holzplastik einer Pieta (Arbeit eines spanischen Künstlers)

Stimmungsvolle Glasfenster in der Alten Inselkirche

Bemerkenswert ist eine bemalte Holzplastik, die eine Pieta darstellt. Untersuchungen haben ergeben, daß es sich um eine spanische Arbeit handelt. Im Jahr 1588 wurde die spanische Armada vor der Südküste Englands von der englischen Flotte besiegt. In schwerem Sturm wurden einzelne spanische Schiffe durch den Kanal bis an die holländische und ostfriesische Küste verschlagen. Der Überlieferung nach ist auch auf den Sandbänken vor Spiekeroog ein Schiff der Armada bei heftigem Sturm gestrandet und gesunken. Ein spanischer Stoßdegen und eine seidene Flagge sind neben der Pieta die einzigen Gegenstände, die von den Insulanern damals gefunden wurden.

Wer Spiekeroog besucht, sollte sich unbedingt die Alte Inselkirche ansehen. Das stimmungsvolle Licht der Buntglasfenster wird jeden beeindrucken, und in der Ausgestaltung der Kirche wird jeder Besucher die enge Verbundenheit der Insulaner zur See spüren.

Rundgang durch das alte Inseldorf

Wer auf den Spuren der Spiekerooger Geschichte wandeln will, und die modernen Bauten des Fremdenverkehrs weniger beachten möchte, dem sei ein Rundgang durch die malerischen Gassen Süderloog, Noorderloog (loog=Dorf) und Noorderpad (pad=Pfad, Weg) empfohlen. Gleich am Anfang des Süderloogs (Haus Nr. 4)

Die alte Inselkirche von Spiekeroog

steht, mit tief heruntergezogenen Dachflächen, das älteste Haus der Insel. Um 1705 erbaut, beherbergt es heute eine Gaststätte und kann besichtigt werden.
Am Ende von Süderloog biegt man in den „Lütt Pad" ein und geht bis zur Ecke „Tranpad/An d'nee Kark". Ein Kreuz mit einem Anker weist auf den Friedhof der Heimatlosen hin, den „Drinkeldoden Karkhof", auf dem u. a. die Ertrunkenen der vor Spiekeroog gestrandeten Dreimastbark „Johanna" beerdigt sind.
In der Sturmnacht des 6. November 1854 lief die „Johanna" mit über 200 Menschen an Bord auf Grund und wurde von gewaltigen Brechern hin- und hergeworfen. Rettungsboote waren damals noch nicht vorhanden, und erst bei nachlassendem Sturm konnten die Insulaner die Überlebenden retten. 80 Menschen waren ertrunken, allesamt Auswanderer, die Deutschland aus wirtschaftlicher Not verließen und in Amerika auf ein besseres Leben hofften. Schiffskatastrophen dieses Ausmaßes waren noch vor 100 Jahren vor den Ostfriesischen Inseln häufig zu beklagen, bis schließlich das Seenotrettungswesen organisiert wurde. Mancher in Seenot Geratener verdankt den Männer des Rettungswesens sein Leben.
Auch im Inselmuseum (Noorderpad/Ecke Noorderloog) kann man sich in zeitgenössischen Bildern und Berichten über den Untergang der „Johanna" informieren. Außerdem werden Geschichte und Natur der Insel dargestellt. Allerlei merkwürdiges Strandgut und viel Seemännisches ist zusammengetragen worden, und auch der Kurzurlauber sollte einen Besuch nicht versäumen.

Das alte Inselhaus

Dünen- und Strandwanderungen
Vom Zentrum des Ortes geht man den Nooderloog in östlicher Richtung bis zum Feuerwehrhaus. Hier beginnt der Dünenweg (Slurpad). Vorbei an einem Kiefernwald, führt der Weg durch mächtige Dünen hinauf zur Aussichtsdüne. Von hier hat man einen schönen Rundblick auf die Insel: im Norden die offene See und den Strand, nach Süden, Westen und Osten die Dünen mit ihrem vielfältigen Bewuchs. Von der Aussichtsdüne geht der Weg an der Strandhalle vorbei zum breiten Badestrand. Am Flutsaum entlang in westlicher Richtung, meistens gegen den Wind, erreicht man die Buhnen, die als Wellenbrecher und zur Abdrängung der Strömung gebaut wurden.
An der Spundwand, die zusätzlich zum Schutz vor Sturmfluten angelegt wurde, steigt man auf das Deckwerk und gelangt auf der Straße „Westend" wieder zurück zum Dorf.

Wangeroog de schone,
Spiekeroog de Krone,
Langeoog, dat is noch watt,
Baltrum is'n Sandfatt,
Up Nördernee, door gifft 'n Sleef vull Bree,
Up Juist, door sünd all Kojen güst,
Un kam ji den na Börken,
door stäkens jo mit Förken.
(Alter Reim über die Ostfriesischen Inseln)

Dieser Reim muß sicherlich von einem „Spiekerooger Insulaner" erfunden sein. Die Charakteristik der einzelnen Inseln ist auch nur aus der Situation des vorigen Jahrhunderts zu verstehen. Heute sprechen die Zahlen der Urlaubsgäste, die jährlich die Inseln aufsuchen, eine ganz andere Sprache. Alle Inseln sind staatlich anerkannte Nordseeheilbäder mit einer Vielzahl von Freizeiteinrichtungen und erfreuen sich bei Urlaubern großer Beliebtheit.

O selige Einsamkeit, o einzige Seligkeit

Mariental – einst ein Zisterzienserkloster im Lappwald

Die alte Klosteranlage Mariental liegt am Rande des Lappwaldes, nördlich von Helmstedt. Sie wurde Mitte des 12. Jahrhunderts als Abtei der Zisterzienser erbaut und gehört zu einer der frühesten Niederlassungen des Ordens in Niedersachsen.

Der Klosterkomplex ist weitgehend erhalten geblieben, so daß die gesamte Klosteranlage ihr romanisches Erscheinungsbild aus der Gründungszeit im wesentlichen bewahren konnte. Sie ist damit ein herausragendes Beispiel für zisterziensische Kirchen- und Klosterbaukunst. Leider ist mit dem Abbruch des Kreuzganges im Jahre 1835 ein wesentliches Dokument der Baugeschichte des 12./13. Jahrhunderts verloren gegangen.

Das Kloster – Die Stätte des Heiligen

Das Zisterzienser-Kloster Mariental wurde von dem einst mächtigen sächsischen Pfalzgrafen Friedrich II. von Sommerschenburg als Hauskloster und Grabstätte für sich und seine Familie gegründet. Es lag ganz im Trend der Zeit, daß Adlige Klöster erbauen ließen und sie als Grabstätte wählten. Man mißtraute der Verflechtung von Kirche und Staat und hielt die Klöster für die wahren Stätten des Heiligen. Die Segensfülle des Ortes, so glaubte man, übertrug sich durch die Vermittlung der Mönche auf den Stifter und seine Familie. Allerdings führte die Gleichstellung der Kirche mit dem Staat durch das Wormser Konkordat (1122) zu einer Verweltlichung der Kirche. Kirchliche Prachtentfaltung und üppiges Leben machten auch vor den Toren der Klöster nicht halt, so daß vielfach die klösterliche Zucht aufgelockert wurde. Die Glaubenssehnsucht der Christen konzentrierte sich ganz auf die klösterlichen Reformbewegungen und fand ihr Ziel besonders in den mitreißenden Predigten des Zisterzienserabtes Bernhard von Clairvaux. Mag sein, daß auch Friedrich II. von Sommerschenburg bei Aufenthalten am Königshof von den Reden Bernhards beeindruckt war und sich deshalb für ein zisterziensisches Hauskloster entschied. Unbestritten ist, daß Bernhard von Clairvaux, der den Zisterzienserorden nicht gegründet hatte, ihm aber zu ungeheurem Ruhm verhalf, großen Einfluß auf das gesamte Abendland ausübte. Von seinem Orden erwartete er ein demütiges, arbeitsames Leben in äußerer Schlichtheit und Abgeschiedenheit, ausgerichtet nach den Ordensregeln des Heiligen Benedikt von Nursia (529 n. Chr.); die Armut, Nächstenliebe und körperliche Arbeit vorsahen.

Die Zisterzienser verstärkten diese Regel mit dem urchristlichen Enthusiasmus zur Einsiedlerei, die das Ziel der Läuterung in

Blick vom Innenhof auf die Klosteranlage Mariental

einem asketischen Leben in der Einöde suchte. So wurde die Einsamkeit des Ortes mitentscheidend für die Gründung einer Abtei.

Schenkungen machten das Kloster reich

Für die Neugründung eines Zisterzienserklosters verlangte der Orden ein relativ bescheidenes Gründungsgut vom Stifter, da die Anzahl der Mönche noch recht klein war, die Grund und Boden zu bearbeiten hatten. Die Gründungsdotation für das Kloster Mariental fiel dagegen sogar recht großzügig aus. Friedrich II. von Sommerschenburg überließ dem Orden zwei Wirtschaftshöfe, Teile des nördlichen Lappwaldes und das Klostergelände mit 20 Hufen Land. Im Laufe der Zeit gingen der Abtei so reiche Schenkungen zu, daß sie am Ende des 12. Jahrhunderts ihren Besitz auf 180 Hufen Land, auf zahlreiche Wirtschaftshöfe, auf einige Dörfer,

Eines der romanischen Kapitelsaal-Fenster mit den bei der Restaurierung ergänzten Mittelsäulen

auf ausgedehnte Waldflächen und auf Stadthöfe in Magdeburg und Helmstedt erweitert hatte.

In seiner wirtschaftlichen Blüte um 1300 war das Kloster der reichste Grundbesitzer in Ostsachsen.

Konsolen mit reicher Rankendekoration trugen das Gewölbe des abgebrochenen Kreuzganges

Sie lebten von ihrer Hände Arbeit

Auf dem Besitz, der weiter vom Kloster entfernt lag, wurden landwirtschaftliche Hofanlagen, die Grangien errichtet, die sich bald zu ertragreichen Produktionsstätten des Klosters entwickelten. Sie wurden von den Laienbrüdern bewirtschaftet.

Die Laienbrüder (Konversen) bildeten eine getrennte Gruppe zu den Chormönchen. Sie übernahmen die harte körperliche Arbeit und hatten nur ein reduziertes Chorgebet zu verrichten. Sie wurden von jeglicher Belehrung ferngehalten. Wenn die Konversen auch durch das Gelübde an die Klostergemeinschaft gebunden waren, so lebten sie jedoch abgeschirmt im Westflügel des Klosters. Die Laienbrüder kamen aus der Landbevölkerung, deren wirtschaftliche Nöte damals recht groß waren. Das Kloster garantierte den Laienbrüdern eine geregelte und gesicherte Versorgung.

Die klösterliche Wirtschafsführung wurde durch die strengen Vorschriften des Ordens bestimmt. „Die Mönche unseres Ordens müssen von ihrer Hände Arbeit, von Ackerbau und Viehzucht leben. Daher dürfen wir zum eigenen Gebrauch besitzen Gewässer, Wälder, Wiesen, Ackerland (abseits von den Siedlungen der Weltleute) sowie Tiere". – „Es ist nicht erlaubt, Verkehr mit den Weltleuten zu haben, indem wir für Viehhaltung und Landbau den halben Ertrag oder Viehpacht geben oder nehmen."(Satz des Ordens) Dieses Prinzip zisterziensischen Wirtschaftens kam in Mariental aufgrund der anhaltenden Schenkungen kaum zu einer konsequenten Verwirklichung.

Zwar bemühten sich die Mönche durch Tausch einzelner Gebiete, die Ländereien um das Kloster zu konzentrieren, doch ohne fremde Hilfe war der große Grundbesitz nicht mehr zu bearbeiten. Außerdem wurde es nötig, für die vorhandenen Überschüsse einen Absatzmarkt zu finden. So praktizierte das Kloster eine wirtschaftliche Mischform aus klösterlichen Eigenbaubetrieben und aus der damals üblichen Zinswirtschaft, die an Stelle des Frondienstes getreten war.

Eine Kirche von strenger Schönheit

Innerhalb der Klosteranlage nahm die Kirche den höchsten Punkt des Geländes ein, entsprechend der Tradition des Ordens. Für ihn war die Kirche der wichtigste Raum im Kloster. Sie stand nur dem eigenen Konvent offen und war der Ort, wo das Gebet der Mönche seine vollkommenste Form erhielt durch das sich ständig wiederholende Einhalten von Ritualen, das Demut und Verzicht voraussetzte. In Mariental entstand eine dreischiffige Pfeilerbasilika mit dem Grundriß eines lateinischen Kreuzes, den die Zisterzienser vom benediktinischen Kirchenbau übernommen hatten. Die formale Strenge und Schlichtheit des Gebäudes spiegeln den asketischen Ordnungsgeist der Mönche wider. Kein Zierat schmückt die Außenmauern, nur die Westfassade zeigt ein Rundbogenfries. Wie bei allen zisterziensischen Kirchen wurde auch in Mariental kein Glockenturm gebaut, an seine Stelle trat der kleine Dachreiter über der Vierung.

Der Innenraum der Kirche stellt ein in sich geschlossenes Baugefüge dar. Seine Wirkung wird durch den basilikalen Aufbau bestimmt, jedoch geht sein heutiges Erscheinungsbild im wesentlichen auf umfangreiche Renovierungsarbeiten im 19. Jahrhundert zurück. Die Fugenmalerei mit gegliederten Gesims- und Ornamentbändern, die bei der Innenausmalung vorherrschend ist, entspricht durchaus dem romanischen Charakter der schlichten, aber kraftvollen Architektur. Untersuchungen haben ergeben, daß die Kirche von Anfang an farbig angelegt war, allerdings mit einer dezenteren Farbgebung, abweichend von der ursprünglichen zisterziensischen Formstrenge, die keine Farbe, keinen Schmuck, keine Plastik in der Kirche zuließ, um den betenden Mönch in seiner Andacht nicht abzulenken.

Das achtachsige Langhaus und das Querhaus sind flach gedeckt, nur der Chor weist ein Bandrippen-Gewölbe auf. Die rechte Bandrippe endet in einem Schweinskopf. Er könnte eine Darstellung des Bösen, des Teufels sein, aber sehr oft sind christliche Symbole nur den Eingeweihten verständlich. Bei mangelnder Überlieferung ist der Nachweis ihrer Bedeutung schwer zu erbringen. Das spitzbogige Maßwerkfenster im Chor wurde im 14. Jahrhundert eingebaut.

Ein Klosterschema wird verbindlich

An das südliche Querhaus schließt sich das zusammenhängende Geviert der Klostergebäude an. Im Erdgeschoß des Ostflügels ist die ursprüngliche Raumfolge erhalten geblieben. Hier befindet sich der Kapitelsaal, dem neben der Kirche die größte monastische Bedeutung zukam. Er war Versammlungsraum der Mönche, in dem Lesungen, Beratungen und Predigten des Abtes stattfanden. Das gesamte Obergeschoß des Ostflügels diente als Dormitorium, als Schlafsaal der Mönche, von ihm aus führte eine Treppe direkt in die Kirche. Heute ist er zu hübschen Wohnungen umgebaut, wie auch der Südflügel des Konventsgebäudes, der aber auch museal genutzt wird. Durch

Blick von der Empore in den Kirchenraum

die Umbauten ist die einstige Raumaufteilung des Südflügels verloren gegangen. Der Klostertradition entsprechend lagen hier der Speisesaal der Mönche (das Refektorium), die Küche und das Calefaktorium, der einzige heizbare Raum im Kloster, wo sich die Mönche im Winter eine Stunde aufwärmen durften. Der Westflügel wurde von den Laienbrüdern bewohnt. Er ist nach Osten hin fensterlos und öffnet sich zu dem von ihm westlich gelegenen Wirtschaftshof. Die Räume des ehemaligen Laienflügels sind stark verändert. Nur der Eßsaal der Laienbrüder, das Laienrefektorium, eine zweischiffige kreuzgratgedeckte Halle, konnte den mittelalterlichen Charakter bewahren.

In seiner Ornamentik bemerkt man den Einfluß sächsischer und rheinischer Bautradition, wie auch an einigen anderen Bauelementen des Klosters. Die strengen Ordnungsprinzipien des Ordens haben bei den Zisterziensern zu einem einheitlichen Schema ihrer Klosteranlage geführt. Aber wie man auch in Mariental sieht, war der regionale Einfluß immer von Bedeutung.

Im Innenhof zeugen an den alten Mauern noch reichverzierte Konsolen und Abbruchspuren von der Existenz des Kreuzganges. Seine Größe und Ausdehnung wird heute durch eine Pflasterfläche deutlich. Der Kreuzgang war Besinnungsort der Mönche, die mit der mystischen Einstellung: „O selige Einsamkeit, o einzige Seligkeit" in die Abgeschiedenheit des Lappwaldes gezogen waren und sich einem strengen asketischen Leben unterwarfen.

Sehenswertes in der Umgebung

Helmstedt

Nach jahrelanger Randlage an der innerdeutschen Grenze liegt Helmstedt nun wieder sehr zentral in Deutschland an der Autobahn vom Ruhrgebiet nach Berlin und hat gute Chancen, zur „Stadt der Begegnung" zu werden, wie die Helmstedter hoffen.

Die Altstadt ist geprägt von gut erhaltenen Fachwerkhäusern, alten Kirchen und der Erinnerung an die Zeit als bedeutende Universitätsstadt.

Auf einem Rundgang durch die Altstadt (Dauer etwa 1 Stunde, Länge etwa 2 km) ist viel Sehenswertes anzutreffen. Der mit Kleeblatt-Symbolen markierte Weg beginnt am Holzberg, einem ehemaligen Wäldchen, heute Wochenmarkt und Parkplatz. Schöne Fachwerkhäuser umrahmen den Platz. Durch die Straße „Tiefe Tal" geht es links ab in die Neumärkerstraße, heute die Hauptgeschäftsstraße. Eine Besonderheit sind die Professorenhäuser, die auf die Blütezeit Helmstedts als bedeutende Universitätsstadt hinweisen. Metalltafeln mit Namen, Fakultäten und Amtszeiten erinnern an die Professoren, die in ihren Häusern auch lehrten und dort häufig auch ihre Studenten beherbergten. Am Ende der Neumärkerstraße sieht man den Hausmannsturm, einziges erhaltenes Stadttor, das um 1450 als Teil der Stadtmauer erbaut wurde.

Man biegt rechts ab in die Bötticherstraße und erreicht das Juleum. Der prachtvolle Renaissancebau dioente einst als Hörsaalgebäude, der 1576 durch Herzog Julius von Braunschweig gegründeten Universität, die sich bald zur drittgrößten evangelischen Hochschule des deutschen Sprachraumes entwickelte. Bis zu ihrer Schließung 1810 durch Jérôme Bonaparte, Napoleons Bruder, lehrten hier bedeutende Professoren, wie der Mediziner Gottfried Christoph Beireis, der Theologe Georg Calixt sowie für kurze Zeit der Philosoph Giordano Bruno, der 1600 in Rom von der Inquisition als Ketzer verbrannt

Das Juleum in Helmstedt

wurde. Das Juleum wird heute vielseitig genutzt: Im früheren Weinkeller ist das Kreisheimatmuseum untergebracht (Ur- und Frühgeschichte, Stadt- und Universitätsentwicklung, Kultur des 17. – 19. Jahrhunderts, zeitgenössische Kunst und Kunsthandwerk); im Obergeschoß die Bibliothek mit 30 000 Bänden aus der Universitätszeit; im Erdgeschoß das Auditorium Maximum – heute stilvoller Rahmen bedeutender Konzerte.

Über die Collegionstraße (Gedenktafel für Giordano Bruno am Haus Nr. 7), Georgienstraße, Schuhstraße (Nr. 5 ist das älteste Haus Helmstedts – erbaut 1514), den Papenberg hinauf zum Kirchenbezirk St. Stephani, früher als „Kaufmannswik" (Handelsplatz) dienend. Die Kirche, vor 1300 erbaut, ist eine dreischiffige spätgotische Hallenkirche mit mächtigem Turmunterbau im Westen, wertvoller romanischer, gotischer und Renaissance-Innenausstattung. Die „Alte Schule" (bereits 1248 als Stadtschule gegründet) und die Stadtmauer umrahmen stimmungsvoll den Großen Kirchhof. Ein Abstecher sollte der St. Ludgerikirche gelten; die katholische Begegnungsstätte nutzt die Gebäude des ehemaligen Benediktinerklosters, das, wie die berühmte Doppelkapelle, aus dem 9. Jahrhundert stammt. Sehenswert ist die frühromanische Felicitaskrypta (um 1050), stilvoller Rokokosaal, prunkvolle Wappen.

Der Rückweg führt über den Marktplatz vorbei am wohl schönsten Helmstedter Haus, Papenberg 2. Das prächtige Renaissancehaus von 1567, genannt „Hoflager des Herzogs Julius" zeigt in der geschnitzten Fassade reichen Bildschmuck: Allegorien, Wappen und lateinische Sinnsprüche.

Außerhalb der Stadtmauer liegen Kirche und Kloster St. Marienberg. In den gut erhaltenen Klostergebäuden wird noch in alten Techniken kirchlicher Kunst gewebt, gestickt und restauriert. In der „Schatzkammer" am Kreuzgang bewahrt das Kloster kostbare mittelalterliche Paramente und Wandteppiche (Besichtigung nach Voranmeldung; Tel. 0 53 51/75 85).

Walbeck

Nur 6 km östlich von Mariental, auf herrlichen Waldwegen durch den Lappwald zu erreichen, befindet sich die ehemalige Benediktiner-Stiftskirche in Walbeck. Diese Kirche, bereits auf dem Gebiet von Sachsen-Anhalt gelegen, ist bedeutendes und recht gut erhaltenes Beispiel einer ottonischen Pfeilerbasilika. Die auf dem Burgberg über der Aller angelegte Stiftskirche wurde bereits 965 gebaut, in den folgenden Jahrhunderten verschiedentlich umgebaut (z. T. abgetragen) und 1900 sowie 1934 vor dem endgültigen Verfall gesichert.

Ein einfacher Saalbau mit Kostbarkeiten

Die Dorfkirche in Burlage

Die kleine Landkirche St. Marien zu Burlage, malerisch auf der Kuppe einer sanften Anhöhe gelegen, ist einst aus einem Benediktinerinnenkloster hervorgegangen. Die spärlichen Belege über das Kloster gewähren nur kleine Einblicke in seine geschichtliche Existenz, die seit 1100 schriftlich nachweisbar ist. Das Kloster war Zufluchtstätte unversorgter Töchter des niederen Adels der Umgebung. Nach der Reformation, als der Landadel mehr und mehr dazu überging, den evangelischen Glauben anzunehmen, begann der Verfall des Klosters. Seine Spuren wären bis heute längst alle verwischt, wenn nicht im Jahre 1538 die kleine Klosterkirche in eine Pfarrkirche umgewandelt worden wäre, die bis heute ihren Standort behaupten konnte, wenn auch in wechselnder Gestalt.

Dorfkirche in Burlage

Statue der Mutter Gottes, vermutlich dem Apostelzyklus zugehörig

Holzplastik der „Anna selbdritt" (Hl. Anna, Hl. Maria und Jesuskind)

Ein Bau aus drei Epochen
Das Kirchenschiff erhielt, unter Verwendung älterer Mauerreste, seine heutige Gestalt im letzten Drittel des 16. Jahrhunderts. An seinem Ostgiebel schließt sich eine kleine, von Strebepfeilern gestützte und gegliederte Kapelle an, die aus dem 14. Jahrhundert stammt.

Der im Westen vorgestellte quadratische Turm, sich harmonisch in die gesamte Anlage einfügend, weist über dem Portal in einer Inschrift die Jahreszahl 1792 auf. Allerdings bezieht sich diese Zeitangabe nur auf eine größere Instandsetzung des Baues und nicht auf die Errichtung des Turmes.

Ein Kirchenraum mit prächtiger Ausstattung

Der nicht sehr hohe flachgedeckte Innenraum der kleinen Saalkirche vermittelt besonders durch die dreiseitig umlaufende Empore das Gefühl der Geborgenheit. Die Ausstattung des Kirchenraumes wird im wesentlichen durch Kunstwerke des frühen 18. Jahrhunderts bestimmt. Der reichverzierte barocke Kanzelaltar zeigt als Seitenbegrenzung eine üppige Akanthusornamentik auf. Der Akanthus, eine im Mittelmeer beheimatete Pflanze, taucht schon in der antiken Kunst wegen seiner schönen Blätter als Reliefverzierung auf. In der Renaissance und im Barock wurde das Akanthusornament als Zierelement im Kunsthandwerk wieder aufgenommen. Über der Predella des Altars erhebt sich statt eines Retabels der Kanzelaufbau, auf dessen Kanzelkorb, zwischen gedrehten Säulen, die vier Evangelisten mit ihren Attributen Engel, Löwe, Stier und Adler sowie Christus mit der Weltkugel als Salvator mundi dargestellt sind.

Die Vereinigung von Altar und Kanzel zu einem Kanzelaltar ist besonders in kleinen evangelischen Kirchen anzutreffen. Der Altar in Burlage wurde 1713 von Meister Hunderdosse aus Quakenbrück geschaffen.

Der Taufstein – eine meisterliche Arbeit

Neben dem Altar steht der Taufstein, der gleichzeitig mit dem Kanzelaltar fertiggestellt wurde. Er zeigt in seiner figürlichen Ausstattung die Taufe Christi durch Johannes den Täufer. Das Motiv der Taufe Christi, das der Künstler hier aufgegriffen hat, erscheint vor allem in der mittelalterlichen Kunst sehr häufig, da es gleichzeitig eine Darstellung der Dreifaltigkeit ist. Es weist in der Regel stets die gleiche Anordnung der Figuren auf. Christus steht frontal, der Jordan steigt als Wasserberg bis zu seinen Hüften an. Johannes der Täufer, links von Jesus, gießt Wasser auf das Haupt Christi. Gottvater und die Taube des heiligen Geistes sind über ihnen sichtbar. In früheren Darstellungen steht Johannes der Täufer segnend neben Christus, da der Taufritus noch das Untertauchen des Täuflings beinhaltete. Im Laufe des Mittelalter wurde diese Zeremonie abgeschafft. Die Änderung des Taufvorganges wurde, wie hier auf dem Taufstein erkennbar, auch in der bildenden Kunst verdeutlicht, gleichsam erübrigten sich die Taufkirchen (Baptisterium) mit dem Taufbecken. Der nun in der Kirche aufgestellte Taufstein genügte für die Zeremonie der Taufe.

Skulpturen von eigenartiger Schönheit

Zu den besonderen Kostbarkeiten der Kirche gehört die Holzplastik der Anna selbdritt, eine Darstellung der heiligen Anna mit ihrer Tochter Maria und dem Jesusknaben. Diese im 14. und 15. Jahrhundert häufige und beliebte Gruppierung der drei Personen ist aus dem aufkommenden Annenkultus des späten Mittelalters hervorgegangen. Der Künstler hat die Figurengruppe, die sich an der Nordwand unter der Empore befindet, farbig gefaßt. Aufgrund der handwerklichen Ausführung wird sie um 1450 datiert.

Von einfacher, derber Gestalt sind die elf Apostelfiguren aus Stein in dem kleinen gewölbten Kapellenraum, auch sie entstanden im 15. Jahrhundert, sowie die vermutlich zu dem Apostelzyklus zugehörige Muttergottesstatue.

Sehenswertes in der Umgebung

Der Dümmer

Dieser zweitgrößte niedersächsiche Bin-

nensee (12 km²) ist ein Paradies für Wassersportler mit Segeln, Surfen, Kanufahren, Paddeln, Tretbootfahren und Schwimmen.
Der Dümmer ist seit 1953 von einem 18 km langen Deich umgeben, der die Hochwasserspitzen der Hunte auffangen und das Land der Bauern hinter dem Deich vor Überschwemmungen schützen soll. Da sich Schilf und Seggen in den Dümmerwiesen durchsetzten, werden sie landwirtschaftlich nicht mehr genutzt. Windpumpen sorgen für eine Wiedervernässung und bieten einer artenreichen Vogelwelt in den Wiesen Rast- und Brutgebiete. Von kleinen Aussichtstürmen kann die Vogelwelt des Sees beobachtet werden.
Durch die Landwirtschaft im Gebiet des Dümmers kommt es zu einem erhöhten Nährstoffeintrag in den See. Die teilweise Begradigung der Hunte führte zu einem stärkeren Schwebstoffeintrag. Dadurch nimmt die Verlandung des Sees zu. Besonders das Westufer zeigt den typischen Verlandungsgürtel mit Binseninseln eines nährstoffreichen Gewässers. Am Olgahafen in Dümmerlohausen ist das besonders deutlich zu sehen.
In Lembruch informiert das Dümmermuseum über die Sanierung des Sees. Außerdem werden Aquarien mit heimischen Fischarten, Fischereigeräte und in der urgeschichtlichen Abteilung ein Steinzeitdorf und Grabungsfunde gezeigt (Öffnungszeit: 1. 3. – 31. 10., täglich 10.00 – 18.00 Uhr).

Damme und Dammer Berge
Die Stadt Damme, etwa 8 km westlich des Dümmers gelegen, ist Mittelpunkt des Erholungsgebietes Dammer Berge. Fachwerkhäuser prägen das Stadtbild. Die alte Pfarrkirche St. Victor von 1435 gleicht in ihrer Größe einem Dom. Im Gebiet zwischen dem Dümmer und den Dammer Bergen liegen schöne Bauernhäuser, die sich durch reiches Schnitzwerk und eine abgestufte Farbigkeit in den Giebeln auszeichnen (sog. Dammer Giebelkunst).
Die reizvolle, hügelige Wald-Heide-Landschaft der Dammer Berge mit dem Bergsee, einem Waldlehrpfad und Naturpfad bietet dem Besucher viele Wandermöglichkeiten auf ausgeschilderten Wegen. Das Ausflugslokal „Schweizer Haus" mit Riesenrutsche und dem angrenzenden Märchenwald sind einen Besuch wert.

Am Dümmer bei Lembruch

Oppenweher Moor/Stemmer Moor
Etwa 7 km östlich des Dümmers liegt das Naturschutzgebiet Oppenweher Moor. Da das Moor von industriellem Torfabbau verschont blieb und früher lediglich bäuerlicher Torfstich erfolgte, ist es heute mit 595 ha Fläche ein Lebensraum für eine Vielzahl gefährdeter Tier- und Pflanzenarten. Auf ausgeschilderten Wanderwegen können Besucher diese typische Moorlandschaft durchwandern.

Der Dom zu Bardowick

Die Geschichte baut auf und zerstört, um wieder aufzubauen. Sie schafft Persönlichkeiten und läßt sie in die Vergessenheit versinken, um sie wieder neu zu entdecken. Die Geschichte des Menschen ist wechselhaft, wankelmütig und revolutionär, gekennzeichnet durch den Tod des Alten und die Geburt des Neuen, des Anderen und doch Gleichen.

Orte von einstiger Größe versinken in einen Dornröschenschlaf, aus dem sie nicht mehr erwachen, und oftmals sind alle Spuren verblaßt, die die Bedeutsamkeit von früher bezeugen könnten.
Auch der Flecken Bardowick läßt heute kaum noch erahnen, welche wichtige Stellung er im Mittelalter einnahm, wenn nicht der mächtige alte Dom die niedri-

Dom von Bardowick

Hochaltar mit Maßwerkgittern

gen Firste der dörflichen Häuser überragen würde, gleichsam sich gegen die geschichtliche Normalität des Ortes aufbäumend als Zeuge bedeutungsvoller Vergangenheit.

Ein Handelsplatz entwickelt sich

Bardowick wird bereits während der Sachsenkriege (772 – 804) Karls des Großen als Handelsplatz erwähnt, denn trotz der kriegerischen Auseinandersetzungen, in denen sich die Sachsen standhaft der Missionierung und damit der Eingliederung in das christliche Frankenland widersetzten, herrschte ein reger Handelsverkehr. Neben den wichtigen Nord-Süd-Handelswegen vom Mittelmeer her, erlangte der Ost-West-Handel immer größere Bedeutung. Der wachsende Wohlstand des karolingischen Adels verstärkte den Handel mit Luxusgütern, aber auch Waren für den täglichen Bedarf wurden rege gehandelt, so daß das einfache Volk ebenfalls Nutzen aus den umfangreichen Wirtschaftsbeziehungen zog. 805 vergab Karl der Große an Bardowick das Monopol für den Fernhandel mit den Slawen. Zweimal besuchte der Kaiser den aufblühenden Handelsort.

Noch bis ins 12. Jahrhundert hinein verfügte Bardowick über eine große wirtschaftliche Kraft, besonders als Zoll- und Münzstätte in ottonischer Zeit gewann es großen Einfluß auf alle Märkte in Norddeutschland. Die damalige politische Bedeutung Bardowicks zeigt sich in den dort wiederholt stattgefundenen Reichsversammlungen und Aufenthalten etlicher deutscher Kaiser.

Florierende Märkte mit Münz- und Zollrecht brachten Geld in die Schatztruhe des Souveräns, und ganz gleich ob Kaiser,

Bronzenes Taufbecken und Chorgestühl

König oder Herzog, die Finanzen der Herren mußten ständig aufgebessert werden. Kirchliche und weltliche Fürsten versuchten durch Ansprüche und Rechte oder durch zum Teil rücksichtslose Eroberungen lukrative Gebiete in ihre Hand zu bekommen.

Das Interesse des Reiches begann sich dabei auch verstärkt ostwärts zu richten. Vor allem Kaiser Lothar III. knüpfte an die einstigen Bestrebungen Otto des Großen an und förderte in entscheidendem Maße die Besiedlung und Christianisierung des Gebietes zwischen Elbe und Oder und sicherte gleichzeitig die herausragende Stellung Bardowicks im nordöstlichen Handelsverkehr.

Die Herrschaft des Löwen

Vermutlich kam Bardowick noch während der Regierungszeit Lothars III. als Reichslehen an die Welfen. Unter ihrer Herrschaft begann der (verhängnisvolle) Niedergang des Ortes. 1142 wurde der junge Welfe Heinrich der Löwe, drei Jahre nach dem Tod seines Vaters, mit dem Herzogtum Sachsen belehnt. Damit unterlag Bardowick seiner herzoglichen Macht. Zunächst begünstigte Heinrich Bardowick als Handelsplatz und als wichtigsten Zugang zu den Slawen an der unteren Elbe. Als Lübeck sich unter dem Grafen Adolf von Holstein zu einer ernsthaften Konkurrenz zu entwickeln drohte, verbot Heinrich die Abhaltung von Handelsmärkten in Lübeck, so daß sich das Marktgeschehen wieder ganz auf Bardowick konzentrierte. Doch war es gerade die rücksichtslose Durchsetzung seiner herzoglichen Macht, die einige Jahre später Bardowick in das wirtschaftliche Abseits führte.

1159 nahm Heinrich der Löwe die Neugründung Lübecks vor, das 1157 durch eine Brandkatastrophe völlig zerstört worden war.
Für seine neue Stadt verlangte Heinrich vom Grafen von Holstein das Hafengebiet an der Trave, wo ehemals das gräfliche Lübeck gelegen hatte. Gezwungenermaßen ging der Graf auf die Forderung ein, denn der Herzog war zwar bereit, mit beträchtlicher Gegenleistung seinen Lehnsmann zu entschädigen, machte aber deutlich, daß er ebenfalls bereit war, bei seiner Weigerung mit Gewalt vorzugehen. Von nun an galt das ganze Interesse Heinrich des Löwen dem neuen Lübeck, das durch seine Förderung bald eine führende Stellung in Handel und Verkehr einnahm. Mit dem wirtschaftlichen Aufschwung der späteren Hansestadt verlor Bardowick zusehends an Bedeutung.
Den schwersten Schicksalsschlag erlitt Bardowick am 28. Oktober 1189, als Heinrich der Löwe nach kurzer Belagerung die Stadt in Schutt und Asche legte. Die Bürger verwehrten dem durch Kaiser Friedrich Barbarossa geächteten Herzog den Zugang zur Stadt, und so traf sie der volle Zorn des Löwen. Kein Stein blieb auf dem anderen, nur der gewaltige Dom wurde vor der völligen Vernichtung verschont. Über dem Südportal des stattlichen Gotteshauses leuchtet noch heute das Zeichen des Zerstörers, der goldene Löwe mit der Inschrift: vestigium leonis, die Spur des Löwen, die Spur eines harten, willensstarken Charakters.

Der Dom St. Peter und Paul – ein Wahrzeichen Bardowicks

Der wuchtige Dom war ehemals Stiftskirche des Kollegiatstiftes St. Petri, das 1146 erstmals urkundlich erwähnt wird. Seine Einrichtung geht vermutlich aber schon auf den Anfang des 9. Jahrhunderts zurück. Auch für die frühe Baugeschichte des Domes fehlen zeitgenössische Belege völlig.
Erst nach der Zerstörung Bardowicks durch Heinrich den Löwen beginnen die schriftlich überlieferten Baunachrichten, Urkunden und Briefe, die sich auf Baumaßnahmen oder Bauvorhaben beziehen. Die Baugeschichte des heutigen Domes hat ihren Anfang im 14. Jahrhundert und

Kostbare Holzschnitzarbeit (Wange des Chorgestühls)

Heinrich der Löwe – Dichtung und Wahrheit

Neben seinem kaiserlichen Vetter Friedrich Barbarossa galt er als mächtigster Territorialfürst der damaligen Zeit: Heinrich der Löwe, Herzog von Sachsen und Bayern, ein Mann, dessen ehrgeizige Expansionspolitik erst mit seiner Verbannung nach England, im Jahre 1179, ein Ende fand.
Weder in der Geschichtsschreibung, noch in der Sagendichtung konnte man sich auf ein einheitliches Bild dieser schillernden Persönlichkeit einigen. Sahen manche in ihm den maßlosen, machtgierigen „Zerstörer des Reiches“, verklärten andere seine Person zum unerschrockenen Kämpfer und Nationalhelden.
Eine der vielen Legenden, die sich um Heinrich den Löwen rankt, wurde 1562 von dem Nürnberger Schuhmacher Hans Sachs aufgezeichnet. Ihn hatte die im Jahre 1172 unternommene Kreuzfahrt des Herzogs ins Heilige Land zu einem Spruchgedicht folgenden Inhalts inspiriert:
Eines „groß ungestümbs“ wegen, verschlägt es das herzogliche Schiff an unbewohnte Gestade. Dort wird Heinrich Zeuge eines ungleichen Kampfes zwischen einem Löwen und „eim trachen“. Schon hat das Untier den armen Löwen ganz mit „seinem schwantz umbschlungen“, da trennt ein Schwerthieb des Herzogs dem Drachen den Kopf vom Rumpfe.
Der gerettete Löwe steht fortan in Freundschaft zu seinem Befreier, versorgt ihn mit Nahrung und „wonet bey im tag und nacht“. So vergehen sieben Jahre, ohne daß Heinrich die Heimat wiedersieht. Dort aber rüstet sich um diese Zeit seine Gemahlin zu einer neuen Vermählung, denn den Herzog glaubt man längst gestorben. Diese Nachricht überbringt der Teufel Heinrich, als er ihn in der Einöde aufsucht, und bietet sich auch gleichzeitig an, Herrn und Löwen nach Braunschweig zu bringen. Genau wie der griechische Held Odysseus erreicht der Herzog sein Heim gerade noch im letzten Moment und wird freudig erkannt. Der treue Löwe bleibt bei Heinrich, bis er schließlich vor Trauer auf dessen Grabe stirbt (nach R. Lebe, S. 63 ff).
Diese phantasievolle Historie sicherte dem Herzog seinen Beinamen für die Nachwelt. Aber auch schon zu Lebzeiten hatte er sich ein eigenes Denkmal geschaffen: das eherne Löwenstandbild im Hof der Burg Dankwarderode in Braunschweig. Es ist bis heute erhalten geblieben. Ob dafür allerdings ein lebendiges Vorbild existierte, läßt sich nicht nachweisen. Einem gründlichen Quellenforscher gelang es zumindest, zwei wilde Bestien zu verifizieren: Sultan Kilidsch Arslan II. vermachte Heinrich während seines Kreuzzugs – zwei Leoparden.

findet ihren Abschluß Ende des 15. Jahrhunderts, als die dreischiffige spätgotische Hallenkirche, unter Einbeziehung der älteren Doppelturmfassade, fertiggestellt war. Allerdings erfolgten auch weiterhin im Laufe der Zeit einige bauliche Veränderungen. Heute dienen Baumaßnahmen ausschließlich der Erhaltung und Pflege des imposanten Bauwerks, dessen gedrungene Türme in dem großen Pultdach zu versinken scheinen. Dem ältesten Teil des Domes, dem Westwerk, ist

Aufwendig gestaltetes Chorgestühl

die Stephanskapelle als Eingangshalle vorgelagert. Sie schützt gleichsam eine Kostbarkeit. Das spätromanische Säulenportal der Westfassade ist ein Beispiel herausragender Steinmetzkunst aus dem 13. Jahrhundert.

Kostbarkeiten im Dom

Das Innere der Kirche eröffnet sich als ein lichtdurchfluteter Raum, der eine gleichmäßige Dehnung nach allen Seiten anzustreben scheint, um eine einheitliche Raumwirkung zu schaffen. Das Fehlen des Querschiffes unterstützt den Eindruck, daß sich der Chorraum als östliche Ausweitung des Langhauses darstellt. Die Mauern scheinen durch die hohen Fenster ihrer tragenden Funktion enthoben, ihrer Materie beraubt. Zur künstlerischen Ausstattung des Innenraumes gehören einige besondere Kostbarkeiten: Von 1367 stammt das bronzene Taufbecken. Vier Tragfiguren halten den Kessel, auf dem in dreizehn Feldern Christus als Weltenrichter mit seinen zwölf Aposteln dargestellt wird.

Ein hervorragendes Werk Lüneburger Schnitzkunst zeigt sich in dem weitgehend unversehrt erhaltenen Chorgestühl aus dem 15. Jahrhundert. Von meisterlicher Arbeit sind die Figurenreliefs von Heiligen und Propheten auf den Stuhlwangen. Die aufwendige Gestaltung des Gestühls entspricht der kunsthandwerklichen Intention der damaligen Zeit, in der gerade das Chorgestühl zu einem reichen Betätigungsfeld der Bildschnitzerei geworden war. Die meisten und schönsten Chorgestühle stammen aus dem 14. bis 16. Jahrhundert.

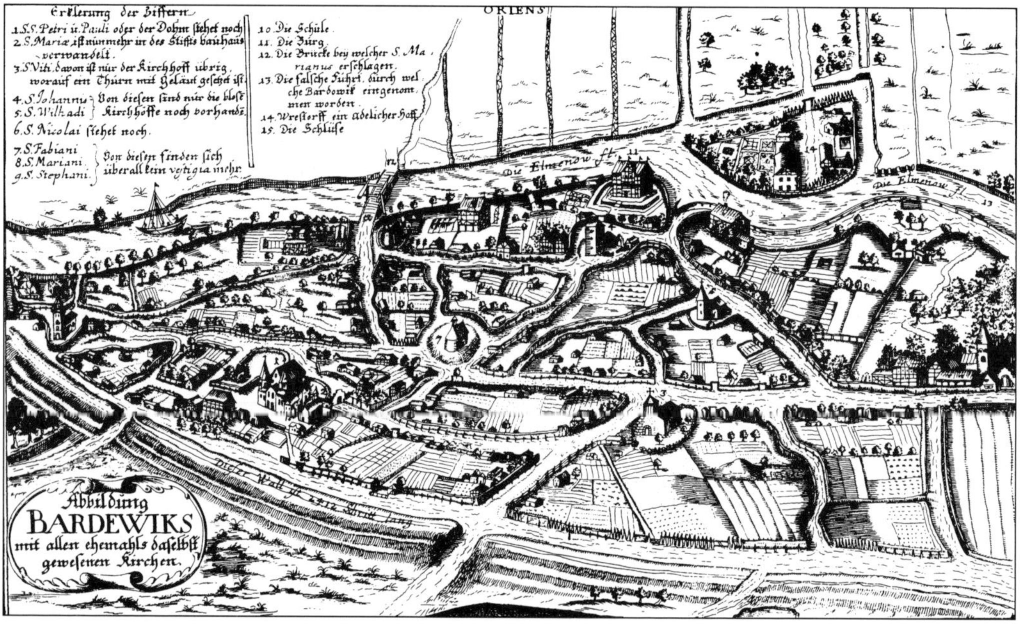

Plan von Bardowick aus dem Jahre 1588 von Daniel Frese

Im Mittelpunkt der kostbaren Werke des Doms steht der gotische Hochaltar, ein Flügelaltar aus dem 15. Jahrhundert. Auf einer Predella mit feinem Maßwerkgitter ist ein reich vergoldeter Schrein aufgesetzt, in dessen Zentrum die gekrönte Muttergottes mit dem Jesuskind über einer Mondsichel steht, umgeben von den 12 Aposteln. Auf den beiden Altarflügeln sind jeweils acht Heilige dargestellt.

Im Glanz des Goldes erstrahlt der aufgeschlagene Altar, Ausdruck des Kostbaren und Feierlichen, zugleich aber Teil einer idealen, raumlosen Sphäre, die die Begegnung mit dem Urbild ermöglicht.

Der Dom zu Bardowick ist Dienstag bis Samstag von 10.00 – 12.00 Uhr und 14.00 – 17.00 Uhr und Sonntag von 14.00 – 17.00 Uhr geöffnet.

Als Vertreter der gotischen Hallenkirchen verbindet sich mit seiner Konstruktion, neben dem sich immer wiederholenden religiösen Urerlebnis, zugleich ein neues Erleben des Raumes. Der Wandel des Raumgefühls im 14. und 15. Jahrhundert hat die Basilika in Deutschland als Kirchenbau zwar nicht verdrängt, doch eigentlicher Ausdruck dieses neuen spätgotischen Raumempfindens ist die Hallenkirche. Sie bleibt es bis zum Ende des gotischen Stils.

Sehenswertes in der Umgebung

Außer dem Dom sollte in Bardowick unbedingt der Nikolaihof besichtigt werden. Inmitten eines Eichenhains liegt die St.-Nikolai-Kirche mit der ältesten Orgel Norddeutschlands. Der Nikolaihof, der im Mittelalter als Heim für Aussätzige diente, ist in seiner ursprünglichen Form erhalten.

Durch den Eichenhain führt ein Weg zur Schleuse mit dem kleinen Hafen an der Ilmenau. Von hier führt ein Wanderweg in nördlicher Richtung zur alten Zugbrücke.

Der Löwe wacht über dem Südportal des Bardowicker Doms

Über die Brückenstraße, den Markt und die Domstraße kommt man zum Dom zurück.

Luhmühlen
Eingebettet in eine waldreiche Umgebung hat sich das Dorf zu einem Paradies für Reiter entwickelt. Die jährlichen großen Reitturniere sowie das Gelände für die Military sind unter Pferdefreunden überall bekannt.

Scharnebeck
Der Ort ist heute bekannt durch das größte Schiffshebewerk der Welt. Hier wurde im Jahre 1253 ein Zisterzienserkloster gebaut, Reste des Kreuzgangs sind noch zu besichtigen.
Die barocke St. Marien-Kirche von 1723, als Nachfolgerin der alten Zisterzienserkirche, besitzt ein wertvolles geschnitztes Chorgestühl von hoher künstlerischer Qualität.

Eine „Basilika“ mit prächtiger Ausstattung

Die Stiftskirche von Bücken

Der Weg nach Bücken führt schnurgerade durch die flache Wiesenlandschaft am Rande des Wesertales. Bereits aus der Ferne erkennt man den mächtigen Bau der Stiftskirche, der weithin sichtbar über den Dächern des Dorfes emporragt. Die Kirche gilt als eines der bedeutendsten Baudenkmäler im Gebiet der ehemaligen Grafschaft Hoya. Bücken befindet sich etwa 3 km südlich von Hoya, westlich der Bundesstraße 215, etwa in der Mitte zwischen Verden und Nienburg.

„In solitudine“

Ihre Entstehungsgeschichte geht zurück auf Erzbischof Rimbert von Bremen, der im Jahre 882 die Gründung eines Kollegialstiftes „in solitudine“, in der Einöde, beschloß. Die Mitglieder des Stiftes sollten sich Missionstätigkeiten widmen, denn obwohl der christliche Glaube unter Karl dem Großen eine Ausbreitung erfahren hatte, kehrten viele Sachsen nach seinem Tode, im Jahre 814, zu ihrem alten Glauben zurück.

Der Legende zufolge wurde der Standort des Stiftes durch ein Gottesurteil bestimmt, eine im Mittelalter beliebte Methode, um Entscheidungen herbeizuführen. So trieb man in Bücken einen Esel vor sich her, und wo er sich niederlegen, sich „bücken“ würde, sollte mit dem Bau begonnen werden. Es wird berichtet, daß das Tier sich anfangs an einer sehr unwirtlichen, morastigen Stelle niederlassen wollte, die noch heute als „Wüstenei“ bezeichnet wird. Erst durch erneutes Antreiben gelangte man zu dem richtigen Platz. Vor der Kirche erinnert eine 1982 von Müller-Belecke geschaffene Bronzeplastik an die Geschichte.

Für den Namen „Bücken“ existieren aus Sicht der Sprachforscher zwei weitere Deutungen. Einmal könnte sich das Wort von dem germanischen „Buche“ ableiten, oder auch von „gebuck“, einer Art Schutzwehr aus geflochtenen Buchenzweigen.

Das Stift Bücken bestand im 9. Jahrhundert zunächst aus einer Holzkirche und sieben Höfen, den sogenannten „Siebenmeierhöfen“. Sie befanden sich in einiger Entfernung vom Stift und wurden von sieben Stiftsherren verwaltet, die auch den Konvent bildeten. Aufgrund von Schenkungen besaß Bücken seit seiner Gründung ausgedehnte Ländereien, durch die sich der Reichtum rasch vermehrte. Im Jahre 1200 erstreckte sich die Abgabepflicht gegenüber dem Stift auf 100 Dörfer.

Wechselvolle Geschichte

Trotz dieses wirtschaftlichen Aufschwunges belegt eine Urkunde von 1731, daß die Kirche bereits 929 zu verfallen drohte.

Chorraum mit spätgotischem Hochaltar

Man erzählt sich, daß deshalb der heilige Ansgar dem damaligen Bischof Adalgar im Traum erschien, und ihn mahnte, das Gotteshaus nicht weiter so verkommen zu lassen. Adalgar nahm sich die Weisung zu Herzen und begann, einen Steinbau zu errichten.

Über den Verlauf der Baugeschichte sind keine Dokumente erhalten, so daß sich Aufschlüsse lediglich anhand von Stilvergleichen gewinnen lassen. Die Stiftskirche in ihrem heutigen Erscheinungsbild ist ein Resultat vielfältiger Umbauten und Veränderungen.

Ihre ältesten Teile stammen aus der Mitte des 11. Jahrhunderts. Man kann sie gut an dem kleinteiligen Mauerwerk aus Feldstein im unteren Bereich erkennen. Vergrößerungen in der zweiten Hälfte des 12. Jahrhunderts wurden in Portasandstein ausgeführt, während der obere Teil in die letzte Bauperiode fällt und aus Ziegeln besteht.

Bis ins 14. Jahrhundert hinein wurden noch mehrere Erweiterungen vorgenommen. Daß der Bau nicht in kürzerer Zeit und aus einem Guß erfolgte, liegt daran, daß die Bautätigkeit oft aus Geldmangel ins Stocken geriet.

Zur Zeit der Reformation verlor das Stift den Großteil seiner Güter und wurde 1648, im Jahre des Westfälischen Friedens, aufgehoben. Ein langsamer Verfall begann einzusetzen.

Die im Mittelalter entstandene Gestalt der Kirche blieb zwar erhalten, doch der Zustand des Gebäudes wurde zusehends schlechter. 1802 ließ man den Nordturm abtragen und verkaufte die Steine, so daß Feuchtigkeit durch entstandene Risse in das Mauerwerk eindringen konnte. Mitte des 19. Jahrhunderts drohte der Einsturz. Es ist dem in Bücken aufgewachsenen Architekten Adelbert Hotzen zu verdanken, daß umfassende Restaurierungsarbeiten in den Jahren 1863 – 1868 dem Verfall ein Ende bereiteten. In einer 1860 veröffentlichten Schrift hatten Hotzen und der Historiker Onno Klopp bereits deutlich auf die Pflicht hingewiesen, diesen wertvollen Bau zu erhalten. Drei Jahre später übernahm Hotzen, nach langwierigen Verhandlungen, die Leitung der Arbeiten.

Während sich die Maßnahmen am Äußeren des Baues eng an Vorgegebenes hielten, ergänzte man die Reste der Innenraumgestaltung nach einer eigenen Interpretation der mittelalterlichen Kunstauffassung.

Reiche Innenausstattung der Bückener Stiftskirche

Viele der Austattungsstücke besitzen eine große künstlerische Qualität. Die architektonische Gestaltung des Inneren zielt auf eine Betonung des Chorraumes ab. In ihm finden sich die meisten Kunstwerke und auch die Wandmalereien gelangen zu stärkster Intensität. Die Konzentration auf den Chorraum bildet das typische Merkmal einer als Basilika angelegten Kirche.

Der Begriff „Basilika“ kommt aus dem Griechischen und bedeutet übersetzt soviel wie „die Königliche“. Man bezeichnet damit ein dreischiffiges Bauwerk, das auf einen Querarm oder einen Chor hin ausgerichtet ist.

Diese Bauform leitet sich ursprünglich von den ägyptischen Thronbasiliken her, und breitet sich durch Vermittlung des hellenistischen Königstums im ganzen Mittelmeerraum aus. Konstantin der Große führte die Basilika als Form in den frühchristlichen Kirchenbau ein. Der symbolische Hintergrund ergab sich in Gedanken an die Thronbasilika.

Die Gemeinde befand sich im Hauptschiff und blickte nach vorne, nicht auf

Der kostbare Taufstein in der Stiftskirche

den thronenden Kaiser, den weltlichen Herrscher, sondern auf den Altar, der in der Offenbarung Johannis als „Thron des Lammes“ bezeichnet wird.

Eine weitere Bedeutung der Basilika bestand darin, daß man in ihr eine „Darstellung des himmlischen Jerusalems“ sah. „Das Kirchenportal gleicht dem Stadttor,

Die Triumphkreuzgruppe, entstanden um 1230

das Hauptschiff der antiken Pracht- und Prozessionsstraße, die auf den Chor als den Ort „der Anwesenheit Christi und seines himmlischen Hofstaates“ zuläuft.“ (zit. nach: Dietrich Studer, Die Stiftskirche in Bücken, S. 16)

Die ursprüngliche Ausstattung der Kirche bestand aus 12 kostbaren Altären. Verschont geblieben ist nur der spätgotische Hochaltar aus dem 16. Jahrhundert, dessen Schrein eine sehr lebendige, dramatische Darstellung des Kreuzganges und Kreuztodes Christi zeigt. Die Triumphkreuzgruppe ist in der Zeit des Übergangs von der Romanik zur Gotik, um 1230, entstanden. Über 5 m hoch ragt das Kreuz in dem hellen Licht empor, das durch die Seitenfenster einfällt. Ebenfalls aus spätromanischer Epoche stammen die wunderschönen Buntglasfenster im Chorraum. Sie schildern Szenen aus dem Leben Jesu, sowie Legenden, die sich um die beiden Schutzpatrone der Bückener Stiftskirche, die heiligen Maternian und Nikolaus ranken.

Obwohl mehrere Scheiben im Zuge der Restaurierungsarbeiten erneuert werden mußten, zählen die Glasfenster zu den bedeutendsten ihrer Art in Niederdeutschland und brauchen einen Vergleich mit den Fenstern französischer Kathedralen nicht zu scheuen.

Die Wandmalereien

Heinrich Schröer, der Schöpfer der Bückener Wandmalereien, verarbeitete diese Gedanken in seinen Darstellungen. So erkennt man in der Halbkuppel über dem Hochaltar Tore und Mauern Jerusalems und den thronenden Christus. Alle

Relief aus Sandstein an einem hinteren Pfeiler in der Stiftskirche

von Schröer verwendeten Motive greifen auf mittelalterliche Ideen und Formen zurück, obwohl die Malereien in den 60er Jahren des 19. Jahrhunderts entstanden. Zu späterer Zeit stritten sich die Kirchenmaler über die Frage, „ob man das Mittelalter in der Nachahmung veredeln oder wörtlich zitieren oder archaisierend vereinfachen müsse". (Hans-Christoph Hoffmann, DuMont Kunst-Reiseführer „Westliches Niedersachsen", S. 346) Bücken steht beispielhaft für das Wirken der „ersten Generation von Konservatoren" und gilt deshalb als besonders wertvoll.

Sehenswertes in der Umgebung

Hoya

Die alte Grafenstadt liegt, durch Brücken verbunden, beiderseits der Weser. Die Grafen von Hoya zählten im Mittelalter zu den mächtigsten norddeutschen Dynastengeschlechtern.
Unter ihrem Schutz entwickelte sich der Ort, blieb aber bis in unsere Zeit eine Kleinstadt (Stadtrechte erst 1929 verliehen). Das Grafenschloß (heute Amtsgericht), der Bürgerpark mit exotischen Bäumen, die aus der einstigen Burgkapelle hervorgegangene Kirche (13. Jahrhundert) und die alten Fachwerkhäuser in der Deichstraße gehören zu den Sehenswürdigkeiten.

Alhuser Ahe

Nur wenige Kilometer südöstlich von Hoya, beim Dorf Alhusen, liegt das Naturschutzgebiet Alhuser Ahe. Dieser Rest eines typischen Auenwaldes besitzt einen hohen Naturschutzwert und bietet vielen gefährdeten Pflanzen- und Tierarten Überlebensräume.
Enge Pfade führen durch das Naturschutzgebiet, und besonders interessant ist eine Wanderung im Frühjahr, wenn Hohler Lerchensporn, Scharbockskraut, Busch-Windröschen, Wald-Goldstern und Aronstab blühen.

Nienburg/Weser

Die traditionsreiche Stadt an der Weser weist im Altstadt-Bereich eine Reihe von Gebäuden auf, die sehenswert sind: Die Martinskirche mit den alten Gassen, giebelständig zur Straßen stehende Fachwerkhäuser (z. T. aus dem 16. Jahrhundert), Burgmannshöfe (z. B. Fresenhof, heute Museum Nienburg, Haßbergenscher Hof, Posthof, heute Stadtbibliothek), Bastion „Christian Ludwig" an der Weser, Stockturm als Teil der ehemaligen Schloßanlage und das Nienburger Museum (Leinstraße 48) in historischen Bauten.
Östlich von Nienburg, beim Dorf Stöckse, liegt der Giebichenstein, einer der größten Granitfindlinge Niedersachsens. In der Umgebung befinden sich bronzezeitliche Hügelgräber und ein neolithisches Großsteingrab.

600 lohnende Taler

Kirchen und Orgeln im Land Hadeln

Die kleine St.-Peter-und-Paul-Kirche in Cappel enthält eine der am besten erhaltenen noch existierenden Orgeln des Großmeisters deutscher Orgelbaukunst, Arp Schnitger.

Eine Orgel mit außergewöhnlich turbulenter Geschichte

Der 1648 in Golzwarden bei Oldenburg geborene Schnitger baute die Orgel im Jahre 1680 für die Kirche des Hamburger St.-Johannis-Klosters. Begonnen hatte die Arbeiten im gleichen Jahr der Stader Orgelbaumeister Wilde. Während der napoleonischen Besatzung mußte die Klosterkirche als Lagerschuppen herhalten. Und da stand sie nun, die alte Orgel – ungespielt.

Man erzählt sich, daß in jenen Tagen der Cappeler Organist wegen der feuchten Marschenluft für seine frierenden Füße ein Wännchen mit glühenden Kohlen auf der Empore hatte. Irgendwie führte dieser Umstand zu einer Runderneuerung der Kirche, denn eines Tages im Jahre 1810 war die alte Wehrkirche samt Orgelempore abgebrannt.

Nach der Franzosenzeit macht man sich an den Wiederaufbau des Gotteshauses – doch das Geld reicht nicht mehr für eine neue Orgel. Wiederum ein Stader, der Orgelbaumeister Wilhelmi, erinnerte sich an die im Hamburger napoleonischen Magazin stehende Orgel, auf der schon Carl Philipp Emanuel Bach und Georg Philipp Telemann konzertiert hatten. Er vermittelte das gute Stück Orgel nach Cappel. Die Bürger des Ortes investierten 600 Taler – und bald darauf kam die Schnitger-Orgel auf dem Seeweg nach Cappel. Jetzt reichte das Geld für eine neue Heizung nicht mehr. Welch ein Glück!

Diesem chronischen Geldmangel ist es zuzuschreiben, daß die Orgel von größeren Umbauten verschont und deswegen weitestgehend im Original erhalten blieb. Die feuchte Seeluft trug ebenfalls ihren Teil dazu bei – bis in die 60er Jahre unseres Jahrhundert. Da meinten es die Cappeler mit sich und ihrem Organisten gut und spendierten der Kirche eine moderne Umluftheizung. Das war aber dann auch das vorläufige „Aus" für die Schnitger-Orgel, denn durch die warme, trockene Luft wurde das Instrument entleimt und undicht – und das war's dann.

Die Hannoversche Landeskirche witterte eine gute Tat, indem sie das kostbare Stück renovieren lassen – und an einen anderen „besseren" Ort versetzen wollte. Das ließen die Cappeler nicht auf sich sitzen – und sie brachten die gut 300 000 DM Reparaturkosten durch Spenden auf. Helmut Walcha bespielte Platten der Deutschen Grammophon mit Cappeler Orgelmusik, im Zeitalter der CD's haben die Platten wahrlich Seltenheitswert. Im Jahre 1977 machte Walcha mit der renovierten Orgel neue Aufnahmen, und seither ist für Orgelfreunde Cappel ein gern angenommenes Pflichtziel.

Vorschlag für den Besuch ausgewählter Kirchen und Orgeln im Land Hadeln

Im nördlichen Niedersachsen bieten mehr als 100 historische Orgeln in den Bauerndomen und kleineren Kirchen Besinnung, oftmals abseits vom Trubel der bekannten Ferienstraßen. Die folgende Tour ist mit dem Pkw bequem, aber auch der geneigte Radwanderer kann sich die Strecke einteilen.

St.-Nicolai-Kirche in Altenbruch

Unsere Tour beginnt in der westlichsten Gemeinde des alten Landes Hadeln, in Altenbruch, einem Stadtteil Cuxhavens. Hier steht die St.-Nicolai-Kirche, eine ursprünglich romanische Feldsteinkirche mit Doppeltürmen aus dem 13. Jahrhundert, deren Westempore fast vollständig von einer Orgel eingenommen wird. Johan Heinrich Klappmeyer, ein Arp-Schnitger-Schüler, schuf dieses Instrument, das letztmals 1967 instandgesetzt wurde und seither durch einige Orgelkonzerte bekannt geworden ist.

St.-Jacobi-Kirche in Lüdingworth

In Blickweite wurde um 1200 in Lüdingworth auf einer Wurt, die St.-Jacobi-Kirche erbaut. Die Lüdingworther Kirche repräsentiert in Reinkultur bäuerlich-ständische Selbstverwaltung der Vergangenheit. St. Jacobi gilt als der bekannteste und schönste Bauerndom, außen bescheiden, aber innen prachtvoll ausgestattet. Als Kostbarkeit die Orgel auf der rund 11 m langen Westempore, die 1598 gebaut und 1682 durch Arp Schnitger vergrößert wurde. Auch hier werden in unregelmäßigen Abständen Konzerte durchgeführt.

St.-Severin-Kirche in Otterndorf

Einige Kilometer östlich findet man in Otterndorf die St.-Severin-Kirche, das größte Gotteshaus im Kirchenkreis Land Hadeln, ein Backsteinbau im Zentrum einer mittelalterlichen Wurtensiedlung. Der gut 48 m hohe Turm bietet einen Blick ins weite Land. Das mittelalterliche Urgebäude ist nicht mehr vorhanden. 1585 gab es eine Erweiterung der damaligen Kirche durch den angebauten dreischiffigen Chor mit der wuchtigen Kanzelempore und prächtigem Pastorenstuhl. Das jetzige Kirchenschiff wurde 1739 anstelle des ältesten Teiles der Kirche errichtet. Oben im Gewölbe hängt ein alter Degen, an den sich eine vielerzählte Sage der Hexenverbrennung knüpft. Auf der oberen Westempore befindet sich die 1577 von Antonius Wilde erbaute, 1740/41 vom Stader Orgelbauer Dietrich Christoph Gloger weitgehend erneuerte Orgel, die 1979 zuletzt restauriert wurde. Konzerte finden in unregelmäßigen Abständen statt.

St-Marien-Kirche in Neuenkirchen

Unweit von Otterndorf steht in der Gemeinde Neuenkirchen die St-Marien-Kirche, ein aus dem 14. Jahrhundert stammender Backsteinbau, dem wahrscheinlich erst im 16. Jahrhundert ein Chor hinzugefügt wurde. Die aus dieser Zeit stammenden geschnitzten und bemalten Figuren der lebensgroßen Kreuzgruppe wurden vor kurzem renoviert. Die Neuenkircher Orgel ist klein, aber eine besonders wertvolle Barockorgel, 1660 – 1662 von Christoph Dionat in Leipzig erbaut – und bis auf wenige Änderungen original erhalten. Die 1973 restaurierte Orgel verfügt über 18 Register auf 2 Manualen und Pedal. In den Sommermona-

Arp Schnitger-Orgel in Cappel

Die Orgel in Lüdingworth

ten finden Konzerte mit Gastorganisten statt.

St.-Wilhadi-Kirche in Ihlienworth

Im Hauptort des Hadler Siedlungslandes, in Ihlienworth, direkt am Flüßchen Medem, befindet sich die St.-Wilhadi-Kirche. Sie gilt als älteste Kirche im Lande Hadeln. Das jetzige Gebäude, zu Anfang des 13. Jahrhunderts im romanischen Stil aus Feldsteinen erbaut, wurde erst 1785 wesentlich verändert.

Eine Besonderheit ist der Friedhof mit Treppenstufen zur Medem hin, an dem die alten Hadler früher mit Booten zum Gottesdienst oder zur Beerdigung anlegten.

Emmauskirche in Neuhaus

Die Emmauskirche in Neuhaus (Oste) wurde im Jahre 1729 eingeweiht. Dieser kleine Ort beeindruckt mit einem aufwendigen Kirchenbau im norddeutschen Backsteinbarock. Selten ist die feine Gips-Schnitzerei, besonders bedeutend ist die 1744/45 erbaute und erhaltende Barockorgel von Gloger, auf der im Sommerhalbjahr namhafte Künstler Konzerte geben.

St.-Petri-Kirche in Osten

In Osten, etwas südöstlich von Neuhaus beeindruckt neben dem bedeutenden technischen Baudenkmal der Schwebefähre die gewaltige St.-Petri-Kirche, ein Zeugnis aus der Blütezeit Ostens vom Beginn dieses Jahrhunderts. Der Erbauer Johann Leonhard Prey war maßgeblich auch am Bau der Hamburger Michaelis-Kirche beteiligt.

Imposante Bauwerke am Ufer der Ems

Wasserburgen und der „Emsland-Dom"

Im äußersten westlichen Bereich Niedersachsens, im Herzen des Emslandes, sind einige ungewöhnliche Bauwerke an der deutsch-niederländischen Grenze zu finden. Besonders erwähnens- und besuchenswert sind die St. Martinus-Kirche in Haren und die Wasserschlösser in Dankern und Landegge

Der „Emsland-Dom" in Haren

Die St. Martinus-Kirche wird wegen ihres Aussehens und ihrer Größe auch Emsland-Dom genannt.

Das Längsschiff ist 15 m breit, 32,50 m lang, das Querschiff ist knapp 30 m breit und etwa 15 m lang. Die Höhe der Kuppel beträgt 55 m. Die mächtige Kuppelkirche mit ihren weißgestrichenen Außenwänden und grüner, kupferner Kuppel ist zum Wahrzeichen der Stadt Haren geworden. Auch der Innenraum ist sehenswert mit dem über 10 m hohen Hochaltar, mit dem 15 m hohen Kirchengewölbe und den schönen farbigen Glasfenstern.

Der Emsland-Dom hat eine ungewöhnlich lange Baugeschichte. Obwohl bereits 1853 die Planungen abgeschlossen waren, konnte der Bau erst 1911 eingeweiht werden.

Weitere Sehenswürdigkeiten in Haren sind das Mühlenmuseum und das Schifffahrtsmuseum.

Mühlenmuseum Haren

Kernstück ist die bereits im Jahre 1825 errichtete und zwischen 1976 und 1980 restaurierte Mersmühle, eine Kappenwindmühle als Erdholländer. Diese Mühlen dienten früher nicht nur zum Mahlen des Korns, sie hatten eine wichtige Funktion bei der Entwässerung des feuchten Landes. Daß man Mühlen zum Abpumpen des Wassers benutzte, zeigen die heute noch zu besichtigenden Mühlenstaffeln in einigen Teilen der Niederlande. Außerdem können ein Heuermanns-Fachwerkhaus und ein originalgetreu aufgebautes Backhaus aus dem Jahre 1809 besichtigt werden.

Darüber hinaus gehören zum Museum eine Wagenremise mit Werkstatt, eine Motormühle, ein Göpelwerk und ein Bauerngarten.

Schiffahrtsmuseum Haren

Es ist fast selbstverständlich, daß in der alten Schifferstadt Haren ein Schiffahrtsmuseum aufgebaut wurde.

Im Haren-Rütenbracker-Kanal liegen der Schlepper „August", die getreue Rekonstruktion einer typischen Emspünte, der Nachbau der Spitzpünte „Helene". In den Museumsschiffen sind nautische Meßapparate, Hilfsmittel zur Verständigung sowie Exponate zur Schiffbarmachung und zur Schiffahrt auf der Ems ausgestellt.

Nicht nur Nautik-Spezialisten werden von den alten Exponaten begeistert sein.

Wasserschloß Dankern
Zwei Kilometer westlich Harens liegt das Wasserschloß Dankern. Dieser Barockbau von 1680 ist heute Mittelpunkt einer sehr ausgedehnten und besonders für Kinder geeigneten Ferienanlage am Dankernsee.m Das emsländische Wasserschloß (erbaut in den Jahren 1680 – 1688) wurde damals, als Sitz des bischöflichen Rentmeisters des Amtes Meppen, mit besonderer Sorgfalt ausgestattet.
Wahrscheinlichlich wurde der ursprünglich eingeschossige Ziegelrohbau mit üppigen Sandsteinrahmungen, prachtvollen Sandsteingehängen und Plastiken in den Nischen von Peter Rictorius d. Ä. entworfen. Die vierte Seite der dreiflügeligen Baugruppe des Wasserschlosses bildet zwischen zierlichem Eisengeländer ein triumphbogenartiges Portal an der Brücke über die Graft. Im Schloßinneren ist der Barocksaal mit stark plastischen Ornamenten, in anderen Räumen alte Kamine, sehenswert. Die Räume des Kellergeschosses sind teilweise mit Delfter Kacheln verkleidet. Eine Kostbarkeit, die man nur noch an wenigen Stellen antrifft. Die Schloßkapelle zeigt eine einheitliche Ausstattung aus der Zeit um 1700. Die Sandsteinfiguren im Garten stammen aus dem späten 17. Jahrhundert.

Landegge
Direkt an der Ems befindet sich nur wenige Kilometer weiter nördlich das dreiflügelige, eingeschossige Schloß von 1695 – äußerlich unverändert – in der alten Graft. Diese urspünglich mittelalterliche Burg des Bischofs von Münster diente zur Abgrenzung gegen die Herren von Tecklenburg. Die Fachwerk-Gutskapelle steht auf einer Warft und wurde unter Verwendung alter Hölzer als Kopie des 1686 entstandenen Baues wieder aufgestellt. Die alte Ausstattung stammt aus dem 18. Jahrhundert.

Steinbild
Noch weiter nördlich am Ufer der Ems liegt die einschiffige gotische Backsteinkirche mit einer Sandsteinmadonna vom Anfang des 15. Jahrhunderts.

Waldmuseum Surwold
Die Ausstellung behandelt die wichtigsten einheimischen Lebensräume der ländlichen Kulturlandschaft, wie Hochmoor, Heide, Feuchtweide, Feldflur, Hecken und Wald. Zusätzlich werden Ausstellungen zu einheimischen Säugetieren, Schaukästen mit Wasservögeln, Bisamratten, Fischen und Fröschen sowie eine große Pilzsammlung präsentiert.

Lathen
Zwischen Lathen und Dörpen befindet sich die „Transrapid Versuchsanlage Emsland“ (TVE). In einer Gesamtlänge von 31,5 km zieht sich die Hochgeschwindigkeitsstrecke für Fahrten mit Geschwindigkeiten von über 500 Kilometer pro Stunde durch die weite emsländische Landschaft.
Obwohl die Magnetschwebebahn bereits jahrelang getestet wurde und sie sich in der Bewertung als ein durchaus umweltgerechtes Verkehrsmittel erwiesen hat, ist noch nicht sicher, daß sie zukünftig auf bestimmten Strecken in Deutschland Verwendung finden wird. Ausländische Investoren haben Interesse an diesem Zukunftsprojekt angemeldet. Besucher können an einer zweistündigen Informationsschau teilnehmen.
Im Ortsteil Hilter befinden sich der Naturpark Hilter, die alte Hilter-Windmühle und die Schleuse Hilter.

GESCHICHTE „LIVE"

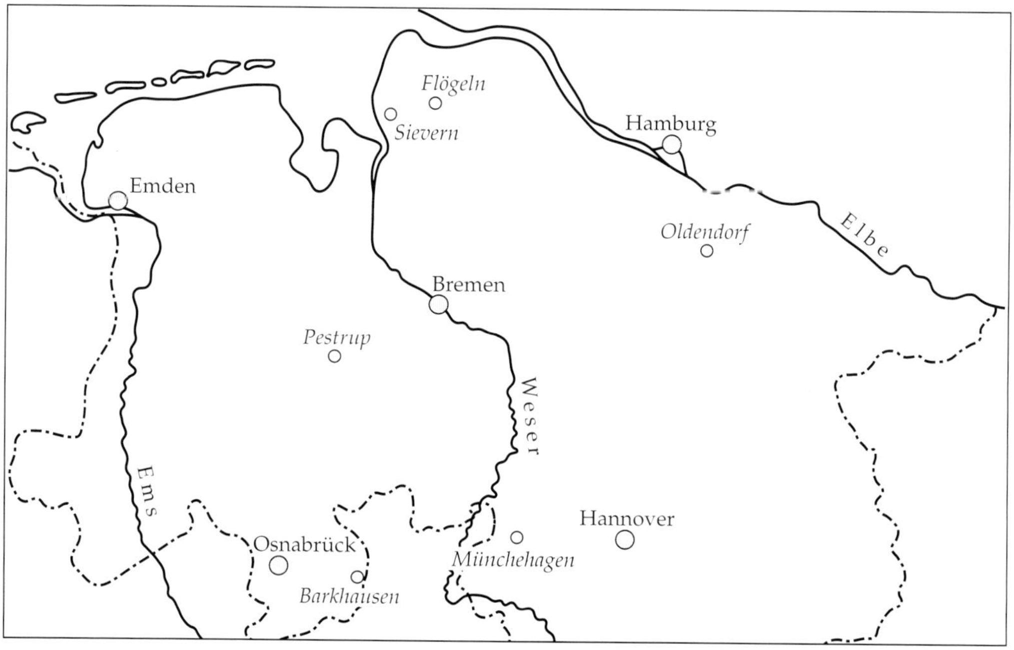

Das nördliche Niedersachsen ist altes Kulturland mit einer reichen ur- und frühgeschichtlichen Vergangenheit. Die im Laufe der Jahre zusammengetragenen Ergebnisse von Archäologinnen und Archäologen vermitteln uns heute ein lebendiges Bild jener frühen Zeit der Menschheitsgeschichte. Angaben zum Hausbau, Handel, Handwerk und Verkehr sowie zur Wirtschaftsweise und Technik sind ebenso möglich wie Aussagen über die Sozialstruktur, Religion und den Totenkult.

Faszinierend sind die vielen, noch erhaltenen jungsteinzeitlichen Großsteingräber, von denen einige in *Soderstorf*, *Oldendorf* (bei Amelinghausen) und *Kleinenkneten* (bei Wildeshausen) zu besichtigen sind. Aus der Bronzezeit stammt das große Gräberfeld bei *Pestrup*, das heute in eine weite Heidelandschaft eingebettet ist.

Siedlungsspuren vom Ende der Jungsteinzeit bis in die Völkerwanderungszeit werden bei archäologischen Wanderungen in *Flögeln* und *Sievern* vorgestellt. Diese Anlagen liegen relativ nah an der Küste, allerdings auf den hochwasserfreien Geestgebieten und waren über viele Jahrhunderte von Menschen besiedelt. Eine Besonderheit erlebter Erdgeschichte stellen die Saurierfährten in *Barkhausen* und *Münchehagen* dar.

Das Foto rechts zeigt einen Blick in ein Großsteingrab in Oldendorf.

Rätselhafte Zeugen uralter Architektur

Grabanlage Soderstorf und Totenstatt Oldendorf

Vergleichbar zu den Pyramiden wurde um Großsteingräber (früher auch „Hünenbetten" genannt) und ihre Erbauer seit Jahrhunderten gerätselt. Im Mittelalter wurden die Bauten aus den großen Steinen gar dem Teufel zugeschrieben. Von bedeutenden Forschern dieser Zeit wurde eine andere – aber ebenso abenteuerliche – Meinung vertreten: „Sicher ist es, daß diese Steindenkmäler nicht von Menschen unserer Gestalt und auch nicht von Einheimischen errichtet wurden ... Sie sind alle zusammen Begräbnisplätze von grausamen und barbarischen Riesen, Hünen oder Giganten, den Nachkommen von Menschen schrecklicher Gestalt, riesigen Kräften und tierischer Wildheit!" (Johan Picardt, 1660)

Erst gegen Ende des 18. Jahrhunderts setzte sich die Auffassung durch, daß durch einfache technische Mittel, dem Anwenden der Hebelgesetze und dem Ausnutzen natürlicher Gegebenheiten diese tonnenschweren Steine bewegt werden können. Der Transport ist – wie Versuche gezeigt haben – durch hölzerne Rollen und Schlitten denkbar, das Aufrichten geschah wohl durch lange Hebel; beim Auflegen der Decksteine werden Erdrampen benutzt worden sein. Trotzdem ringen die Anstrengungen Bewunderung ab. Einst wird es in Niedersachsen wohl mehrere tausend Großsteingräber gegeben haben. Durch die anderweitige Verwendung der Steine – hauptsächlich zum Kirchen- und Straßenbau – ist ihr Bestand leider auf etwa 30 Megalithgräber zusammengeschrumpft, von denen viele beschädigt sind. Einige gut erhaltene Megalithgräber befinden sich bei Soderstorf und Oldendorf, die im folgenden näher vorgestellt werden.

Einige Aspekte des Themas „Großsteingräber" scheinen enträtselt zu sein; auf viele weitere Fragen können aber nur sehr vorsichtig Antworten gegeben werden.

Wie alt sind die Großsteingräber?

Die Großsteingräber Niedersachsens wurden etwa in der Zeit zwischen 2800 und 1700 v. Chr. errichtet. Sie werden der sogenannten Trichterbecherkultur zugerechnet, die ihren Namen von der damals gebräuchlichen Form der Keramik ableitet. Diese zeichnet sich durch trichterbecherartige Tongefäße mit tief in den Ton gestochenen Verzierungen aus.

Wo sind sie zu finden?

Großsteingräber sind neben ihrem Vorkommen in Norddeutschland auch in Südskandinavien, Polen, den Niederlanden, auf den Britischen Inseln, in Frankreich, Portugal und verschiedenen Inseln im Mittelmeer zu finden. Obwohl sie eine

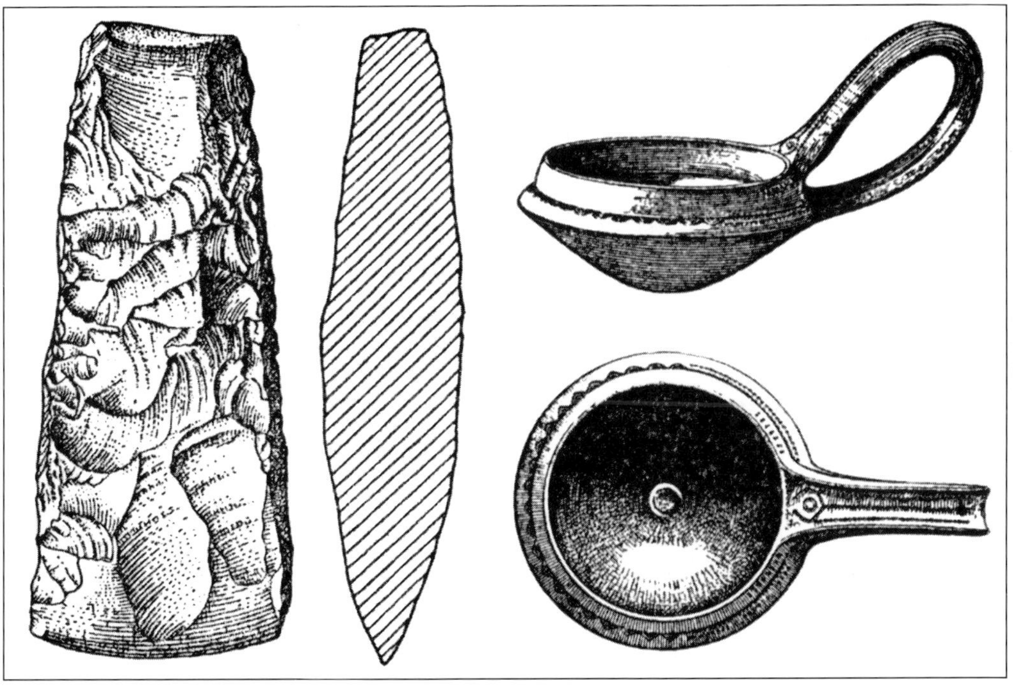

Grabbeigaben aus der Oldendorfer Totenstatt (links ein Steinbeil, rechts eine Tasse; Zeichnungen nach Jacob-Friesen, 1974)

Fülle unterschiedlicher Bauformen aufweisen, bleibt die Grundstruktur mit den aufgerichteten Steinen und den Decksteinen überall gleich – vielleicht wurden sie durch umherziehende spezialisierte Bautrupps errichtet. Wieso diese Bestattungsweise über derartig große Entfernungen gleich ist und wo sie ihren Ursprung hat (er wird in der Bretagne vermutet, wo schon um 4800 v. Chr. die ersten Ganggräber geschaffen wurden – lange bevor mit dem Bau der Pyramiden begonnen wurde) ist noch nicht abschließend geklärt.

Großsteingräber und Hünenbetten in der Lüneburger Heide

In der Lüneburger Heide liegen noch einige dieser erhaltenswürdigen Denkmäler.

Großsteingräber: Steingrab bei Eyendorf, Steinkammer bei Krelingen, „Sieben Steinhäuser" bei Fallingbostel (sehenswert – aber leider nur jeden 1. und 3. Sonntag im Monat zugänglich, da im Truppenübungsgebiet gelegen), Steinkiste Rolfsen, Steingräber Strietberg, Steingräber Rohstorf, Steingräber Schieringer Forst, Steinkiste Uelzen, Steinkammer Dohnsen.

Hünenbetten: Hünenbett bei Klecken, Hünenbett Raven, Hünenbett Radenbeck, Hünenbett Horndorf, Hünenbett Seedorf, Hünenbett Boitze, Hünenbett Barskamp, Hünenbetten bei Wietzetze, Hünenbett Kahlstorf (Auflistung nach H. Lauer).

Es ist wohl selbstverständlich, daß diese Bodendenkmäler geschützt sind und man dort auf keinen Fall „Schatzgräber" spielen darf.

Blick in ein Großsteingrab

Wie lebten die Trichterbecherleute?
Über die Gräber der Trichterbecherleute wissen wir mehr als über ihre Siedlungsstellen und damit über ihr Leben. Wahrscheinlich hielten sie Rinder, Schweine, Schafe und Ziegen sowie Hunde als Haustiere, betrieben auch Ackerbau, wie Funde von Emmer, Einkorn, Zwergweizen und Gerste belegen. Hinweise auf verzweigte Handelsbeziehungen geben Kupferfunde, Schmuckstücke aus Bernstein und Muscheln. Die Trichterbecherleute gingen natürlich auch der Jagd nach: Auerochs, Wisent, Elch, Reh, Wildpferd, Wildschwein, Biber und dem braunen Bären – besonders begehrt wegen seines wärmenden Pelzes – wurde mit Speer, Pfeil und Bogen nachgestellt.

Welchen Zweck hatten die Großsteingräber?
Auch diese Frage kann wegen der nur spärlichen Ausgrabungsbefunde nicht eindeutig beantwortet werden. In den Kammern wurden Bestattungen unregelmäßiger Knochenhaufen gefunden. Sie scheinen zusammengeschoben worden zu sein, um Platz für das nächste Begräbnis zu schaffen. Der Theorie von Erbbegräbnisstätten steht aber die zu kurze Belegungszeit entgegen.
Auch wurde vermutet, daß die Steingräber für sozial hervorgehobene Menschen errichtet wurden – nur sie hätten den beträchtlichen Aufwand verdient. Dem widerspricht die zur gleichen Zeit vorkommende Bestattungsweise in schlichten Flachgräbern, in denen aber teilweise reiche Grabbeigaben gefunden wurden, die man eher in den imposanten Großsteingräbern vermuten würde.
Derzeit wird angenommen, daß die Großsteingräber im Zentrum kultischer Handlungen standen, wofür die Anlage schwer deutbarer Gruben, das Abbrennen von Feuern und das (absichtliche?) Zerschla-

gen von Tongefäßen sprechen. Der repräsentative Anblick der Anlagen wird wohl auf die Menschen der Jungsteinzeit großen Eindruck gemacht haben. Er läßt sich beim Besuch der Großsteingräber von Soderstorf und Oldendorf – beide liegen in der Lüneburger Heide bei Amelinghausen – sehr gut nachempfinden und ihre auch heute noch vorhandene Rätselhaftigkeit spüren.

Die Grabanlage Soderstorf

Die Zufahrt erfolgt von Soderstorf nach Osten Richtung Wohlenbüttel: die Denkmälergruppe liegt am Ortsausgang Soderstorfs. Sie ist hervorragend restauriert worden und enthält ein Großsteingrab, ein Hügelgrab und einen Urnenfriedhof.

Das Großsteingrab ist in mehreren Bauphasen errichtet worden. In der ersten Bauphase wurde die 10 m x 10 m große, in Ost-West-Reichtung orientierte Kammer aus Findlingsblöcken gebaut, der Boden gepflastert und die Zwischenräume mit Mauerwerk ausgefüllt. Als Besonderheit war ein Einstieg über zwei Eingangssteine von oben möglich.In einer Ausbauphase (um 1700 v. Chr.) wurde der Hügel vergrößert und mit einem Steinkranz eingefaßt. Ein weiterer Ausbau (um 1200 v. Chr.) bestand aus einer Erhöhung des Hügels auf etwa 3 m und die Anlage eines Steinkranzes auf halber Höhe. Bei der Ausgrabung des etwa 3 m entfernt gelegenen bronzezeitlichen Hügelgrabes entdeckte man zwei Baumsargbestattungen; als wichtige Funde konnten eine Bronzenadel und ein Bronzebeil geborgen werden. Zwischen Großsteingrab und Hügelgrab befinden sich zwei umzäunte Flächen, in denen die unterschiedlichsten Steinsetzungen zu sehen sind. Hierbei handelt es sich um die restaurierten Reste eines umfangreichen eisenzeitlichen Urnenfriedhofs. Die Steinsetzungen schützten meist schlichte Tongefäße, die neben dem Leichenbrand Kleidungszubehör sowie Eisen- und Bronzeschmuck enthielten. Nicht zu erklären ist, warum hier fast ausschließlich Frauen und Jugendliche bestattet wurden.

Totenstatt Oldendorf

Zufahrt: in Oldendorf Straße Richtung Drögennindorf; nach dem Ortsausgang rechts ab zur 700 m entfernten Totenstatt.

Diese vier Großsteingräber gehören zu den eindrucksvollsten in der Lüneburger Heide. An ihnen wird augenfällig, warum sie früher für „Hünenbetten" gehalten wurden. Sie sind jeweils unter einem langgestreckten Erdhügel, dem sogenannten Hünenbett, angelegt.

Grab 1 hat eine Länge von 54 m; bei 6,5 bis 7 m Breite mit 35 Umfassungssteinen je Längsseite und 5 je Querseite. In der etwa 3,6 m x 1,5 m großen Grabkammer wurden Überreste von zwei Bestattungen sowie u. a. eine Tasse mit breitem Henkel und verschiedene Feuersteingeräte gefunden. Grab 2 liegt in einem Hügel von 20 m Durchmesser. Die Grabkammer barg Knochenreste von einem etwa 50jährigen Mann und einer etwa 30jährigen Frau. Neben einigen weiteren Funden sind eine Amphore, eine Schultertasse und eine Tasse mit hohem Bandhenkel außergewöhnlich; vergleichbare Stücke sind nur aus Anatolien und Griechenland bekannt. Grab 3 besteht aus einer kammerlosen Anlage von 60 m Länge und 7 m Breite. Grab 4 ist eine vollständig erhaltene Grabanlage von etwa 80 m Länge und 7 m Breite. Bei der Ausgrabung konnte sehr reichhaltiges Fundmaterial aus drei Bestattungsschichten gefunden werden.

Zwei Hügelgräber sowie ein Urnenfriedhof befinden sich zwischen bzw. unweit dieser eindrucksvollen Gruppe von Großsteingräbern.

Klassische Quadratmeile der Prähistorie

Das Pestruper Gräberfeld und die „Großen Steine" von Kleinenkneten

Einzigartig für Europa ist das Pestruper Hügelgräberfeld, wo auf einer Fläche von 39 ha ungefähr 500 Grabhügel zu finden sind.
Das gesamte Gräberfeld ist mit Besenheide überwachsen, die von einer Heidschnuckenherde kurz gehalten wird. Zudem werden durch die Tiere Jungbäume verbissen, so daß kein Wald aufkommen kann.
Besonders eindrucksvoll ist ein Besuch zur Zeit der Heideblüte (August bis Anfang September). Durch Hinweisschilder ist die Anfahrt problemlos.
Das Pestruper Hügelgräberfeld liegt ungefähr drei Kilometer südlich von Wildeshausen an der Pestruper Straße, westlich der Straße nach Colnrade.

Vorzeitliche Bestattungsbräuche

Im Lauf der Geschichte wandelte sich die Art der Totenbestattung. Etwa vor 2800 Jahren (in der späten Bronzezeit) wurden die Toten vornehmlich verbrannt und in Urnen in den Erdhügeln bestattet. Die Erdhügel im Pestruper Hügelgräberfeld haben an der Grundfläche einen Durchmesser, der zwischen 6 und 15 m liegt und sind ungefähr einen Meter hoch. Die meisten Hügel sind noch nicht wissenschaftlich untersucht; viele sind aber bei wilden Grabungen durchwühlt worden. Ein wichtiger Hinweis: Diese unbefugten Grabungen sind strafbar und sollten unterlassen werden.

Fundstücke

Einzelgrabungen haben ergeben, daß in der Regel jeder Grabhügel eine Urnengrabbestattung aufweist. Die Fundstücke sind fast ausnahmslos stark beschädigt; hervorzuheben sind Bruchstücke von Arm- und Halsringen, der eiserne Achsnagel eines Wagens (siehe Abbildungen auf der folgenden Seite) und aus Westdeutschland importierte Bronzegefäße. Am nördlichen Rande des Gräberfeldes gibt es jedoch auch größere Erdhügel, die sogenannten Königsgräber. Sie erreichen einen Basisdurchmesser von annähernd 30 m. Obwohl auch in diesen Erdhügeln Urnen mit Asche und sogar Gebeine gefunden wurden, dienten sie doch wohl in erster Linie als Verbrennungsplätze.
Bei einer genauen Untersuchung des im Pestruper Gräberfeld gelegenen „Königshügels", der eine Höhe von 1 m und einen Durchmesser von über 30 m hat, konnten stratigraphische Beobachtungen (Untersuchung der verschiedenen Erdschichten) gemacht werden. Es wurden Siedlungsspuren aus dem Ende der jüngeren Steinzeit (1900 v. Chr.), Pflugspuren aus der späten Bronzezeit (möglicherweise rituelles Pflügen als Teil des Totenkults aus der Zeit zwischen 1100 und 700 v. Chr.)

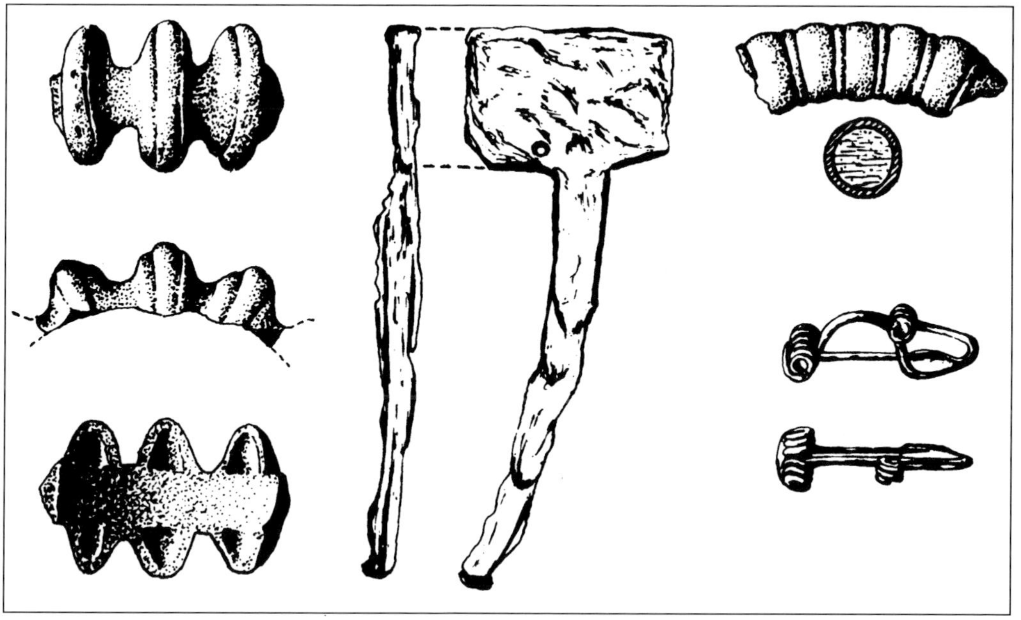

Grabbeigaben im Pestruper Gräberfeld (nach Jacob-Friesen, 1974) Links: Bruchstücke von Nußarmringen aus der Frühlatènezeit; Mitte: eiserner Achsnagel eines Wagens; rechts oben: Fragmente von Halsringen; rechts unten: Gewandfibel mit Spirale als Verzierung am hochgeschlagenen Fuß (die Zeichnungen zeigen die Fundstücke in etwa 2/3 der natürlichen Größe)

und eine Nachbestattung aus der vorrömischen Eisenzeit (700 v. Chr. bis etwa Chr. Geb.) festgestellt. Damit handelt es sich bei dem „Königsgrab" nicht um das Grab eines Adeligen, sondern um einen Grabhügel mit Bestattungen aus verschiedenen Zeiten.

Im mittleren Bereich des Pestruper Gräberfeldes liegen mehrere langgestreckte Wälle von etwa 30 m Länge, 4 bis 8 m Breite und 40 cm Höhe. Hierbei handelt es sich um Äcker, bei denen auch Pflugfurchen nachgewiesen werden konnten. Man vermutet, daß diese Äcker im Zusammenhang mit den Bestattungsfeiern gepflügt wurden. Sowohl die landschaftliche als auch die kulturelle Bedeutung des Pestruper Gräberfeldes wurde frühzeitig erkannt, so daß es bereits seit dem Jahre 1908 unter Natur- und Denkmalschutz steht.

Die „Großen Steine" von Kleinenkneten

Unweit des Pestruper Gräberfeldes befinden sich die „Großen Steine" von Kleinenkneten. Sie stammen aus der Zeit um 2500 bis 2000 v. Chr. Damals wurden die Menschen seßhaft und gründeten erste feste Siedlungen in der Nähe von Flüssen und Bächen. Sie legten gemeinsam jene Begräbnisstätten an, die als „Hünenbetten" bezeichnet wurden. Über ihren Bau wurden in den vergangenen Jahrhunderten die abenteuerlichsten Vermutungen angestellt.

Näheres hierzu ist im Kapitel über die „Grabanlage Soderstorf und die Totenstatt Oldendorf" zu erfahren.

Heidelandschaft bei Pestrup

Die Leistung der Erbauer war erstaunlich; so mußten für das Grab acht Findlinge mit einem Gesamtgewicht von 340 t (das entspricht etwa 25 Eisenbahnwaggons) und 1200 Kubikmeter Erde bewegt werden. – Für die damals im Vergleich zu heute sehr geringe Bevölkerungszahl und ohne Einsatz von technischem Gerät eine kaum glaubliche Anstrengung!

Die „Großen Steine“ von Kleinenkneten wurden in der Zeit zwischen 1934 und 1939 erforscht.

Das Grab I hat eine Ausdehnung von 49 m Länge und 7 m Breite, ist ebenso wie die in der Mitte gelegene Grabkammer in Nord-Süd-Richtung orientiert. Die Grabkammer war bis zur Höhe der Tragsteine von einem Grabhügel bedeckt. Die fast vollständig vorhandenen Umfassungssteine stehen nach den Ausgrabungen wieder an ihren Originalplätzen. Zwischen den großen Findlingen, die ihre glatten Flächen (Gletscherschliff-Fläche) nach außen zeigen, war ein Trockenmauerwerk eingefügt. Das Grab II ist eine der selten vorkommenden Anlagen mit drei Grabkammern. Das Großsteingrab ist ungefähr rechteckig. Die in den Grabkammern gefundenen Beigaben bestehen aus Tongefäßen und Feuersteingeräten, die auch in anderen Megalithgräbern Nordwestdeutschlands gefunden wurden und zur Trichterbecherkultur (2500 – 2000 v. Chr.) gehören.

Zwischen den beiden Großsteingräbern von Kleinenkneten hat man die Reste ei-

Das Pestruper Gräberfeld (Teilansicht)

nes weiteren Megalithgrabes wiederaufgestellt, das man bei Dötlingen-Wellohsberg ausgegraben hatte. Dötlingen ist ein schmuckes Malerdorf an der Hunte mit zahlreichen gepflegten Faxchwerkhäusern. Die eindrucksvolle, leicht hügelige Heidelandschaft um Dötlingen hatte den Maler Georg Bernhard Müller, genannt Müller vom Siel, angeregt, ähnlich wie Fritz Mackensen in Worpswede, hier eine Künstlerkolonie zu gründen.
Auch die „Hohen Steine" an der B 213 zwischen Wildeshausen und Aumühle, die „Glaner Braut" in der Glaner Heide sowie die „Bargloyer Steinkiste" sind gern besuchte Sehenswürdigkeiten auf Wanderungen durch den Naturpark „Wildeshauser Geest". Ihren guten Zustand verdanken wir einem, bereits 1911 durch das Großherzogtum Oldenburg erlassenen, Denkmalschutzgesetz.

Sehenswertes in der Umgebung

Wildeshausen

Nach den Blicken in die Frühgeschichte lohnt ein Besuch des nahen Wildeshausen. Hier zeugen die St.-Alexander-Kirche und das Rathaus von längst vergangener mittelalterlicher Blüte, wobei ungewöhnliche Ereignisse die Entwicklung Wildeshausens bestimmten.

Widukind, Wicbert, Wigand und Waltbert

Schon früh befand sich am Flüßchen

Widukind – ein Sachsenherzog macht Geschichte

Die Person Widukinds – auch Wittekind genannt – hat immer wieder die Phantasie von Buchautoren und Geschichtsschreibern angeregt. Der Widerstand des Sachsenherzogs gegen den übermächtig erscheinenden Kaiser Karl den Großen hat ihn schnell zum bewunderten und listenreichen Helden der sächsischen Stammessage werden lassen, die ihren trutzigen Vorkämpfer verherrlichte. Vieles wurde ausgeschmückt – einige Fakten scheinen jedoch gesichert zu sein:

Im 32 Jahre währenden Krieg zwischen Karl dem Großen, dem Herrscher über das Frankenreich, und den Sachsen nahm der Sachsenherzog Widukind eine zentrale Stellung ein. Auslösende Faktoren waren der Wille Karls des Großen, die Sachsen zum Christentum zu bekehren sowie die häufigen beiderseitigen Friedensstörungen an den gemeinsamen Grenzen. Anfangs versuchte Karl, das „sächsische Brudervolk" möglichst ohne große Verluste dem Reich einzugliedern.

Das schien auch zu gelingen, denn der größte Teil des sächsischen Adels ließ sich im Jahre 777 auf dem Paderborner Reichstag taufen. Herzog Widukind gehörte nicht zu ihnen, ging zu den Dänen, kehrte aber bereits 778 zurück, um mit der Unterstützung des freien Bauerntums seinen Widerstand gegen die Franken zu beginnen. Ein erster Aufstand konnte 778 von Karl dem Großen niedergeworfen werden. Aber 782 gelang es Herzog Widukind und seinem Stamm, das fränkische Heer am Süntel vernichtend zu schlagen. Besonders in seinem Stammland, dem Lerigau (etwa das Gebiet zwischen Oldenburg, Diepholz und Cloppenburg), fand Widukind starken Rückhalt.

Daraufhin zitierte Karl der Große die Sachsenführer nach Verden, um über die Aufständischen zu richten. Da Widukind, der Urheber der Unruhen, nicht greifbar war, wurden diejenigen bestraft, die sich gegen die Franken verschworen oder feindlich betätigt hatten. Beim sogenannten „Blutgericht von Verden" ließ Karl der Große zahlreiche ausgelieferte Aufständische hinrichten. (Ob hier wirklich 4500 Sachsen – wie in einigen Schriften überliefert – ihr Leben ließen, scheint zweifelhaft zu sein.)

Widukind und sein Stamm waren derzeit auf der Flucht. Nach mehreren von Widukind verlorenen Schlachten schloß er mit Karl Frieden; Widukind ließ sich Weihnachten des Jahres 785 in Attigny an der Aisne taufen. Karl selbst war sein Pate. Mit der Taufe enden die gesicherten schriftlichen Quellen über Widukind.

Er soll nach seiner Taufe im Kloster Enger festgehalten worden sein und durfte nicht in das heimische Wildeshausen zurückkehren. Widukind hat später Kirchen dort bauen lassen, wo früher heidnische Götzenbilder gestanden hatten – die Legende vom „Heiligen Widukind" entstand. Er soll 807 im Kampf gegen die Schwaben gefallen und in der Pfarrkirche zu Enger begraben sein.

Nach dem Frieden von 785 flackerten in Sachsen immer wieder Aufstände wegen der Abgaben an die noch ungeliebte Kirche auf. Im Verhältnis zum Vorgehen beim „Blutgericht von Verden" griff Karl der Große zu dem für die damalige Zeit unerhört humanen Mittel der Umsiedlung. Er ließ die Landstriche mit dem hartnäckigsten Widerstand räumen und siedelte die Bewohner verstreut im hessisch-ostfränkischen Raum an. Besonders betroffen war der Gau Wigmodia, der Landstrich zwischen Verden, Bremerhaven und Bremervörde.

Hunte, an einer Furt, eine altgermanische Siedlung. Ihr gegenüber stand der Herrenhof des Geschlechts derer von Widukind. Diese Furt war auf weite Strecken der einzige Übergang über die Hunte; an ihr konnte der Warenverkehr zwischen Westfalen und Engern kontrolliert und Zoll erhoben werden. Um die Bedeutung dieser kleinen Ansiedlung noch weiter zu steigern, holte Graf Waltbert im Winter 850/851 die Gebeine des heiligen Märtyrers Alexander (gest. 160 n. Chr.) aus Rom in eine neu errichtete Kirche, wodurch Wigaldinghus (Wildeshausen) zum Wallfahrtsort wurde. Graf Waltbert war ein Enkel des berühmten Sachsenherzogs Widukind, der in jahrzehntelanger Fehde mit Karl dem Großen lag.

Wildeshausen wird erstmals in der Translatio Sancti Alexandri (älteste erzählende Geschichtsquelle in Niedersachsen, geschrieben um 855 von den Fuldaer Mönchen Rudolf und Meginhart) als Wigaldinghus erwähnt und wird wohl von Wigald – auch einem Vorfahr Widukinds – gegründet worden sein. Die heutige St.-Alexander-Kirche – die älteste und größte Kirche im Oldenburger Land – ist wahrscheinlich schon die dritte an dieser Stelle und stammt vermutlich aus der Zeit um 1200.Besondere kunstgeschichtliche Kostbarkeiten sind das große hängende Triumphkreuz aus dem 13. Jahrhundert, der Levitensitz, das Sakramentshaus, die Sakramentsnische, die gotischen Fresken des Christuszyklus aus dem 15. Jahrhundert und die Freske eines Reiterbildes mit Falken vom Ende des 13. Jahrhunderts in der Sakristei. Sie gilt als älteste Wandmalerei im nordwestdeutschen Raum. Besichtigung ist nach Absprache mit dem Küster möglich. Neben der St. Alexander-Kirche befindet sich der Remter (erbaut im 10. Jahrhundert), das älteste bewohnte Gebäude Norddeutschlands.

Bischof Hildeboldus von Bremen verlieh Wildeshausen im Jahre 1270 die Stadtrechte, womit die Schenkung eines Bauplatzes für ein Rathaus verbunden war. Dieses wurde um 1300 mit hochgotischem Stufengiebel aus Steinen im Klosterformat errichtet.

... zum „dorpe gemaket"

In den folgenden Jahrhunderten gewann Wildeshausen immer mehr an Bedeutung, weil es verkehrsgünstig an einem damals wichtigen Handelsweg – der „Vlaamsche Straat" – von Brüssel nach Hamburg/Bremen lag, bis im Jahre 1529 der Aufschwung ein jähes Ende fand: Weil bei Wildeshausen ein Priester ermordet, und die Tat anschließend nicht geahndet wurde, verhängte ein Femegericht die Reichsacht über die Stadt. Die Truppen des Erzbischofs von Münster vollzogen in Wildeshausen ein grausames Strafgericht, in dessen Verlauf sie den Bürgermeister Jakob Likkenberg auf dem Marktplatz hinrichteten. Die Truppen schleiften die Befestigungen der Stadt und Wildeshausen wurde – wie es in einem zeitgenössischen Bericht heißt – zum „dorpe gemaket".

Dampfkornbranntweinbrennereimuseum

Eine Besonderheit stellt das Dampfkornbranntweinbrennereimuseum dar. In der voll funktionstüchtigen Produktionsanlage des 19. Jahrhunderts wurde zwischen 1857 und 1978 Korn gebrannt. Das Außergewöhnliche der alten Kornbrennerei ist die damals neuartige Einkolben-Dampfmaschine. Diese Art der Dampfmaschinen gilt als eine der ältesten in Deutschland und löste im 19. Jahrhundert die industrielle Revolution aus. Das Museum kann von Mai bis September sonntags zwischen 15.00 und 18.00 Uhr besichtigt werden.

Vorgeschichtspfad und Steinkiste bei Flögeln

Besuch vorgeschichtlicher Grabanlagen und Siedlungsspuren

Viele Überreste aus ur- und frühgeschichtlicher Zeit sind leider in den letzten 100 Jahren beseitigt worden. So ist es sehr zu begrüßen, daß einige Objekte durch die Denkmalpflege aufbereitet wurden. Ein gutes Beispiel hierfür ist der Vorgeschichtspfad Flögeln.

Die Zufahrt: Am östlichen Ortsrand von Fickmühlen (4 km nordwestlich von Bederkesa) nimmt man die Straße in Richtung Flögeln; nach etwa 1,5 km liegt ein Waldparkplatz links der Straße, an dem der ausgeschilderte Vorgeschichtspfad beginnt und endet.

1973 wurde im Flögelner Holz ein Rundweg ausgeschildert, der auf 1,6 km Länge den Wanderer an zwei Steingräbern, 26 Hügelgräbern, mittelalterlichen Wegespuren und Hochäckern vorbeiführt.

Steingrab

Das wohl bemerkenswerteste Denkmal am Vorgeschichtspfad ist ein Steingrab, dessen Kammer unverändert in einem Rundhügel steckt – eines der wenigen Exemplare, das noch das ursprüngliche Aussehen der Steingräber vermitteln. Die Kammer (5,8 x 2 m), die vollständig von der Hügelerde überdeckt wird, besteht aus fünf Decksteinen auf zehn Tragsteinen. Noch im originalen Zustand erhalten ist die handwerklich sehr geschickt ausgeführte Ausfugung der Zwischenräume der Wandsteine mit kleinen Bruchsteinen. In die Kammer gelangt man durch einen kurzen, niedrigen Gang, der aus zwei Trag- und zwei Decksteinen besteht. 1973 erhielt das Grab seine heutige Form, als es im Zuge der Anlage des Vorgeschichtspfads von H. Aust erneut untersucht und restauriert wurde. Um den Zugang wieder zu ermöglichen, wurde vor dem Eingang ein schmaler Sektor des Hügels abgegraben. Dabei stieß man vor dem Eingang auf einen Steinhaufen auf einer liegenden Felsplatte, worin über 500 Scherben von Gefäßen der Trichterbecherkultur und elf Pfeilspitzen gefunden wurden.

Unmittelbar neben dem Hügel mit der Steinkammer befindet sich ein weiteres Steingrab. Es zeigt nur noch das übliche Steinskelett eines Hünenbettes, dessen Langhügel längst verschwunden ist. Von der Einfassung sind noch 17 Steine vorhanden. Die Kammer (8,6 x 1,7 m) weist noch ihre 14 Tragsteine in alter Lage auf, vier Decksteine sind noch vorhanden, zwei weitere wurden gesprengt und abgefahren (wie bei einer Reihe weiterer Steingräber der Umgebung). Den Zugang zur Kammer ermöglichte ein kurzer Gang aus vier Trägern und zwei Decksteinen in der Mitte der südlichen Langseite.

Auch diese Kammer wurde von Aust untersucht; er fand ein Beil, Pfeilspitzen,

Steinkistengrab bei Flögeln

Feuersteinklingen, eine Menge tiefstichverzierter Scherben, Leichenbrand und ein Bronzeröllchen. Aust beobachtete vor dem Zugang wiederum eine Steinplatte unter Rollsteinen mit einer Fülle von Funden: das Bruchstück einer Doppelaxt, 30 Pfeilspitzen, über 700 Kernsteine, Geräte und Abschläge aus Feuerstein und über 1100 Scherben. Auch in der Kammer stieß er noch auf Keramikfragmente und Leichenbrand. Im Westteil der Kammer konnte eine nischenartige Abtrennung durch senkrecht gestellte Platten freigelegt werden.

Fast alle Funde aus den beiden Steingräbern können der Trichterbecherkultur zugeordnet werden.

Einige Bruchstücke von Riesenbechern machen es aber wahrscheinlich, daß Einzelgrableute die letzten Benutzer der Gräber waren.

Im weiteren führt der Vorgeschichtspfad an 26 Grabhügeln vorbei. Diese sind von unterschiedlicher Bauart sowie unterschiedlichem Erhaltungszustand. Die kleinsten Hügel sind kaum noch als solche zu erkennen, während der größte Hügel über 5 m hoch ist. Wenige unbeschädigte Hügel wechseln mit vielen, die durch Steinsucher und Raubgräber stark zerwühlt sind. Im allgemeinen dürften die Hügelgräber in der Bronzezeit angelegt worden sein. Neben einem der kleineren Hügel fand man eine jungbronzezeitliche Urnenbestattung. Im Nordteil des Pfades befinden sich Wegespuren, die wahrscheinlich zu dem mittelalterlichen (heute verschwundenen) Dorf Büttel führten. Für den Ungeübten schwer erkennbar sind die flachen Wölbungen eines ebenfalls mittelalterlichen Ackersystemes am nördlichen Waldrand.

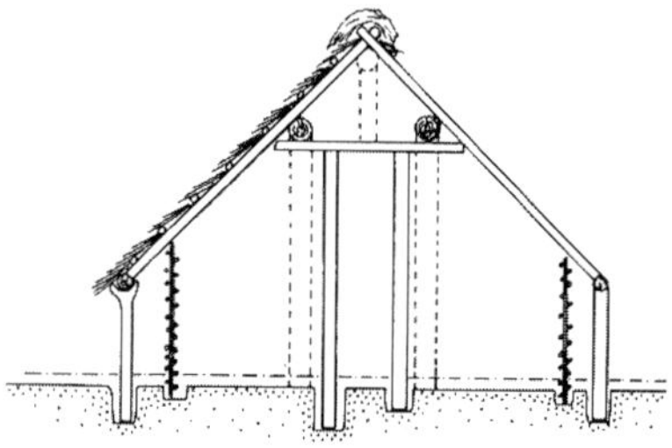

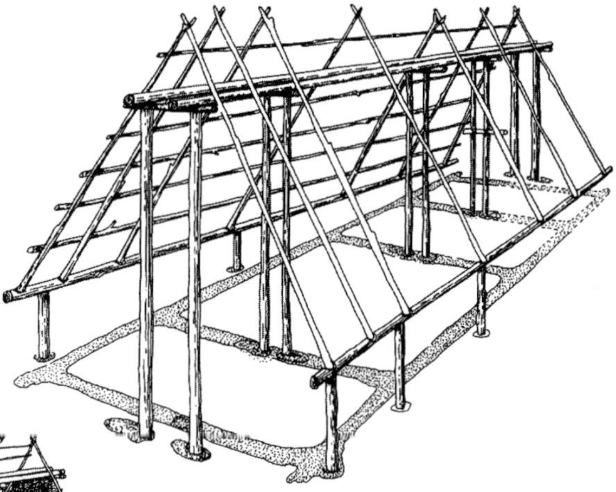

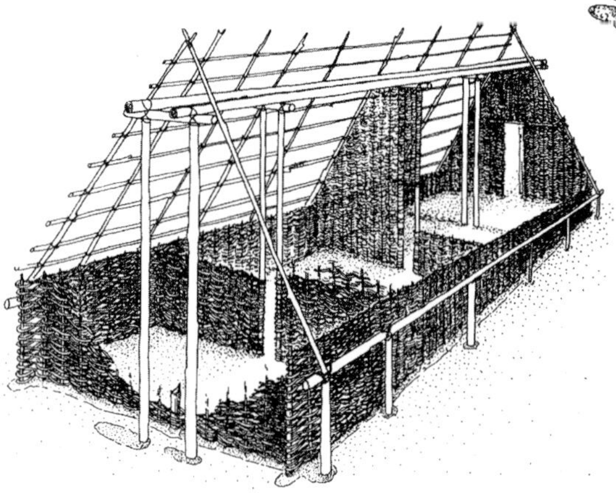

Links oben: **Mögliche Rekonstruktion der dachtragenden Teile im Aufriß**
Rechts oben: **Bodenbefund (Pfostengruben und Wandgräbchen) und rekonstruierter Pfostenbau mit senkrechten Mittelpfosten**
Links: **Pfostenbau mit Rekonstruktion der Wände als Flechtwände**

Rekonstruktionsversuch eines Hauses der Trichterbecherkultur (nach Zimmermann, 1979)

Steinkiste bei Flögeln

Um zur Steinkiste zu gelangen, fährt man in Flögeln (5 km nordwestlich von Bederkesa) auf der Straße in Richtung Wanna; kurz vor dem Ortsausgang links in Richtung Neuenwalde; nach 2 km biegt ein Feldweg links ab; nach weiteren 500 m liegt die Steinkiste rechts des Fahrwegs.

Umgeben von Eichen, Birken und Fichten liegt in der Feldmark westlich von Flögeln eine restaurierte Steinkiste. Die eigentliche Grabkammer besteht aus fünf plattigen Tragsteinen, die ein Rechteck von relativ bescheidenen Ausmaßen umgrenzen (L. 1,45 m, B. 0,94 m, H. 0,52 m). Über ihnen liegt ein schwerer, gewölbter Deckstein. Die Steinkiste liegt im Zentrum eines Kreises aus Findlingen, die das Grab im Abstand von 4 m umgeben.

Um 1900 war die Steinkiste noch unter einem mächtigen Hügel verborgen, der inmitten eines großen Hügelgräberfeldes lag. Seit dieser Zeit fiel Hügel um Hügel der Kultivierung, der Flurbereinigung und dem Wegebau zum Opfer. Meist verschwanden die Hügel ohne archäologische Untersuchung, wenige Notbergungen und Gelegenheitsfunde erlauben aber doch die Annahme, daß hier Hügelgräber und Urnenbestattungen vom Ende

der Steinzeit bis in die vorrömische Eisenzeit angelegt worden waren.
1957 war die Reihe an einen der letzten, inzwischen stark beschädigten Hügel gekommen, von dem niemand glaubte, in seinem Inneren eine Steinkiste zu finden. Im Rahmen einer Notbergung trug der Ortsheimatpfleger Schieder mit einer Schülergruppe den Hügel ab und stieß dabei, etwas exzentrisch zum Hügelmittelpunkt, auf den äußeren Kranz von Findlingen, einen zweiten (heute nicht mehr sichtbaren) inneren Steinkreis aus kopfgroßen Steinen und den Deckstein der Steinkiste, die von einer Rollsteinpackung umgeben war. Mittels eines Flaschenzuges hob man den schweren Deckstein und war erstaunt, das Innere der Steinkiste völlig ungestört vorzufinden. Der untere Teil der Kammer war mit feinem Sand gefüllt, in dem sich der Leichenschatten der Bestattung in Hockerlage abzeichnete. Das Vermessen der nur noch als Verfärbung sichtbaren Körperteile läßt auf einen Erwachsenen von etwa 1,80 m Größe schließen, der hier mit angewinkelten Beinen beigesetzt worden war. Leider fand man in der Steinkiste keine Grabbeigaben, die eine zeitliche oder kulturelle Einordnung erlauben würden. Einziger Anhaltspunkt sind einige Scherben eines Riesenbechers, verziert mit Fingernageleindrücken, die in der Rollsteinpackung um die Steinkiste gefunden wurden. Aufgrund dieser Beobachtung kann man vermuten, daß die Steinkiste von den Einzelgrableuten, die gegen Ende der Steinzeit einwanderten, erbaut worden war. Ähnliche kleine Steinkisten aus dem Spätneolithikum kennt man aus Schleswig-Holstein und Jütland. Der Bedeutung des Fundes gemäß beschloß man, die ausgegrabenen Strukturen zu erhalten und der Öffentlichkeit zugänglich zu machen. Am Tag des Baumes, am 7. Mai 1958, sorgte man durch das Neupflanzen von Bäumen für ein ansprechendes Aussehen des Platzes um das alte Grab.

Sehenswertes in der Umgebung

Flögeln und der Flögelner See

Das hübsche alte Dorf Flögeln – wohl schon aus dem 10./11. Jahrhundert – liegt am Rand des 210 ha großen Flögelner Sees, einem ausgesprochenen Feriensee mit Bademöglichkeiten und einer Wochenendhaus- und Campinganlage, am Nordufer nahe des Naturschutzgebietes Westerseiler Hochmoor. Die alte Motte der Flögelner Ritter aus dem 14. Jahrhundert steht vor dem Dorf im Wasser.

Halemer-Dahlemer-See

Dieser, nur etwa 200 ha große, langgestreckte und von Moorflächen umgebene See steht unter Naturschutz. Hier wurde eine Besonderheit festgestellt: der Halemer-Dahlemer-See bewegt sich ganz langsam nach Osten.

Weitere archäologische Fundstellen

Neben dem Vorgeschichtspfad im Flögelner Holz sind besondere Entdeckungen auf der Geesthalbinsel Flögeln-Eckhöltjen am Haselhörn, südlich des Halemer Sees, gemacht worden. Hier konnten Siedlungsspuren der ersten seßhaften Bauern und Handwerker aus der Zeit um 3000 v. Chr. freigelegt werden. Außerdem konnte hier die Siedlungsentwicklung bis ins Mittelalter genau verfolgt werden. Eine wichtige Rolle spielte dabei die Ausgrabung des Dorfes Dahlem am Nordrand des Dahlemer Holzes. Das Dorf Dahlem wurde wahrscheinlich um 700 n. Chr. angelegt. Nach der Gründung des Klosters Neuenwalde wurden alle Einwohner Dahlems dorthin umgesiedelt.

Pipinsburg, Bülzenbett, Heidenschanze und die Sieben Berge

Ein archäologischer Spaziergang bei Sievern

Nördlich von Sievern findet man ein Ensemble interessanter archäologischer Denkmäler aus ganz verschiedenen Epochen der Ur- und Frühgeschichte.

Rätselhafte Pipinsburg

Der mächtige Rundwall der Pipinsburg, 1,5 km nördlich von Sievern unmittelbar an der B 6 gelegen, erhebt sich weithin sichtbar über einem schmalen Geestrücken, an dessen Südseite die Sievener Aue entlang fließt. Ein nahezu kreisrunder, auch heute noch bis zu 5 m hoher Wall umschließt einen relativ kleinen Innenraum von durchschnittlich 60 m Durchmesser.
Sowohl im Süden als auch im Westen und Norden war der Ringwall durch feuchte Niederungen geschützt; eine Annäherung war nur über den schmalen Sandrücken im Osten möglich, der durch ein Doppelgrabensystem gesichert war. Rund 60 m nordöstlich der Hauptburg begrenzt ein Wall mit einem flachen Graben die Vorburg. Möglicherweise gab es noch weitere Vorbefestigungen im Nordosten.

Grabungen auf der Pipinsburg

In den Jahren von 1906 bis 1908 wurden umfangreiche Ausgrabungen auf der Pipinsburg vorgenommen. Man fand dabei im Innenraum der Hauptburg Spuren einer teils dichten Besiedlung, insgesamt Reste von elf bis zwölf Holz-Lehm-Gebäuden, die kreisförmig angeordnet hinter dem Wall lagen, während die Mitte unbebaut blieb. Zwei der Bauten konnten als Wohnhäuser bestimmt werden, einer wird als Pferdestall angesehen, während die restlichen als Speicher angesprochen werden.
Der Wall des Kernwerkes war in seinem Hauptteil aus Plaggen bis zu einer Höhe von 5 bis 6 m aufgeschichtet; die äußere Böschung bestand aus drei abgestuften Sandaufschüttungen, die durch Holzwände verschalt waren. Durch die Südseite des Walles führte ein Tor. Ihr Ende fand die Wallanlage wohl in einer Feuersbrunst.
Die historische Interpretation der Ausgrabungsergebnisse gestaltet sich sehr schwierig. Mit einiger Sicherheit kann lediglich gesagt werden, daß die Befestigungsanlage im 11. Jahrhundert und 10. Jahrhundert n. Chr. bestand. Ob die Pipinsburg schon davor entstanden ist, ist fraglich.
Auch bei den Fragen in bezug auf Erbauer und Funktion der Pipinsburg sind wir weitgehend auf Spekulationen angewiesen. Nur durch eine umfangreiche moderne Ausgrabung könnte geklärt werden, ob die Burg von den Sachsen angelegt wurde und eine Rolle in den Ausein-

Steinkistengrab Bülzenbett

andersetzungen mit den Franken spielte, ob sie als Sitz eines Landesverwalters im Auftrag der Franken nach deren Sieg über die Sachsen diente, oder ob sie als Bollwerk gegen die Wikinger gebraucht wurde.

1978 stieß man auf Funde des 14. Jahrhunderts n. Chr., die wahrscheinlich eine zweite, hochmittelalterliche Belegungsphase der Burg anzeigen. Wir wissen, daß 1343/44 eine „Syverdesborch" vom Bremer Erzbischof und den Herrn von Bederkesa gegen die Angriffe der Wurster „in der Nähe des Dorfes Sievern" angelegt wurde. Man vermutet, daß es sich bei diesem Vorgang um die Wiederbefestigung der alten Wallburg handelte.

In einigen Sagen über die Pipinsburg spielt Pipin, der Vater Karls des Großen, eine Rolle. Daß der Name der Burg tatsächlich auf diesen zurückgeht, ist höchst wahrscheinlich. Eine weitere Deutungsmöglichkeit ist die Herleitung über ein altes Wort, das dem englischen to peep = Ausschau halten entsprach, und so auf eine gute Fernsicht, die man von der Wallkrone hat, anspielt.

Sehenswertes Großsteingrab Bülzenbett

Vom Ringwall Pipinsburg führt ein Fahrweg nach Nordosten. Nach etwa 400 m geht ein zweiter Feldweg rechts ab, an dem man bald das Großsteingrab Bülzenbett, ein in vieler Beziehung bemerkenswertes Hünenbett von rund 35 m Länge, findet.

Die trapezförmige Einfassung besteht noch aus 33 Steinen, ursprünglich waren wohl über 50 vorhanden. Die große Kammer (4,7 x 8 m) im westlichen Teil der Einfassung ist relativ gut erhalten. Ungewöhnlich sind die Ausmaße der Decksteine, von denen einer beachtliche 4 x 3 m mißt. Der mittlere Deckstein ist zerbrochen und teilweise in die Kammer gestürzt. Auf seiner Oberfläche sieht man noch Sprenglöcher eines Zerkleinerungsversuches. Das sicherlich nicht unbeträchtliche Gewicht des Steindaches ruht heute noch auf neun Tragsteinen. Ob man ehedem in die mächtige Grabkammer durch einen Gang kommen konnte, läßt sich heute wegen Störung des betreffenden Bereiches nicht mehr klären.

Sagen und Forschungsberichte zum Bülzenbett

Das Bülzenbett gehört zu jener kleinen Gruppe wohlbekannter Steingräber, die im Laufe der Jahrhunderte immer wieder aufgesucht und beschrieben wurden. Sein Konterfei erschien bereits im 17. Jahrhundert im Druck. Im Jahre 1604 bildete der „Hochfürstlich-Hessen-Kasselische Geographicus und Historicus" Wilhelm Dilich auf einer Karte seines Werkes über den Bremer Raum ein Steingrab ab, das mit „Monumenta Chaucorum" betitelt ist.

Wie sorgfältige Analysen zeigen, handelt es sich dabei mit großer Wahrscheinlichkeit um das Bülzenbett.

Bereits um die Mitte des 18. Jahrhunderts widmete sich der Pastor und Urgeschichtsforscher M. Mushard in seinen „Palaeogentilismus Bremensis" dem Bülzenbett. Wie andere Steingräber hält er auch das Bülzenbett für die Stätte heidnischer Opferzeremonien; die gewaltigen Decksteine für Altäre, auf denen sich blutige Riten abspielten. Trotz der zahlreichen schriftlichen Berichte über das Bülzenbett – allein im 18. und 19. Jahrhundert sind es über zwanzig – sind uns bis heute nur wenige Funde bekannt. Immerhin kann generell ein Entstehen der Grabanlage um die Mitte des dritten vorchristlichen Jahrtausends angenommen werden.

Auch in Sagen spielt das Bülzenbett eine Rolle. Während manche Karl den Großen für das Zerbrechen des mittleren Decksteines verantwortlich machen, glauben andere, daß der Teufel aus Wut über die Vertreibung durch christliche Priester den Stein zerbrochen habe. Der Volksglaube verbindet das Bülzenbett mit einem Riesen oder Heidenfürsten namens Bülze, Bülsing oder Bilse. Möglicherweise kommt der Name des Grabes von dem alten Wort bulzen, das „auf Stützen stellen" bedeutet.

Einzigartig in Norddeutschland – die Wallanlage Heidenschanze

Folgt man dem am Bülzenbett vorbeiführenden Feldweg etwa 400 m nach Südwesten, gelangt man zu einem Waldstück, in dessen südlichstem Teil, unmittelbar am Rande der Aueniederung, sich die Wallanlage Heidenschanze verbirgt. Sie besteht aus zwei konzentrischen, annähernd ovalen Ringwällen, von denen der innere Wall fast vollständig, der Außenwall nur noch im Norden und Osten erhalten ist.

Erste Grabungen von 1906 wurden durch Untersuchungen von 1958 ergänzt. Demnach bildeten durch Palisaden verstärkte Wälle eine wirksame Verteidigungslinie. Vor den Holz-Erde-Wällen gaben 4 – 5 m breite Gräben einen zusätzlichen Schutz. Der Ausgrabungsbefund zeigt auch, daß die Anlage zweimal ausgebessert und verstärkt worden war. Im Laufe dieser Arbeiten wurde im Nordwesten noch ein zusätzlicher Vorwall angelegt.

Der Zugang durch den Außenwall lag im Nordwesten. Es zeigte sich, daß die ursprüngliche Toranlage mit Torwangen aus senkrecht stehenden Bohlenwänden zweimal erneuert worden war. In der letzten Bauphase war es eine kammertorartige Anlage von 10 m Länge und 3 m Breite. Eine ähnliche, wenn auch kleinere Toranlage führte durch den Innenwall. Besonders interessant ist die Lage des inneren Tores an der Südseite. Ein eventueller Angreifer mußte also zuerst das Kernwerk umrunden, um das Innentor stürmen zu können.

Ein Suchgraben, der quer durch das Kernwerk gelegt wurde, stieß auf Wandverfärbungen, Herdstellen etc. – Spuren einer Bebauung des Innenraumes, die sich unmittelbar hinter dem Wall konzentrierte. Keramikfunde datieren das Bestehen der Heidenschanze im Zeitraum von 50 v. Chr. bis in das 1. Jahrhundert n. Chr.

Die Bedeutung der Heidenschanze liegt vor allem darin, daß sie die einzige aus der Zeit um Christi Geburt bekannte Befestigungsanlage im Küstengebiet des freien Germanien ist. Aufgrund der Untersuchungsergebnisse lassen sich einige historische Überlegungen anstellen: Die heutige, etwas abgelegene Lage der Heidenschanze täuscht – zur Zeit ihrer Nutzung lag sie im Schnittpunkt zweier wichtiger Verkehrswege. Hier kreuzte ein alter Nord-Süd-Landweg an einer Furt die Sievener Aue, die damals mit Schiffen befahren werden konnte und den Zugang zur Küste ermöglichte.

Ein solcher Verkehrsknotenpunkt ist kein Platz, an dem man eine Fluchtburg errichten würde, die man ja gerade der Aufmerksamkeit des Feindes entrücken möchte und für die man eher schwer zugängliche Stellen wählte. Im Gegenteil ermöglichte die Position der Heidenschanze die Kontrolle dieser Verkehrswege und hatte deswegen wohl eher eine Kontroll- als eine Zufluchtsfunktion.

Ein Zusammenhang des Baues der Befestigungsanlage mit den militärischen Unternehmungen der Römer liegt nahe. Mehrere Flotten- und Landoperationen von Drusus, Tiberius und Germanicus sorgten sicherlich für beträchtliche Unruhe im Küstengebiet. Führten sie auch nicht zu dauernder römischer Präsenz, so beeinträchtigten sie doch politische und wirtschaftliche Interessen der Küstenbevölkerung. Der Bau einer strategischen Befestigung mag darüber hinaus auch durch Auseinandersetzungen der Germanen untereinander bedingt worden sein. Die Heidenschanze könnte ein befestigter Markt und ein zentraler Punkt für die Bevölkerung gewesen sein. Sicherlich fanden hinter ihren Wällen auch Händler Schutz, die hier ihre Waren lagern und tauschen konnten.

Wenig nördlich der Heidenschanze liegt ein Ringwall namens Heidenstadt, der möglicherweise gleichzeitig mit der Heidenschanze bestanden hat.

Sieben Berge

Etwa 1,5 km östlich der Heidenschanze (erreichbar über einen von der Kreuzung der Straße in Richtung Drangstedt/Bederkesa und der B 6 in Sievern nach Osten führenden Fahrweg) gelangt man zu den Sieben Bergen.

So nennt der Volksmund eine Gruppe von Hügelgräbern auf der Kuppe einer Anhöhe unweit des Mulsumer Moores. Drei große Hügel liegen zwischen mehreren kleineren und bilden in der offenen Landschaft ein überaus imposantes, weithin sichtbares Ensemble.

Sie sind bisher nicht archäologisch erforscht, dürften aber zu den vielen hierzulande bekannten Grabmälern dieser Art aus der Bronzezeit (1800 – 700 v. Chr.) zu rechnen sein.

Im allgemeinen wurden sie für eine Einzelbestattung angelegt, können aber später für Nachbestattungen erneut benutzt worden sein.

Dinos auf Tour

Saurierfährten in Münchehagen und in Barkhausen

Nicht nur durch den Kinohit „Jurassic Park" sind Saurier wieder in aller Munde.

Die Dinosaurier haben nach den ersten Knochenfunden im Jahre 1780 die Menschen wie keine andere ausgestorbene Tierart beschäftigt. Besonders im letzten Jahrhundert entbrannte ein regelrechter Wettstreit unter Wissenschaftlern, die Dinosaurierskelette suchten.

Auch heute geben die versteinerten Knochen, Eier und Fußspuren der Saurier immer noch Rätsel auf. Derzeitig wird besonders der Frage nachgegangen, warum die Dinosaurier so plötzlich ausgestorben sind. Da hilft jeder Fund aus der Lebenswelt dieser geheimnisvollen Tiere, um mehr über sie zu erfahren. Dabei sind auch Fußabdrücke von besonderem Interesse.

Versteinerte Fußabdrücke

Viele Fährten entstanden, als die Saurier durch weichen Schlamm liefen. Anschließend trocknete die Sonne den Schlamm und ließ somit auch die Fußabdrücke hart werden. Später wehte Sand darüber und begrub die Fährten unter sich. Im Laufe der Zeit verfestigten sich Schlamm- und Sandschicht. Heute können sie wegen der unterschiedlichen Härte leicht voneinander getrennt werden und geben die Fährten wieder frei. In Barkhausen wurde die frühere Sandschicht bei Steinbrucharbeiten abgetragen – die Fährte im Schlamm kam zum Vorschein.

In Münchehagen kamen die Spuren bei einer Löschübung der Feuerwehr zum Vorschein, als eine bis dahin von Schutt und Erdreich bedeckte Steinplatte freigelegt und ausgewaschen wurde.

Fundstellen von Saurierspuren

Versteinerte Dinosaurierfährten wurden auch in Südafrika, im Südosten Englands, in Texas, Neuengland, Australien und in Kanada gefunden. So entdeckte man in einem sechs Kilometer langen Abschnitt des Peace River Canyons in Kanada über 1700 Fußabdrücke.

Zwei andere wichtige Fundstätten wurden in der Schweiz entdeckt. Eine befindet sich im Engadin, wo auf einer 30 m x 50 m messenden Kalkplatte aus dem Trias 13 kreuz und quer verlaufende, bis zu 30 m lange Fährten mit über 200 Fußabdrücken durch Verwitterung freigelegt worden sind. Die zweite Fundstätte – in der Nähe des Vieux Emossan – besteht aus etwa 800 Fußeindrücken auf einer mehrere hundert Meter langen Sandsteinplatte.

Die Saurierfährten von Münchehagen

Ihre Entdeckung 1979 galt in der Wissen-

Saurierfährten bei Barkhausen

schaft als geologische Sensation: Sie sind eine der bedeutendsten und besterhaltenen Spuren von Sauriern in Europa. Dabei liegt die große Bedeutung der Fährte besonders in der Länge der Spur, die den Bewegungsablauf des Apatosaurus – einem der größten erdmittelalterlichen Saurier – in einzigartiger Weise widerspiegelt.

Die längste der vier freigelegten Spuren zeigt auf etwa 40 Metern 22 Trittsiegel. Die Füße hatten eine rundliche, ebene Sohlenfläche und sind als gut erkennbare Eintiefungen erhalten. Der Durchmesser

1853 schuf der Bildhauer W. Hawkins in seinem Atelier Figuren von Sauriern, wie man sie sich damals vorstellte – schreckenerregende Ungetüme

der Hinterfüße betrug etwa 60 cm, der der Vorderfüße etwa 40 cm. Aus der Schrittlänge von durchschnittlich 2,70 m und der Gangbreite von durchschnittlich 1,20 m wurde gefolgert, daß der Saurier etwa 2,90 m lange Beine gehabt haben muß. Daraus wurde darauf geschlossen, daß das Tier eine Höhe von 5m und eine Länge von 15 m hatte. Aus Körpermaßen, Erdzeitalter indem sie hinterlassen wurden und Vergleichsspuren in Arizona mit Knochenfunden, wird mit großer Wahrscheinlichkeit angenommen, daß der Urheber ein Saurier der Gattung Apatosaurus gewesen sein mag.

Der Apotosaurus wurde bis zu 25 m lang, wobei sein Schwanz in einer dünnen Spitze auslief. Mit einem Maximalgewicht von 50 Tonnen – was dem Gewicht von zehn Elefanten entspricht – war der Apatosaurus nach dem Brachiosaurus und dem Diplodocus das drittgrößte Landtier, das je gelebt hat.

Er hatte einen ungewöhnlich kleinen Kopf – etwas kleiner als der Kopf eines Pferdes – mit einem recht kleinen Maul.

Wegen dieses kleinen Mauls muß der Apatosaurus wohl fast ständig gefressen haben, sonst hätte er nicht genug Nahrung aufnehmen können, um den riesigen Körper zu ernähren. Der Apatosaurus ernährte sich von Pflanzen und wird wohl ständig in Gruppen bis zu 15 Tieren zu neuen Weideplätzen unterwegs gewesen sein. Ein kleiner Ausschnitt aus einer dieser Wanderungen läßt sich im Münchehagener Steinbruch verfolgen.

Die Saurierspuren von Barkhausen

Im Steinbruch in Barkhausen befinden sich die Spuren an einer fast senkrechten Felswand. Ursprünglich verliefen sie natürlich waagerecht in dem damals noch weichen Wattenschlick. Sie wurden erst viel später durch die Auffaltung des Wiehengebirges aufgerichtet. Auf dem Foto erkennt man links bei genauem Hinsehen zwei Arten von Spuren: runde Trittsiegel und rechts daneben auffallende dreizehige Fußabdrücke.

Die runden Trittsiegel – die wie Fußeindrücke von Elefanten aussehen – stammen von sogenannten Elefantenfuß-Dinosauriern, „Elephantopoides barkhausensi" genannt. Dieser Name bezeichnet einen niedrig gebauten, 10 bis 13 m langen pflanzenfressenden Saurier von etwa 5t Gewicht. Neben und auf den Spuren der großen Pflanzenfresser sind Fußabdrücke des dreizehigen Raubsauriers „Megalosaurus teutonicus" (Deutsche Großechse) zu sehen. Die Megalosaurier bevölkerten vor etwa 190 Millionen Jahren die Erde. Megalosaurus wurde sechs bis neun Meter lang und hatte kräftige, dreizehige Hinterläufe. Die Vorderbeine waren zu klein zum Laufen; von den fünf Fingern waren nur drei entwickelt.

Das gemeinsame Vorkommen der beiden Spuren wird kein Zufall gewesen sein; wahrscheinlich befand sich der Megalosaurus auf dem Wildwechsel der Elephantropoiden auf Beutezug. Die Elephantropoiden, die die beiden linken Spuren hinterließen, bewegten sich in nordöstliche Richtung. Der Megalosaurus ging dagegen nach Südwesten – vielleicht der nächsten Gruppe Elephantropoiden entgegen.

Anfahrtshinweise

Nach Barkhausen gelangt man über die Autobahn A30 Abfahrt „Melle-Altenmelle" auf der Landstraße Richtung Preuss. Oldendorf oder über die B65, zwischen Bad Essen und Preuss. Oldendorf in Rabber abbiegen; südlich von Barkhausen befinden sich Parkplätze am Steinbruch.

Der Steinbruch mit den Saurierfährten liegt in Münchehagen im Wald rechts von der Straße, die von Rehburg nach Loccum führt. Gegenüber dem Eingang befindet sich ein kleiner Parkplatz.

In Münchehagen sind auch ein Dino-Shop und eine Gaststätte am Steinbruch vorhanden, wogegen man in Barkhausen noch in Ruhe den Spuren der „Dinos auf Tour" folgen kann.

MERKWÜRDIGE DÖRFER

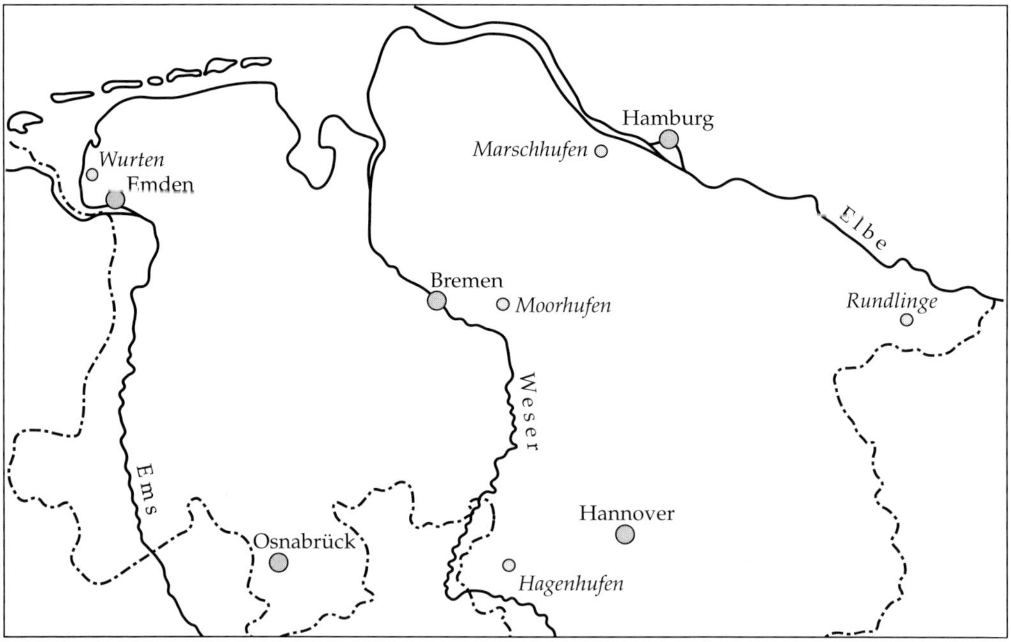

Wer Niedersachsen aufmerksam durchquert, wird in dem bunten Mosaik der heutigen Kulturlandschaft bestimmte Teile erkennen, die, besonders im ländlichen Raum, auf eine planmäßige Besiedlung hinweisen. An der Küste, in Moor und Heide, aber auch im ehemaligen Waldland sind im Mittelalter Dörfer entstanden, die nach einem umfassenden Plan konsequent in die Landschaft umgesetzt wurden. Diese Gegenden unterscheiden sich damit von jenen, wo der Landesausbau sich allmählich vollzogen hat.

Vor dem Deichbau, der im deutschen Nordseeküstengebiet im 11. Jahrhundert einsetzte, siedelten die Menschen auf künstlich aufgeschütteten Erdhügeln, den sogenannten Wurten oder Warften. In der Krummhörn, westlich von Emden, findet man noch diese *Wurtendörfer.*

Eine planmäßige Kolonisation erfolgte im Wendland, jenem ehemaligen Grenzgebiet zwischen Slawen und Germanen, durch die Anlage von runden Dörfern, *Rundlinge* genannt. In den Flußmarschen, z. B. im Alten Land, wurden *Marschhufendörfer* angelegt, die im Schutze von Deichen liegen. Im Schaumburger Land wurden im Zuge der Binnenkolonisation die *Hagenhufendörfer* gegründet. Fischerhude und Worpswede, in Moorgebieten gelegen, sind umgestaltete „Künstlerdörfer".

Das Luftbild rechts zeigt den Rundling Lübeln.

Menschen schützen sich vor der See

Wurtendörfer in der Krummhörn

Der antike Schriftsteller Plinius d. Ä. war Offizier der römischen Flotte (als deren Befehlshaber er bei den Operationen während des großen Vesuvausbruchs zu Tode gekommen ist). Als junger Mann hatte er 49 n. Chr. an einem Feldzug gegen die Chauken teilgenommen, die damals die friesischen Küsten bewohnten. Über die Lebensweise dieser Menschen in der für ihn so fremden Marsch wußte er Merkwürdiges zu berichten:

„Sie machen bei ihren Hütten Jagd auf Fische; Vieh zu halten, ist ihnen nicht vergönnt, ja nicht einmal mit wilden Tieren zu kämpfen, da jeder Strauch weit und breit fehlt. Aus Seegras und Binsen flechten sie ihre Netze zum Fischfang. Indem sie den mit den Händen gesammelten Schlamm mehr durch den Wind als durch die Sonne trocknen, erwärmen sie mit Hilfe dieser Erde ihre Speisen und ihre vom Nordwind erstarrten Glieder. Ihr Getränk besteht ausschließlich aus Regenwasser, das sie in Gruben vor ihren Häusern sammeln."

Die Waldlosigkeit der Marsch, die auch heute noch charakteristisch ist, hat der an freundlichere Gestade gewöhnte Römer richtig beobachtet. Daß man „Schlamm" trocknet, und als Brennmaterial verwendet, erscheint ihm kurios, der Torf noch nicht kennengelernt hat. Das Schaudern des Weintrinkers bei der Erwähnung von abgestandenem Regenwasser als einzigem Getränk kann man nachvollziehen (zumal die Verfeinerung durch Tee, Rahm und Kluntjes erst später möglich wurde). Da das brackige Grundwasser der Marsch ungenießbar ist, sind die „Fething" genannten Regenwassersammelbecken heute noch vielfach vorhanden und bis in jüngste Zeit genutzt worden. – Bei der Beobachtung, daß es kein Vieh gegeben habe, ist der römische Seeoffizier wohl einer Kriegslist der damaligen Marschbewohner aufgesessen: Sie werden ihre zahlreichen Rinder, auf die die Ställe der ausgegrabenen Bauernhäuser schließen lassen, vor den furagierenden Matrosen in Sicherheit gebracht und verborgen haben.

Die erste Nachricht vom Wurtenbau

Besonders interessant ist, was Plinius über die Gezeiten und über den Schutz der Menschen vor den Fluten schreibt. Da am Mittelmeer Ebbe und Flut unbekannt sind, konnte er seinen staunenden Landsleuten Unerhörtes von den Küsten des gemanischen Meeres melden:

„In gewaltiger Strömung ergießt sich dort der Ozean zweimal in dem Zeitraum je eines Tages und einer Nacht auf ein ungeheueres Gebiet, von dem man im Zweifel sein kann, ob es zum Lande gehört oder ein Teil des Meeres ist. Dort bewohnt ein beklagenswertes Volk hohe Erdhügel, die nach Maßgabe der höchsten Flut errichtet sind. In den darauf erbauten Hütten gleichen sie Seefahrern, wenn die Fluten das umliegende Land bedecken, und Schiffbrüchigen, wenn sie wieder zurückgewichen sind."

Die für die fernen Leser etwas exotisch aufgemachte, aber durchaus genaue Schilderung läßt in den mit Behausungen besetzten „Erdhügeln" die Wurten erkennen, die auch nach fast zwei Jahrtausenden für Marschsiedlungen in Ostfriesland charakteristisch sind. Zwar sind die Wurten heute nicht mehr vom Meer umspült, aber die mit Häusern und Bäumen aufragenden, einstmals zum Schutz vor der See errichteten Erhebungen setzen auch in der grünen Ebenheit der eingedeichten Marsch markante Akzente.

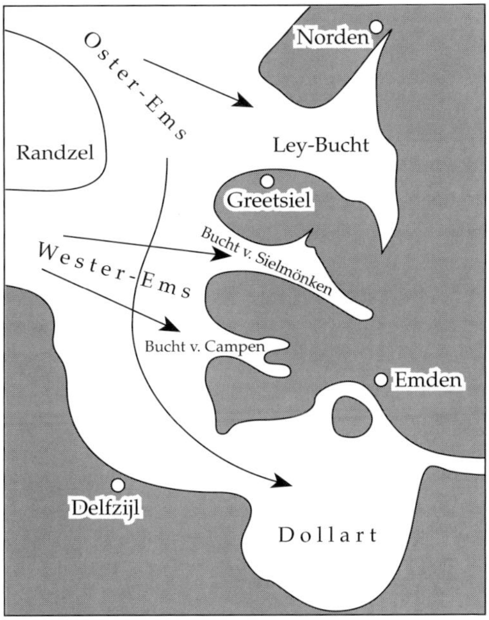

Meereseinbrüche im Gebiet der Emsmündung (nach Topographischer Atlas Niedersachsen und Bremen)

Heutige Wurtendörfer auf der Krummhörn

Am besten erhalten haben sich Wurtendörfer – oder wie man hier sagt: Warfendörfer – in der Krummhörn, dem ostfriesischen Marschengebiet östlich der Emsmündung zwischen Emden und der Leybucht. Nicht zufällig finden sie sich hier parallel zur Küste aufgereiht; beziehungsweise sie zeichnen den weit ins Land ragenden Trichter der ehemaligen Meeresbucht von Sielmönken nach. Für die Wurtendörfer wurde die Küstenrandlage gewählt, weil der am Meer liegende Streifen, das „Hochland", als jüngere Marsch höher aufgeschlickt ist als das binnenwärts liegende „Sietland". Nicht nur die höhere Lage über dem Flutniveau, sondern auch die günstigeren Anbaubedingungen und die Möglichkeit, den Wasserweg zu nutzen, machten das Hochland zum bevorzugten Siedlungsgebiet.

Wohl am besten den alten Charakter bewahrt hat das Warfendorf Rysum, 12 km westlich von Emden. Die Siedlung auf dem künstlichen Hügel, von etwa 400 m Durchmesser und 6 m Höhe, wird durch drei konzentrisch verlaufende Dorfstraßen gegliedert.

Die äußere führt am Rande herum, die mittlere bildet einen nicht ganz vollständigen inneren Kreis, und die dritte umgibt das Zentrum mit der Kirche und dem Platz des alten Friedhofs. Als Querverbindungen dienen radial verlaufende Gassen.

Die großen Gehöfte – Ende vorigen Jahrhunderts waren es 15 – lagen und liegen innen an der äußeren Straße oder an dem mittleren Ring. Die länglichen Grundstücke mit den langgestreckten friesischen Bauernhäusern sind radial angeordnet.

Blick auf das Wurtendorf Groothusen

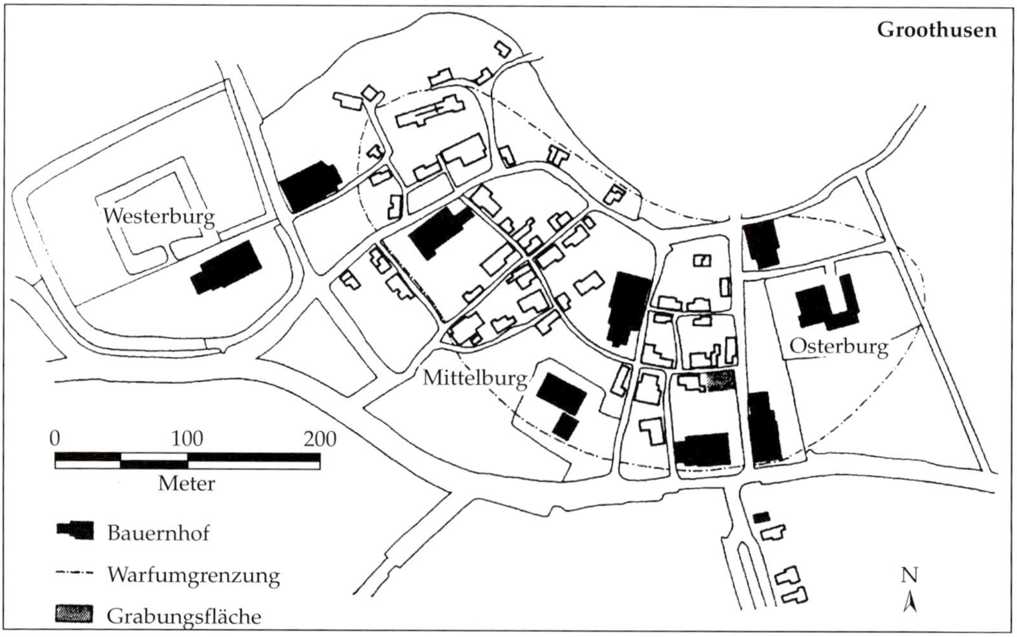

Plan des Wurtendorfes Groothusen

Blick in eine der malerischen Gassen Rysums

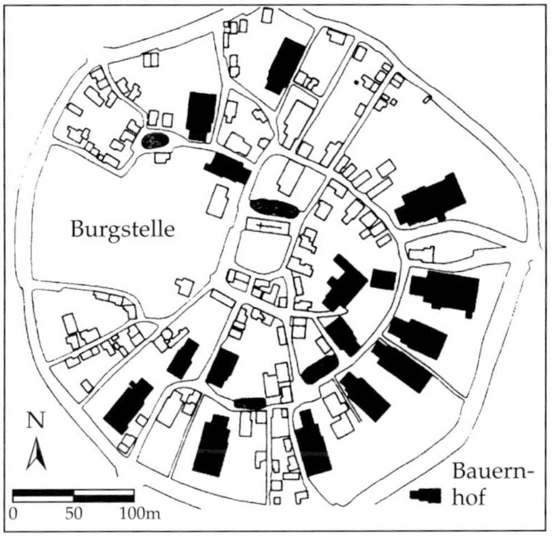

Plan von Rysum aus dem Jahre 1872 (nach Reinhard, 1969)

Könnte Plinius das frühe Rysum gesehen haben?

Plinius nahm an Flottenoperationen teil, die auch die Küsten zwischen Amisia (Ems) und Visurgis (Weser) berührt haben dürften. Außerdem erwähnt er die Insel Burchana, das heutige Borkum. So ist es nicht unwahrscheinlich, daß er im Gebiet der Emsmündung gewesen ist und das Küstengebiet der Krummhörn gesehen hat. – Darf man aber davon ausgehen, daß ein Dorf, das heute noch besteht, schon vor fast 2000 Jahren existiert haben könnte?

Genauere Kenntnis darüber, ob die frühen Wurtendörfer sich in Richtung auf die heutigen Siedlungsformen entwickelt haben, hat die Grabung Feddersen Wierde im Lande Wursten gebracht. Bei ihr wurde eine prähistorische Wurt vollständig abgetragen und archäologisch genau untersucht. Man fand dort als unterste Kulturschicht die Reste einer Reihensiedlung, die vor Christi Geburt, in einer Zeit des Stillstandes oder gar Rückganges der Fluthöhen, auf der ebenen Erde der Marsch errichtet worden war.

Weil im 1. Jahrhundert n. Chr. die Meeresfluten höher ausfielen, wurde die Hofreihe zur Wurtensiedlung umgestaltet. Dazu wurden nicht nur künstliche Erhebungen für die einzelnen Häuser geschaffen, man änderte auch die Lage der Höfe zueinander: Sie wurden planvoll in radialer Anordnung um einen zentralen Platz herum gebaut. Als dann die Fluthöhen weiter anstiegen und die Erhebungen erhöht werden mußten, wuchsen die einzelnen Hauswurten zu einer ovalen Dorfwurt zusammen, die bei wachsender Siedlerzahl bald auch einen zweiten Ring von Gehöften umfaßte. Im 3. Jahrhundert zählte Feddersen Wierde etwa 25 Bauernhöfe, in deren dreischiffigen Wohnstallhäusern rund 450 Stück Großvieh gehalten wurden. Da die Grundlagen der

Landwirtschaft, besonders die Ackerflächen, nicht vergrößert werden konnten, sondern durch steigende Fluten eher eingeschränkt wurden, entwickelte sich zunehmend das Handwerk (Schmiede, Drechsler, Weber u. a.).

Damit war ein Dorf entstanden, das als Wurtendorf in Größenordnung, Anordnung der Höfe und Lebensbedingungen dem späteren Rysum sehr ähnlich war. Eine gründliche Untersuchung kommt zu dem Fazit: „Es ist zu vermuten, daß die heutigen Runddörfer Ostfrieslands aus vorgeschichtlichen, radial angelegten Siedlungen hervorgegangen sind" (W. Reinhard).

Haben Wurtendörfer die Völkerwanderung überlebt?

In der Siedlungsforschung ist die Frage der Kontinuität, also des dauernden Fortbestehens von Siedlungen, während der Völkerwanderungszeit ein großes Problem. Fast alle untersuchten eisenzeitlichen Siedlungen hören in der „dunklen Periode" vom 5. bis 7. Jahrhundert auf, zu bestehen. Auch in Feddersen Wierde bricht das geschäftige Leben im 5. Jahrhundert ziemlich abrupt ab. Ob man danach annehmen soll, daß in dieser Zeit der ganze Landstrich völlig siedlungsleer wurde oder daß vielleicht ein Rest der Bevölkerung dort weiterlebte, ist bei dem allgemeinen Mangel an Funden und Nachrichten aus dieser Zeit eine kaum zu klärende Frage.

Während aber in weiten Teilen Deutschlands als Gründe für die völkerwanderungszeitliche „Siedlungslücke" nur allgemein die „Wirren der Zeit" angegeben werden können, sind die Verhältnisse im Küstengebiet etwas deutlicher auszumachen. In erster Linie dürfte hier der fortdauernde Anstieg der Sturmfluten zur Aufgabe von Siedlungen geführt haben. So hatte man in Feddersen Wierde die Wurt sechs mal erhöhen und von ihrem ersten Niveau von gut 1/2 m auf ungefähr 4 m Höhe bringen müssen. Weitere Erhöhungen mögen die Leistungsfähigkeit der Dorfgemeinschaft überstiegen haben, zumal der Anstieg der Fluten mit einer Verringerung der Anbauflächen einherging.

Vielleicht hat auch die Kunde von neuen Siedlungsmöglichkeiten jenseits der Nordsee beim Verlassen der Wurt eine Rolle gespielt. Im 5. Jahrhundert begann ja die Wanderungsbewegung nach England, die Sachsen und wohl auch Friesen im Küstengebiet (sowie die Angeln im späteren Schleswig-Holstein) erfaßte. Sowohl das Land Wursten als auch die Krummhörn dürften davon betroffen gewesen sein, da der zur Zeit des Plinius hier lebende Volksstamm der Chauken sich inzwischen dem Stammesverband der Sachsen angeschlossen hatte.

Die Vorstellung, daß ein Teil der Bevölkerung nicht an der Wanderung teilnahm, sondern auf der heimatlichen Wurt blieb, könnte am ehesten für die heute noch bestehenden großen Wurtendörfer der Krummhörn zutreffen. Sie sind anscheinend von zerstörenden Flutkatastrophen verschont geblieben und hatten gute Möglichkeiten, sich im Kampf mit der See und mit Feinden zu behaupten. Ob aber ein bestimmter Ort wie Rysum über die Völkerwanderungszeit hinweg wenigstens teilweise bewohnt geblieben ist, könnte nur eine – wegen der Bebauung nicht gut mögliche – Ausgrabung klären.

Neubesiedlung im frühen Mittelalter

Die heutige Siedlungsstruktur der Marsch ist fast vollständig das Werk der friesischen Landnahme, die durch das Absinken des Sturmflutspiegels im 7. Jahrhundert möglich geworden war.

In der Krummhörn ist davon auszugehen, daß die aus niederländischen Küstenbereichen stammenden, von See her kommenden, Friesen sich auf den vorgefundenen prähistorischen Dorfwurten niedergelassen haben. Dabei bauten sie dreischiffige Wohnstallhäuser und gaben den Siedlungen eine radiale Struktur, so daß die neuen Dörfer den eisenzeitlichen Vorgängern recht ähnlich gewesen sein dürften. Der zentrale Platz wurde anscheinend für kultische Zwecke frei gehalten; dadurch konnten nach der Christianisierung die Kirchen mit Friedhof und herumgehendem Prozessionsweg in der Mitte der Orte errichtet werden.
Neben den vorwiegend auf Landwirtschaft und Handwerk ausgerichteten Dörfern auf den Rundwurten entstanden regionale Handelszentren, in denen friesische Kaufleute die Produkte umschlugen und vermarkteten.
Die Handelsorte waren Einstraßensiedlungen, die auf schmalen, meist im Bogen am Ufer gebauten Langwurten, angelegt wurden. In der Krummhörn ist Groothusen, ehemals Hafenort an der Bucht von Sielmönken, ein Beispiel für ein solches frühmittelalterliches Handelszentrum. Die alte Straße – heute mehr eine Gasse – beginnt auf dem Kirchengrundstück und zieht in leichtem Bogen bis in die Gegend hinter der Osterburg. Wie Ausgrabungen gezeigt haben, lagen auf beiden Straßenseiten kleine Häuser von Händlern und Handwerkern.

Uhr und Glocke im Kirchturm von Groothusen

Wurten als Relikte vergangener Zeit
Die Sicherung der Wohnplätze durch den Wurtenbau konnte am Ende des 1. Jahrtausends nicht mehr ausreichend sein, um die Existenz der Marschbewohner zu gewährleisten.
Da erfanden die Friesen ein Mittel, wodurch an der Küste eine blühende Kulturlandschaft entstehen und – bei allen Rückschlägen – endlich gesichert werden konnte: den Deichbau. Zunächst entstanden wohl nur Sommerdeiche um einzelne Dörfer und Kirchspiele herum; dann wurden die Deichstücke erhöht und zusammengefügt, bis der „güldene Ring, der um ganz Friesland liegt“ die Siedlungen und Ländereien vor der „salzenen See“ schützte.
Im Schutze der Deiche konnten Aussiedlungen aus den Dörfern in die Flur vorgenommen werden und Neusiedlungen im entwässerten oder vom Meer gewonnenen Land entstehen. Dabei wurden Ein-

Die weite Marschlandschaft der Krummhörn – im Vordergrund ein Bauernhof auf einer Einzelwurt

zelhöfe oder Reihensiedlungen angelegt, die dadurch für viele Marschgebiete bestimmend geworden sind. Auch auf der Krummhörn kam es zu Aus- und Neusiedlungen, doch ist hier der Charakter der mit großen Wurtendörfern besetzten Marschlandschaft weitgehend erhalten geblieben.

Eine neue Siedlungsform ersetzte die durch die Deiche von der See abgeschnittene Handelsniederlassung: Dort wo die Entwässerungskanäle mit Hilfe von Sielen durch die Deichlinie geleitet wurden, entstanden kleine Sielhafenorte, für die Greetsiel am Nordrand der Krummhörn ein schönes Beispiel ist. Der malerische Ort mit seinen beiden Windmühlen ist eine touristische Attraktion.

Tiefgreifende Veränderungen in der Landwirtschaft führten auch im Küstenraum seit dem 17. Jahrhundert dazu, daß das alte, dem Niedersachsenhaus ähnliche Wohnstallhaus durch das Gulfhaus ersetzt wurde. Mit den weit ausladenden, tief herabgezogenen mächtigen Dächern sind diese friesischen Bauernhäuser – backsteinrot in der grünen Marsch – markante Bestandteile der Landschaft geworden.

Auch sie sind heute bedroht durch die tiefgreifenden Veränderungen in unserer Zeit. Möge es gelingen, die in ihren Anfängen seit 2000 Jahren gewachsene und geschaffene Kulturlandschaft als charaktervollen Lebensraum ausgeprägter Identität zu erhalten!

Gerhard D. Ohling (1884 – 1963), Geschichtsschreiber des[1] Krummhörn, berichtet vom Leben in der Marsch bei winterlichem Tau- und Frostwetter:

Erinnert sei an die Kunst des Schlittschuhlaufens, die erst in jüngster Zeit mit der Anhebung des Verkehrswesens über gepflasterte Straßen in Abgang gekommen ist. Die vielen Wasserflächen, Meere, Maare, Tiefen und Gräben mußten bei trockenem Frostwetter zu diesem Sport geradezu herausfordern. Das Alter des Schlittschuhlaufens und seine Beliebtheit wird durch viele Warfenfunde (Gleitknochen) hinreichend bezeugt. Daneben bekam das „Schöfeln" als Verkehrsmittel auch noch praktische Bedeutung. Im Krummhörn war jedes Dorf mit dem andern und weiter mit der Stadt nebst allen Dörfern in der Runde auf der kürzesten Linie durch Wasserwege verbunden. Was das noch vor 100 Jahren, als es noch keine festen Verkehrswege gab, zu bedeuten hatte, läßt sich heute nur annähernd ermessen.

Wochen- und monatelang mußten die Warfbewohner bei weichem Winterwetter in ihren feuchten oder zugigen Behausungen an die Herdstelle gefesselt verbringen, soweit sie nicht ihrer Arbeit in Stall und Scheune nachzukommen hatten. Nachrichten gab es nicht, wenn nicht gelegentlich jemand, durch dick und dünn der aufgeweichten Kleiwege sich vorarbeitend, solche ins Haus brachte, der Nachbar, die Botenfrau, der Gesdindemäkler, der Amtsvogt oder der Pfarrer. So kamen Neuigkeiten aus der Heimat und Welt nur spät, spärlich und oft entstellt ins Haus. …

In die stockende Atmosphäre einer solchen „bekrumpenen" (verengten) Welt fuhr allemal wie ein frischer Windzug der Einfall des Frostes, der über Nacht schnelle Brücken in alle Richtungen schlug. Nicht nur die bewegliche Jugend, auch die behäbigen Alten, selbst die Greise beiderlei Geschlechts versuchten, die Güte des Eises mit den schon angerosteten Schlittschuhen zu erproben und bemühten sich, die der Bewegung entwöhnten Glieder wieder zu beleben. Der Drang in die Ferne, in den Umkreis anderer Menschen und Gesichter lockte alles, was noch einigermaßen „auf den Beinen" war, aus dem Hause. Zuerst wurden die näheren und ferneren Verwandten und Bekannten aufgesucht; es belebten sich die sonst verlassen daliegenden, abgelegenen Wirtschaften an den Tiefen und Kanälen. Man hat vielleicht nicht zu Unrecht behauptet, daß die meisten Verlobungen auf dem Eise eingefädelt wurden, und das war dann auch nicht die schlechteste Brautschau. Hielt das Frostwetter an, so kam es wohl zu Veranstaltungen von Wettläufen kleinerer und größerer Art. … An den Brennpunkten des Verkehrs konnte man sich in dort aufgeschlagenen „Sudeltelten" auf einer Bank verholen und zuweilen auch an einem heißen Grog erwärmen. Im beliebtesten Treffpunkt der Eisläufer, in Hinte, wurden würzige Pfeffernüsse angeboten, die als Fahrttrophäen dann auch mit nach Hause gebracht wurden. Blieb das Frostwetter von Dauer, so erschienen sogar Schlittengespanne auf den tiefer eingefrorenen Kanälen, und der Transport von Gütern und Waren wurde auf Kufen umgestellt. …

(Aus: Die Acht und ihre sieben Siele. Herausgegeben von Jannes Ohling. Emden 1963)

[1] Alteingesessene sagen meist „der Krummhörn", im Gegensatz zu dem sich mehr durchsetzenden „die Krummhörn".

Warum sind die Dörfer rund?

Rundlinge im Wendland

Wer von Uelzen oder Lüneburg nach Osten bzw. Südosten in Richtung Elbe fährt und auf die Namen der Dörfer achtet, dem werden neben vertrauten viele fremdklingende Ortsnamen begegnen, wie z. B. Waddeweitz, Diahren, Meuchefitz, Reddereitz, Mammoißel, Thunpadel. Solche Namen treten gehäuft im Hannoverschen Wendland auf. Es sind meistens wendische (genauer: drawäno-polabische) Namen, die auf eine mittelalterliche Ansiedlung aus dem Osten eingewanderter slawischer Volksstämme hinweisen.

In der Regel verbirgt sich hinter solchen Ortsnamen eine besondere Siedlungsform – der Rundling, der als relativ kleine und geschlossene Dorfanlage im früheren Grenzgebiet zwischen germanischen und slawischen Volksstämmen, besonders im Wendland, weit verbreitet ist.

Die Anordnung der Gebäude im Rundling

Bei den reinsten Formen bildet ein fast kreisrunder, meist grasbewachsener, unbebauter Dorfplatz (Durchmesser zwi-

Das Ortsschild weist auf den gleichnamigen Rundling, der etwas abseits der Straße liegt

Die Hohe Kirche im Lemgow inmitten von Feldern der umliegenden Dörfer

schen 40 bis 100 Metern) das charakteristische Aussehen dieser Dörfer. Es ist ein eindrucksvolles Bild, wenn man von der Mitte dieses oft mit mächtigen Eichen bestandenen Platzes auf die Tore der giebelständigen Bauernhäuser schaut, die sich direkt an den Dorfplatz anschließen.

Die Lücken zwischen den Häusern sind durch Hecken oder Zäune geschlossen, bis auf eine Zufahrtsstraße, die als einziger öffentlicher Zugang von der Hauptstraße abzweigt und direkt durch die Feldmark in den Rundling führt. Die meisten Rundlinge liegen daher etwas abseits der Verkehrswege. Nach außen folgen um den Häuserring Hofplätze mit Scheunen und Gärten, die sich wieder durch Hecken, einen Weg oder durch Buschgruppen von der eigentlichen Dorfflur abheben.

Alte Bauernhäuser sind überall zu finden, wenn auch nicht immer in gutem Zustand. Man unterscheidet im wesentlichen drei Typen des Niederdeutschen Hallenhauses, das allgemein unter dem Namen „Niedersachsenhaus" bekannt ist: das Zwei-, Drei- oder Vierständerhaus. Die Haustypen werden nach der Anzahl der Stützbalken – zwei, drei oder vier Reihen –, die den Dachbalken stützen, benannt. Alle diese Häuser haben eine große Toreinfahrt, die „Groot Dör", an der Giebelfront, symmetrisch beim Zwei- und Vierständer-, asymmetrisch beim Dreiständerhaus.

Die Giebelseite ist durch Fachwerk gegliedert und häufig mit Schriftbändern, Blumenmotiven und Ornamenten farbenprächtig verziert.

Warum sind Rundlinge rund?

Die Frage nach der Entstehung und der Grundrißform der Rundlinge hat in der siedlungskundlichen Forschung fast über ein Jahrhundert lang zu einer kontroversen Diskussion geführt. Dabei wurde diese Wohnplatzform als ethnisch zu verstehende Erscheinung gedeutet, aber auch als Zweckform für Verteidigung oder Viehwirtschaft verstanden.

Schrägluftbild des Rundlings Schreyahn

Grundsätzlich muß man bei der Frage nach der Entstehung der Rundlinge berücksichtigen, daß das östliche Niedersachsen, und hier vor allem das Wendland, durch die Kolonisation der Grafen von Lüchow-Dannenberg seit der Mitte des 12. Jahrhunderts gepägt ist.
Sie trafen auf eine bereits ansässige slawische Bevölkerung, die im Zuge der neuen Siedlungspolitik umgesiedelt wurde.
Zusätzlich kamen auch sächsische Bauern in die neuerrichteten Runddörfer. Der Anteil von Wenden in den Dörfern war erheblich, und bis in die Neuzeit blieb die wendische Sprache erhalten. Auf den Flurkarten der Dörfer sind noch heute fast 50 % aller Flurnamen slawischen Ursprungs. Vermutlich hat die Einordnung der wendländischen slawischen Bevölkerung in das deutsche Agrar- und Rechtssystem, trotz der Einheitlichkeit der Siedlungsformen, längere Zeit benötigt. Diese Einordnung ist wahrscheinlich durch immer neuen Zuzug in mehreren Phasen erfolgt und hat sich über Generationen erstreckt, wobei die „ordnende Hand" gräflicher Lokatoren (Landvermesser) sicherlich von Bedeutung war. Der Wandel von der traditionellen Viehwirtschaft der Wenden hin zum Ackerbau der sächsischen Herren mag ebenfalls Einfluß auf die Rundform der Dörfer gehabt haben.
Denn planmäßige Rodungen in den alten Eiche-Buchenwäldern ließen Weide- und Ackerland zunehmend konkurrieren, so daß raumsparende Runddörfer am ehesten geeignet schienen, den knapper werdenden ackerfähigen Boden zu schonen.
Die heute uns so geschlossen anmutende Form der Rundlinge ist also in Jahrhunderten gewachsen. In den Anfängen waren es nur wenige Höfe, die sich in Form

Der Wendlandhof in Lübeln (heute Museum)

eines offenen Hufeisens gruppierten. Durch Hofteilungen, besonders im 15. Jahrhundert, nahm die Zahl der Höfe in den Rundlingsdörfern zu.

Die Rundlinge heute

Der Strukturwandel der Landwirtschaft in jüngster Zeit hat auch diese Siedlungen erfaßt. Die Arbeit auf manchen Höfen ruht, Ställe stehen leer, in die großen Scheunentore fahren nur noch selten Erntewagen. Fachwerkgiebel und Dächer verfallen. Im agrarisch geprägten Rundlingsgebiet droht durch Betriebsaufgaben nicht nur der Verfall einzelner Hofstellen, sondern ganzer Dörfer, so daß diese besondere Siedlungsform mit langer Tradition verloren gehen könnte. Mit Hilfe von Maßnahmen des Denkmalschutzes und durch die intensive Mitarbeit des „Vereins zur Erhaltung der Rundlinge" ist es gelungen, einige dieser Siedlungen zu erhalten, ohne daß reine Museumsdörfer entstanden sind. In einigen Orten wurden Häuser renoviert, Großstädter sind eingezogen.

Vielleicht kann es das vertraute Bild dieser Rundlingsdörfer auch in Zukunft geben, wenn ein „sanfter Tourismus" die wirtschaftlichen Lücken auffüllt, die der Strukturwandel in der Landwirtschaft hinterlassen hat.

Tour durch die Rundlinge

Die schönsten Rundlinge befinden sich westlich von Lüchow, im Niederen Drawehn. Folgende Route, die sich auch als Radtour gut eignet, kann empfohlen werden: Lübeln – Gühlitz – Satemin – Güstritz – Schreyahn – Mammoißel – Zeetze – Püggen – Meuchefitz – und wieder zurück nach Lübeln.

Nicht nur wenn die Bäume blühen...

Hufendörfer im Alten Land

Das Alte Land, so wird der fruchtbare Schwemmlandstreifen genannt, der sich von Stade bis nach Harburg, zwischen Geest und Elbe hinzieht. Ein Besuch im wohl größten geschlossenen Obstanbaugebiet Europas lohnt sich zu jeder Jahreszeit. Besonders schön aber ist es dort während der Obstbaumblüte, je nach Witterung etwa von Ende April bis Ende Mai. Im Herbst locken dann die reifen Früchte, wobei man sich vom Böllern und Klappern der zur Vertreibung hungriger Vögel installierten Anlagen nicht erschrecken lassen sollte. Die gefräßigen Stare scheint's ja auch nicht zu stören.

Kolonisiert durch Holländer

Schon im dritten Jahrhundert siedelten auf der hohen Marsch direkt am Elbrand die Sachsen. Die dahinterliegende niedere Marsch, die wegen ihrer geringen Höhe häufig überspült wurde, konnte erst nach dem Bau eines geschlossenen Elbdeichs im elften Jahrhundert besiedelt werden.

Die Kolonisation wurde im zwölften und dreizehnten Jahrhundert von Holländern organisiert, die die Grafen von Stade und der Erzbischof zu diesem Zweck herbeigerufen hatten. Das Land wurde nach holländischem Recht in lange, schmale Hufen aufgeteilt, durchzogen von Entwässerungskanälen, den Wettern. Die planmäßige Anlage dieses Netzes von Kanälen hat sich bis heute erhalten. Die Frontseiten der Grundstücke waren den Nebenflüssen der Elbe bzw. den größeren Wettern zugewandt, die damals die Haupttransportwege bildeten. So entstanden die typischen Hufendörfer. Hof neben Hof, heute meist entlang der später gebauten Straßen.

Die Kehrseite des Reichtums, den der fruchtbare Marschboden den Bauern bescherte, war die ständige Bedrohung durch Sturmfluten. Aus dieser Gefahr resultierte ein unnachgiebiges Deichrecht. Wer Land besaß, war auch verpflichtet, seinen Anteil an Bau und Pflege der Deiche zu leisten, wer dazu nicht imstande war, mußte auch das Land abgeben.

Die hier vorgeschlagene, etwa 30 Kilometer lange Tour, kann man natürlich auch per Auto absolvieren, aber mit dem Fahrrad bekommt man sehr viel mehr zu sehen, denn oft besteht die Möglichkeit, auf der Deichkrone zu fahren, von wo aus man einen schönen Blick auf den Fluß und die Häuser zu beiden Seiten hat.

Von Horneburg bis Lühe elbabwärts

Die Fahrt beginnt im Städtchen Horneburg (s. a. Kapitel „Buxtehude und Horneburg"), das man auch mit der Bundesbahn erreichen kann. Von hier aus fährt man zuerst durch den Streifen ehemali-

Die Hogendiekbrücke in Steinkirchen

gen Niedermoores, der sich am Geestrand entlangzieht, nach Neuenkirchen. Am Anfang prägen noch Viehweiden die Landschaft, die allmählich in die für die Gegend typischen Obstplantagen übergehen.
In Neuenkirchen mit seiner kleinen Fachwerkkirche überquert man die Lühe, um dann weiter flußabwärts durch Guderhandviertel zu fahren. Hier stehen zahlreiche schöne Altländer Bauernhäuser mit den typischen Merkmalen: Die Ausfachungen der meist vorkragenden Giebelfassade des Zweiständer-Fachwerkhauses sind in aufwendigem Ziegelmustern ausgeführt, auf dem Reetdach sieht man als Giebelschmuck häufig die niedersächsischen Pferdeköpfe, ebensooft aber ihre holländische Entsprechung, ein stilisiertes Schwanenpaar. Bei einigen Häusern ist noch eine weitere Besonderheit erhalten, die an der Giebelseite gelegene, reich geschmückte Brautpforte. Sie wurde nur geöffnet, um nach der Hochzeit die Braut ins Haus einzulassen und um Tote hinauszutragen.
Außerdem diente sie im Fall eines Feuers dem schnellen Abtransport der in der dahinterliegenden Schappkammer befindlichen Kostbarkeiten. Der eigentliche Eingang aber lag an der Längsseite des Hauses. Auch den wohl ältesten Fachwerkbau des Alten Lands findet man in Guderhandviertel: Der Speicher des Hofes Nr. 50, datiert von 1587.

Steinkirchen und seine Holländerbrücke
Weiter der Straße folgend, sieht man schon von ferne das grüne Kupferdach des Turmes der Kirche von Steinkirchen, die wie fast alle Kirchen des Alten Landes auf einer Wurt gebaut ist. Der Bau wirkt barock, ist aber in wesentlichen Teilen sehr viel älter. Der Aufgang zu einer Empore ist ganztägig geöffnet. Von hier aus kann man den Innenraum mit der von

Arp Schnitger gebauten Orgel, die als eines seiner Hauptwerke gilt, und den kunstvoll geschnitzten Priechen, so nennt man die Emporen, recht gut betrachten. Die Plätze in den Priechen wurden versteigert, ein damals probates Mittel, die Kosten für die Einrichtung der Kirche zu decken.
Weiter gehts durch den beschaulichen Ortskern, am linken Ufer der Lühe entlang flußabwärts. Nach einigen hundert Metern überquert man die Hogendiek-Brücke. Die Konstruktion der Klappbrücke verweist noch einmal deutlich auf die Besiedlung der Gegend durch die Holländer, unwillkürlich fühlt man sich an ein Van Gogh-Bild erinnert. Autofahrer sollten den Fluß schon in Steinkirchen überqueren, da die Brücke nicht mit dem Auto zu befahren ist. Nun fährt man weiter Lühe abwärts auf die Elbe zu. Dort angekommen, geht es auf dem Elbdeich in Richtung Borstel. Links auf der Elbe ziehen die großen Pötte auf ihrem Weg von oder nach Hamburg vorbei, nach rechts schweift der Blick weit über die Obstplantagen.

Jork – der Sitz der Gräfen

In Borstel gab es früher einen kleinen Sielhafen, in dem Obst und Ziegel verladen wurden, heute ist der Nebenarm der Elbe, in den das Siel mündet, durch Eindeichung vom Hauptstrom abgeschnitten, der Hafen überflüssig. Ein Gang am Siel entlang in Richtung Elbe lohnt sich trotzdem, wobei die verfallenen Kaianlagen und die verrotteten Duckdalben schon ein wenig melancholisch stimmen. Hinter dem alten Borsteler Elbdeich mit seiner Windmühle stehen auf der Westseite des Fleths, der sogenannten Kleinseite, die Häuser der Schiffer und Fischer. Auf der anderen Seite, nahe der Kirche aus dem 18. Jahrhundert, liegt der Wehrtsche Hof, einer der bedeutenden Traditionshöfe des Alten Landes.
Jork, früher Hauptort der Region, ist von hier nicht mehr weit. Das erste dort auffallende Gebäude ist der 1651 erbaute Gräfenhof auf der linken Staßenseite. Früher stand hier der Hof des bischöflichen Zehnteinnehmers, die curia majorica, von dem sich auch der Ortsname herleitet. Später residierten hier die Gräfen, zur Wahrnehmung landesrechtlicher Rechte eingesetzte Beamte, heute dient der Bau als Rathaus.
Der alte Ortskern, zu dem auch der Gräfenhof gehört, gruppiert sich um eine alte Wege- und Wetternkreuzung. Die Oster- und Westerjorker Wettern sind inzwischen zugeschüttet, der stark befahrene „Obstmarschenweg" beanspruchte bei seinem Ausbau den Platz.
Auch das Portausche Haus, 1658 als Tagungsort für das Gräfengericht gebaut, mußte der Straße weichen. Zuerst sollte es abgerissen werden, dann sorgte aber schon 1932 eine Bürgerinitiative dafür, daß das Haus nur um einige Meter verschoben wurde. An die Auseinandersetzungen erinnert eine Inschrift über der Tür, die sich auf der straßenabgewandten Seite, in der kleinen und schönen Fußgängerzone Jorks befindet.
Hinter dieser Fußgängerzone liegt St. Matthias, die größte Kirche des Alten Landes. 1221 erbaut und seitdem mehrfach grundlegend verändert, weist trotzdem die für die Kirchen der Gegend typischen Merkmale auf: Der Saalbau ist einschiffig mit polygonalem Chor und Brettertonne. Ungewöhnlich schön ist der barocke Altar von 1710. Die Anlage der Orgel geht wieder auf Arp Schnitger zurück, der ja im Alten Land lebte, im heute zu Hamburg gehörenden Neuenfelde. Der Glockenturm steht frei, eine sinnvolle Vorsichtsmaßnahme, wenn man auf einer

Hof in Neuenkirchen mit überdachter Hofdurchfahrt

Wurt baut. Falls eines der Gebäude absackt, wird das andere nicht mitbeschädigt.
Wer sich näher für Kultur und Geschichte des Alten Landes interessiert, sollte das „Museum Altes Land" besuchen. Die im liebevoll restaurierten Hof Westerjork 49 untergebrachte Ausstellung informiert unter anderem über den Bootsbau, das Ziegelbrennen und – natürlich – den Obstanbau. Von hier aus geht es zurück durch den Ortskern Jorks nach Estebrügge. Durch Osterjork führt der Weg noch einmal an zahlreichen gepflegten Bauernhäusern vorbei, auf vielen Höfen wird Obst zum Verkauf angeboten.

Verdreht: Der Kirchturm von Estebrügge

Im alten Brückendorf Estebrügge gelangt man entlang der schönen Hauptstraße zur im Jahre 1700 erbauten und kürzlich renovierten Martinskirche. Der Zugang zum Kirchhof führt – recht ungewöhnlich – durch ein Kriegerdenkmal. Der Innenraum des einschiffigen Backstein-Saalbaus mit polygonalem Chor vermittelt mit seinen großen Fenstern und der dunkelblau mit goldenen Sternen bemalten Brettertonne, einen lichten und beschwingten Eindruck. Die Orgel geht wieder einmal auf Arp Schnitger zurück. Kunstvoll gedreht erscheint das Dach des Glockenturmes. Tatsächlich aber beruht die Drehung eher auf einem Kunstfehler: das Absacken einiger Ständer hatte den Bruch eines Querbalkens zur Folge, seither hat das Dach diese ungewöhnliche Form
Nach Buxtehude sind es jetzt noch etwa vier Kilometer. Von hier aus kann man die zehn Kilometer zurück nach Horneburg mit der Bahn fahren.

Häuser – fast endlos aufgereiht

Hagenhufen im Schaumburger Land

Wer einmal im Gebiet zwischen dem Steinhuder Meer bzw. den Rehburger Bergen, dem Schaumburger Wald und den Bückebergen unterwegs war, dem sind sicherlich die scheinbar endlos langen Dörfer aufgefallen. Diese sich heute entlang einer Straße hinziehenden Dörfer, mit stattlichen Höfen, sind charakteristisch für das Schaumburger Land.

Rodungen im Dülwald

Noch gegen Ende des 12. Jahrhunderts bedeckten undurchdringliche Wälder, der Dülwald, die Stadthäger Ebene, und Städte wie Bückeburg, Stadthagen, Obernkirchen und Sachsenhagen entstanden erst später.

Zahlreiche Bäche und Wasserläufe durchzogen die Waldungen. Nach vereinzelten Rodungen im 12. Jahrhundert, begann mit der herrschaftlich gelenkten Hagenhufenkolonisation im 13. Jahrhundert die große Rodungstätigkeit im Dülwald. Träger diese Kolonisation waren im Osten bzw. Norden die Grafen von Roden-Wunstorf, während die Grafen von Schaumburg, die im Raum Bückeburg begütert waren, im Raum Stadthagen mit der Rodung begannen. Es entstanden über 20 neue Dörfer, viele mit der Endung „-hagen“. Der Name Hagen (althochdeutsch „hag“) hat ursprünglich die Bedeutung „Gehege“, womit „Buschwerk“ oder „schützende Hecke“ gemeint war. Im Ortsnamen bezeichnet also das Wort „-hagen“ ein durch Hecken oder Bäume eingehegtes Stück Land. Die planmäßig angelegten Hagenhufendörfer unterscheiden sich von allen anderen mittelalterlichen Dorfformen, neben dem Ortsnamen, durch die Flurform und das besondere Recht (=Hägerrecht).

Privilegierung eines Rodungsdorfes (Zeichnung in der Heidelberger Sachsenspiegelhandschrift von 1300/1315). Nach der Rodung des Waldes wird ein neues Dorf errichtet (symbolisch dafür im Hintergrund drei gefällte Bäume). Der Grundherr übergibt dem Bauermeister (kenntlich an dem Hut) die besiegelte Urkunde mit der Bestätigung des Rodungsrechtes

Die eigenartige Flurform

In ihrer Anlage zeigen alle Hagenhufendörfer eine auffallende Ähnlichkeit.

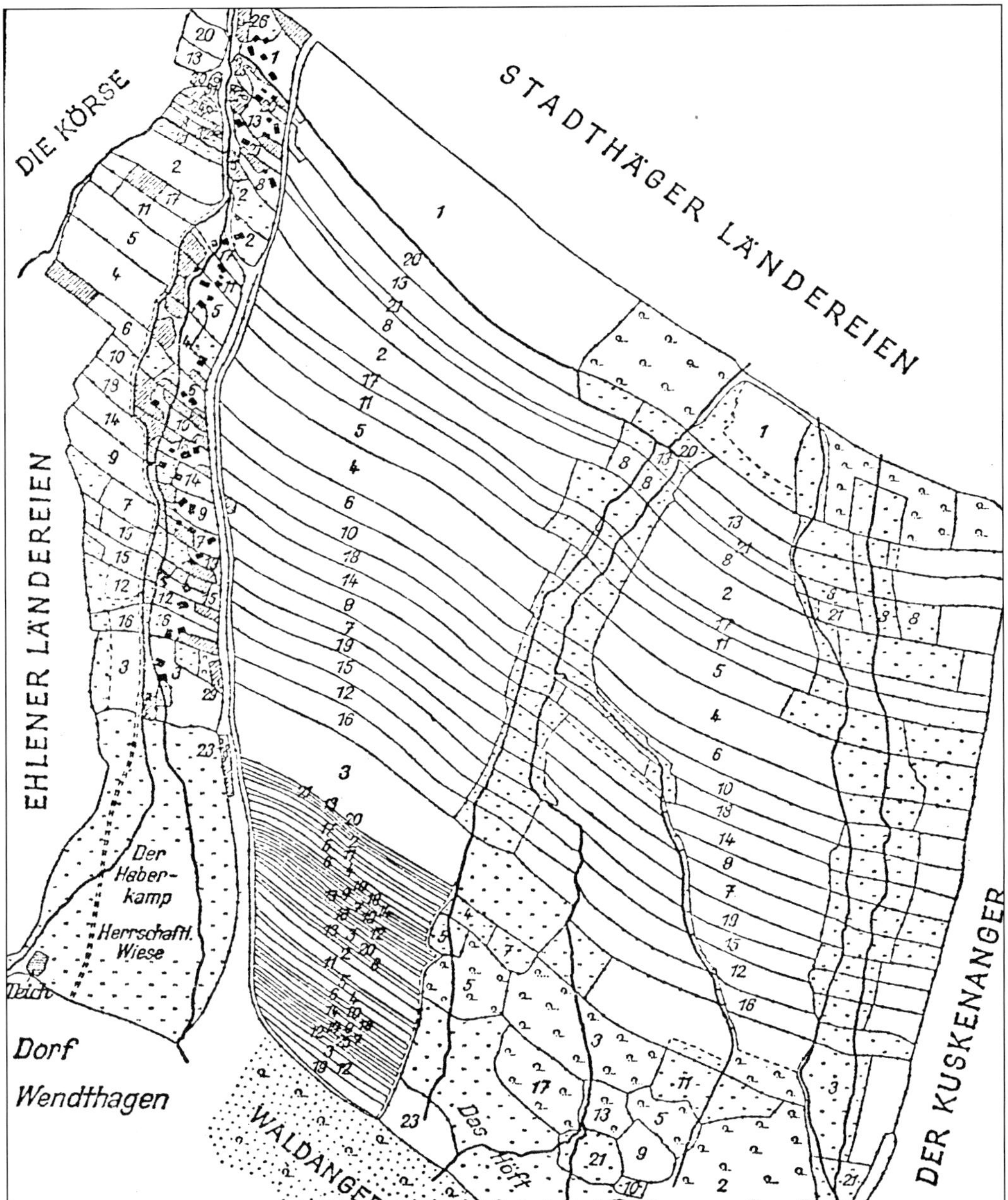

Das Hagenhufendorf Krebshagen um 1750 (nach Blohm 1943)

„Es sind fast alle Hagendörfer langgestreckt, oft kaum in einer 3/4 Stunde zu durchwandern. Alle lehnen sich an einen Bach. Der Bach fließt an der Rückseite der Höfe, während an der Vorderseite derselben sich die Dorfstraße hinzieht, die ursprünglich nur an einer Seite mit Häusern bebaut war, so daß die älteren Höfe alle

Ehemalige Hofstelle in Wiedensahl, heute Wilhelm-Busch-Museum

zwischen Bach und Straße liegen" (Heidkämper 1904, S. 28).
In den Hagenhufendörfern reiht sich eine Hofanlage an die andere, so daß sich eine Dorfschaft oft in weiter Ausdehnung hinzieht. Bis zu 5 km lang sind die bebauten Strecken an den Dorfstraßen, die bemerkenswerter Weise fast immer keinen Verbindungsweg zu der parallel liegenden nächsten Dorfreihe haben. Diese mehrere kilometerlangen Dörfer werden häufig in einzelne Bauernschaften unterteilt. Den Gehöften gegenüber liegen die Felder, die sich größtenteils rechtwinklig zur Straße und bis zur Gemarkungsgrenze erstrecken. Da die Hufen vom Wegrand aus in Etappen gerodet wurden, bildete ihre obere Grenze ursprünglich ein Waldsaum, der jedoch bei fortschreitender Rodung immer schmaler wurde. Früher waren die Gemarkungsgrenzen oft durch einen langen Hagen scharf voneinander abgegrenzt. Außer dieser äußeren Einhegung fand man im Dorf selbst noch Hagen, die sich an der Dorfstraße und dem Bach entlangzogen. Das Erscheinungsbild des Hagenhufendorfes wird bestimmt durch die charakteristische Hufenanordnung der Flur. Die Feldflur ist in langen Streifen (Breitstreifenflur) senkrecht zur Straße oder zum Bach angelegt. Dabei stellt jeder Streifen, der bis zu 1000 m und mehr lang sein konnte, grundsätzlich den zusammenhängenden Besitz eines Hägerbauern dar. Innerhalb eines solchen Streifens folgten in der Regel vier verschiedene Nutzungsflächen aufeinander: Garten, Ackerland, Weideland und Wiesen. Untereinander verlaufen diese Streifen ziemlich parallel bis zur Grenze der Gemarkung. Neben diesen schmalen, langen Streifen gibt es auch einige Dörfer,

Der Gallhof zwischen Meerbeck und Volksdorf; hier begann die Rodung des Düllwaldes

die kurze, breite Hufenstreifen haben, wobei hier die Höfe in größerem Abstand voneinander liegen. Der Besitz eines Siedlers wurde in einem zusammenhängenden Flurstück zugemessen. Eine Bewirtschaftung in Gemengelage mit Flur-

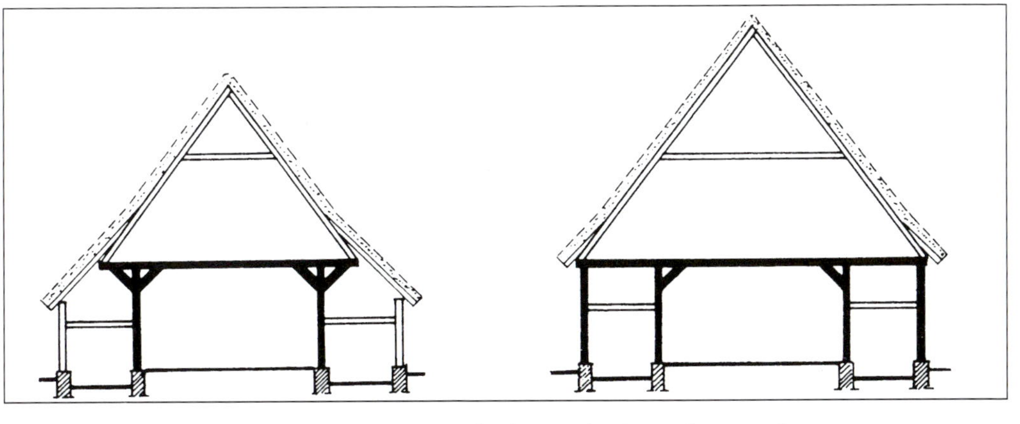

Zweiständerhaus (links) und Vierständerhaus als Grundtypen des Niedersächsischen Bauernhauses

zwang entfiel damit. Jeder Hof lag auf dem dazugehörigen Hufenstreifen. Die Besitzgrößen in ein und demselben Dorf stimmten weitgehend überein, weil die Lokatoren im Auftrage ihrer Landes- und Territorialherren für eine gerechte Verteilung zu sorgen hatten. Natürlich mußten sie dabei die Geländebeschaffenheit und das Vorhandensein bestehender Gemarkungen mit vorkolonialen Dörfern berücksichtigen, so daß durchaus Modifikationen bei den parallel zueinander verlaufenden Hagenhufen vorkommen konnten.

Außerdem konnten die Besitzgrößen der verschiedenen Hagenhufendörfer recht unterschiedlich sein, da es kein feststehendes Hufenmaß im Verbreitungsgebiet der Hagenhufensiedlungen gab. Für das Gebiet in Schaumburg-Lippe wurden Durchschnittsgrößen von 40 – 65 Morgen errechnet.

Waren die Besitzgrößen in den einzelnen Gebieten mit Hagenhufendörfern auch verschieden, innerhalb eines Dorfes pflegten sie mit ziemlicher Genauigkeit gleich zu sein. Soweit die natürlichen Verhältnisse es zuließen, gab man den einzelnen Hufen gleiche Länge und gleiche Breite.

Das Hägerrecht (Hagenrecht)

Die Hagensiedler bildeten eine geschlossene Dorfgemeinschaft mit eigenem Recht, dem sogenannten Häger- oder Hagenrecht.

Das Hagenrecht entwickelte sich schrittweise vom Muntrecht (bei Eschershausen) über die grundherrlich gebundenen Hagenrechte (im Weserbergland und in Lippe) zum Recht der „Freien Hagen" (in Schaumburg-Lippe).

Der Sachsenspiegel (um 1220/30) gibt zunächst Auskunft über das Siedlungsrecht der Rodungsdörfer. Darin heißt es (Sachsenspiegel. Landrecht. III. Buch, Artikel 79): *Wo Bauern ein neues Dorf gründen von wilder Wurzel, denen soll des Dorfes Herr Erbzinsrecht* (Es entspricht etwa dem späteren Erbpachtrecht. Es schließt im Gegensatz zu dem sonst üblichen Zinsrecht der Bauern die Kündigung der Rodungssiedler durch den Grundherrn aus. Der Vertrag von Eschershausen, um 1135, kennt als früheste Stufe des Hagenrechts noch kein Erbzinsrecht.) *an dem Gute geben, obwohl sie zu dem Gute nicht geboren sind. Kein Recht darf er Ihnen aber geben, noch dürfen sie es selbst wählen, womit sie des Landes Richters Recht kürzen oder sein Gewedde* (=die im Falle einer Gesetzesübertretung an den Richter zu zahlende Geldsumme.) *mindern oder mehren möchten. Kein auswärtiger Mann ist ferner verpflichtet, in dem Dorfe sich zu verantworten nach ihrem besonderen Dorfrecht* (das der Grundherr verleihen konnte oder die Bauern sich selbst setzen konnten; der besondere Rechtsstand der Rodungssiedlungen „von wilder Wurzel" soll damit sicherlich betont werden.), *sondern nach gemeinem Landrecht, er klage denn dort auf Erbe oder auf Gut oder wegen Schuld.*

Neben dem Sachsenspiegel geben die Bauer-Bücher einzelner Hagenhufendörfer Auskunft darüber, welche Privilegien das Hägerrecht beinhaltete. Die Niederschrift des Hägerrechts erfolgte erst zu Beginn des 18. Jahrhunderts. Bis zu diesem Zeitpunkt wurden alle Rechtssätze mündlich überliefert, die Rechtssprechung erfolgte nach dem Gewohnheitsrecht. In dem Bauer-Buch von Ober-Lüdersfeld (s. Blohm S. 184 – 189) ist das vollentwickelte Hägerrecht am Beispiel dieses Hagenhufendorfes ausführlich aufgezeichnet.

Alle Hagenhufendörfer zeigen eine besondere Rechtsstruktur. Das Hägerrecht gewährte im allgemeinen ein erbliches

Besitzrecht an dem gerodeten Grund und Boden, die Befreiung von Hörigkeit und Leibeigentum und verminderte bäuerliche Leistungen. So brauchten die Hagenbauern kein Zinskorn und keinen Michaelis-Schatz geben, ebenso keinen Zehnten vom Viehbestand. Kinder und Erben waren persönlich frei.

Diese Vorrechte der Hägerbauern werden erst vor dem Hintergrund der allgemeinen rechtlichen Situation der dörflichen Bevölkerung der damaligen Zeit in ihrer ganzen Tragweite deutlich. Bis zum 12./13. Jahrhundert gehörte die Masse der bäuerlichen Bevölkerung dem Stande der Hörigen an. In dieser Zeit kam auch das Leibeigentum auf, das gegen Mitte des 13. Jahrhunderts vorherrschend wurde. Es entwickelte sich eine personelle Veränderung des Bauernstandes, die auch eine Umgestaltung der bäuerlichen Verfassung nach sich zog; denn die Grundhörigkeit wurde in ein Meierrecht umgewandelt.

Als Hörige oder Laten besaßen die Bauern ihre Latenhufen in erblichem und unkündbarem Besitz. Dafür mußten sie an den Grundherrn neben Hand- und Spanndiensten auch Naturalabgaben leisten. Der Grundherr hingegen war verpflichtet, bei Auseinandersetzungen seine Hörigen zu schützen.

Diese Rechtsverhältnisse wurden mit der Entwicklung des Meierrechts grundlegend umgestaltet. Die Teilbarkeit und Erblichkeit der Latenhufen wurde aufgehoben.

Den Bauern der Latenhöfe wurde gekündigt, z. T. wurden diese Höfe unmittelbar in Meierhöfe umgewandelt, oder durch Zusammenlegung kleinerer Höfe schuf der Grundherr einen großen Hof, der mit dem Meierrecht ausgestattet wurde. In den Anfängen waren diese Meier zunächst Pächter auf Zeit, bis später auch hier die Höfe vererbt werden durften. Diese Entwicklung endete damit, daß gegen Ende des 12. Jahrhunderts die Meier schließlich leibeigen waren, und der Grundherr keinerlei Verpflichtungen gegenüber den Meiern hatte.

Um nun der Abwanderung von Bauern im Zuge der Ostkolonisation entgegenzuwirken und um ihren eigenen Herrschaftsbereich auszubauen, schufen Grundherren in den genannten Gebieten Hagenhufensiedlungen. Siedlungswillige Bauern mußten schon besondere Vergünstigungen erhalten, wenn sie unter teilweise recht schwierigen Verhältnissen (Wald, Sumpf, anmoorige Gebiete) ihre Rodungstätigkeit aufnehmen sollten. Die Bedingungen, die nun das Hägerrecht bot, waren für rechtlose und unfreie Leute so verlockend, daß sie Hägerbauern wurden und unter Anerkennung des Obereigentums des Grundherren an Grund und Boden das Nutzungseigentum – gleichbedeutend mit einem erblichen Besitzrecht – mit freier Bewirtschaftung für sehr vorteilhaft ansahen.

Die Hagenhufendörfer heute

Die neue Zeit ist auch an diesen Dörfern nicht spurlos vorübergegangen. Bauernhöfe wurden aufgegeben, alte Häuser abgerissen oder modernisiert, der Bauboom der sechziger Jahre hat mancherorts austauschbare Neubausiedlungen entstehen lassen.

Das früher überwiegend agrarisch orientierte Gebiet zeigt teilweise bereits eine gewerblich-industrielle Nutzung. Trotz dieser Veränderungen läßt sich in den meisten Hagenhufendörfern die alte Siedlungsstruktur noch gut erkennen. Vorschlag für eine Tour zu Hagenhufendörfern: Sachsenhagen – Hülshagen – Lauenhagen – Nordsehl – Niedernwöhren – Wiedensahl.

Fischerhude – von der Moorsiedlung zum Künstlerdorf

Museum in der Landschaft

Ein Dorf wie jedes andere ist Fischerhude auch heute ganz gewiß nicht. Am Rande des Teufelsmoores gelegen, und von Wasserarmen der Wümme umflossen, beeindruckt die landschaftliche Lage des Ortes jeden Besucher.
Das Teufelsmoor, wo unter der Leitung des bekannten Moorkolonisten Jürgen Christian Findorff zahlreiche neue Dörfer entstanden sind, hat auch das Leben und die Wirtschaftsweise in Fischerhude geprägt. Zahlreiche Moorkolonien sind in der Umgebung Fischerhudes zu sehen.

Otto Modersohn – ein Künstler sieht die Landschaft

Diese Landschaft hatte es auch dem Maler Otto Modersohn (1865 – 1943) ange-

Das Heimutmuseum in Fischerhude

Otto Modersohn „Moorkanal"

Idylle rings um das Museum

tan. Als der wohl berühmteste (zugezogene) Sohn Fischerhudes wechselte Modersohn im Jahre 1908 aus der damals schon weit bekannten Künstlerkolonie Worpswede in das unbekannte Bauerndorf Fischerhude über.
Nach dem Tod seiner Frau Paula Becker-Modersohn (1907) wurde Fischerhude zu einer neuen Epoche von Modersohns Malerei. Seine Art Wümme, Wiesen und Moor malerisch/künstlerisch wiederzugeben, bezeugt sein intensives Verhältnis zu dieser, seiner Landschaft.
Welches Gefühl in Bildern wie „Lampionfahrt auf der Wümme" oder „Mondnacht im Moor" steht, kann man schon nachempfinden, wenn man zum ersten Mal nach Fischerhude und in die Wümmeniederung kommt. Ein Vergleich mit dem Spreewald liegt nicht fern.
Die, die es eilig haben und nur wegen Modersohn kommen, können ab Ortsmitte (Gasthof Berkelmann) die Straße „In der Bredenau" bis zum Ende durchfahren.
Viel schöner ist es jedoch, sich die Zeit für einen Spaziergang zu nehmen (Dauer etwa 20 bis 30 Minuten ab Ortsmitte), durch die Straße „In der Bredenau" vorbei an stattlichen Höfen und gepflegten Grundstücken mit hohen Eichen.
Alternativ kann man auch den Weg über den Deich der Alten Wümme nehmen oder ab Ortsmitte in Richtung Wassermühle (sehr idyllisch gelegen) am Wümme-Mittelarm zum Ortsausgang gehen. Folgen wir jetzt dem Otto-Modersohn-Weg, kommen wir nach etwa 10 Minuten zurück zur Straße „In der Bredenau" und weiter zum Museum mit zeitlich wechselnden Ausstellungen aus Modersohns Werk.

Berühmte Persönlichkeiten Fischerhudes

Aber nicht nur Modersohn hat es nach Fischerhude gezogen. Wollte man alle Maler aufführen, die sich Fischerhude für einen kürzeren oder längeren Aufenthalt ausgesucht haben nennen, müßte man über 40 Namen aufzählen. Stellvertretend seien genannt: Helmut Westhoff (ein Schüler Lovis Corinths), Hans Buch, Rudolf Hartogh, Hans Meyboden (ein Schüler Kokoschkas), Erhart Mitzlaff und Werner Zöhl.
Ein Sohn des Dorfes, Heinrich Breling, kehrte nach seiner Zeit als „Königlicher Hofmaler" Ludwigs II., nach Fischerhude zurück. Auch andere kamen: der Schriftsteller Dietrich Speckmann, der Töpfer Jan Bontjes van Beek oder die Bildhauerin Clara Rilke-Westhoff.
Warum sie kamen und heute noch mehr kommen liegt auf der Hand. Das kleine Dorf mit seinem kaum veränderten Ortskern strahlt einen unvergleichlichen Charme aus. Die stillfließenden Wasser der vielen Wümmearme schaffen im und um den Ort herum eine Insel des Friedens, lassen Fischerhude manchmal als ein Relikt vergangener Tage erscheinen obwohl die Stadtgrenze Bremens nur wenige Kilometer entfernt ist.

Rundgang durch Fischerhude

Der Rundgang durch den Ortskern führt uns vorbei an der „Galerie Fischerhuder Maler", zur Kirche und gegenüber zum Heimathaus „Irmintraut", in dem schon 1934 durch Heinrich Schloen ein Bauernhaus-Museum eingerichtet wurde.
Nach soviel Kultur läßt es sich in einem der Fischerhuder Wirtshäuser, Restaurants oder Cafes gut ausruhen. Zu empfehlen sind u. a.: Berkelmanns Gasthof, Körbers Gasthof, Alte Wassermühle, Cafe Hof Blanken (sehr gemütlicher kleiner Kaffeegarten).
Moor, Geest, Wald und Heide oder die mit Weiden bestandene weite Wiesenlandschaft finden sich auch in den Bildern

Die Wümme prägt die Landschaft Fischerhudes

des Fotografen Jochen Kallhardt wieder. Mit seinen Kalendern und Bildbänden, die im eigenen Verlag erscheinen, ist Kallhardt heute einer der Kulturträger Fischerhudes.

Neben der Landschaft findet sich auch die besondere Stimmung jeder Jahreszeit in seinen Bildern wieder.

Etwas besonderes ist von altersher die „Pooljagd" auf Wildenten während der Wintermonate auf den zugefrorenen Flächen der Wümme. Ein Privileg der Fischerhuder Bauern.

Museen und Galerien in Fischerhude

Öffnungszeiten des Otto-Modersohn-Museums, In der Bredenau 88 (Tel. 04293/3 28): April – Oktober täglich 10.00 – 13.00 und 14.30 – 18.00 Uhr; ab November bis März nur Samstag/Sonntag 10.00 – 17.00 Uhr.

Heimathausmuseum Irmintraut, in der Ortsmitte Fischerhudes gelegen, (Tel. 04293/71 86): täglich außer montags 11.00 – 13.00 und 15.00 – 17.00 Uhr.

Galerie Fischerhuder Maler (Ortsmitte), (Tel. 04293/491); täglich 10.00 – 18.00 Uhr.

Künstlerdorf Worpswede

Worpswede, die Künstlerkolonie, in der sich Otto Modersohn um die Jahrhundertwende mit seinen Künstlerkollegen Fritz Mackensen, Heinrich Vogeler und Fritz Overbeck traf und wo er mit seiner Frau Paula Becker-Modersohn lebte, ist heute Fremdenverkehrsort und Künstlerdorf, etwa 25 km nördlich von Fischerhude gelegen. Sehenswert sind neben dem Ort selbst das „Roselius-Museum für Frühgeschichte", die „Große Kunstschau" sowie die „Graphothek" mit Ausstellungen heutiger Künstler.

KOSTBARKEITEN IN ALTEN STÄDTEN

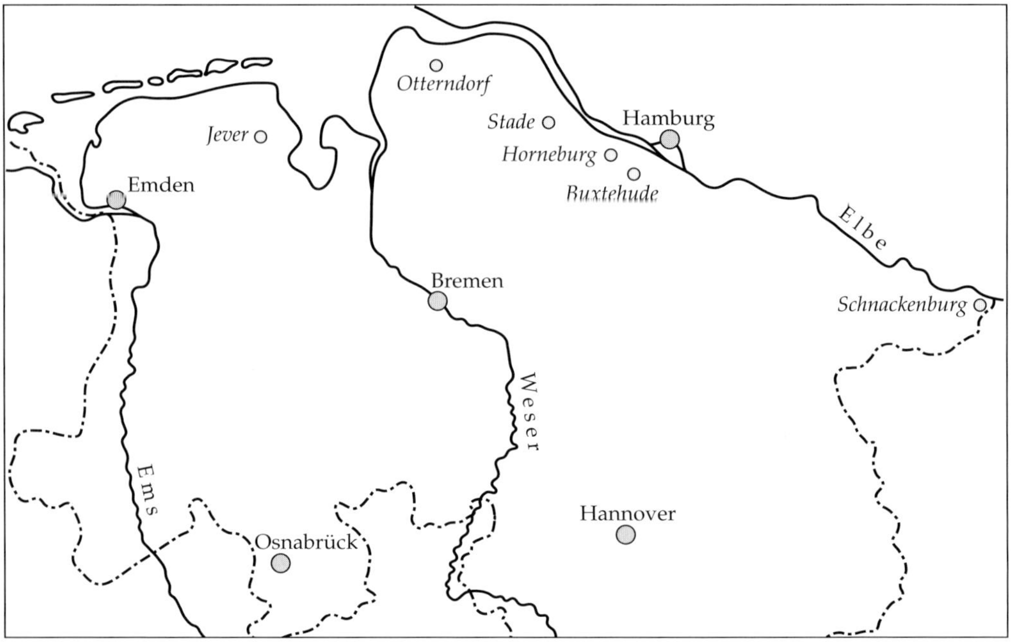

Viele alte Städte haben ihren Ursprung in kleinen Niederlassungen von Händlern. Das Marktrecht, verbunden mit einem königlichen Friedensgebot an Markttagen, garantierte den freien Warenaustausch und sicherte den Wohlstand der Bürger. Großartige Bauten, besonders auch in den kleinen Städten, künden noch heute vom Bürgerstolz, obwohl manche Stadt durch Feuersbrünste und kriegerische Zerstörungen immer wieder zu leiden hatte und häufig neu beginnen mußte.

In *Buxtehude* und *Horneburg* erinnern eine Vielzahl von reichverzierten Bürgerhäusern an die wirtschaftlichen Blütezeiten.

Handelsfreiheiten legten auch den Grundstein für den wirtschaftlichen Aufstieg der Stadt *Stade,* deren repräsentatives frühbarockes Rathaus sichtbarer Ausdruck bürgerlichen Selbstbewußtseins ist.

In *Jever* unterstreicht das Äußere des mächtigen Schlosses noch die Wehrhaftigkeit des Gebäudes, doch die Innenräume verraten bereits das wachsende Bedürfnis nach Prunk und Pracht.

Ansehnliche Bürgerhäuser prägen das Bild der Stadt *Otterndorf,* die im 17. Jahrhundert Zentrum für das Land Hadeln wurde.

Schnackenburg hat sich bis auf den heutigen Tag den Charme einer kleinen, mittelalterlichen Stadt erhalten.

Das Foto rechts zeigt das Schloß in Jever.

Hansemetropole im Dornröschenschlaf

Buxtehude und Horneburg – Orte zwischen Geest und Marsch

Der Name Buxtehude klingt so seltsam, daß die Stadt, in der die Hunde angeblich mit dem Schwanz bellen, oft für ein Phantasieprodukt gehalten wird. Dabei kann der idyllische Ort auf eine mehr als tausendjährige Geschichte zurückblicken. Schon im Jahr 959 wird ein Flecken dieses Namens urkundlich erwähnt. 1280 – 1285 wurde dann die eigentliche Stadt vom Landesherren, dem Bremer Erzbischof Gieselbert, als Festung gegen die Welfen angelegt.

Der Aufschwung der Stadt Buxtehude

In der folgenden Zeit entwickelte sich der an der Este gelegene Ort zu einem wichtigen Fährplatz, nichts anderes bedeutet das Wort Hude. Hier schiffte man sich für die Elbüberquerung in Richtung Hamburg ein. Im Jahre 1328 erhielt Buxtehude das Stadtrecht, 40 Jahre später wurde es in die Hanse aufgenommen. Diese Blütezeit ging mit der Eroberung durch die Schweden im Dreißigjährigen Krieg zu Ende, Buxtehude wurde zur unbedeutenden Kleinstadt.

Diesem Umstand ist es wohl zu verdanken, daß die Grundzüge der planmäßigen Stadtanlage aus dem vierzehnten Jahrhundert noch gut erkennbar sind. Ihre Hauptachsen sind Fleth und Lange Straße, die durch mehrere Querstraßen verbunden werden. Die alte Stadtbefestigung ist zwar abgerissen, doch der Stadtkern ist noch immer umgeben vom Viver, dem – früher allerdings breiteren – Stadtgraben, der von Flußarmen der Este gebildet wird. Das Wort Viver brachten holländische Siedler mit, es meint eigentlich ein Lebendbehältnis für Fische. Die sind auch heute noch in reicher Zahl vorhanden.

Das Fleth, ein Hafen in der Innenstadt

Kommt man von Norden in die Straße Westfleth, steht rechts ein letzter Rest der Stadtbefestigung, der Marschtorzwinger. Links sind Teile des alten Außenhafens mit seiner Schleusenanlage zu sehen. Einige Schritte weiter eröffnet sich der Blick auf das Fleth, das an Hollands beschauliche Grachten erinnert und bis 1972 als Hafen genutzt wurde. Die zahlreichen holländischen Spuren im Stadtbild rühren daher, daß, wie ja auch bei der Besiedlung des Alten Landes, Holländer bei der Anlage der Stadt federführend waren. Beim Gang am Fleth entlang fallen zahlreiche schöne Fachwerkhäuser auf, ein großer Teil der alten Bebauung jedoch fiel 1911 einem Stadtbrand zum Opfer. Daran erinnert eine Inschrift am Haus Westfleth 35. Am Ende des Fleths steht wuchtig die ehemalige Getreidemühle, ein frühindustrielles Bauwerk aus dem letzten Jahrhundert.

Im Zentrum von Buxtehude

Ein verliehener Altar

Hält man sich nun links, gelangt man durch die Ritterstraße in die Lange Straße, in Richtung Norden gehend kommt man dann zum Markt. Hier fällt besonders das große Bürgerhaus Lange Straße 25 auf, ein spätmittelalterlicher Backsteinbau mit reichverziertem gotischem Portal.

Weiter führt der Weg, vorbei am malerisch mit Wein bewachsenen Jugendstilrathaus in Richtung St. Petri. Die Kirche wurde im Jahr 1320 vollendet und Mitte des 19. Jahrhunderts von Grund auf renoviert, wobei der Turm gänzlich erneuert wurde. Das bekannteste Stück der Ausstattung, der Buxtehuder Altar, befindet sich zur Zeit als Leihgabe in der Hamburger Kunsthalle, an seiner Stelle steht der nach seinem Stifter benannte Halepagen Altar aus der Zeit um 1500.

Zu Gast im Haus der Äbte

Auch die malerischen Gassen rund um St. Petri, in denen mittelalterliche Fachwerkhäuser mit reich verzierten Giebeln zu entdecken sind, sollte man erkunden. Besonders hingewiesen sei auf das Fuhrmannshaus in der Fischerstraße mit seinem dreifach vorkragenden Giebel und auf das Haus der Äbte von Harsefeld in der Abtstraße, dessen geschnitzte Heiligenkonsolfiguren das Dachgeschoß zu tragen scheinen. In beiden Häusern sind inzwischen Gaststätten untergebracht.

Direkt hinter der Kirche, am St. Petri Platz, steht das Heimatmuseum, dessen Ausstellung über die Kultur Buxtehudes und des Alten Landes informiert. Das Fachwerkhaus mit seinen beiden Utluchten und den kunstvollen Ausfachungen wurde 1913 nach dem Vorbild eines alten Ackerbürgerhauses neu erbaut.

Wasser und Schiffe – Grundlage für den Wohlstand der Stadt

Vom St. Petri Platz, links am Museum vorbeigehend, sollte man noch einen Blick in den Stavenort werfen, die nordöstliche Ecke der Altstadt.
Früher war hier eine Badestube (stove, stave) zu finden. Das ehemals eng bebaute Wohnquartier ist inzwischen zu einem ruhigen Hof geworden, die alte Fachwerkbebauung wurde durch Neubauten harmonisch ergänzt.
Wer jetzt Erfrischung und eine Pause braucht, sollte sich in aller Ruhe eine Gaststätte in der Altstadt suchen. Vielleicht ist dort auch zu erfahren, warum denn eigentlich in Buxtehude die Hunde mit dem Schwanz bellen. Für Menschen, die das schriftlich haben wollen, gibt es diese ungewöhnliche Geschichte auch in gedruckter Form bei der Stadtinformation in der Langen Straße Nr. 4, dort kann man auch einen Lageplan für die Altstadt bekommen.

Am Geestrand entlang nach Nordwesten
Nach Horneburg kann man auch mit der Bundesbahn gelangen, auch ermattete Fahrradfahrer können von dieser Möglichkeit für den Rückweg Gebrauch machen, sie können ihr Vehikel mitnehmen. Wer mit dem Fahrrad weiterfährt, sollte sich von der stark befahrenen B 73 fernhalten. Der schönere Weg, seine Länge beträgt etwa zehn Kilometer, führt durch Dammhausen. Rechts liegt die Marsch, die hier nicht so sehr vom Obstanbau, sondern von Viehweiden geprägt ist. Hinter Dammhausen biegt man links ab, auf den bewaldeten Geesthang zu. Oben angekommen, fährt man rechts, ein Stück entlang der B 73. Auf der rechten Straßen-

seite steht die Kirche von Neukloster. Das Gebäude selbst stammt zwar von 1903, Teile der Ausstattung jedoch sind aus der damals abgerissenen mittelalterlichen Klosterkirche übernommen worden.
Nun überquert man die B 73, um durch den Wald westlich des Mühlenteiches in Richtung Hedendorf zu fahren. Sandige Wege weisen anschaulich darauf hin, daß man sich in der Geest befindet. In Hedendorf biegt man rechts von der Hauptstraße ab, um am Waldrand entlang nach Nottendorf zu gelangen. Von dort ist es nicht mehr weit nach Horneburg, der Weg ist ausgeschildert.

In Horneburg gibt es noch Störche

Der Flecken Horneburg entstand, als der Erzabt von Harsefeld dort, wo die Lühe von der Geest in die Marsch übertritt, im Jahr 1255 eine Burg bauen ließ. Diese wurde 1645 nach der Eroberung durch Graf Königsmarck wieder abgebrochen. Bis auf seine Kirche lockt Horneburg nicht mit Bauten von kunsthistorischer Bedeutung, sein Reiz liegt in verträumter Provinzialität und der beschaulichen Anlage des alten Ortskerns.
Das erste auffallende Bauwerk ist die barocke Kirche St. Jakobus. Der Backsteinbau aus der ersten Hälfte des 18. Jahrhunderts erstaunt durch seine Asymmetrie, die sich im Innern fortsetzt: Auch der Kanzelaltar steht nicht in der Mittelachse. An der Kirche vorbei, der Straße nach Steinkirchen folgend, sieht man rechts nach kurzer Zeit das von Efeu überwucherte Gutshaus stehen. Das Storchennest auf dem Dach wird auch heute noch bebrütet. Dahinter liegt der frühere Burgplatz, der jetzt ein kleiner Park ist. Von Gräben umgeben und leicht verwildert, wirkt er fast verwunschen. Von dort aus kann man auf schmalen Pfaden an die nahe Lühe gelangen. Zum Abschluß bietet sich ein Bummel durch die Hauptstraße an, die gegenüber der Kirche ihren Anfang nimmt. Schöne Bürgerhäuser verleihen der Stadt eine freundlich-kleinstädtische Atmosphäre.

Restaurierte Fassade (Altstadthaus)

Das „Norddeutsche Rothenburg“

Stade – lebendiges Museum mit 1000jähriger Geschichte

Bereits Fundstücke aus der Steinzeit belegen, daß es schon vor langer Zeit am Platz des heutigen Stade eine erste menschliche Siedlung gegeben haben mag, jedoch wird die eigentliche Keimzelle Stades wohl westlich der Hökerstraße zwischen Pferdemarkt und Fischmarkt gelegen haben, wo – vielleicht schon im 8. Jahrhundert – eine erste Kaufmanns- und Handwerkersiedlung an einem langgestreckten Schiffsanlegeplatz entstand. Aber der älteste schriftliche Beleg für die Existenz einer Burg und Hafensiedlung „Stethu“ datiert aus dem Jahre 994 in der Chronik Thiemars von Merseburg: Bei der Verfolgung des ihnen entflohenen Grafen Siegfried von Harsefeld drangen die Wikinger in Stade ein, zerstörten die Befestigung, beraubten die Einwohner und verstümmelten ihre Geiseln.

Streitobjekt zwischen den Welfen und den Bremer Erzbischöfen

Bei der im 11. Jahrhundert gegründeten erzbischöflichen Kirche St. Wilhadi war eine Konkurrenzsiedlung zur gräflichen Marktsiedlung entstanden. Als 1144 der letzte Graf von Harsefeld starb, begann ein fast 100 Jahre dauernder Erbstreit zwischen den Bremer Erzbischöfen und den Welfen. Heinrich der Löwe hatte Stade ein erstes Stadtrechtsprivileg erteilt; Stade gewann an Bedeutung, und Bäcker-, Bungen- und Holzstraße wurden angelegt.

Nach der Verurteilung Heinrichs des Löwen im Prozeß von Gelnhausen fassen die Bremer Erzbischöfe wieder Fuß in Stade, die 1236 voll in den Besitz des Gebietes kamen. Zwischenzeitlich (1209) verlieh Kaiser Otto IV. Stade das Stadtrecht, das u. a. eigene Gerichtsbarkeit, bürgerliche Freiheit nach einem Jahr und einem Tag, freies Besitz- und Erbrecht, Begünstigung des Gästehandels und Befreiung des Kornexports von Zollabgaben vorsieht. In diese Zeit fallen noch heute sichtbare Erweiterungen der Stadtanlage – so werden die Hafenanlage mit der Speichersiedlung Harschenfleth und der Kirche St. Nikolai erweitert, das Hospital zum Heiligen Geist und das heutige Becken des Alten Hafens angelegt.

Stade als Mitglied der Hanse

Im 12. Jahrhundert war Stade wesentlich größer und bedeutender als das nahegelegene Hamburg. Hier befand sich der wichtigste Hafen an der Unterelbe, in Stade trafen sich die Landhandelswege von Süden, Westen und Osten und überquerten die Elbe in Richtung Jütland und den skandinavischen Raum.

Als „altes“ Mitglied der Kaufmannshanse hatte der Stader Handel folgende Schwerpunkte: Flandern, von wo Tuche und Gewürze importiert und Korn dafür geliefert wurde; Dänemark, hier insbesondere der Ort Ribe; als Marktort des unterelbischen Raums, der auch von Kaufleuten aus Lüneburg und Braunschweig besucht wurde; als wichtiger Umschlagsplatz für den Seehandel, der in der Blütezeit der Hanse sogar bis Norwegen und Nowgorod reichte.

Stades Bedeutung im Fernhandel sinkt aber in der zweiten Hälfte des 15. Jahrhunderts wegen der übermächtigen Konkurrenz Hamburgs und durch die Bildung von Sänden in der Elbe stark ab. Zusammen mit Bremen hatte Stade zwischen 1514 und 1530 noch zwischen der Hanse und Holland vermittelt, aber durch das damals von Hamburger Kriegsschiffen durchgesetzte bedeutende Elbhandelsmonopol kommt sein Handel nahezu zum Erliegen.

Um in dieser prekären Lage neue wirtschaftliche Impulse zu setzen, trifft Stade eine folgenschwere Entscheidung; es gewährt der englischen „Kompanie der Merchants Adventurers" 1587 ein Handels- und Niederlassungsprivileg. Dadurch setzen sie sich in Widerspruch zum Willen von Kaiser und Hanse, die keine englischen Kaufleute im Reich dulden wollen, solange der Stalhof – das hansische Kontor in London – in seiner Arbeit behindert wird. Für Stade beginnt eine erneute Wirtschaftsblüte, die erst 1611 beendet wurde, als die Engländer nach Hamburg überwechseln, das ihnen günstigere Handelsmöglichkeiten bieten konnte – der Ausschluß Stades aus der Hanse erfolgte im Jahr 1601. Damit war das erste wichtige Kapitel in Stades Geschichte beendet.

Die Verwaltung Stades im Mittelalter

Obwohl auf unserem Rundgang durch Stade nur das Rathaus und einige wenige Bürgerhäuser an diesen Bereich erinnern, ergeben sich doch interessante Einblicke. Als frühestes Verwaltungsorgan tritt 1225 der Rat der Stadt auf, der aus 24 Mitgliedern besteht und in der Anfangsphase den Marktbetrieb zu organisieren hat, bald aber weitere Befugnisse erhält. Im 14. Jahrhundert sind alle Ratsmitglieder Kaufleute, zum größten Teil Wandschneider (Tuchhändler).

Aber nun bildet sich auch hier eine innere Herrschaftsgruppe – ein Patriziat – heraus. Es ist eine Reihe von allein „ratsfähigen" Familien, in die man nur durch Einheirat aufgenommen werden kann. So tritt bald eine Erstarrung ein, da „Aufsteiger" nicht integriert werden. Auch bei der großen Masse von kleinen Handwerkern und Tagelöhnern kommt Unzufriedenheit auf, da sie von allen Entscheidungsvorgängen im Rat der Stadt sowie in den Zünften ausgeschlossen sind.

Die – fast logische – Folge sind mehrere Aufstände: 1312 werden wegen einer Verschwörung gegen die Verfassung 19 Bürger verbannt; 1376 beginnt eine Gruppe von Ratsleuten eine bürgerliche Aufstandsbewegung gegen den Bürgermeister Andreas Buck – einen der reichsten und mächtigsten Männer dieser Zeit – der, trotz des Rückhaltes der Aufständischen in der Bevölkerung, den Aufstand niederschlägt, die Anführer enteignet und verbannt; 1417 – 1419 führt der Aufstand der bedeutenden Knochenhauerzunft – bemerkenswerterweise unter der Führung von durch die Bürgerschaft gewählten Hauptleuten – wegen der Absetzung einiger Ratsherren sogar zeitweise zum Ausschluß aus der Hanse, die aber schließlich den alten Rat wieder einsetzt.

Die Aufstände waren ein Indiz für das – auch in anderen norddeutschen Städten – wachsende Selbstbewußtsein sowohl der

Blick über den alten Holzhafen mit St. Wilhadi (links) und St. Cosmae mit barockem Turmaufsatz (rechts)

kleinen Kaufleute als auch der an Bedeutung gewinnenden Handwerkszünfte.
Zwei bedeutende Schriften aus der Arbeit des Rates treten hervor: zum einen der „Silberne Codex", eine eigene Verfassung und ältestes erhaltenes Stadtrecht in mitteldeutscher Sprache und zum anderen die ausführliche „Baursprache" aus dem Jahre 1609.
Hierin sind u. a. die Ermahnung, regelmäßig den Gottesdienst zu besuchen, eine Meldepflicht für Fremde; die Aufforderung, auf offenes Feuer zu achten; die Pflicht der Bürger, bewaffnet auf den Wällen oder in der Stadt Wache zu halten; das Verbot von Würfel- und Kartenspiel; die Säuberung von Fleet und Straßengräben enthalten.
Daß gerade diese Punkte so ausdrücklich angesprochen wurden, zeigt deren große Relevanz für die damalige Zeit, wobei einiges nichts an Bedeutung verloren hat.

Die Schwedenherrschaft in Stade

Die bestimmende Epoche für Stade, die sogar in der Form der Stadtanlage ihren Niederschlag fand, begann 1618 mit Ausbruch des Dreißigjährigen Krieges.
In seinem Verlauf wechselten häufig die Herrscher über Stade: Nachdem die Dänen Stade drei Jahre besetzt hielten, Tilly nach siebenmonatiger Belagerung die Stadt einnahm, eroberten die Schweden 1632 ihrerseits Stade, müssen aber vier Jahre später wieder abziehen. Nachdem Schweden 1644 den Krieg gegen Dänemark wieder aufgenommen hatte, wurde im Februar 1645 Stade von den Truppen des Generals Hans-Christoph von Königsmarck wieder erobert.

Noch im 19. Jahrhundert wurden Schiffe mit diesem Holztretkran entladen

Noch im gleichen Jahr begann die Planung für den Ausbau Stades zur Festung. Bis 1675 sind bereits 9 Bastionen, 4 Ravelins und 10 kleinere Anlagen entstanden und Stade nach den Grundsätzen der französischen Kriegskunst zu einer der stärksten und modernsten Festungsanlagen Norddeutschlands ausgebaut. Trotzdem mußten die Schweden im August 1676 nach fast einjähriger Belagerung durch Truppen aus Celle, Münster, Brandenburg und Dänemark kapitulieren. Doch bereits vier Jahre später – nach dem Frieden von Nymwegen – konnten die Schweden Stade wieder in Besitz nehmen und den Festungsausbau fortsetzen. Als die Dänen im Verlauf des Nordischen Krieges zwischen Schweden einerseits, Rußland, Polen und Dänemark andererseits, Stade nach einmonatiger Belagerung einnehmen, endet die Schwedenzeit. In dieser Zeit hat sich ein durchgreifender Struktur- und Gesichtswandel vollzogen, der auch äußerlich durch die Repräsentativbauten Rathaus (1667/68), Zeughaus (1697/98) und Provianthaus (1692/1705) gekennzeichnet ist.

In dieser Zeit erfolgt auch ein umfassender Wiederaufbau, finanziert durch den Walfang und Ausweichsschiffahrt (auswärtige Schiffer nutzen die schwedische Neutralität in europäischen Kriegen), nach dem verheerenden Stadtbrand vom 26. Mai 1659, dem 500 Häuser, das Rathaus und die Kirchen zum Opfer fielen.

Stade war 1712 nach dem Nordischen Krieg auf einem Tiefpunkt angelangt, da durch die Belagerung viele Häuser zerstört wurden und die Pest zahlreiche Opfer forderte.

Als sich während des Amerikanischen Unabhängigkeitskrieges in Stade das englische Hauptquartier befand und sich die Wolfenbüttler Hilfstruppen zur Fahrt nach Amerika einschifften, erlangte Stade noch einmal für kurze Zeit einige Bedeutung.

Rundgang durch das historische Stade

Hierfür bieten sich zwei Parkplätze als Ausgangspunkte an: zwischen dem Seglerhafen und der Straße Am Salztorswall sowie auf dem Hafengelände an der Hansestraße. Es ist angenehm, daß der Autoverkehr aus der Altstadt verbannt wurde und man so in Ruhe bummeln und schauen kann. Linkerhand sieht man schon das erste Ziel: die Bischofskirche St. Willhadi – benannt nach dem Bremer Erzbischof Willehad – aus dem 14. Jahrhundert. Der massive 40 m hohe Westturm – einst 77 m hoch, durch Kriegseinwirkungen und Blitzschlag erniedrigt – wurde früher von einem Barockdach gekrönt, zeigt jedoch seit 1724 ein schlichtes Pyramidendach, das ihm den Namen „Schiffermütze" einbrachte. In dieser gotischen Hallenkirche ist die von Erasmus Bielfeldt 1736 erbaute Orgel sehens- und hörenswert.

Man kreuzt die Schmiedestraße (die Hausnummern 19 bis 21 sind repräsentative Fachwerkbauten aus dem 17. Jahrhundert, die vor allem von Offizieren und Regierungsbeamten bewohnt wurden) und gelangt über den Goos zum Pferdemarkt. Er war über Jahrhunderte Treffpunkt der aus der Umgebung kommenden Fuhrwerke und Marktplatz. Nach der Neugestaltung in den Jahren 1979 – 1981 erhielt er die Marktfunktion zurück und ist heute von modernen, dem Fachwerkbau angepaßten Häusern umgeben.

Das Zeughaus an der Nordseite des Pferdemarktes wurde als Waffen- und Geschützspeicher der schwedischen Garnison 1697/1698 auf dem Gelände des St. Georgs-Klosters erbaut.

Die Inselstraße entlang, vorbei am Heimatmuseum (Inselstraße 12) gelangt man zum Freilichtmuseum auf der Bleicherinsel. Das Bleicher-Ravelin war früher ein Vorwerk der schwedischen Festung. Das Freilichtmuseum ist eines der ältesten und wohl schönsten Deutschlands und zeigt u. a. ein Altländerhaus aus Hutfleth (von 1733), ein Geestbauernhaus aus Varel (von 1842) – heute als Restaurant genutzt – und eine der letzten Bockwindmühlen (von 1632) aus Rethmar. Neben Einblicken in bäuerliche Tradition kann man entspannen, Boot fahren und die Altländer Küche genießen. Über die Wallstraße gelangt man zur Straße an der Wassermühle. Die Alte Wassermühle wurde bereits im 14. Jahrhundert als Besitz des St. Georgs-Klosters erwähnt. Nach wechselvoller Geschichte wurde sie grundlegend saniert und zur Stadtbibliothek umgebaut. Die Bäckerstraße führt in die Altstadt Stades zurück. Hier haben sich die meisten Häuser des 16. Jahrhunderts erhalten, wobei besonders die Nummern 3 (von 1590) und 21 (von 1537) ungewöhnlich schöne Fassaden zeigen.

Biegt man am Ende der Bäckerstraße rechts in die Hökerstraße, erreicht man nach wenigen Schritten die Kirche St. Cosmae et Damiani mit dem gedrungenen Zwiebelturm des Stader Barockbaumeister Andreas Heune aus dem Jahre 1684. Sie beherbergt als besondere Kostbarkeit den Gertrudenaltar, einen gotischen Flügeltoraltar, mit kunstvoller Malerei und Holzschnitzerei. Die Orgel wird zwar Behrendt Huß zugeschrieben, aber dessen damaliger Geselle Arp Schnitger dürfte das klangvolle Werk maßgeblich geschaffen haben.

Dicht daneben befindet sich das Rathaus. Vom 1279 erbauten alten Rathaus ist der sehenswerte Ratskeller mit seinen gotischen Backsteingewölben – heute ein Restaurant – erhalten. Das jetzige Rathaus wurde nach dem großen Stadtbrand ab 1667 im flämischen Stil errichtet. Das prächtige Sandsteinportal zeigt groß das schwedische Königswappen, klein darunter das Stader Stadtwappen. Über die Salzstraße gelangt man zum Fischmarkt mit dem Holzkran. Der alte Holztretkran von 1661 wurde vor etwa 100 Jahren abgerissen, ist aber 1977 in einer maßstabsgerechten Rekonstruktion wiedererrichtet worden.

Als Abschluß und Höhepunkt des Stadtrundgangs sind Museumsbesuche empfehlenswert: Am Alten Hafen befinden sich das Kunsthaus am Wasser West 4, das Schwedenspeicher-Museum (Am Wasser West) und das Museum „Alt Stade" im Baumhaus (Am Wasser Ost 28).

Das „Kunsthaus am Wasser West 7", ein altes Fachwerkhaus, beherbergt eine der schönsten Sammlungen der berühmten Worpsweder Maler. Der „Schwedenspeicher" (erbaut 1692 – 1705) diente ursprünglich als Proviantspeicher der schwedischen Truppen in Stade und ist der einzige voll erhaltene Repräsentativbau aus der schwedischen Großmachtzeit. Bei der Restauration und dem Umbau zum Regionalmuseum konnte die tragende Holzkonstruktion erhalten werden. Besonders sehenswerte Ausstellungsstücke und z. B. ein Goldring aus der Jungsteinzeit, vier Räder aus Bronze von einem Kultwagen aus der Zeit um 700 v. Chr. und die umfangreiche Münzsammlung aus dem 10. bis 19. Jahrhundert.

Im Museum „Alt Stade" im Baumhaus sind ortgeschichtliche Ausstellungsstücke zu sehen. Das Baumhaus diente früher als Dienstgebäude des Hafenmeisters und wurde so genannt, weil der alte Hafen Stades durch einen Baum – einen über das Wasser gedrehten Holzstamm – verschlossen werden konnte.

Durch die Hansestraße geht es zurück zum Parkplatz.

Die kleinste Stadt in Niedersachsen

Schnackenburg – wo das Mittelalter lebendig wird

Wer im östlichen Teil des Wendlandes unterwegs ist, sollte einen Besuch in Schnackenburg nicht versäumen. Hier scheint die Zeit stehengeblieben zu sein, Stille und Beschaulichkeit überall. Die Bundesstraße 493 endet hier am Elbdeich. 425 Einwohner leben in der kleinsten Stadt Niedersachsens, 776 Menschen sind es insgesamt mit den zur Stadt gehörenden Dörfern Holtorf, Gummern und Kapern. Jahrzehntelang direkt an der innerdeutschen Grenze, heute im „Dreiländereck" mit Niedersachsen, Brandenburg und Sachsen-Anhalt gelegen, und mit den Problemen eines strukturschwachen Raumes belastet, hat sich in der Stadt und ihrer Umgebung bisher nur wenig verändert, obwohl inzwischen eine Autofähre beide Elbufer verbindet.
Vom Massentourismus verschont, erlebt der Besucher in den alten Auenwäldern, den Wasserarmen und den weiten Wiesenflächen viel unberührte Natur und ein malerisch anmutendes Städtchen – wie aus alter Zeit.

Die Burg auf der Schnacke

Hinter dem Deich ducken sich die Häuser, einfaches Fachwerk und roter Backstein, mit niedrigen Fenstern und tief heruntergezogenen Dächern. Es sind vorwiegend Häuser ehemaliger Elbfischer oder Elbschiffer. Auf schmalen Bürgersteigen und durch winklige Straßen erreicht man den Markt, umrahmt von alten Bäumen. Hier steht das alte Amtshaus, im 16. Jahrhundert Sitz von Amt und Gericht für die umliegenden Ortschaften, in der Zeit der Teilung Deutschlands Sitz von Zoll und Bundesgrenzschutz, heute wird es wieder privat genutzt.
Der Name Schnackenburg kommt, wie aus einer Urkunde von 1351 hervorgeht, von einer „slot" genannten Burganlage, die vermutlich aus einer einfachen Konstruktion mit Erdwällen und Pfählen bestand. Sie dürfte am südlichen Ende der Stadt, auf einer künstlich aufgeschütteten kleinen Halbinsel im Aland, der „Schnacke", gelegen haben. Weder urkundlich noch archäologisch ist etwas von dieser „Burg" überliefert. Sie scheint auch nicht von größerer Bedeutung gewesen zu sein; denn, als beim großen Stadtbrand von 1728 fast alle Häuser vernichtet wurden, fuhr man die Erdmassen der Schnacke einfach ab und bedeckte damit die Brandflächen.

Die Stadtkirche und der schwebende Engel

Bei einem Rundgang durch die Stadt sollte unbedingt die Stadtkirche besichtigt werden. Dieser spätromanische Backsteinbau des 13. Jahrhunderts ist dem Heiligen Nikolaus geweiht, dem Schutz-

Taufengel in der Kirche von Schnackenburg

patron der Schiffer, Fischer und Kaufleute. Vermauerte Rundbogenarkaden auf der Nord- und Südseite deuten darauf hin, daß die Kirche einmal tiefer lag. Wegen der häufigen Überschwemmungen mußten der Kirchboden und der um die

Kirche liegende Friedhof erhöht werden. Durch die Tür im wuchtigen, rechteckigen Westturm betritt man das Innere der Kirche. Die an drei Raumseiten stehenden Emporen weisen möglicherweise auf eine dreischiffige Basilika hin. Eine Balkendecke schließt den Kirchenraum zum Dach hin ab. Die barocke Innenausstattung wird in das Jahr 1727 datiert. Eine Besonderheit ist der im Altarraum schwebende, fast lebensgroße barocke Taufengel. Noch heute wird er bei jeder Taufe von der Decke heruntergelassen, die gefüllte Taufschale mit beiden Händen haltend. Die Schnackenburger sind mit Recht stolz auf diese Seltenheit.

Früherer Reichtum durch die Schiffahrt
Die Lage an der Elbe und dem Fluß Aland hat dem Ort über einige Jahrhunderte Reichtum durch Schiffahrt und Zolleinnahmen gebracht. Ursprünglich wurde der Elbzoll von den Schiffern erhoben, um sie vor Überfällen durch Raubritter zu schützen. Für diesen Schutz sorgten die jeweiligen Landesherren. Der Zoll wurde aber noch erhoben, als es längst keine Raubritter mehr gab. So durfte kein Elbschiff vorbeifahren, ohne den Zoll in Schnackenburg entrichtet zu haben. Die Zolleinkünfte müssen beträchtlich gewesen sein, denn selbst Kaiser Karl IV. stattete 1377 der Stadt einen Besuch ab, um sich über die Einnahmen einen Überblick zu verschaffen. Daher ist es nicht verwunderlich, daß um Schnackenburg (seit 1373 als Stadt bezeichnet) im 14. Jahrhundert kriegerische Auseinandersetzungen zwischen brandenburgischen Markgrafen stattfanden, bis schließlich nach dem Lüneburger Erbfolgekrieg, die Herzöge von Braunschweig-Lüneburg die Stadt 1391 in Besitz nahmen. Wenn auch das Geld aus den Zolleinnahmen an den Landesherrn ging, brachte die Elbschiffahrt

Tür „Markt 1"

mit dem regen Handel der Stadt eine Blütezeit. Auch noch im 18. und beginnenden 19. Jahrhundert war die Besteuerung aller Verbrauchsgüter hier geringer als in Preußen. Schnackenburger Kaufleute konnten ihre Waren billiger als ihre preußischen Kollegen verkaufen, so daß viele Bewohner aus wohlhabenden preußischen Ortschaften östlich der Elbe, zum Einkaufen hierher kamen. 1810 existierten in Schnackenburg mehrere große Geschäfte, 22 Brennereien und 5 Brauereien. Außerdem wurden vier Jahrmärkte abgehalten, die weit und breit zu den belebtesten zählten. Reparatur und Ausrüstung von Schiffen brachten zusätzlichen Gewinn, man nannte Schnackenburg zu dieser Zeit auch „Klein-Hamburg".

Blick vom Hafen auf Schnackenburg

Natürlich blieb die Stadt nicht von Rückschlägen verschont. Mehrere Feuersbrünste, besonders im 17. und 18. Jahrhundert, vernichteten fast alle Häuser der Stadt, und auch die Plünderungen im Dreißigjährigen Krieg durch Wallensteins Truppen mußte die Stadt über sich ergehen lassen.

Nach der Blütezeit

Der vernichtende Schlag erfolgte 1854: Der zollpolitische Zusammenschluß der meisten deutschen Länder, unter der Führung Preußens, mit der Gründung des Deutschen Zollvereins 1833/34, führte auch zur Abschaffung aller Flußzölle. Der Elbzoll wurde aufgehoben, und künftig fuhren alle Schiffe an Schnackenburg vorbei, Kaufleute, Handwerker und Schiffsausrüster wandten sich attraktiveren Handelsplätzen zu. Nach einer alten Chronik von 1857 waren 73 Einwohner der Stadt in den Jahren zuvor nach Amerika ausgewandert, fast zehn Prozent der damals in der Stadt wohnenden Menschen.

Die Teilung Deutschlands nach dem Zweiten Weltkrieg brachte den Ort in eine wirtschaftlich aussichtslose Randlage, das Hinterland wurde abgeschnitten. Schiffe wurden im Strom kontrolliert und abgefertigt, Schnackenburg wurde zwar wieder Zollstelle, aber zu wirtschaftlichem Aufschwung reichte es nicht. Heute ist der Hafen hauptsächlich Liege- und Ankerplatz für Freizeitkapitäne mit ihren Segelschiffen oder Motorbooten.

Heute ungünstige Randlage – und morgen?

Wenn man Glück hat, trifft man beim Rundgang durch die Stadt den „Ausru-

fer". Er verkündet, durch kräftiges Läuten unterstützt, Tagesneuigkeiten, Amtliches, aber auch Privates und weniger Wichtiges. Natürlich schon fortschrittlich, per Fahrrad. Trotzdem, mittelalterlich mutet es schon an, wenn seine Stimme durch die sonst recht stillen Gassen schallt.
Von der Aussichtsplattform, am Rande des Hafens auf dem Elbdeich, geht der Blick über die Dächer der Stadt und weit nach Osten über die Elbe ins brandenburgische Land. Es ist zu hoffen, daß durch einen „sanften Tourismus" die Schönheiten dieser bisher kaum bekannten Flußlandschaft zukünftig erhalten bleiben.

Sehenswertes in der Umgebung

Vietze an der Elbe

Schon von weitem sieht man die beiden hohen Funktürme. Sie weisen uns den Weg nach Vietze. Vor der Ortseinfahrt liegt die alte Kapelle (12. Jahrhundert) aus Feldsteinen mit einem angebauten Glockenstuhl, der allerdings mit dem alten Gebäude wenig harmoniert. Aber als Kleinod sakraler Kunst befindet sich in der Kapelle ein dreiteiliger, spätgotischer Schnitzaltar, der ebenso sehenswert ist, wie das in der Hauptstraße gelegene Heimatmuseum (Öffnungszeiten: Mittwoch, Samstag, Sonntag 17 bis 18 Uhr).
Über den Elbuferweg, hoch über der Elbe unter schattenspendenden Bäumen, erreicht man auf dem ausgeschilderten Weg das alte Frankenkastell. Hölzerne Treppenstufen führen direkt in die Burganlage.

Frankenkastell aus der Zeit Karls des Großen

In der flachen Elblandschaft mutet der Höhbeck mit seinen 40 bis 60 Metern Höhe wie eine Insel an. Die Gletscher der Eiszeit haben diesen Berg aus Sand, Kies und Steinen zurückgelassen. Auf der Anhöhe stehen Reste des alten Hobuoki Kastells, auch als Vietzer Schanze bezeichnet. Karl der Große ließ es im Jahre 808 zur Abwehr der Slawen an der Elbe errichten. Gleichzeitig sollte es als Stützpunkt für Vorstöße in slawisches Gebiet dienen. Es war ein Grenzkastell, denn hier in der sumpfigen Elbniederung verlor sich die Ostgrenze des fränkischen Reiches. 810 wird das Kastell von den Wilzen, einem slawischen Volksstamm, erobert und durch Brand zerstört; bereits 811 zur Sicherung der Grenze an dem wichtigen Elbübergang wiederaufgebaut. Das 170 m mal 70 m große Kastell, von einem Erdwall mit Rundhölzern und einem fast 3 m tiefen Spitzgraben umgeben, vermittelt noch heute ein eindrucksvolles Bild einer alten Wehranlage. Berühmte Archäologen haben hier gegraben und manche Fundstücke zusammengetragen.

Die Schwedenschanze – von Schweden keine Spur

Nur 800m östlich des Kastells liegt auf einem Plateau die Schwedenschanze. Es ist ein Halbkreiswall, der im Norden durch den Steilhang zur Elbe und im Osten durch ein breites Tal geschützt ist. Die bisher spärlichen Funde deuten auf eine slawische Anlage des 9. Jahrhunderts hin. Ähnlich wie beim Kastell Hobuoki, scheint die Anlage nur für kurze Zeit genutzt worden zu sein. Erst nach dem Dreißigjährigen Krieg taucht der Name „Schwedenschanze" auf, vermutlich in wenig erfreulicher Erinnerung an die damaligen Ereignisse. Heute stehen hier ein Aussichtsturm und ein Gasthaus mit Kaffeegarten.

Meetschower Burg und Laascher See

Von der Schwedenschanze über die

Blick vom Höhbeck (mit Frankenkastell) auf die Elbaue

Funkstelle, mit 75 Metern Höhe der höchste Punkt des Höhbecks, erreicht man in südlicher Richtung Brünkendorf. Wer auf stillen Wegen weiterwandern will, dem sei ein Abstecher zum Laascher See und zu den Resten einer Burganlage bei Meetschow empfohlen.

In der Nähe einer alten Furt über die Seege, heute durch eine moderne Brücke überbaut, liegen zwei Wälle und ein flacher Hügel. Bei Grabungen konnte die Art der Befestigung und einzelne Ausbauphasen der Meetschower Burg nachgewiesen werden.

Die 175 m mal 120 m große Anlage war um das Jahr 800 eine slawische Ansiedlung. Der steigende Grundwasserspiegel führte zur Aufgabe der Siedlung. Aber um das Jahr 1000 wird eine Burganlage mit Wall und Graben errichtet. Bei einem erneuten Umbau um 1200 wurde die Anlage durch einen doppelten Graben geschützt, der vermutlich mit Wasser gefüllt war. Die gefundenen Keramikscherben aus dieser Zeit sind deutscher Herkunft und weisen auf neue Herren hin, die zur Herrschaftsschicht des damaligen Territorialherren gehörten. Deichbauten an der Elbe zu Beginn des 14. Jahrhunderts führten zu häufigem Hochwasser im Gebiet des Laascher Sees und damit zur Aufgabe der Burg.

Gartow/Gartower See

Inmitten des Naturparks Elbufer-Drawehn liegt eine weite Seenlandschaft um Gartow. Für Schwimmer, Segler und Surfer ein wahres Paradies.

Rauhe Häuptlinge und ein zartes Fräulein

Jever – friesisch herb und traditionsbewußt

Das Zentrum des Jeverlandes – nur wenige Kilometer von Wilhelmshaven entfernt – ist gut über die B 210 oder mit der Bundesbahn über Oldenburg und Sande zu erreichen.
Besonders zwischen dem Schloß und dem Friesischen Brauhaus zu Jever befinden sich Sehenswürdigkeiten aus der wechselvollen Stadtgeschichte.

Einblicke in Jevers Geschichte
Jever erhielt 1536 unter der Herrschaft der Regentin „Fräulein Maria" (1500 – 1575) die Stadtrechte. Nach ihrem Tod fiel Jever an die Grafschaft Oldenburg und 1667 an Anhalt-Zerbst. So wurde 1793 die Kaiserin Katharina II. von Rußland auch Herrin von Jever. Im Anschluß an die Herrschaft der Zerbster wurde Jever 1818 Teil des Großherzogtums Oldenburg.

Mit dem „Fräulein Maria" in Jever unterwegs
„Ich komme wieder", soll sie gesagt haben, bevor sie einen unterirdischen Gang hinabgefahren sei und nie mehr gesehen wurde – so berichtet das Elsflether Kirchenbuch von 1609.
Da das Ableben der Herrscherin zunächst der Bevölkerung verschwiegen wurde, um in Ruhe eine Nachfolgeregelung treffen zu können, und eine Grabstelle nicht bekannt ist, ranken sich um ihr Verschwinden mehrere Sagen und Legenden.
In Gestalt einer holzgeschnitzten Figur kommt sie wirklich mehrmals täglich wieder – wenn um 11.00, 12.00, 15.00, 16.00, 17.00 und 18.00 Uhr das Glockenspiel am „Hof von Oldenburg" (Schloßcafé) erklingt, zeigt sie sich mit ihrem Vater, dem Häuptling Edo Wiemken, Katharina der Großen und anderen Herrschern über das Jeverland den Besuchern der Stadt. Ein Glockenspielprospekt ist im Verkehrsbüro, Alter Markt 18, erhältlich.
Damit die verehrte Herrscherin den Rückweg besser finden kann, werden ihr zu Ehren allabendlich die Glocken geläutet (Marienläuten, im Sommer um 22.00 Uhr, im Winter um 21.00 Uhr).
Natürlich wurde auch das dortige Gymnasium nach ihr benannt – und ein Marien-Denkmal gibt es auch.

Das Schloß von Jever
Auch im Schloß hat Fräulein Maria wesentliche Verschönerungen vornehmen lassen: Die Kassettendecke des heutigen Audienzsaales wurde aus Eichenholz geschnitzt. Keine der 28 Kassetten gleicht einer anderen; vermutlich stammt diese hervorragende Arbeit aus den Werkstätten des holländischen Bildhauers Cornelius Floris. Ursprünglich war das Schloß Jever eine Wasserburg, die 1472 von Ost-

Schloß in Jever

friesen erobert und zerstört wurde. Hajo Harlda ließ eine neue Burg errichten, die Edo Wiemken d. J. – Marias Vater – 1505 vollendete. Heute ist der auffallende Zwiebelturm des Schlosses, das inmitten einer herrlichen Parkanlage steht, zum Wahrzeichen von Jever geworden. Der stilvolle Barockaufbau entstand 1736.

Der Eulenturm des Schlosses bildet den stilvollen Rahmen für monatlich wechselnde Kunstausstellungen.

Heute sind im Schloß das Kulturhistorische Museum des Jeverlandes und die Bibliothek untergebracht. In 60 Räumen beherbergt die heimatkundliche Sammlung zahlreiche Zeugnisse jeverscher Geschichte: Haus- und Küchengeräte, volkstümliche Kleidung, Fahnen, Waffen, Folterwerkzeuge, Ölbilder, Urkunden, archäologische Funde, jeversches Porzellan und voll eingerichtete Handwerksstätten. Das Museum ist von März bis 15. Januar geöffnet: täglich außer montags von 10.00 – 18.00 Uhr, Führungen finden sonntags und feiertags um 15.00 Uhr statt.

Am Kirchplatz

Für ihren Vater Edo Wiemken d. J. ließ Fräulein Maria, 50 Jahre nach seinem Tod, den Chor der Stadtkirche in eine Grabkapelle umwandeln. Zu besichtigen ist das imposante Denkmal, das mehrere Brände überstand, in der Stadtkirche (täglich geöffnet von 8.00 bis 18.00 Uhr). Der Kirchplatz wird von Bürgerhäusern aus dem 16. und 18. Jahrhundert gesäumt. Hier steht auch das Rathaus mit seinem Renaissance-Giebel und den steinernen Wappenlöwen, die den Eingang bewachen. Gegenüber vom Rathaus, das zwischen 1609 und 1621 entstand, steht der Ratspütt von 1621. Dieser Brunnen war

„Unser Fräulein Maria" von Jever

Hafen mit Fischkuttern in Neuharlingersiel

früher für die Wasserversorgung öffentlich zugänglich. Der Kirchplatz bietet eine herrliche historische Kulisse für den Markt, der zweimal wöchentlich vormittags stattfindet (Dienstag und Freitag). Der gesamte Altstadtkern ist von Gräben und Graften umgeben, die mit ihren Bepflanzungen und Baumbeständen kleinen Parks ähneln und der Stadt ihren grünen Charakter verleihen.

Die Häuptlinge des Jeverlandes

Die Regenten des Jeverlandes wurden Häuptlinge genannt. Sie stammten überwiegend aus dem gehobenen Bauernstand. Fräulein Marias Großvater, Edo Wiemken, war im 14. Jahrhundert einer der mächtigsten Häuptlinge Ostfrieslands.

Wie Klaus Störtebeker – ein berühmter Zeitgenosse – lebte auch er von der Seeräuberei. Weil die Küsten damals viel zerklüfteter waren, nisteten sich die Vitalienbrüder – wie sich die Piraten nannten – mit Vorliebe an den Geeständern ein, um von hier aus die Handelsschiffe zu überfallen. Bis 1401 gelang ihnen das auch, dann setzten die Hansestädte dem Treiben ein Ende.

Edo Wiemken der Jüngere (1450 – 1511) war der letzte Häuptling im Jeverland. Er war nicht nur allgemein beliebt, sondern auch sehr gebildet (für die Junker nicht gerade üblich). Vielleicht war er das Vorbild bei der Bevölkerung für eine gewisse Bildungsbeflissenheit. Jever besaß schon im 16. Jahrhundert eine Lateinschule, die sogar Bauernkinder besuchten. Recht ungewöhnlich war zudem, daß die Bauern ihren Alterssitz in der Stadt nahmen, während ihre Nachfahren den Hof weiter bewirtschafteten.

Das Haus der Getreuen

In der Schlachtstraße 1 neben der Jever-Brauerei (auf dem Weg in die in den letzten Jahren ausgebaute Fußgängerzone) steht das „Haus der Getreuen". Bismarck-Getreue aus Jever schickten dem Fürsten jedes Jahr, vom 1. April 1871 an, bis zu seinem letzten Geburtstag, 101 Kiebitzeier. Dafür hatte Bismarck eine Schwäche. Er belohnte die Treue der Männer und schenkte ihnen 1883 einen kostbaren Becher aus Silber. Noch heute treffen sich die Bismarck-Verehrer in dieser historischen Gaststätte an jedem 1. April.

Das Friesische Brauhaus zu Jever

Bundesweit bekannt geworden ist Jever durch das Bier. Das Jever Pilsener ist – fast – in aller Munde. Die jeversche Brautradition reicht bis ins 16. Jahrhundert zurück. Damals hatte die „Burg" – das heutige Schloß – ihre eigene Brauerei. Trotz wechselnder Eigentümer besteht die Brauerei bis heute. Die futuristischen Gärtürme des Friesischen Brauhaus an der „Pferdegraft" sind nicht zu übersehen. Auf einer Führung kann man sich über den Werdegang des Bieres vom Sudhaus bis zur Flaschenabfüllung informieren. Besichtigungen sind werktags von April bis Oktober um 9.30, 10.00 und 10.30 Uhr nach vorheriger Anmeldung (Tel. 04461-13711).

Blaudruck

Ein weiteres altes Handwerk in Jever ist der Blaudruck. In dieser einzigen friesischen Blaudruckerei ist der Handdruck auf Baumwoll- und Leinenstoffen mit Mustern aus alten Färbereien Ostfrieslands und des Oldenburger Landes sowie Färbung in der Indigo-Küpe zu sehen.

Sehenswertes in der Umgebung

Vom Zentrum des Wangerlandes bieten sich Touren besonders zu zwei Schwerpunkten an: dem Besuch der Granitsteinquaderkirche, deren Auftreten auf Friesland beschränkt ist; sowie die Erkundung der Sielhäfen, die die Besiedelung, Landgewinnung, Entwässerung und den Deichbau an der ostfriesischen Nordseeküste zeigen.

Hohenkirchen

Nördlich von Jever, nur wenige Kilometer vom „Kap der guten Erholung" mit dem Nordseeheilbad Horumersiel-Schillig, beherbergt der kleine Ort Hohenkirchen eine der beachtlichen friesischen Granitquaderkirchen vom Anfang des 13. Jahrhunderts. Der aus der Erbauungszeit stammende Taufstein stammt wie mehrere verwandte Stücke aus einer westfälischen Werkstatt. Der um 1620 entstandene Altar von Ludwig Münstermann – er war berühmt dafür, mit wenigen Messerschnitten Meisterliches schaffen zu können – fasziniert vor allem durch die Plastizität der geschnitzten Figuren.

Tettens

Eine weitere Granitquaderkirche mit freistehendem jüngerem Glockenturm enthält eine gut erhaltene Ausstattungsstücke vom 15. bis 18 Jahrhundert. Ungewöhnlich für küstennahe Kirchen ist das in Form einer 7 m hohen gotischen Monstanz aus Sandstein gearbeitete Sakramentshaus, das der friesische Häuptling Ommo von Middage im Jahre 1525 errichten ließ. Einige Jahre früher ist der Flügelaltar entstanden, der Darstellungen aus dem Leben der heiligen Martin von Tours und Thomas Beckett von Canterbury zeigt.

Sillenstede

Die größte Kirche dieser Art (48 m lang) steht in Sillenstede auf einer hohen Wurt.

Die Kirche besteht aus einem schmalen und hohen Baukörper mit hochliegenden Rundbogenfenstern und einer Halbkreisapsis. Die größtenteils gewaltigen Granitblöcke sind, wie bei den anderen Kirchen dieses Typs, nur an der Außenseite glatt behauen; häufig mußten sichernde Eisenanker in die ausweichenden Wände getrieben werden.
Wegen der Unsicherheit der Bodenverhältnisse in dieser Gegend steht der Glockenturm frei neben der Kirche und ist der älteste seiner Art. Der imposante, flachgedeckte Innenraum wird durch zwei Baldachinaufbauten vor der mit Figurennischen geschmückten Triumphbogenwand stilvoll bereichert. Weitere besondere Stücke sind der geschnitzte Flügelaltar vom Beginn des 16. Jahrhunderts sowie ein Taufstein vom Ende des 13. Jahrhunderts.
Neben den drei vorgestellten Kirchen dieser Art sind ähnliche über das ganze Jeverland verteilt, von denen die von Pakens, Sangwarden und Waddewarden auch sehr eindrucksvoll sind.

Carolinensiel-Harlesiel

Nördlich von Jever wird die Küste gesäumt von Sielhafenorten. Neben Horumersiel, Bensersiel, Hooksiel, Dornumersiel, Neßmersiel, Neuharlingersiel, Greetsiel gehört Carolinensiel zu den bekanntesten Sielhäfen. Diese haben im Zuge der Rückgewinnung des in vielen großen Sturmfluten seit 800 n. Chr. untergegangenen Landes in der Harlebucht eine große Bedeutung erlangt.
In die Deichlinie wurde ein Siel eingearbeitet, um das eingedeichte Land zu entwässern. Dabei öffneten sich die Sieltore bei Ebbe zur See hin – bei Flut drückte das auflaufende Wasser die Tore gegen die Verstrebungen und verschloß sie wieder. Um die Mitte des vorigen Jahrhunderts bestanden allein im Gebiet zwischen Ems und Elbe rund 50 Sielhäfen.
Mit dem Aufkommen immer größerer Segelschiffe verloren die Sielhäfen ihre wirtschaftliche Bedeutung. Die Hauptaufgabe der heute noch vorhandenen Sielhäfen ist der Waren- und Personentransport zu den Inseln sowie die Küstenfischerei. Als Häfen, Umschlags- und Handelsplätze hatten sie in ihrer Blütezeit teilweise einen städtisch geprägten Charakter, der im Zuge der neuen Landgewinnungs- und Küstenschutzmaßnahmen verlorenging, als man die Küste, und damit auch den Deichverlauf, immer weiter nach Norden verlegte.
An den hintereinander am Lauf des Flusses Harle liegenden Sielhäfen Carolinensiel, Friedrichsschleuse und Harlesiel läßt sich gut der Fortgang des Deichbaus und der Landgewinnung erkennen.
Im einst bedeutenden Sielhafen Carolinensiel (erste Siedlung um 1730) hat sich das Sielhafenmuseum die Aufgabe gestellt, die Entwicklung von den ältesten Sielhäfen bis zu den jüngsten Hafenplätzen, ihre Eigenheiten und die Entwicklung der von diesen Häfen ausgehenden Schiffahrt aufzuarbeiten und darzustellen.
Neben Fotos und Dokumenten zur Geschichte der Sielhäfen, dem Deich- und Sielbau werden auch Originalteile und Modelle alter Segelschiffe, Handwerkszeug des Schiffszimmerers, des Blockmachers, des Seilers und des Segelmachers gezeigt. Kolonialwarenladen, Hafenapotheke, Schuhmacherei, Seemannskneipe und Malerwerkstatt gezeigt.
Das „Sielhafenmuseum der niedersächsischen Nordseeküste", Carolinensiel, Am Hafen Ost 8, ist von Anfang März bis Mitte November täglich von 10.00 bis 18.00 geöffnet. „Landratten" werden von den Ausstellungsstücken beeindruckt sein.

Wo Ökonomie und Ökologie die Balance suchen. Heute: Sanfter Tourismus.

Denken Sie bloß nicht, Sie könnten hier so einfach Urlaub machen.

Wer auf die Ostfriesischen Inseln fährt, muß schon so einiges mitmachen: weitgehend aufs geliebte Auto verzichten, sich an den allgegenwärtigen Fußgänger-Verkehrsschildern orientieren, Öffnungs-, Ruhe- und Badezeiten beachten. Doch keine Angst. Es geht nicht um Urlaub ‚light', griesgrämige Askese und ständig erhobene Zeigefinger. Es geht um eine andere Art von Urlaub. In der südlichen Nordsee können Sie die Vorzüge des *sanften* Tourismus kennenlernen. Und sprichwörtlich in vollen Zügen genießen. Hier gibt's die 24-Stunden-Garantie für reine Luft, den angenehmen Lärm der Seevögel und kleine wie große Menschen, die fast alle Gummistiefel tragen. Die Insulaner und ihre Gäste versuchen gemeinsam, Tourismus an die Natur anzupassen. Und nicht – wie gehabt – umgekehrt. Damit werden ökologisch bedrohte Lebensräume an der Küste geschont und geschützt. Und die Einstellungen der Inselgäste werden auf sanfte Weise verändert. Wer einmal in einer sternklaren Winternacht oder an einem Sommermorgen kurz vor Sonnenaufgang auf einem Strand wie oben war, wird es wissen. Der Einklang von Mensch und Natur ist eben nicht nur Theorie. Mehr vom **Infoservice Niedersachsen, Postfach 101, 30159 Hannover 1 (oder per Fax: 05 11/1 20-64 95).**

Niedersachsen
Land mit Weitblick

LINTAS:HAMBURG

Warum Hamburger, Kraniche und die Odyssee doch zusammenpassen!

Deutscher Olymp und Otterndorf

Wußten sie schon, daß die Götter an der Niederelbe eine Zweigstelle ha ben– auf dem Deutschen Olymp in der Wingst? Wo Götter sind, kann Homer nicht weit sein. Was sind da schon 12 Kilometer – und die müssen die zurücklegen, bis sie von ihrem Höhensitz in dem mittelalterlichen Städtchen Otterndorf an der Niederelbe landen können, einem Städtchen, das Hamburger Einflüsse nicht verleugnen kann.

Die Götter wußten, daß die Niederelbler den Hamburgern Getreide lieferten und dafür Sicherheit an ihrem Küstenstreifen importierten. Ende des 13. Jahrhunderts faßten die Hamburger auf der Insel Neuwerk Fuß – sie gehört übrigens heute noch zu Hamburg – am Ende des 14. Jahrhunderts verkaufte das Adelsgeschlecht der Lappes Schloß Ritzebüttel, im heutigen Cuxhaven, an Hamburg. Hamburger waren schon immer an der Niederelbe aktiv! Im Gegenzug schickten betuchte Hadler Bauern und Bürger ihren Nachwuchs auf Hamburger Gymnasien. Die Hamburger revanchierten sich, ihre Einflüsse bestimmten Otterndorf.

Das Kranichhaus in Otterndorf

Hamburger „Bauweise" findet man im und um das Kranichhaus, einem Gebäude, dessen Geschichte eigene Geschichten wert ist. 1696 gebaut, kam das Gebäude 1712 in Hamburger Hände. Es ging an den Gewürzhändler Hans Rodiek. Neben Gewürzen handelte er erfolgreich mit Teer, Tran und Salz, mit Essig und Öl. Der nostalgische Kaufmannsladen, den man heute noch im Kranichhaus findet, gibt davon Zeugnis. Seit 1964 Kreismuseum, wird einem im Kranichhaus die nicht ganz arme Bürger- und Bauernwelt Hadelns nahegebracht. Klassizismus im Erdgeschoß, Biedermeier im ganzen Haus und Rokkoko-Stuck. Der Heimatdichter Hermann Allmers charakterisierte vor gut 130 Jahren Otterndorf als altmodisches, freundliches Landstädtchen. Heinrich Lichtwark, der Direktor der Hamburger Kunsthalle, fand Otterndorf Anfang des 20. Jahrhunderts entzückend. Diese Aussagen haben auch heute noch Bestand, wie der Gang durchs Stadtviertel Himmelreich beweist.

Fachwerkbauten um die St.-Severin-Kirche

Rund um die St.-Severin-Kirche – welche Kirche hat sonst noch das eigene Himmelreich vor der Haustür? – findet man zahlreiche Fachwerkbauten in sehr gut erhaltenem Zustand. Hier ist auch das ehemalige Wohnhaus von Johann Heinrich Voß (1751 – 1826) zu finden. Er übertrug die Odyssee 1781 ins Deutsche . Das Arbeitszimmer des ehemaligen Leiters

Johann Heinrich Voß (1751 – 1826)

Das Kranichhaus in Otterndorf

der früheren Lateinschule war spartanisch eingerichtet. Das Zimmer wäre für das heutige Finanzamt ein Ärgernis gewesen: der Eßtisch war zugleich Arbeitstisch – und man feierte Feste. Übersetzer Voß arbeitete hier auch an Vergils Georgica-Gesängen und der Ilias. Die Lateinschule, zu deren Rektor er 1778 mit eindeutiger Mehrheit gewählt wurde, ist sehr gut erhalten. Die Studierstube liegt links vom Eingang in der Straße, die heute seinen Namen trägt. Man erfährt dort, daß der gute Johann Heinrich ein sehr pingeliger Übersetzer war. Deswegen nannte er seine eingedeutschte Erstausgabe der Odyssee auch „Odüßee", schließlich spricht man's ja so aus. Für den Weimarer Goethe war Voß übrigens das einzige literarische Nordlicht von Rang. Die Inneneinrichtung hat man gut gepflegt. 1976 zog die Voß-Stube ins Kranichhaus um. Dort, im 3. Stock des städtischen Heimatmuseums, sind die Erinnerungsstücke zu besichtigen. Schließlich muß man die Erinnerung an diesen, wohl bekanntesten Bürger der Stadt wachhalten, denn Voß verließ Otterndorf nach recht kurzer Zeit. Auf dem Schild an der Lateinschule steht nicht umsonst, daß Voß hier „lebte, dichtete und übersetzte". Von mehr ist hier aus gutem Grunde nicht die Rede, denn Voß hatte mehrere Gründe, Otterndorf zu verlassen.

Aus guter Quelle ist zu erfahren, daß seine Frau Ernestine unter dem damals grassierenden Marschenfieber litt. Gleichzeitig wüteten in Hadeln die Pocken. Die Familie zog nach Eutin. Man erzählt sich aber auch noch einen weiteren Grund. Die Hadelner waren ihm wohl etwas zu geizig.

TECHNISCHE SEHENSWÜRDIGKEITEN

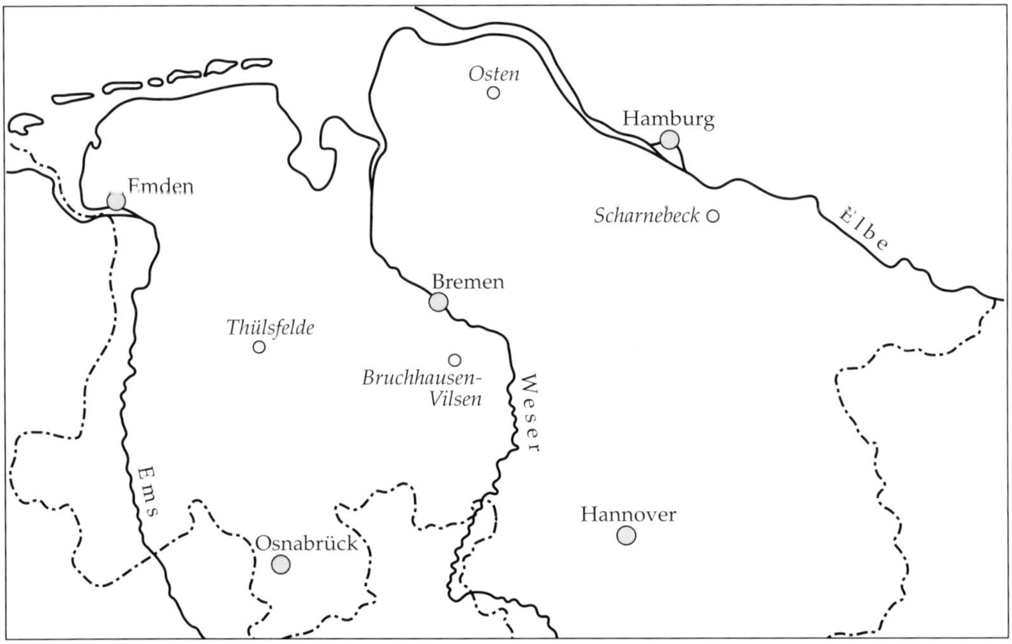

Die Verschmelzung der Technik mit den Naturwissenschaften führte dazu, die gewagtesten Ideen zur Bewältigung der Natur in die Tat umzusetzen. Von diesen kühnen Konstruktionen, Wunderwerke der Technik, geht eine besondere Faszination aus. Beispiele dafür sind die *Schwebefähre in Osten* (eine Stahlkonstruktion aus dem Jahre 1909 mit einer Stützweite von rund 80 Metern; geschaffen von einem Schüler von Gustave Eiffel) und das *Schiffshebewerk in Scharnebeck*, in seiner Art das größte der Welt.

Eine der wichtigsten Triebfedern für Wirtschaft, Kultur und Politik war der Bau der Eisenbahn im 19. Jahrhundert. Längst sind die alten dampfenden Ungetüme aus dem Eisenbahnverkehr verschwunden. Mit den modernen Schnellzügen wachsen Komfort und Geschwindigkeit. Doch zwischen *Bruchhausen-Vilsen* und *Asendorf* dampfen, pfeifen und bimmeln die Züge wie in alter Zeit und befördern ihre Fahrgäste mit liebenswerter Nostalgie. Durch die schnaufende Museumseisenbahn ist ein Teil vergangener Eisenbahngeschichte lebendig geblieben.

Mit der *Thülsfelder Talsperre* entstand durch den Einsatz der Technik ein neuer Naturraum, der durch seine Vielfalt und Schönheit ein reizvolles Erholungsgebiet wurde.

Das Foto rechts zeigt das Schiffshebewerk in Scharnebeck.

Wer kennt schon Herrn Pinette?

Schwebefähre über die Oste

Im Jahre 1889 machte auf der Pariser Weltausstellung ein Alexandre Gustave Eiffel mit einer Stahlkonstruktion großen Eindruck. Dieser Stahlriese ist bis heute als Eiffelturm in aller Welt bekannt. Erst 1909 entwickelte der Berliner Ingenieur Pinette Pläne für ein neues Projekt. Der Eiffel-Schüler baute die Schwebefähre über die Oste. Trotz aller engen Verwandtschaft unterscheiden sich beide Stahlskelette wesentlich. In Paris steht man Schlange, den Aufzügen wird kaum eine Ruhepause gegönnt. Die Gondel der Schwebefähre dagegen steht still! Seit 1989! Wegen „technischer Mängel".
Die Zahl der Touristen, die sich dieses überregional bedeutsame Denkmal früher deutscher Ingenieurkunst anse-

Die Einweihungsfeier der Fähre im Jahre 1909

Die Fähre in Betrieb

hen, beweist in Osten an der Oste, daß hier neben der von Johan Leonhard Prey (Miterbauer des Hamburger Michels) erbauten St. Petri-Kirche ein Publikumsmagnet erster Güte steht. Bis in die frühen 70er Jahre überquerte die Fährgondel die Oste, und der Autor kann sich noch gut an diese Zeiten erinnern. Doch mit dem Bau einer weniger erinnerungswürdigen Betonkonstruktion, die nun die Oste seit 1974 überspannt, verschwand die verkehrliche Bedeutung der Schwebefähre. Kostete der Neubau damals an die 250000 Taler, so wird heute für die Sanierung dieses technischen Meisterwerkes internationaler Bedeutung 1,2 Millionen DM veranschlagt. Den Stillstand der Gondel seit 1989 mochte niemand gutheißen, schließlich handelt es sich um ein weit über deutsche Grenzen hinaus bekanntes Baudenkmal. Ja, das Baudenkmal „Schwebebrücke" in Osten an der Oste hat viel Bewegendes mitgemacht.

Die Stahlkonstruktion ist heute noch weithin sichtbar. Neben der weniger begeisterungswürdigen Betonkonstruktion, die die Oste als B 495 überspannt, mutet dieses Bauwerk etwas seltsam an, schließlich erkennt man nur ein Stahlgerippe – und das Hinweisschild an der Straße läßt dem Reisenden, der hier eher an kommende Staus an der Elbe denkt, kaum Muße für eine Besichtigung. Man muß sich etwas Zeit nehmen, um in einem eleganten Schlenker Richtung Osten – Himmelsrichtung und Ortsname sind identisch – mitten in den Ort zu fahren, den Deich anzusteuern und damit auch die nicht zu übersehende Schwebebrücke zu erreichen. Sie ist so einzigartig, daß sie seit 1974 unter Denkmalschutz steht. Früher glitt über die knapp 90 m breite Oste in wenigen Minuten eine der letzten Pramfähren. Inzwischen ist die letzte Fährverbindung auf dem 150 Kilometer langen Elbe-Nebenfluß auch eingestellt.

Scharnebeck – das größte Senkrecht-Schiffshebewerk der Welt

Wer von Lüneburg nach Norden auf der B 209, der alten Salzstraße, Richtung Lübeck fährt, der erreicht nach etwa 4 Kilometern eine Kreuzung, von der eine Straße in östlicher Richtung nach Scharnebeck führt. Das Hinweisschild „Schiffshebewerk" weist den Weg.
Auch der weniger technisch interessierte Besucher wird von dem imposanten Bauwerk in der sonst eher ländlich geprägten Landschaft beeindruckt sein. Er wird staunend zuschauen, wie Schiffe „im Fahrstuhl" nach oben oder unten transportiert werden.

Ein Kanal zur Entlastung der Elbe

Die Bedeutung der Elbe als Binnenwasserstraße lag von jeher in der Verbindung

Das Schiffshebewerk in Scharnebeck; Blick von der Aussichtsplattform auf den 38 m tiefer liegenden Kanal

Hamburgs zu den mitteldeutschen Industriegebieten. Auch in den Jahren vor der Wiedervereinigung gehörte der Strom zu einer vielbefahrenen Wasserstraße in Europa; nach der Vereinigung Deutschlands hat die Bedeutung noch zugenommen. Für die größeren und schnelleren Schiffe der modernen Binnenschiffahrt reichte schon in den sechziger Jahren die Elbe als Wasserstraße nicht mehr aus.

Das liegt daran, daß der Schiffsverkehr auf dem wichtigen Teilstück zwischen Hamburg und Magdeburg von der Wasserführung des Stromes stark abhängig ist. Bereits Schiffe von 750 Tonnen können in den Sommermonaten kaum bis zu zwei Drittel beladen werden, weil durch das Niedrigwasser nur Tauchtiefen bis zu 1,40 Meter gefahren werden dürfen. Vollschiffig, d. h. mindestens zwei Meter Tauchtiefe, ist die Elbe durchschnittlich nur an 70 bis 80 Tagen im Jahr zu befahren. Um die wirtschaftlichen Nachteile der Elbschiffahrt zu mindern und den Hamburger Hafen besser mit den Industriegebieten in Braunschweig, Salzgitter, Wolfsburg, Magdeburg und Berlin zu verbinden, entschloß man sich zum Bau eines neuen Kanals.

Von 1968 – 1976 wurde der nur etwa 115 Kilometer lange Elbe-Seitenkanal gebaut – im Volksmund respektlos als „Heide-Suez" bezeichnet – der die Elbe südöstlich von Hamburg mit dem Mittellandkanal bei Braunschweig bzw. Wolfsburg verbindet.

Die wirtschaftliche Bedeutung des Kanals

Seit Jahren fahren auf vielen europäischen Wasserstraßen aus wirtschaftlichen Gründen sogenannte Europaschiffe mit 80 m Länge und 9,5 m Breite. Sie haben einen Tiefgang von 2,5 m und eine Tragfähigkeit von 1350 Tonnen. Das entspricht einem Gewicht von etwa 35 vollbeladenen Lastkraftwagen.

Blick in den beweglichen Trog des Hebewerks

Da Europaschiffe die Elbe nur begrenzt befahren können, ist der Kanal für diese größeren Tonnagen erforderlich. Für die Überwindung des Höhenunterschieds von 61 Metern (Elbe 4 m ü. NN, Mittellandkanal 65 m ü. NN) benötigt man lediglich zwei Stufen, die Schleuse bei Uelzen und das Schiffshebewerk in Scharnebeck. Damit ergibt sich bei den Fahrzeiten der Binnenschiffer eine erhebliche Entlastung.

Der wirtschaftliche Wert des Kanals mag auch heute noch umstritten sein. Darüber

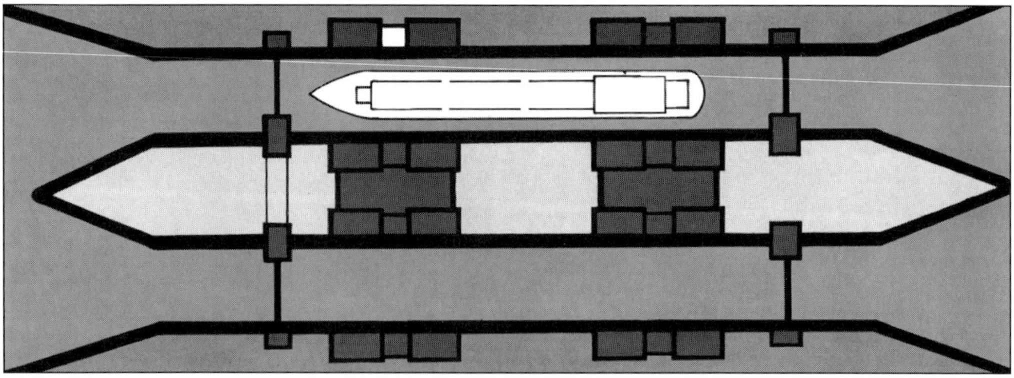

Grundriß des Schiffshebewerks

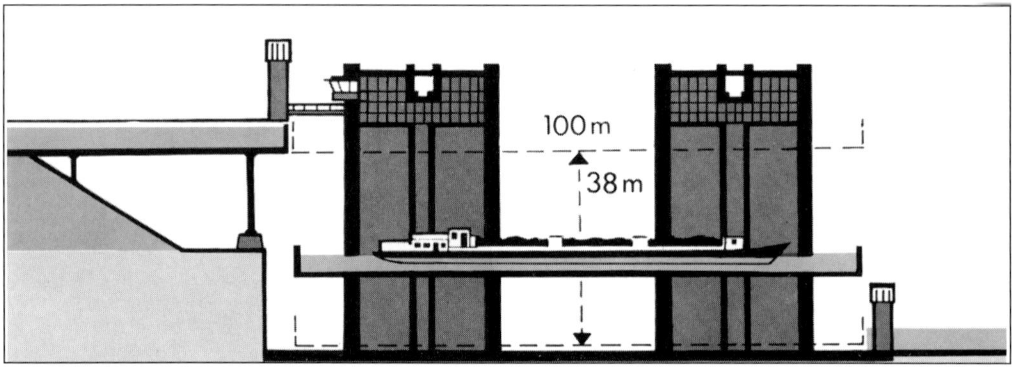

Schiffshebewerk im Längsschnitt

können neue Häfen mit Industrieansiedlungen in Lüneburg, Uelzen und Wittingen nicht hinwegtäuschen. Aus ökologischen Gründen wäre sicherlich ein Transport von Massengütern auf dem Wasserwege zukünftig zu begrüßen.
Allerdings geben auch Kritiker zu, daß der Kanal mit seinen beiden Stufen sich sehr gut in das Landschaftsbild der Lüneburger Heide einfügt. Auf den begrünten Deichen führen weite Spazier- und Fahrradwege entlang, auf denen man fern vom Lärm der Autostraßen manches stille Heidedorf erreichen kann.
Für Freizeitkapitäne auf Booten und Luxusjachten, die neben den Frachtschiffen dahinziehen, ist der Kanal zu einem wahren Paradies geworden, umgeben von Natur und viel Einsamkeit.

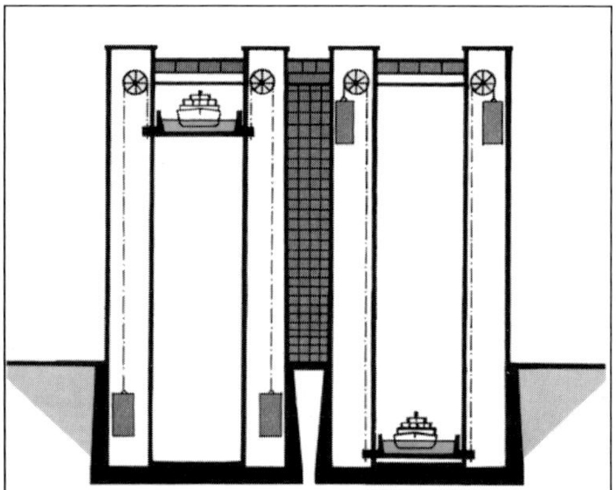

Schiffshebewerk im Querschnitt

Das Schiffshebewerk
Die eigentliche Sensation des Kanals ist das größte Schiffshebewerk der Welt, wo Schiffe senkrecht in Trögen bewegt werden. Besucher und Fachleute aus aller Welt sind von der kühnen Konstruktion begeistert.
Es ist immer wieder imponierend, wenn größere Schiffe in die beiden wassergefüllten Stahltröge einfahren und um 38 Meter gehoben oder abgesenkt werden. Die Schiffslast und das Gewicht des Troges betragen zusammen 5800 Tonnen. Die 100 Meter langen und 12 Meter breiten Tröge, mit einer Wassertiefe von 3,50 Metern, erreichen in nur drei Minuten die gewünschte Position und geben nach dem Öffnen der Tore den Weg zur Weiterfahrt frei. Einschließlich der Ein- und Ausfahrt dauert der Vorgang lediglich 20 Minuten.

Einige technische Daten
Das riesige Gewicht der beiden „Schwimm-Fahrstühle", die gegenläufig arbeiten, wird durch 224 Betonscheiben von jeweils 26,5 Tonnen Gewicht ausgeglichen, die an Stahlseilen hängen. Die vier hohen Türme dienen nicht nur der Lagerung der an den Stahlseilen hängenden Betonscheiben, sondern auch der Führung der beiden Tröge.
Der Antrieb erfolgt durch vier Elektromotoren von je 160 KW, die über ein Getriebe die Ritzel antreiben, die in die an den Türmen befestigten Zahnstangen eingreifen. Mit einem Tempo von 21 cm pro Sekunde geht es hoch oder herunter. Mutige Besucher können den eindrucksvollen Hebungsvorgang auch per Schiff erleben.
Das Informationszentrum neben dem Hebewerk hält Schautafeln, Karten und Modelle für technisch interessierte Besucher bereit.

Sehenswertes in der Umgebung

Lüneburg
Das Salz hat die Geschichte der Stadt entscheidend geprägt. Seit 956 wurde das „weiße Gold" hier abgebaut und in Salinen verarbeitet. Das Patriziat der einstigen Hansestadt bildeten die Sülfmeister, nur sie gehörten dem Rat der Stadt an, und das blieb so bis ins 17. Jahrhundert. In dieser Zeit entstand die typische Backsteinstadt, die aus vier Siedlungen (jede hatte ihre charakteristische Kirche) zusammenwuchs: Marktviertel mit der Michaeliskirche, Sandviertel mit der Johanniskirche, Wasserviertel an der Ilmenau mit der Nikolaikirche und das Salzviertel mit der 1861 abgebrochenen Lambertikirche. Zentrum der Stadt ist der etwa 275 m lange, 35 – 40 m breite Marktplatz „Am Sande", auf einer Sandbank im ehemals versumpften Flußgebiet angelegt. Er wird von guterhaltenen Bürgerhäusern gesäumt, von denen das bedeutendste das „Schwarze Haus" (Nr. 1) ist, 1548 als Brauhaus errichtet. Folgende Erkundungsvorschläge bieten sich an:
Erkundungsvorschlag 1:
Bahnhof – Altenbrückertorstraße – über die Ilmenau – St. Johannis-Kirche – Am Sande – Heiligengeiststraße – St. Lamberti-Platz – Deutsches Salzmuseum.
Erkundungsvorschlag 2:
Sülzwiese – Kalkberg – St. Michaeliskirche – Auf dem Meere – Egersdorffstraße – Hinter der Bardowicker Mauer – Reitende-Diener-Straße – Am Ochsenmarkt – Altes Rathaus.
Erkundungsvorschlag 3:
Altes Rathaus – Nicolaikirche – Lüner Straße – Alter Hafen – Kaufhaus – Kran – Abtswasserkunst – Lüner Mühle – Ilmenau – Conventstraße – Am Berge – Glockenstraße – Bäckerstraße – Am Sande.

Einzige Talsperre im niedersächsischen Tiefland

Die Thülsfelder Talsperre

Wer von Cloppenburg auf der B 72 in Richtung Friesoythe fährt, findet etwa auf halber Strecke eine Abzweigung zu der westlich der Bundesstraße gelegenen Thülsfelder Talsperre.

Eine Landschaft, von Eis und Wasser geprägt

Die Oberflächengestalt der Landschaften im nördlichen Niedersachsen ist durch die Eiszeiten geprägt. Skandinavische Gletscher haben riesige Mengen an Sand, Kies und Steinen bis an den Rand der Mittelgebirge verfrachtet.

Deswegen findet man auch im Raum Cloppenburg ausgedehnte hügelige Geestgebiete, die in der Saale-Eiszeit (also vor etwa 235 000 bis 125 000 Jahren) entstanden sind. Es sind eiszeitliche Aufschüttungen der Gletscher, die als Grundmoränen bezeichnet werden. Weite Talsandebenen schließen sich fast unmerklich an die Geestplatten an. Sie wurden durch das Schmelzwasser der Gletscher aufgebaut und sind von Mooren überzogen. Dünenzüge finden sich in unterschiedlicher Form und Höhe in der Nachbarschaft der Flußläufe.

Die Soeste war schuld

Die Soeste, ein kleiner Fluß, der östlich von Cloppenburg in zwei Quellbächen entspringt, hat immer wieder fruchtbares Ackerland überschwemmt, und auch die Dörfer im Einzugsbereich waren vor Überflutungen nicht sicher.

So entschloß man sich 1922, eine Talsperre zu bauen, um die ständig von der Soeste ausgehenden Überschwemmungen zu beseitigen. Bereits 1924 wurde mit dem Bau begonnen. Der günstigste Standort wurde südlich des Dorfes Thülsfeld ermittelt, weil sich hier eine natürliche Verengung im Tal durch vorhandene Geestplatten befand. Außerdem konnten weitere, sich südlich anschließende Geestrücken und Dünen für den Dammbau genutzt werden. Es war die Zeit einer großen Arbeitslosigkeit zwischen 1924 bis 1927, und so konnten mehrere hundert Arbeitskräfte im Rahmen von Notstandsarbeiten beim Bau beschäftigt werden. Mit Hilfe von Baggern und anderen Maschinen, aber auch mit harter Handarbeit, wurde das Tal abgeriegelt und ein mächtiger Damm aufgeworfen, der im Nordteil einen vom Wasserstand abhängigen Durchlaß erhielt. Der Damm wurde mit einer Lehmschicht umkleidet, später teilweise asphaltiert, um ein ungeregeltes Abfließen der gestauten Wassermassen zu verhindern. Insgesamt ist der Damm 4,5 Kilometer lang, durchschnittlich 52 Meter breit und mißt an seiner breitesten Stelle sogar 75 Meter. Durch die Einbeziehung der natürlichen Erhebungen konnte

Abendstimmung an der Talsperre in Thülsfeld

man sich an einigen Stellen umfangreiche Erdarbeiten ersparen.

Die Talsperre, nicht nur wichtig als Hochwasserschutz

Überschwemmungen im Tal der Soeste sind durch die Anlage der Talsperre weitgehend ausgeschlossen, zumal am Ostufer eine Hochwasserentlastungsanlage im Damm eingebaut wurde, um die Talsperre durch einen Entwässerungskanal mit der Soeste im Nordteil zu verbinden. Die gespeicherten Wassermassen sind erheblich. Bei normalem Wasserstand befinden sich etwa 2 Millionen Kubikmeter Wasser im Stausee, damit ergibt sich eine Wasserfläche von 170 Hektar. Ist die Talsperre jedoch bis knapp unter die Dammkrone gefüllt, enthält sie rund 3 Millionen Kubikmeter Wasser. Die größte Tiefe liegt dann bei 4 bis 5 Metern. Damit ist die Thülsfelder Talsperre, bedingt durch das Relief, im Gegensatz zu den Talsperren im Harz, sehr flach. In den Sommermonaten erwärmt sich das Wasser relativ schnell und begünstigt eine starke Algenentwicklung. Ein ausgesprochener Sauerstoffmangel, der auch den Fischbestand bedrohen könnte, war bisher selten festzustellen.
Neben dem Hochwasserschutz dient die Talsperre auch der Aufhöhung des Was-

Blick über einen Teil der Talsperre

sers in der Soeste, wenn eine länger anhaltende Trockenperiode den Grundwasserstand gefährden sollte. Eine zusätzliche Wasserversorgung des 15 Kilometer nördlich verlaufenden Küstenkanals – ursprünglich für die Torfschiffahrt in den Oldenburger Mooren gebaut und heute Teil der kürzesten Wasserverbindung zwischen der Weser und dem Ruhrgebiet – wurde nur selten in Anspruch genommen.

Idylle im Naturschutzgebiet

In der Umgebung der Talsperre konnte sich, unterstützt durch pflegerische Maßnahmen, eine Landschaft entwickeln, die auf Naturfreunde eine große Anziehungskraft ausübt. Mit ihren Inseln, Halbinseln, Wald-, Heide- und Moorflächen sowie den Röhricht- und Sumpfgebieten ist sie zur Heimat auch selten gewordener Tier- und Pflanzenarten geworden. Bereits im Jahre 1938 wurde ein 462 Hektar großes Gebiet rund um die Talsperre, einschließlich der Wasserfläche, unter Naturschutz gestellt.

Kaum noch bekannte Vogelarten können beobachtet werden, Ornithologen haben insgesamt bisher 140 unterschiedliche Arten gezählt, und im Naturschutzgebiet am Westufer sind 20 seltene Pflanzenarten zu finden, alle auf der roten Liste des Naturschutzbundes als „stark gefährdet" eingestuft, wie z. B. Lungenenzian, Färberscharte, Katzenpfötchen, geflecktes Knabenkraut.

Das Befahren des Stausees mit Booten jeglicher Art ist verboten. Baden darf man nur an ausgewiesenen Stellen.

Zu empfehlen ist eine Wanderung rund um die Talsperre (die Wegstrecke beträgt etwa 9 Kilometer) eigentlich zu jeder Jahreszeit, wobei man dabei den nachhaltigsten Eindruck von den verschiedenen Wasser-, Sumpf- und Moorflächen erhält. Aber auch in Teilstrecken, besonders im Naturschutzgebiet am westlichen Ufer, lassen sich vielseitige Eindrücke gewinnen.

Parkplätze am Ostufer sind ausreichend vorhanden, und ein vielseitiges gastronomisches Angebot in Hotels und Gaststätten lädt zur Rast und Erholung ein.

Sehenswertes in der Umgebung

Cloppenburg

Die im Oldenburger Münsterland gelegene Stadt ist durch das Museumsdorf weithin bekannt geworden. Das Museumsdorf liegt mitten in der Stadt und ist das älteste und größte Deutschlands.

Auf einem Gelände von 15 ha, mit alten Bäumen bestanden, sind bisher 52 historische Gebäude aus der Zeit vom 16. bis zum 19. Jahrhundert im Originalzustand wieder aufgebaut und mit alten Gegenständen und Geräten fachgerecht ausgestattet worden.

Neben größeren Gebäuden, wie den Erbwohnhäusern Haakenhof, Quatmannshof, Hoffmannshof und der Wehlburg, als vielleicht Deutschlands schönstem Bauernhof, sind auch kleinere, für das dörfliche Leben wichtige Gebäude, wie beispielsweise Brauhaus, Schmiede, Tischlerei, Zimmerei, Töpferei, Drechslerei, Dreschturm, Schafstall, Backhaus, Schule, Kirche u.a. zu besichtigen. Dem Besucher wird ein lebendiger Querschnitt durch die Entwicklung der alten bäuerlichen Bau- und Wohnkultur Niedersachsens geboten. Arbeitsabläufe alter Handwerksbetriebe werden gezeigt. Alte Bauerngärten werden noch bewirtschaftet.

Das Museumsdorf Cloppenburg ist jeden Tag geöffnet und gibt den Besuchern einen eindrucksvollen Eindruck vom bäuerlichen Leben in den vergangenen Jahrhunderten.

Mit der Bimmelbahn von Bruchhausen-Vilsen nach Asendorf

Eisenbahn-Nostalgie

Verträumt ist das Städtchen Bruchhausen-Vilsen, seit 1976 staatlich anerkannter Luftkurort, zwar auch heute noch, zumal wenn man während der Woche kommt. Aber ausgeschlafen und aufgeweckt sind die Bruchausen-Vilser allemal. Neben zahlreichen Bräuchen ist die Museumseisenbahn die Hauptattraktion des Ortes.

Feste und Bräuche in Bruchhausen-Vilsen

Daß man in Bruchhausen/Vilsen gern und ausgiebig feiert, beweist der seit altersher beliebte „Brokser Heiratsmarkt“ (Broksen – niederdeutsch für Bruchhausen) im August jeden Jahres. Ehemals als Kirchweihfest und Pferdemarkt begangen, zählt das Fest heute zu den ganz

Der alte Bahnhof in Bruchhausen-Vilsen

Allerlei Nostalgisches auf dem Bahnhofsgelände

großen Jahrmärkten Norddeutschlands, das Besucher nicht nur aus dem Kreis anlockt.

Der letzte der vier Markttage ist noch heute dem „Pferdehandel" auf norddeutsche Art, der Abschluß wird per Handschlag geführt, vorbehalten.

Die Bezeichnung 'Brokser Heiratsmarkt' ist nachweislich bereits im vorigen Jahrhundert gebräuchlich gewesen. Früher war es allgemein üblich, daß die Eltern und ihre Freunde sich vorher beredeten, damit die Richtigen zueinander kamen und auch wegen 'Brautschatz und einem standesgemäßen, ortsüblichen Brautwagen', wie in den schriftlichen 'Eheberechnungen' immer wieder zu lesen ist. Für die Vorbesprechungen war daher der Brokser-Heiratsmarkt bestens geeignet.

„Erste Museums-Eisenbahn Deutschlands"

Nicht nur, daß sie ihr „Wasser" vermarkten, die „Erste Museums-Eisenbahn Deutschlands" lockt in den Monaten Mai bis Oktober jedes Wochenende Hunderte von Besuchern zu einer romantischen Fahrt mit der Bimmelbahn. Ob mit dem Triebwagen oder unter Dampf, die Holzbänke der Personenwagen 3. Klasse sind jedes Wochenende gut besetzt. Zwischen Bruchhausen/Vilsen und Asendorf verkehren ab Juli jeweils mindestens sieben Züge an diesen Tagen (zusätzlich an einigen Feiertagen).

Gruppen- und Klassenfahrten sind auch an Werktagen möglich und können mit dem „Deutschen Eisenbahn-Verein e. V.", Postfach 1106, 27305 Bruchhausen-Vilsen,

Mit der alten Dampflok unterwegs

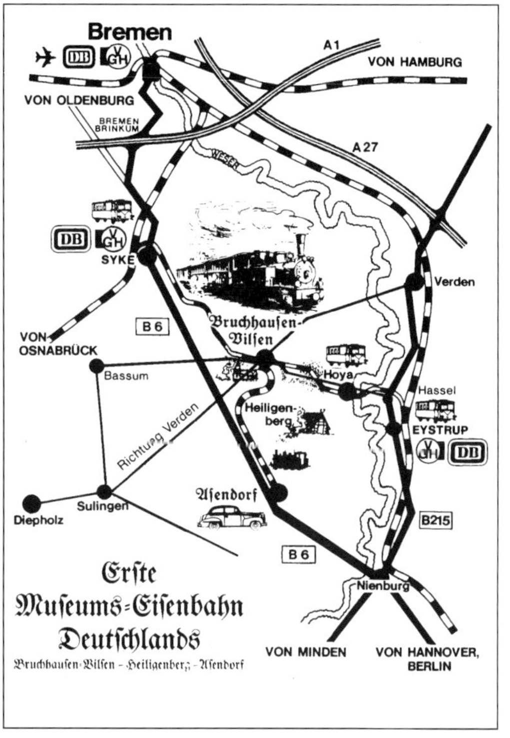

Streckenplan und Lageskizze

Tel.: 0 42 52/21 11, abgesprochen werden (im Herbst/Winter auch Kohl- und Pinkelfahrten!).

Unser Zug um zwölf Uhr, (T=Triebwagen/Zug 35/36) ein „Güterzug mit Personenbeförderung" hält das erste Mal im Wiele Kurpark, der zu einem ausgedehnten Spaziergang einlädt. Zur Kur kommen Patienten mit Herz- und Gefäßkrankheiten, Erkrankungen der Atemwege, allergische Erkrankungen u. a. Nach der alten Kneippschen Methode kann der Gast seine Durchblutung in der Kneipp-Freianlage im Wieletal so richtig in Gang bringen. Direkt am Kurpark beginnt das Vilser Holz mit altem Eichen- und Buchenbestand. Im Ortskern von Bruchhausen finden wir in verträumten Gassen und Winkeln hübsch restaurierte Fachwerkhäuser. Mittelpunkt ist die Vilser Cyriakus-Kirche, deren ältester Teil bereits im 10. Jahrhundert im romanischen Stil erbaut wurde. Architektonisch besonders interessant ist der Turm mit aufgesetztem Dachreiter. Das Schloß, 1565 erbaut, befindet sich heute in Privatbesitz. Gegenüber der sonst flachen Norddeutschen Tiefebene bietet Bruchhausen-Vilsen, am Rande eines hohen Geestrückens gelegen, ein landschaftlich welliges Auf und Ab. Fahren wir von unserem Zwischenhalt im Wiele-Kurpark weiter in Richtung Asendorf, kommen wir zunächst nach Homfeld. Von hier aus ist es nicht mehr weit zur Klostermühle Heiligenberg. An dieser lauschig romantisch gelegenen Stelle klappert im wahrsten Sinne noch die Mühle am rauschenden

Die idyllisch gelegene Wassermühle Heiligenberg

Bach. Die vor einigen Jahren völlig restaurierte Wassermühle stammt aus dem 14. Jahrhundert. Im Innern finden wir heute eine Töpferei mit Ausstellungsraum.
Die herrliche und waldreiche Umgebung lockt zu einem weiteren kleinen Spaziergang zum nahen Forsthaus Heiligenberg (Hotel und Restaurant). Aber auch weiteren Touren steht nichts im Wege. Das Landschaftsschutzgebiet, das Hügelgräberfeld und ein Waldlehrpfad sorgen für des Wanderers Kurzweil.
Lohnende Ziele sind auch die Windmühlen in Engeln und Martfeld sowie die beiden Wassermühlen in Bruchmühlen und Heiligenberg.

Asendorf
Weiter geht's nach Asendorf. Das Automobilmuseum zeigt eine Reihe von Fahrzeugen, die man heute nur noch von Bildern her kennt. Ob Daimler-Benz, Magirus-Deutz oder Opel Blitz, bei einem Eintritt von DM 5,- (1993) gibt's viel Auto fürs Geld. Öffnungszeiten April bis September jeweils am Wochenende von 10.00 bis 18.00 Uhr. Automuseum 27330 Asendorf, Tel.: 0 42 53/7 14.
In Asendorf ist auch Endstation unserer historischen Fahrt.

Hinweise für die Anfahrt
Auf dem Weg nach Bruchhausen-Vilsen können Sie die Abfahrten Verden Ost oder Nord von der A27 benutzen und durch Verden in Richtung Hoya auf der B215 weiterfahren. Kurz nach Verden biegen Sie von der B215 nach Blender ab. Von hier aus ist Bruchhausen-Vilsen ausgeschildert. Von Verden aus sind es etwa 25 km nach Bruchhausen-Vilsen.

UNGEWÖHNLICHE MUSEEN

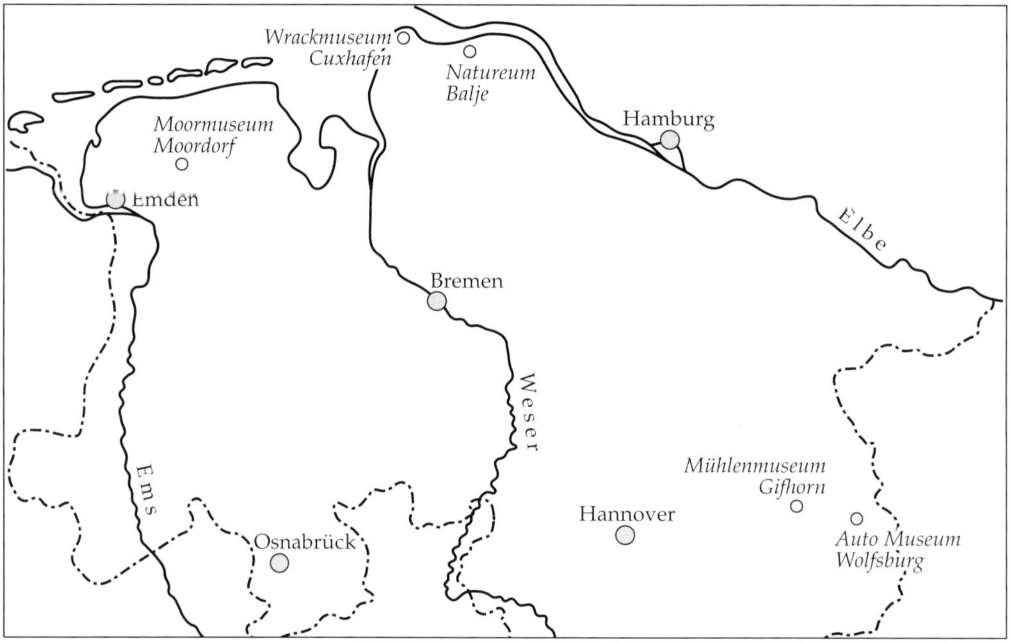

Das Museum hat seinen Ursprung im Bestreben des Menschen, Dinge von besonderem Wert aus kultischem, materiellem oder künstlerischem Interesse zu sammeln. Während in alter Zeit das Kostbare und Seltene den Charakter der damals noch stets privaten Sammlungen ausmachte, begannen im 19. Jahrhundert die ersten öffentlichen Museen, Bestände unterschiedlicher Art, historisch geordnet darzubieten. Heute existieren vielfältige Museen, die dem Besucher zur Erkundung offenstehen.

Das *Natureum* an der Niederelbe zeigt sich als gelungene Verbindung von Darbietungen im Museumsgebäude und naturkundlichen Beobachtungsmöglichkeiten in einer großflächigen Außenanlage.

Eine Attraktion von internationalem Rang ist das Mühlenmuseum in *Gifhorn.*

Das Freilichtmuseum in *Moordorf* vermittelt Eindrücke von der Lebensweise der ersten Moorkolonisten, die gekennzeichnet war durch harte Arbeit und bittere Armut.

Das Wrackmuseum in *Cuxhaven* dokumentiert mit Fundstücken vom Meeresgrund die Gefährdung der Schiffahrt in den Küstengewässern.

Nicht nur der „Käfer" gehört zu den Exponaten des *AutoMuseums* in Wolfsburg. Die technisch-historische Sammlung umfaßt eine Vielzahl von Automodellen.

Das Foto zeigt eine der vielen Windmühlen zwischen Weser und Elbe.

Beziehungsgefüge Mensch und Region

Natureum Niederelbe

Unmittelbar an der Mündung der Oste in die Elbe, direkt am international bedeutenden Feucht- und Vogelschutzgebiet Barnkrug, befindet sich eines der jüngsten Museen des Elbe-Weser-Dreiecks: Das Natureum Niederelbe.

Die ideale Lage des Natureums

Hinter dem Namen verbirgt sich das gut 80 m lange und 12 bis 24 m breite, individuell und markant geplante Naturkundemuseum und die ökologische Station des Landkreises Stade.

Hier stellt sich ein in seiner Konzeption einmaliges Museum vor. Schwerpunktmäßig werden Natur und Umwelt, das Beziehungsgefüge Mensch und Natur dieser Region dargestellt. Dabei deutet der Name schon an, daß es sich hier um mehr handelt als um ein Museum.

Auch die Lage direkt an der Ostemündung, im Gebiet der Elbmarschen, zeigt, daß man bereits bei der Planung daran gedacht hat, kein totes Gebäude zu schaffen. Landschaftserleben, Naturbeobachtung und Museumsbesuch kann man in dieser Form nur noch in einigen kleinen Heimatmuseen miteinander verbinden.

Natur- und Vogelbeobachtungen

Die freie Lage auf der Halbinsel, die nach dem Bau des Ostesperrwerkes durch die Umleitung der Oste entstand, erlaubt, daß Ausstellungen im Museumsraum mit einer naturkundlichen Freilichtausstellung auf den weiten Außenflächen und mit der Möglichkeit zur unmittelbaren Natur- und Wildvogelbeobachtung konzeptionell eng miteinander verknüpft werden konnten. So führen sichtgeschützte Pfade zum Beobachtungsgebäude und zu einem weiteren Beobachtungsstand am Ostesee. Von hier aus können die Vögel auf den Feuchtwiesenflächen, dem Ostewatt oder dem ausgesüßten Ostesee in aller Ruhe betrachtet werden.

Im Laufe der nächsten Jahre soll die etwa 20 ha große Freifläche mit Ausstellungs- und Beobachtungspfaden noch weiter ausgebaut werden.

Dauerausstellung

Der Landkreis Stade gründete das Natureum Niederelbe als naturwissenschaftliches Regionalmuseum. Neben dem Außengelände bietet eine 800 m^2 große Dauerausstellung im Erdgeschoß des Hauptgebäudes die wichtigsten Landschaften und Lebensräume der Niederelbe und des Elbe-Weser-Dreiecks vergleichend dar.

Begriffe wie Geest, Marsch und Moor, Deich, Deichvorland und Watt, die limnischen Lebensräume von Tide-Elbe, Brackwasser-Elbe und mariner Außen-Elbe werden mit Panoramafotos, Präparaten

Das Natureum an der Niederelbe

und in Großvitrinen anschaulich erklärt. Eine Aquarienanlage mit drei 2000-l-Becken kann Tiere aus den genannten Wasserzonen aufnehmen. Welche Bedeutung das Stromsystem der Elbe hat, die heute unter einer sehr starken Wasserverschmutzung leidet und somit zu den wichtigsten Schwermetall- und Schadstofflieferanten der Nordsee gehört, wird ebenfalls erläutert.

Blick vom Aussichtsturm

Eine Audiovision mit Vogelstimmen, Dias und einer nachgestalteten Hecke mit den Bewohnern zeigt im Museum die intakte Natur, die wir draußen kaum noch finden. Deswegen ist die gelungene Symbiose zwischen innen und außen im Natureum besonders hervorzuheben.
Vom Aussichtsturm aus hat man einen herrlichen Blick über die Landschaften, die in der Dauerausstellung gezeigt werden. Bei guter Sicht liegt die schleswig-holsteinische Geest im Norden zum Greifen nahe, doch näher ist das Band der Elbe zwischen den grünen Marschwiesen. Die großen Seeschiffe ziehen wie auf dem Deich schwebend vorbei.
Bei einem Blick nach Westen öffnet sich die Elbemündung. In der Ferne ist Cuxhaven zu erkennen, wogegen elbaufwärts, bei freier Sicht der Blick bis Freiburg/Elbe freigegeben ist.

Wandermöglichkeiten

Wer sich in diesem Museum aufhalten will, sollte die Vogelbeobachtungen mit einem kleinen Fußmarsch bereits einplanen. Vom Natureum aus ist eine kleine Wanderung um den Ostesee möglich, im Sommer bieten sich Wanderungen auf dem Elbeaußendeich an. Wer sich anschließend stärken will, kann dies in Wischhafen, Freiburg, Krummendeich und Balje-Hörne tun.

Öffnungszeiten:

Dienstag – Sonntag von 10.00 – 18.00 Uhr, Eintritt frei. Anfahrt über Stade – Wischhafen – Freiburg oder über die B 73.

„Es klappert die Mühle…"

Mühlenromantik im Gifhorner Mühlenmuseum

Es ist zwar nicht der rauschende Bach, an dem die Mühlen des Internationalen Wind- und Wassermühlenmuseums in Gifhorn aufgereiht sind, sondern die zum Mühlensee aufgestaute Ise, an deren Ufer sich diese einmalige Anlage auf einer Fläche von ungefähr 100 000 m^2 erstreckt. Wer in unserer technisierten Welt macht sich beim Brotkauf schon Gedanken über den mühsamen Weg vom Korn auf den Feldern über die Mühlen bis hin zum täglichen Brot. Die Mühlen in Gifhorn erzählen von dieser Arbeit und vom Alltag vergangener Jahrhunderte.

Mühlenbau als Hobby
Diese einzigartige Sammlung der ältesten Maschinen der Menschheit begann für

Nachbau der Mühle von Mykonos

Windmühle (Original) im Freigelände

den Initiator des Museums, den Designer Horst Wrobel, zunächst als reines Hobby. Als er Mitte der 60er Jahre eine alte Bockwindmühle bei Braunschweig besuchte, war er so fasziniert von dem jahrhundertealten Eichenholzbau, daß er anfing, die Mühle im Maßstab 1 : 25 mit allen Details nachzubauen.
Damit war der Grundstock für eine Sammlung gelegt, die im Laufe von zehn Jahren auf über 40 maßstabsgerechte und naturgetreue Wind- und Wassermühlen aus aller Welt angewachsen ist. Wrobel informierte sich über alles, was mit Mühlen zu tun hatte. Er reiste durchs Land, fotografierte und skizzierte und pflegte intensiven Briefwechsel mi Mühlenfreunden auch in fremden Ländern; er wurde Mühlenbauer aus Leidenschaft und bald zum Mühlenexperten.

Acht Windmühlen im Original

1980 wurde Gifhorn dann zur Heimat des Internationalen Mühlenmuseums. Schon von Ferne erkennt man die unterschiedlich geformten Windräder verschiedener Windmühlentypen, die auf dem ausgedehnten Freigelände in Originalgröße aufgebaut sind. Gleich neben dem Eingang fühlt man sich beim Anblick der 'Mühle von Mykonos' in den Urlaub versetzt.
Die 'Bockwindmühle', die ebenfalls in Originalgröße aufgebaut ist, kennt man dagegen auch aus heimischen Gefilden. Ihr Name erklärt sich aus dem hölzernen Schwellenkreuz, dem ein kastenförmiger Aufbau aufsitzt. An einem langen, „Steert" genanten Balken kann die ganze Mühle vom Müller in die richtige Richtung zum Wind gedreht werden. Mit einer Flügelspannweite von bis zu 18 m kann bei Windstärke 5 eine Leistung von 80 kW erreicht werden, aber nur ein Fünftel davon kommt auch am Mühlstein an. Als typische deutsche Windmühle beherrschte sie das Bild unserer Landschaft bis ins 17. Jahrhundert hinein.
Ein ganz anderes Konstruktionsprinzip zeigt die Sanssouci-Mühle, um die sich zahlreiche historische Legenden ranken. Es ist dies eine Galeriemühle, bei der sich nur der Mühlenkopf mit den Flügeln dreht.
Zur Zeit sind acht Originalwindmühlen auf dem Freigelände aufgebaut, Erweiterungen sind für die nächste Zukunft geplant; die Bockwindmühle ist sogar wieder vollständig betriebsbereit.

Kurze Geschichte der Müllerei

Das Herzstück des Museums ist nach wie vor die 800 m² große Ausstellungshalle, die die Wrobelschen Modelle präsentiert. In dieser Ausstellung wird gleichzeitig auch die historische Entwicklung der Müllerei nachgezeichnet.
Wurde das Getreide ursprünglich mit einem Stein auf dem anderen zerrieben, führte die Entwicklung zu den von Tieren oder Menschen angetriebenen Mühlen. Aber schon vor Christi Geburt (um 120) lernten die Menschen, Wind und Wasser auszunutzen und dadurch die menschliche oder tierische Arbeitskraft zu entlasten. Als Ende des 18. Jahrhunderts in London die erste Dampfmühle in Betrieb genommen wurde, setzte ein Prozeß der Automatisierung ein, der bewirkte, daß von den in Deutschland zu Beginn des 20. Jahrhunderts gezählten 10000 Mühlen fünfzig Jahre später nur noch 2000 existierten. Umso mehr ist die Initiative zur Bewahrung dieser Kulturtechnik anzuerkennen.

Mühlenmodelle aus aller Welt

Im Ausstellungshaus stehen so bekannte Mühlen wie die 'Moulin de la Galette' vom Montmartre in Paris oder die mit dem legendären Don Quichotte in Verbindung gebrachte Mühle von 'La Mancha' aus Spanien. Aber auch eine alte Ölmühle und eine Getreidemühle aus Persien sind dabei, die so gar nicht an einen Mühlentyp europäischer Bauart erinnern. Bei letzterer wird der Wind durch die Konstruktion der Mühle so ausgenutzt, daß in 24 Stunden etwa 3000 kg Weizen gemahlen werden können.

Eine Kombination aus Wasser- und Windmühle zeigt ein Modell, das einer heute noch im Emsland (Hüven bei Meppen) existierenden Mühle nachgebaut ist. Aber neben so viel Vergangenheit kommt auch der Blick in die Zukunft nicht zu kurz. Im Keller der ukrainischen Mühle 'Natascha' (Freigelände) kann sich der Besucher über die aktuellen Möglichkeiten der Windnutzung informieren. Aufschlußreich dürfte dabei vor allem sein, daß schon um die Jahrhundertwende die verstärkte Nutzung von Windenergie gefordert wurde, und zwar mit den gleichen Argumenten wie heute, als saubere, ungefährliche und reichlich verfügbare Energieform.

Wer nach soviel Geschichte und Kultur Hunger bekommt, im Back- und Müllerhaus wird Getreide in eigenen Mühlen gemahlen und nach alten Rezepten zu Brot und Kuchen verarbeitet.

Das Internationale Wind- und Wassermühlen-Museum in Gifhorn ist geöffnet vom 15. 3. – 31. 10. (täglich von 10.00 – 18.00 Uhr), vom 1. 11. – 31. 12. (täglich außer Mo. 10.00 – 17.00 Uhr). Vom 1. 1. – 14. 3. ist das Museum geschlossen.

Sehenswertes in der Umgebung

Innenstadt von Gifhorn

Durch mehrere Wasserarme abgegrenzt, präsentiert das Zentrum um den Steinweg Bauten vor allem aus der Glanzzeit von Gifhorn: Das erste Rathaus der Stadt (1562), heute der Ratsweinkeller mit Stadtbücherei und Touristbüro, das Kavalierhaus (1540, Steinweg 3) und das Haus Höfer (1570, Steinweg 2). Überragt werden die Bauten von der St. Nicolai-Kirche, einer Kirche aus der Barockzeit (Christian-Vater-Orgel von 1748).

Welfenschloß in Gifhorn

Welfenschloß

Dieses Wahrzeichen von Gifhorn ist in nur 5 Minuten von der Fußgängerzone in östlicher Richtung zu erreichen. Die Bauherren, die Celler Herzöge Otto und Ernst von Braunschweig-Lüneburg, ließen das Schloß zu dem verteidigungstechnisch bedeutendsten Bauwerk ihrer Zeit ausbauen. Während des Dreißigjährigen Krieges verzichteten die Schweden beim Anblick des wehrhaften Schlosses von vornherein auf eine Belagerung. Dafür hat es wechselnde Besitzer erlebt; im 18. Jahrhundert wurden einige der Wälle und Bastionen abgetragen, der Schloßgraben zur Hälfte aufgefüllt. Die meisten Bauteile sind der Öffentlichkeit zugänglich. Vor allem das Kreisheimatmuseum und der Rittersaal im Ostflügel lohnen einen Besuch.

Moorgeschichte zum Anfassen

Das Moormuseum in Moordorf bei Aurich

Moore wirkten auf Menschen schon immer düster und unheimlich. Wenn auch am Rande Torf gestochen wurde, so mied man doch angstvoll das Innere der Moore; grauenvoll die Vorstellung, im unergründlichen Moder zu versinken.
Abends am flackernden Herdfeuer wurden Schauermärchen von Fabelwesen erzählt, die im Moor ihr Unwesen trieben.
So ist es zu verstehen, daß Moore, und besonders Hochmoore, wo Grasbulken und Wollgrasbüschel einen sicheren Tritt nur vorgaukelten, erst spät kultiviert wurden.

„Für den ersten der Tod..." – die Anfänge der Moorkultivierung

So begann auch die Geschichte des Ortes Moordorf (bei Aurich) erst 1767 mit den ersten Siedlern auf der weiten, unwegsa-

Nachbau einer Moorkate, in der Kolonisten wohnten

men Moorfläche zwischen Walle und Victorbur. Das Urbarmachungsedikt des Preußenkönigs Friedrich der Große setzte den Grundstein zu einer intensiven Moorkultivierung in Ostfriesland, das damals zu Preußen gehörte. Die unbebauten Heide- und Moorflächen galten mit dem Edikt als Land der Krone und wurden an siedlungswillige Bauern aufgeteilt.

Das Freilichtmuseum am Rande des Ortes vermittelt Eindrücke über die Lebensweise der Moorkolonisten. Unter unsagbaren Schwierigkeiten begann ihre neue Existenz. Die harte Arbeit des Torfstechens brachte wenig ein. Torf wurde in der damaligen Zeit viel billiger verkauft als Brennholz. Der Anbau von Buchweizen auf dem Moorboden warf nur geringe Erträge ab. So fristeten die Moordorfer ein kärgliches Dasein. Die einfachen Hütten, die auf dem Museumsgelände rekonstruiert wurden, lassen noch heute die bittere Armut der Moorkolonisten spüren. Wie groß die Schwierigkeiten der ersten Siedler waren, verdeutlicht eine Redensart von damals: Dem Ersten der Tod, dem Zweiten die Not, dem Dritten das Brot.

Torf – Heizmaterial armer Leute

Ein angelegter Torfstich mit Trockenfeld, sowie alte Arbeitsgeräte geben im Museum Einblick in die Technik des Torfstechens, bevor viel später Maschinen die schwere Arbeit übernahmen.

Torf entsteht in Jahrtausenden. Abgestorbene Pflanzen, die im Moor nur unvollkommen zersetzt wurden, lagern sich Schicht für Schicht ab und werden allmählich zusammengepreßt. Die Mächtigkeit der so entstandenen Torfschicht ist unterschiedlich. Die Torfablagerung im Hochmoor von Moordorf betrug 6 m und schrumpfte nach der Entwässerung auf etwa 4 m zusammen. Torf war in früherer Zeit das Heizmaterial der armen Leute. Im allgemeinen heizte man mit Brennholz, bevor sich die Kohle durchsetzte. Mit zunehmendem Bevölkerungswachstum wurden die Holzvorräte immer knapper, und die Brenntorfgewinnung gewann an Bedeutung. 1611 wurde in Ostfriesland durch die Torfstichrechte der Torfabbau geregelt, bis dahin kuhlte die Bevölkerung die Moore planlos aus. 1729 folgte eine Verordnung zum Torfgraben, deren Einhaltung Aufseher ständig kontrollierten.

Rekonstruktion eines Torfstichs

Torfstechen – eine harte Arbeit

Wenn das Hochmoor genügend entwässert war, räumte man den oberen Moostorf ab. Mit einem breiten Messer, dem Sticker, wurden dann die Torfsoden geschnitten und mit dem Tweekriger, einem Torfspaten, ausgehoben. Allmählich entstand eine Torfkuhle, die tiefer als 4 m sein konnte. Es wurde immer schwieriger, die nassen, bleischweren Soden hochzuwerfen. Außerdem bestand die Gefahr, daß das eindringende Wasser die Wände des Torfstiches zum Einsturz brachte, und die Arbeiter verschüttet wurden. Die Torfsoden wurden mit der Torfkarre zum Vortrocknen auf das Trockenfeld transportiert und nach einiger Zeit aufgeringelt, d. h. in luftige pyramidenförmige Haufen aufgeschichtet. Erst wenn der Torf gut durchgetrocknet war, das dauerte je nach Wetterlage recht unterschiedlich, konnte er als Brennmaterial verkauft werden. Die Heizkraft des Torfes ist verschieden; je tiefer der Torf gestochen wurde, desto höher ist seine Heizleistung, in der untersten Torfschicht entspricht sie fast der Kohle.

Sarazenenkorn und Haarrauch

Der Weg durch das Museumsgelände führt an einem Buchweizenfeld vorbei, das hinter dem Landarbeiterhaus angelegt wurde. Buchweizen – auch Sarazenenkorn genannt – ist keine Getreideart, wird aber wegen seiner mehlhaltigen Früchte, die wie kleine Bucheckern aussehen, wie Getreide genutzt. Zum Brotbacken konnte das Mehl nicht verwendet werden, da ihm der Kleber fehlt; jedoch für Pfannkuchen, Knödel und Grütze, die kärgliche Kost der Moorkolonisten, eignete sich der Buchweizen gut.

Die Moorbrandkultur ermöglichte den Siedlern den Anbau von Buchweizen auf den nährstoffarmen Moorböden. Nach der Entwässerung der Oberfläche, wurde das Moor abgebrannt und in die warme Torfasche der Buchweizen gesät. Jedes Jahr im Frühling breitete sich ein übelriechender blaugrauer Nebeldunst über das Land aus, wenn das Moor brannte. Die Belästigung durch den Moorrauch, auch Haarrauch genannt, war so stark, daß die betroffenen Gebiete bei der Grundsteuerveranlagung besonders niedrig eingestuft wurden. Die Klagen gegen die Rauchbelästigung häuften sich derart, daß sogar Vereine gegen das Moorbrennen gegründet wurden. Aber erst 1923 erfolgte in Deutschland ein Verbot. Bis zu dieser Zeit wurden Moore abgebrannt, um mit der Torfasche den Boden zu düngen. Allerdings erzielten die Moorbauern nur eine ausreichende Ernte, wenn der Sommer warm und trocken war. Bei naßkalter Witterung gedieh der kälteempfindliche Buchweizen, dessen Heimat die sommerwarmen Gebirgsländer Zentral- und Ostasiens sind, nicht. Die Ernte blieb aus, und die Not der Moorbauern war groß.

Neue Verfahren der Moorkultivierung

Die Moorbrandkultur erlaubte keinen ständigen Anbau auf der gleichen Moorfläche. Nach sieben Jahren war der Boden erschöpft und benötigte 30 Jahre zur Regeneration (Brachzeit). Immer wieder mußten neue Mooräcker angelegt werden, um die Ernährung einer Familie zu sichern. Andere Verfahren, Hochmoore zu kultivieren, brachten größere Erfolge. Die Deutsche Hochmoorkultur löste schon Ende des 19. Jahrhunderts weitgehend die Moorbrandkultur ab. Sie basiert auf einer Aufkalkung des Bodens mit anschließender Vorratsdüngung. Noch bessere Anbaubedingungen schaffte die Fehnkultur, die in den Niederlanden entwickelt wurde. Bei diesem Verfahren wurde mit sehr großem Arbeitsaufwand das Bodenprofil des abgetorften Moores völlig verändert, so daß gelber Sand die oberste Schicht bildete. Die so hergerichteten Flächen waren zum Anbau aller Kulturpflanzen geeignet.

In Moordorf, so zeigt das Museum, brachte der Torfabbau und der unsichere Anbau von Buchweizen den Menschen keinen Reichtum. Not und Armut beherrschten noch bis in unser Jahrhundert hinein das Leben im Dorf. Die Geschichte des Ortes, die man auf dem Rundgang durch das Museumsgelände miterlebt, ist aber auch ein typisches Beispiel einer Moorkolonisation, wie sie auch in vielen anderen Moorgebieten Niedersachsens stattgefunden hat.

Sehenswertes in der Umgebung

Aurich

Nicht ganz zu Unrecht bezeichnet man Aurich als die Hauptstadt Ostfrieslands, wenn man die wechselvolle Geschichte der Stadt als Häuptlingssitz ostfriesischer Herrscher, Residenzstadt und Regierungssitz (bis 1978) betrachtet.
Vieles davon ist noch heute im Stadtbild erkennbar. Für eine erste Erkundung sei der folgende Rundgang empfohlen: Schloß und Schloßplatz (Das neue Schloß wurde 1851 – 1855 auf den Mauern einer alten Burganlage errichtet. Gegenüber liegt der Marstall mit einem Arkadengang von 1732) – Haus der Ostfriesischen Landschaft (Neu-Renaissance-Gebäude, das früher das Ständeparlament der Bauern, Bürger und Ritter beherbergte. Heute ist es eine bedeutende Institution der Stadt mit der kulturellen Selbstverwaltung, einer bekannten Bibliothek zur Landeskunde und einem Forschungsinstitut für den Küstenraum. Prunkzimmer und Sitzungssaal sind sehenswert) – Marktplatz (einer der größten Niedersachsens mit z. T. alten Häusern. Über die moderne Ausgestaltung des Platzes gehen die Meinungen auseinander) – Burgstraße (heute Fußgängerzone; einige barocke Häusergiebel; Nr. 25 ist das Historische Museum, früher Kanzlei der ostfriesischen Grafen und Fürsten, später das erste Rathaus Aurichs, daher auch „Alte Kanzlei“ genannt; das Eckhaus an der Hafenstraße ist der älteste Gebäudekomplex) – Lambertikirche (Wahrzeichen der Stadt, klassizistischer Backsteinbau von 1832 – 1835 mit herrlichem Flügelaltar von 1500 aus dem ehemaligen Kloster Ihlow).

Großes Meer

Zwischen Emden und Aurich liegt das Große Meer, ein Flachmoorsee am Geestrand. Der Nordteil des Meeres wurde zu einem beliebten Erholungsgebiet ausgebaut (z. B. Segelboothafen, Campingplatz, Wanderwege, Schwimmbad). Der Südteil dagegen ist Naturschutzgebiet. Die verschilften Ufer bieten selten gewordenen Arten von Sumpf- und Wasservögeln sicheren Unterschlupf. Auch Störche sind noch anzutreffen, bieten doch die umliegenden Feuchtwiesen und großen Weideflächen ideale Lebensbedingungen. Für Zugvögel ist das Meer seit altersher ein wichtiges Rast- und Überwinterungsgebiet.
Bei der Gestaltung des Meeres kommt dem stetig wehenden Westwind besondere Bedeutung zu. Während das im Windschatten liegende Westufer Stadien der Verlandung aufweist, wird das östliche Ufer vom Wind und den Wellenbewegungen abgetragen, so daß eine Verschiebung des Meeres nach Osten festzustellen ist.
An manchen Stellen am Seeufer liegt gebündelt und aufgetürmt Schilf, hier Reith oder Reet genannt, das zum Decken von Häusern verwendet wird und im Winter geschnitten wird. Viele mit Reet gedeckte Dächer in Ostfriesland zeigen, daß die Kunst des Reetdeckens wieder an Bedeutung zunimmt.
Gut ausgebaute Wander- bzw. Radwege führen um den See.

Wrackmuseum, „Alte Liebe", Steubenhöft und Schloß Ritzebüttel

Maritimes in Cuxhaven

Als bedeutende Hafenstadt und traditionsreiches Nordseeheilbad an der Elbmündung bietet Cuxhaven zahlreiche maritime Sehenswürdigkeiten: Fischereihafen, Landungsbrücke „Alte Liebe", Kugelbake, Wattenmeer, Strandhaus Döse, Schloß Ritzebüttel und Park, die vorgelagerten Inseln Neuwerk und Scharhörn.

Der Aufstieg Cuxhavens

Im Verhältnis zu anderen Städten Niedersachsens kann Cuxhaven erst auf eine verhältnismäßig kurze Geschichte zurückblicken. So wird eine kleine Deichreihensiedlung erst im Jahre 1577 als Kuckshafen, Kuxhaven und Kokeshagen bezeichnet. Wahrscheinlich stammt der Name von „Koogshafen", Hafen am Koog, also am eingedeichten Vorland. Bereits im Jahre 1286 diente die zum Land Hadeln gehörende vorgelagerte kleine Insel O – das spätere Neuwerk – Bremer und Hamburger Kaufleuten als Fischmarkt.

Zwischen 1300 und 1310 erbauten die Hamburger Hanseaten dort den wuchtigen Turm, das „Neue Werk". Sie besetzten 1394 das Schloß Ritzebüttel, um durch diesen weiteren Stützpunkt die Elbmündung vor Seeräubern zu schützen – Klaus Störtebeker, Godeke Michels und ihre „Likedeeler" („Gleichteiler") trieben hier ihr Unwesen.

Im Jahre 1816 begann in Cuxhaven eine noch heute wichtige Epoche: Der Hamburgische Amtsmann zu Ritzebüttel, Amandus August Abendroth gründete am 14. Juni das Seebad Cuxhaven und eröffnete am 17. Juli 1818 das erste Badehaus. Der wirtschaftliche Aufstieg Cuxhavens begann 1892, als sich die „Kaiserliche Marine" in Cuxhaven etablierte und der „Neue Hafen" ausgebaut wurde. Die weitere Entwicklung kurz in Stichworten: 1902 Gründung des Seebades Duhnen, 1907 Verleihung der Stadtrechte, 1908 Eröffnung des Nordsee-Fischereihafens und eines Fischmarktes, 1912 Bau des Steubenhöfts als Anlegestelle für Überseeschiffe, 1914 Ausbau des Amerikahafens, 1964 Anerkennung als Nordseeheilbad und größtes deutsches Küstenbad.

Schätze vom Grund der Nordsee

Die Stadt Cuxhaven, deren Existenz so eng mit dem Meer verbunden ist, beherbergt als eine in Europa einmalige Besonderheit das Wrackmuseum mit zahlreichen Schätzen vom Boden der Nordsee. Allein an der deutschen Nordseeküste mögen 3000 bis 4000 Schiffswracks auf dem Meeresboden liegen, die durch Strandungen, Kollisionen, Stürme oder Kriegseinwirkungen verloren gingen. Spektakulär sind Berichte über die mo-

dernen „Schatzsucher auf dem Meeresboden“; so wurden 1981 fünfeinhalb Tonnen Gold aus dem Wrack des britischen Kreuzers „Edinburgh“ geborgen, der in 250 m Tiefe auf dem Grund der Barentsee lag; im gleichen Jahr wurde der Tresor der „Andrea Doria“ gehoben und 1989 das Wrack der „Titanic“ untersucht.
Nicht ganz so sensationell sind die hier im Wrackmuseum Cuxhaven zusammengetragenen Fundstücke, stammen sie doch „nur vom Grund der Nordsee“, meist aus „ganz normalen“ Schiffen. Aber jedes von ihnen hat seine eigene interessante Geschichte.

Die Fundstücke im Freigelände
Auf einem Rundgang sind u. a. folgende Exponate zu besichtigen: das Wrack des Gaffelschoners „Albertus“, der 1864 in der Elbe sank; die Galionsfigur „Heiliger St. Antonius“ eines portugiesischen Segelschiffes; ein Torpedo aus dem Ersten Weltkrieg, der durch Preßluft angetrieben wurde; ein Zwei-Mann-U-Boot vom Typ „Seehund“ und eine englische Seemine aus dem Zweiten Weltkrieg, die nach dem Krieg als Wasserfaß benutzt wurde.

Rundgang durch in Innenräume des Museums
Als Einstimmung erfährt man im ersten Raum Wissenswertes über die Gefährlichkeit der Nordsee, die wegen der häufigen ungünstigen Wetterlagen, schmalen Fahrrinnen mit tückischen Untiefen und der hohen Verkehrsdichte zahlreichen Schiffen zum Verhängnis wurde.
Der Wert des „Strandsegens“ – das Bergen von Holztrümmern, Tauwerk, Segeltuch und Frachtgut gestrandeter Schiffe – übertraf in den vergangenen Jahrhunderten in vielen Orten an der deutschen Nordseeküste für die Erträge aus anderen Erwerbszweigen; selten wurde dabei an die Rettung Schiffbrüchiger gedacht, es soll sogar vorgekommen sein, daß Küstenbewohner durch Anzünden von Feuern Schiffe in die Irre geleitet haben und so Havarien provozierten.
Ein Schiffsunglück – die Strandung der Dreimastbark „Johanna“ 1854 vor Spiekeroog – war Ausgangspunkt der Gründung der Deutschen Gesellschaft zur Rettung Schiffbrüchiger am 29. 5. 1865. In den ersten Jahren ihres Bestehens bildeten primitive Mittel, wie offenen Ruderboote, die Ausrüstung; heute gehören die Seenotrettungskreuzer der Deutschen Gesellschaft zur Rettung Schiffbrüchiger zu den modernsten der Welt. Die weiteren Räume sind den geborgenen Einzelstücken vorbehalten: z. B. Sextant, Haiangel und Namensschild vom Hamburger Segler „Paposo“ (1883 bei Glückstadt gesunken); Bratenhaube und Fleischplatte vom englischen Dampfer „Kaffraria“ (1891 vor Otterndorf gesunken); das Bullauge einer 1. Klasse-Kabine der „Cimbria“, die bei der größten Schiffskatastrophe in der Deutschen Bucht im vorigen Jahrhundert mit 437 Menschen an Bord unterging; die Schiffsglocke der „Hilding“ (1890 gesunken), die – eingeschlossen in einen Lehmklumpen – am Otterndorfer Strand gefunden wurde; Tabakpfeifen und Fernglas aus dem englischen Minen-U-Boot „E-24“ (1916 vor Helgoland gesunken); Uniformknöpfe und -stiefel vom deutschen U-Boot „U-51“, das durch einen Torpedotreffer 1916 mit 31 Seeleuten sank; Flaschen aus der Bordapotheke des Dampfschiffes „Kestrel“ (1893 vor Brunsbüttel gesunken). Zahlreiche Stücke stammen von der „Vandalia“ die am 4. 12. 1912 mit 600 t Stückgut den Hamburger Hafen in Richtung Rio de Janeiro verlassen hat. Doch schon bei der Elbinsel Krautsand rammte ein Schlepp-

zug die Vandalis, die innerhalb einer Viertelstunde sank. Bei den Bergungsarbeiten kamen 1977 eine silberne Weinkaraffe, Schneckenteller und viele weitere Teile der Ladung wieder ans Tageslicht.

Entwicklung des Wrackmuseums Cuxhaven

Begonnen hat es 1978, als der Cuxhavener Wrackexperte Peter Baltes seine Sammlung „Aus gesunkenen Schiffen" in Cuxhaven zeigte. Wenig später wurde er mit dem Aufbau eines Museums betraut, das 1980 eröffnet wurde. Inzwischen ist eine umfangreiche Sammlung maritimer Exponate aus den letzten beiden Jahrhunderten zusammengetragen worden. Sie stammen überwiegend von Schiffe, die in der Deutschen Bucht, der Ems, Weser und Elbe sanken.

Das Wrackmuseum Cuxhaven hat es sich zur Aufgabe gemacht, die Fundstücke in einen historischen Rahmen zu setzen und in anschaulicher und interessanter Form, neben den Beschreibungen der Exponate und dem Werdegang des zugehörigen Schiffes, die Ursachen für den Schiffsverlust, die Rettungsversuche, die Tauch- und Bergungsarbeiten aufzuzeigen.

Die Sammlung wird ständig ergänzt und erweitert; wechselnde Sonderausstellungen zu verschiedenen Themenbereichen werden gezeigt.

Das Wrackmuseum Cuxhaven (Cuxhaven-Stickenbüttel, Dorfstr. 80, Tel. 0 47 21/2 33 41) ist geöffnet von Ende März bis Ende Oktober und in den Weihnachtsferien; Di. – Fr. 9.00 – 12.00 und 15.00 – 18.00 Uhr, Sa., So., feiertags 10.00 – 12.00 und 15.00 – 18.00 Uhr.

Weitere Sehenswürdigkeiten in Cuxhaven

Natürlich steht auch hier Maritimes im Vordergrund aber auch für Naturinteressierte oder Erholungssuchende bietet Cuxhaven einiges.

Kutter- und Fischereihäfen

Für die meisten Fischereifahrzeuge an der deutschen Nordseeküste ist Cuxhaven der Heimathafen – die Flotte ist am Kürzel „NC" (Niedersachsen-Cuxhaven) zu erkennen.

Seefischmarkt Cuxhaven

Trotz des Schrumpfens der deutschen Fischereiflotte ist Cuxhaven immer noch einer der bedeutendsten Fischverarbeitungsplätze Europas. In den Sommermonaten finden dienstags bis donnerstags Führungen über den Seefischmarkt mit dem Besuch einer Fischauktion statt.

Steubenhöft

Von dieser Anlegestelle für Überseeschiffe starteten früher die Luxus-Liner im Amerika-Liniendienst aber auch viele Auswandererschiffe in die „Neue Welt". Heute wird sie vorwiegend von Kreuzfahrtschiffen angelaufen.

„Alte Liebe", Museumsschiff Feuerschiff „Elbe 1", Fährhafen

Diese drei Sehenswürdigkeiten befinden sich im Ortsteil Grimmershörn. Die „Alte Liebe" wird heute nicht mehr als Anleger genutzt sondern dient als Aussichtsplattform mit einem einmaligen Blick auf die Elbe. Als letztes bemanntes Feuerschiff wurde „Elbe 1" im April 1988 außer Dienst gestellt. Feuerschiffe wiesen als schwimmende Seezeichen den Weg durch die Sandbänke in die Elbmündung; ihre Besatzungen halfen Menschen in Seenot, beobachteten Schiffsverkehr und Wetter.

Die „Bürgermeister Ostwald" wegen ihrer Position in der Elbmündung auch „Elbe 1" genannt, liegt jetzt neben der Klappbrücke in Cuxhaven Hafen und kann be-

sichtigt werden. Dabei sind die Unterkünfte mit der Kombüse, die Mannschafts- und Offiziersmesse, der Maschinenraum und die Kommandobrücke zugänglich. Ungewöhnlich ist für ein Museumsschiff, daß alle nautischen und technischen Einrichtungen und Instrumente voll funktionsfähig sind – so auch der Funkbereich, von dem aus Cuxhavener Funkamateure weltweite Funkverbindungen herstellen.
Vom nahegelegenen Fährhafen aus fahren die Seebäderschiffe in den Sommermonaten nach Helgoland. Ab Innenkante „Alte Liebe" starten die Neuwerksfahrten, Erlebnisfahrten auf die Nordsee und Hafenrundfahrten.

Schloß Ritzebüttel
Im gleichnamigen Ortsteil befinden sich Park und Schloß Ritzebüttel. Dieses traditionsreiche Bauwerk ist eines der ältesten in Cuxhaven und wurde zwischen 1390 und 1400 gebaut. Im Jahre 1394 übernahm Hamburg das Schloß Ritzebüttel und bildete aus der Gerichts- und Grundherrschaft der Ritter Lappe das Amt Ritzebüttel. 1619 baute Hamburg einen Vorbau für den residierenden Amtsmann an. Heute sind die alte Burg und das neue Schloß im Stil des 17. Jahrhunderts gut zu erkennen.

Nationalpark-Zentrum Cuxhaven im Ortsteil Sahlenburg
Ein Besuch im Nationalpark-Zentrum Cuxhaven bietet die Möglichkeit, tiefere Einblicke n den schutzwürdigen Lebensraum Wattenmeer zu erhalten.
Ziel des Nationalparks „Niedersächsisches Wattenmeer" ist, die besondere Eigenart von Natur und Landschaft der Wattenregion zu erhalten und vor Beeinträchtigungen zu schützen. Im Nationalpark-Zentrum informiert eine Dauerausstellung über den 240 000 Hektar großen Nationalpark „Niedersächsisches Wattenmeer" mit den Themen Entstehung, Ausdehnung und Struktur des Wattenmeers, Lebensräumen und Lebensgemeinschaften von Watt, Salzwiesen und Dünen. Das Nationalpark-Zentrum ist ganzjährig geöffnet.

Wattwanderung nach Neuwerk
Neben den üblichen Aktivitäten wie Baden, Wandern oder Radtouren ausführliche Wegbeschreibungen im kostenlosen „Cuxhaven-Info") bietet sich die Möglichkeit einer Wattwanderung.
Wattwanderungen sollten nur unter fachkundiger Führung unternommen werden. Diese erzählt häufig viel Wissenswertes über diesen ökologisch bedeutsamen Lebensraum, vermeidet unnötige Störungen seiner Bewohner und trägt auch zur eigenen Sicherheit bei. Je nach Gezeitenverhältnissen kann man zur Insel Neuwerk wandern und mit dem Schiff zurückkehren oder umgekehrt.
Die Wanderung von Sahlenburg nach Neuwerk dauert zwei bis drei Stunden, der Aufenthalt auf Neuwerk vier Stunden und die Fahrt mit dem Schiff etwa 1 1/2 Stunden. Genaue Informationen sind zu erhalten bei der Reederei Cassen Eils, Tel. 0 47 21/3 50 82 oder 3 22 11. Es besteht auch die Möglichkeit, mit dem Pferdewagen nach Neuwerk zu gelangen.

Duhner Wattrennen
Besonders interessant ist ein Besuch des Duhner Wattrennens (an einem Sonntag im Juli). Bei diesem – auf der Welt einmaligen – Sportereignis, dem Trab- und Galopprennen auf dem Meeresboden kommt es manchmal nicht nur zu einem Rennen zwischen Pferden sondern auch mit der Natur: die Flut wartet nicht auf den Zieleinlauf.

Vom „Kraft durch Freude"-Wagen zum Vento

Volkswagen in allen Variationen im AutoMuseum Wolfsburg

Fast alle vorgestellten Orte in diesen Bänden haben jahrhundertelange Tradition vorzuweisen – Wolfsburg bildet da eine Ausnahme und wirbt mit seiner Jugend. Die Geschichte Wolfsburgs begann in der dunkelsten Epoche Deutschlands. Am 26. Mai 1938 wurde feierlich die Grundsteinlegung für das Volkswagenwerk begangen. Um den Festakt und die Ansprache Adolf Hitlers mitzuerleben, bevölkerten 70000 Menschen das noch unbebaute Gebiet mitten auf dem Feld.

„Kraft durch Freude" (KdF)

So hieß das Motto; dementsprechend wurde der (von Ferdinand Porsche) entwickelte Käfer auch „KdF-Wagen" getauft. Schon bald wurde die Autoproduk-

VW-Käfer in allen Variationen

Ein kleiner Ausschnitt aus der Produktpalette des VW-Werkes

tion grundlegend umgestellt: anstelle des KdF-Wagens entstanden Kübelwagen und Rüstungsgüter für den Zweiten Weltkrieg. Neben dem Autowerk ließ Hitler eine Stadt vom Reißbrett bauen. Während des Krieges mußten Automobilwerk und die Stadt Wolfsburg vernichtende Rückschläge hinnehmen.
Wenige Jahre nach Kriegsende bescherte die Zeit des Wirtschaftswunders den entscheidenden Aufschwung für das Volkswagenwerk. Unter Leitung des Ingenieurs Heinrich Nordhoff entwickelten erfahrene Automobilfachleute den VW-Käfer, der zum größten Welterfolg der Automobilgeschichte wurde.

Kleiner Anfang des AutoMuseums Wolfsburg

Bereits Anfang der 50er Jahre dachte man daran, die Entwicklungsgeschichte des Werkes und seiner Produkte zu dokumentieren und so begann die Volkswagen AG, firmenhistorische Akten zu archivieren und darüber hinaus auch Autos aus den ersten Jahren ihres Bestehens zu sammeln.
Gleich das erste Modell war ein besonders wertvolles Stück: ein Volkswagen Käfer, Baujahr 1938. Er war als Dienstwagen von Prof. Porsche bis Kriegsende im Einsatz gewesen und hatte bereits etwa 500 000 km zurückgelegt. In den letzten Kriegstagen war das Auto in seine Einzelteile zerlegt worden, um der Gefahr zu begegnen, daß es die Alliierten als Kriegsentschädigung fordern könnten. Nach Kriegsende wurden mühsam die Einzelteile wieder zusammengetragen und -gebaut, und das Werk kaufte den „neuerstandenen" Käfer zurück und setzte ihn für Werbezwecke ein.

Von diesem ersten „Oldtimer" bis zum hervorragend präsentierenden „Auto-Museum Wolfsburg" war es ein mühevoller Weg mit vielen Interimslösungen, von denen keine befriedigen konnte. Eine kleine Ausstellung auf etwa 200 m^2 Fläche im Werksgelände war seit 1967 ebenso Provisorium wie diverse Wanderausstellungen mit dem stetig wachsenden Museums-Fahrzeugbestand.

Entstehung des AutoMuseums Wolfsburg

1983 boten sich jedoch neue Perspektiven für die Präsentation der Museumsautos: eine der Stadt Wolfsburg gehörende Fabrikationshalle eines Bekleidungsherstellers wurde frei. Stadt und Museum kamen überein, in diesem Gebäude ein Automuseum einzurichten, zumal bereits seit mehreren Jahren der gemeinsame Wunsch nach einer solchen Einrichtung existierte.

Für die Einrichtung eines Automuseums waren die räumlichen Gegebenheiten optimal. Als Ausstellungshalle bot sich eine 50 x 100 m große Fläche an, die umgeben war von Zusatzräumen, einem Eingangsbereich für bildliche Darstellungen sowie einem Verwaltungstrakt mit genügend Bürofläche für die Mitarbeiter der Firmengeschichte und des AutoMuseums und für Magazine des firmenhistorischen Archivs der Volkswagen AG.

Nach eineinhalb Jahren Umbauzeit war es gelungen, den Zweckbau Fabrikationshalle in ein funktionsfähiges und optisch ansprechendes Museum umzugestalten. Nicht nur die besonderen ausstellungstechnischen Voraussetzungen eines Automuseums mußten berücksichtigt werden – öl- und benzinfester Fußboden ebenso wie eine museumsgerechte Beleuchtung und die Sicherheit waren zu lösende Probleme – sondern dem Museumskonzept und der Museumsdidaktik mußten in der Vorbereitungsphase besondere Aufmerksamkeit gewidmet werden. Am 25. April 1985 konnte das AutoMuseum Wolfsburg in einer kleinen Feierstunde vom Vorsitzenden des Vorstands der Volkswagen AG, Dr. Carl H. Hahn, eröffnet werden.

Exponate im Museum

In der technisch-historischen Sammlung der Volkswagen AG werden heute etwa 140 Exponate aus den Bereichen Käfer, Nutzfahrzeuge, VW 1500/1600/411/ Karmann, Motorsport, Forschung, Prototypen sowie Fahrzeuge der ehemaligen Auto Union (DKW, Audi, Horch + Wanderer) gezeigt.

Einige bemerkenswerte Ausstellungsstücke:

der Volkswagen Prototyp von 1938; „Urvater" des VW-Käfers, des meistgebauten Autos der Welt; der Volkswagen Transporter von 1949, der damals durch seine universelle Einsatzfähigkeit großen Erfolg hatte; „Herbie", Star der Film-Serie „Ein toller Käfer".

Neben diesen bekannten Automodellen belegen kaum bekannte Fahrzeuge die Forschungstätigkeit im Volkswagenwerk: Der ESVW 1 (Experimental Safety Volkswagen) zur Erforschung von Bedingungen der aktiven und passiven Sicherheit; der ARVW (Aerodynamic Research Volkswagen) zur Erforschung fahrzeugtechnischer Gegebenheiten bei niedrigen Luftwiderstandswerten und hohen Geschwindigkeiten, 1980 schnellster Diesel der Welt; das SMVW (Sparmobil von Volkswagen) zur Senkung des Kraftstoffverbrauchs: 1983 wurde eine Strecke von 1187,15 km mit nur einem Liter Dieseltreibstoff gefahren.

Außer Autos sind ganze Motoren-Generationen, die Entwicklung verschiedener

Bauteile, Grafiken, Statistiken und Schautafeln zu sehen. Ein Besuch wird nicht nur ausgesprochene Auto-Freaks begeistern, da neben Automobilen, Technik, Technologie, auch Forschungsobjekte und Dokumente aus der mehr als hundertjährigen Automobilgeschichte bestaunt werden können. Das AutoMuseum Wolfsburg ist täglich von 10.00 bis 17.00 Uhr geöffnet.

Besuch des Volkswagen Werkes in Wolfsburg
Im VW-Werk, der größten Automobilfabrik der Welt unter einem Dach, kann man hautnah miterleben, wie heute Volkswagen entstehen. Werksbesichtigungen finden statt von Montag bis Freitag um 9.30 Uhr für Gruppen nach Vereinbarung; um 13.30 Uhr für Einzelbesucher. Tel.: 0 53 61/92 42 70.

Sehenswertes in der Umgebung

Schloß Wolfsburg
Diesem Renaissance-Bau vom Ende des 16. Jahrhunderts, der „Wolfsburg“ – einst Stammsitz der Familie von Bartensleben, nach 1742 im Besitz der Grafen von der Schulenberg – verdankt die erst 1938 gegründete Stadt Wolfsburg ihren Namen. Das Schloß Wolfsburg beherbergt die Städtische Galerie mit junger deutscher Kunst des 20. Jahrhunderts sowie das Städtische Museum mit Fundstücken aus der Steinzeit, Fossilien, Mineralien und Beispielen bäuerlicher Wohnkultur.

Hoffmann-von-Fallersleben-Museum
In Fallersleben – heute ein Stadtteil Wolfsburgs – wurde am 2. 4. 1798 August Heinrich Hoffmann von Fallersleben geboren. In Verbundenheit zu seinem Heimatort nannte er sich „von Fallersleben“ und setzte sich für ein einiges demokratisches Deutschland ein. Er ist Dichter unserer Nationalhymne, des „Deutschlandliedes“ und vieler bekannter Kinderlieder. Im Hoffmann-von-Fallersleben-Museum – Stadtteil Fallersleben, Schloßplatz 6 – sind zahlreiche Handschriften, wissenschaftliche Arbeiten und Erstdrucke seiner Bücher ausgestellt.
Außerdem sehenswert: Schloß Fallersleben; im 16. Jahrhundert von Herzog Frank von Braunschweig erbaut; ein langgestreckter Fachwerkbau mit Fächerornamenten aus roten Ziegeln. Im Schloßpark steht das Brauhaus von 1765 (heute Gaststätte).

Großplanetarium Wolfsburg
Im einzigen Großplanetarium Niedersachsens kann man sich in die phantastische Welt der Planeten und der Sterne entführen lassen. Neben dem Vorführen und Erklären des Sternenhimmels und aktuellen Themen aus Astronomie und Raumfahrt werden Sondervorführungen für Schüler, Fortbildungsveranstaltungen und kulturelle Veranstaltungen angeboten. Am 1. Dezember 1983 ist das Planetarium in Wolfsburg in Betrieb genommen worden, wobei der Planetariumsprojektor ein Geschenk der Volkswagenwerk AG an die Stadt Wolfsburg zu ihrem 40jährigen Stadtjubiläum war. Das Gebäude befindet sich südlich der Fußgängerzone und des Rathauses in unmittelbarer Nachbarschaft zum Theater und zum Congress Park. Die blaue Kugel, die den Kuppelsaal umgibt, soll den blauen Planeten Erde symbolisieren.

Neuhaus
Im Ortsteil Neuhaus steht eine Wasserburg. Hier dokumentiert das Städtische Museum in zwei Räumen die Geschichte der Burg Neuhaus, die heute als eine der besterhaltenen mittelalterlichen Wasserburgen im norddeutschen Gebiet gilt.

Literaturauswahl

Die im folgenden aufgeführte Literaturauswahl kann nur als Einstieg in die Themen betrachtet werden und erhebt keinerlei Anspruch auf Vollständigkeit.
Darüber hinaus wurde das z. T. recht umfangreiche und informative Material der Fremdenverkehrseinrichtungen verwendet.

Barz, P.: Heinrich der Löwe. Ein Welfe bewegt die Geschichte. München 1980.
Berger, J.: Wendländisches Wanderbuch, 1979. Das Hannoversche Wendland, Hrsg. Landkreis Lüchow-Danenberg, 1977.
Blohm, R.: Die Hagenhufendörfer in Schaumburg-Lippe. Schriften d. Nieders. Heimatbundes, NF 10, Oldenburg 1943.
Boeck, U.: Der Dom in Bardowick. Große Baudenkmäler Heft 280, DKV München, Berlin 1990.
Bruch, R. vom: Die Rittersitze des Fürstentums Osnabrück. Osnabrück 1930.
Brüning, K./Schmidt, H. (Hrsg.): Handbuch der historischen Stätten Deutschlands. Stuttgart 1976.

Coldewey, D.: Frisia Orientalis. Daten zur Geschichte des Landes zwischen Ems und Jade; Wilhelmshaven 1967.

Dehio, G.: Handbuch der Deutschen Kunstdenkmäler. Bremen, Niedersachsen. Deutscher Kunstverlag, München/Berlin 1992.
Deu, H.: Die Visselquelle als religiöse Kultstätte, Festschrift zur 500-Jahr-Feier in Visselhövede; Visselhövede 1950.

Eckert, G.: Niedersachsens Kunst – entdecken und erleben; Husum 1989.
Emslandmuseum Schloß Clemenswerth (Hrsg.): Jagdschloß Clemenswerth auf dem Hümmling; Sögel 1989.
Emslandmuseum Schloß Clemenswerth (Hrsg.): Restaurierung von Schloß Clemenswerth. In: Aus der Arbeit der Bau- und Kunstdenkmalspflege in Niedersachsen.
Engel, F.: Das Rodungsrecht der Hagensiedlungen. Hildesheim 1949.
Engel, F.: Rodungskolonisation und Vorformen der Hagenhufen im 12. Jh. In: Mitt. Ver. f. schaumburg-lipp. Gesch. 11, 1951, S. 137-304.

Fliedner, D.: Die Kulturlandschaft der Hamme-Wümme-Niederung. (Göttinger Geograph. Abh. 55) 1970.
Fremdenverkehrsverband Lüneburger Heide e. V., (Hrsg.): Lüneburger Heide. Begleiter durch Kultur und Landschaft , Lüneburg 1989.
Friedrich, E. A.: Naturdenkmale Niedersachsens, Band I; Hannover 1981.
Friedrich, E. A.: Naturdenkmale Niedersachsens, Band II; Hannover 1982.
Friedrich, E. A.: Niedersachsen – Schatzkammer der Natur; Hannover 1987.
Friese, H.: Die Dinosaurierfährten von Barkhausen im Wiehengebirge, Wittlager Heimathefte, Heft 6, Bad Essen 1972.

Führer zu archäologischen Denkmälern in Deutschland, Band 13, Hannoversches Wendland (bearb. von B. Wachter), Stuttgart 1986.

Gilly, W.: Der Hasbruch, Ganderkesee 1969.
Götker, H.: Naturschutzgebiete der Grafschaft Bentheim, Jahrbuch des Heimatvereins der Grafschaft Bentheim; Nordhorn-Bentheim 1956.
Göttlich, K. (Hrsg.): Moor- und Torfkunde. 3. Aufl. Stuttgart 1990.

Hache, Th.: Bentheim und der Herrgott von Bentheim, Osnabrück 1898.
Hansen, H. E.: Bederkesa am See in Gegenwart und Vergangenheit; Bremerhaven 1978.
Hansen, H. W.: Cuxhaven-Hadeln-Wursten, Heimat- und Wanderbuch; Otterndorf 1953.
Häßler, H.-J.: Ur- und Frühgeschichte in Niedersachsen. Stuttgart 1991.
Heidkämper, H.: Die Schaumburg-Lippischen Hagendörfer. Bückeburg 1904.
Hendricks, A.: Die Saurierfährten von Münchehagen bei Rehburg-Loccum, Abhandlungen aus dem Landesmuseum für Naturkunde zu Münster in Westfalen. Münster 1981.
Hiller, H.: Heinrich der Löwe. Frankfurt a. M. 1985.
Historisch-Landeskundliche Exkursionskarte von Niedersachsen, Blatt Lüneburg (bearb. von Uta Reinhardt), Hildesheim 1982.
Hoffmann, H.-Chr.: Bremen, Bremerhaven und das nördliche Niedersachsen. Köln 1986.
Hoffmann, H.-Chr.: Osnabrück, Oldenburg und das westliche Niedersachsen. Köln 1990.
Hoffmann, H.: Bremen, Bremerhaven und das nördliche Niedersachsen; DuMont Kunst-Reiseführer, Köln 1986.
Huntemann, H.: Die Wildeshauser Geest, Bremen 1977.

Jacob-Friesen, K. H.: Einführung in Niedersachsens Urgeschichte, I. Teil „Steinzeit"; Hildesheim 1959.
Jacob-Friesen, K. H.: Einführung in Niedersachsens Urgeschichte, II. Teil Bronzezeit; Hildesheim 1963.
Janssen, L.: Spiekeroog de Krone. Weener 1967.

Kemper, E.: Geologischer Führer durch die Grafschaft Bentheim, Nordhorn-Bentheim 1976.

Lambert, W.: Dinosaurier – geheimnisvolle Vorfahren, Heidelberg 1986.
Landkreis Emsland, Amt für Wirtschaftsförderung: Emsland – Freizeit und Urlaub; Meppen 1989.
Lauer, H. A.: Archäologische Wanderungen in Ostniedersachsen; Göttingen 1979.
Lauer, H. A.: Archäologische Wanderungen in Ostniedersachsen; Selbstverlag, Angerstein 1979.
Lebe, R.: War Karl der Kahle wirklich kahl? Frankfurt a. M. 1976.
Lembcke, R. (Hrsg.): Kreis Land Hadeln; Otterndorf 1976.
Listle, W.: Naturwunder Niedersachsen; Zürich/München 1987.
Lübbing, H. und Jäkel, W.: Geschichte der Stadt Wildeshausen; Oldenbg. Monographien 1970.
Lux, H.: Wanderungen im Naturschutzgebiet Lüneburger Heide. Stuttgart u. Hamburg 1986

Mader/Bastians: Land hinterm Deich. Hadeln und Wursten; Hamburg 1978.
Marschalleck, K.H.: Die Grenzfestung Friedeburg. Neue Erkenntnisse aus der Grabung von 1955. – In: Harlinger Heimatkalender 9, 1957, S. 30-40.

Mittelhäuser, K.: Ländliche und städtische Siedlung. In: Geschichte Niedersachsens, Band 1. Hildesheim 1977.
Möller, H. H.: Niedersachsen-Hansestädte-Schleswig-Holstein, Reclams Kunstführer Deutschland Band V; Stuttgart 1984.
Müller, H.-H.: Die Stifskirche zu Bücken. Große Baudenkmäler Heft 107, DKV München, Berlin 1967.

Niedersächsisches Landesverwaltungsamt (Hrsg.): Nekropole Soderstorf und die Totenstatt bei Oldendorf Landkreis Lüneburg ; Hannover 1984.

Ohling, J. (Hrsg.): Die Acht und ihre sieben Siele. Emden/Pewsum 1963.
Ohling, J. (Hrsg.): Ostfriesland im Schutze des Deiches. Leer/Pewsum 1969.
Otten, P.: Dornum in Vergangenheit und Gegenwart; Norden 1989.

Patze, H. (Hrsg.): Geschichte Niedersachsens, Bd. 1: Grundlagen und frühes Mittelalter. Hildesheim 1985.
Piper, O.: Burgenkunde. 3. Aufl. Augsburg 1993.
Pohlmann, J./Dölle, J.: Bad Iburg, Weg und Gestalt einer historischen Stadt. 2. Aufl. Osnabrück 1984.
Poppe, R.: Bau- und Kunstdenkmäler im Kreise Meppen; Meppen 1974.
Poppe, R.: Burg- und Schloßtypen des Osnabrücker Landes. Osnabrück 1953, Heft 2 der Reihe Heimatkunde des Osnabrücker Landes in Einzelbeispielen.
Pusen, H.: Niedersachsen; Nürnberg 1973.

Ramm, H.: Die Friedeburg. Entstehung und Baugeschichte. Aurich 1980.
Reinstorf, E.: Die Entwicklung Bardowicks bis zur Zerstörung durch Heinrich den Löwen. Lüneburg 1934.
Röhrbein; W. R.: Museen und Sammlungen in Niedersachsen und Bremen; Hannover 1986.
Römer, Chr. (Hrsg.): Das Zisterzienserkloster Mariental bei Helmstedt. München 1989.
Roterberg, P.: Die Nordseeinsel Spiekeroog. Hamburg 1983.
Rundlinge im Hannoverschen Wendland, Hrsg. Verein zur Erhaltung von Rundlingen, Lüchow 1979.

Schirnig, H.: Großsteingräber in Niedersachsen, Hildesheim 1979.
Schmid, P.: Die vor- und frühgeschichtliche Marschbesiedlung. In: Archäologie in Deutschland, Heft 1/1991.
Schwarz, W./Noah, R.: Das Zisterzienserkloster Ihlow bei Aurich. In: Berichte zur Denkmalpflege in Niedersachsen 1984, S. 122-130.
Schwebefähre Osten, Technisches Baudenkmal (Hrsg. Fördergesellschaft zur Erhaltung der Schwebefähre Osten e. V.) o. J.
Schwerdtmann, R.: Eine kurze Chronik Iburgs. 1955.
Seedorf, H. H.: Topographischer Atlas Niedersachsen und Bremen; Neumünster 1977.
Specht, H.: Das Bentheimer Land, Neuenhaus 1934.
Specht, H.: Der Landkreis Grafschaft Bentheim; Amtliche Kreisbeschreibungen, Band 9; Bremen-Horn 1953.
Stadt Bad Bentheim (Hrsg.): Bad Bentheim, Die Heile-Welt-Stadt, Bad Bentheim 1986.
Stadt Stade (Hrsg.): Sehenswürdigkeiten in Stade; Stade 1990.
Stiftung Niedersachsen (Hrsg.): Niedersachsen kulturell; Seelze 1990.
Studer, D.: Die Stiftskirche in Bücken. Königstein 1976.

Terwey, G.: Der Landkreis Grafschaft Bentheim; Oldenburg 1973.

Uhrmacher, E.: Die Iburg. 1. Aufl. München 1986.

Wiepking, H.: Es war einmal – Erinnerungen an Ritzebüttel, Cuxhaven, Duhnen und Neuwerk; Hamburg 1964.
Wohltmann, H.: Die Geschichte der Stadt Stade an der Niederelbe; Stade 1956.

Zielke, C.: Das Zisterzienserkloster in Mariental. In: Kirchen, Klöster, Manufakturen (Hrsg. Braunschweigischer Vereinigter Kloster- und Studienfonds 1985).

Museen und Sammlungen im nördlichen Niedersachsen

Altenbruch
St.-Nicolai-Kirche
In dieser reich ausgestatteten Kirche aus dem 13. Jahrhundert ist neben den beiden Türmen und dem freistehenden Glockenturm die Klappmeyer-Orgel sehenswert. Kirchenführung im Anschluß an die um 10.00 Uhr beginnenden Gottesdienste. Informationen: Evangelisch-lutherische Kirchengemeinde Altenbruch, Tel.: 0 47 22/25 14.

Amelinghausen
Museum Amelinghausen; Lüneburger Straße 50, Amelinghausen
Öffnungszeiten: Di. – Fr. 10.00 – 16.00, Sa. und So. 10.00 – 13.00 Uhr
Gegenstände aus dem bäuerlichen Bereich, vorgeschichtliche Funde, Zinnfigurendioramen.

Asendorf
Automobilmuseum; Asendorf
Öffnungszeiten: Ostern bis September Sa., So. und feiertags 10.00 – 18.00 Uhr.
Sammlung alter Automobile. Station der Museumseisenbahn Bruchhausen-Vilsen.

Aurich (Ostfriesland)
Ostfriesische Landschaft; Georgswall 3 – 9, Aurich
Führungen nur während der niedersächsischen Sommerferien Di., Mi. und Do. 11.00 Uhr
Sammlung von Dokumentar- und Archivmaterial über den ostfriesischen Küstenraum, Sammlung von Gemälden aller ostfriesischen Regenten und mit dem Lande verbundener historischer Persönlichkeiten.

Stiftsmühle; Oldersumer Straße, Aurich
Öffnungszeiten: Mai bis Oktober Di., Mi., Do. 10.00 – 12.00 und 15.00 – 17.00, So. 15.00 – 18.00 Uhr
Mühle von 1858, in der ständig Korn mit Windkraft gemahlen wird. Sammlung von alten Mühlengegenständen, Modelle der wichtigsten Mühlenarten sowie von allen Getreidearten.

Historisches Museum in Aurich; Burgstraße 25 (Fußgängerzone)
Öffnungszeiten: Di. – Sa. von 10.00 – 12.00 und 15.00 – 17.00, So. 15.00 – 18.00 Uhr
Sammlung zur Landeskunde und Geschichte der mittelfriesischen Geest in der alten Kanzlei von 1530.

Bad Bentheim
Schloßmuseum Bad Bentheim; Schloß, Bad Bentheim
Öffnungszeiten: 15. März bis 31. Oktober täglich 9.30 – 18.00 Uhr
Sachgüter, Kunstwerke zur Landesgeschichte der Grafschaft Bentheim und der Burg Bentheim, heimatliches Gebrauchsgut, Militaria, landesgeschichtliche Literatur als Ergänzung zum Gesamtkomplex der Burg Bentheim und ihren Bauten.

Heimat-Museum in der Katharinenkirche des Schlosses; Bad Bentheim
Öffnungszeiten: 15. März bis 31. Oktober täglich von 9.30 – 18 Uhr

Vornehmlich Steinmetzarbeiten in Bentheimer Sandstein aus dem 16. und 17. Jahrhundert.

Kreismuseum Grafschaft Bentheim; Schloßstraße 28; Bad Bentheim
Öffnungszeiten: Mi., Do., Fr. 14.00 – 17.00 Uhr und nach Vereinbarung
Sammlungen zur Geologie, heimische Lagerstätten (Erdöl, Erdgas, Torf, Erze), Vor- und Frühgeschichte, Volkskunde der Grafschaft Bentheim (Trachten- und Jagdabteilung). Amateurfunkmuseum.

Bad Bentheim-Bardel
Missionsgymnasium St. Antonius; Kloster Bardel, Bad Bentheim-Bardel
Öffnungszeiten: nach Vereinbarung
Brasilienmuseum, Briefmarkenmuseum christliche Motive.

Geologisches Freilichtmuseum im Ortsteil Gildehaus; Bad Bentheim-Gildehaus
Steinsammlungin der Nähe eines noch in Betrieb befindlichen Steinbruchs.

Bad Bevensen
Schliekau-Museum; Kurze Straße 4, Bad Bevensen
Öffnungszeiten: Mo. – Do. 16.00 Uhr
Naturgeschichte, Vorgeschichte, Waffen, Handwerk, Musikinstrumente, Möbel, Zinn.

Kloster Medingen; Klosterweg 1, Bad Bevensen
Öffnungszeiten: 2. April bis 16. Oktober (außer 23./24. August) Di. – Sa. 10.00 – 12.00, 14.00 – 18.00 Uhr, So 11.00 – 12.00, 14.00 – 18.00 Uhr, Mo. geschlossen

Bad Zwischenahn
Freilichtmuseum Ammerländer Bauernhaus; Am Hohen Hagen, Bad Zwischenahn
Öffnungszeiten: Bauernhaus April bis September täglich 10.00 – 18.00 Uhr, Oktober bis März 10.00 – 17.00 Uhr; die übrigen Häuser April bis September 15.00 – 17.00 bzw. 18.00 Uhr, die Mühle zusätzlich am Sa. und So. 10.00 – 12.00 Uhr. Gruppenführungen nach vorheriger Anmeldung.
Ammerländer Bauernhaus mit Nebengebäuden, ländlichen Wohn- und Wirtschaftsgebäuden, Windmühle und Doppelheuerhaus. Sammlung zur Vor- und Frühgeschichte sowie zur Ortsgeschichte. Sammlung ländlicher Fahrzeuge und Arbeitsgeräte.

Ostdeutsche Heimatstube; Auf dem Winkel 8, Bad Zwischenahn
Öffnungszeiten: 15.00 – 18.00 Uhr
Sammlung von Bild- und Dokumentationsmaterial, historischen Trachten, Nachbildungen und Einzelstücken zur Geschichte und Kultur der früheren deutschen Ostgebiete.

Balje
Natureum Niederelbe (Balje); Balje, Ostemündung (Richtung Neuhaus)
Öffnungszeiten: (ganzjährig) Di. – So. 10.00 – 18.00 Uhr
Naturkundemuseum und ökologische Station mit einer Dauerausstellung zu Landschaftsformen, Tier- und Pflanzenwelt der Küstenregion. Lehrpfade führen zu Tieren und Pflanzen hinter dem Deich.

Bardel
Brasilienmuseum im Missionsgymnasium St. Antonius, Kloster Bardel
Öffnungszeiten nach Vereinbarung
Brasilienmuseum, Briefmarken mit christlichen Motiven

Barßel
Moor- und Fehnmuseum; Oldenburger Straße 1, Elisabethfehn

Öffnungszeiten: Di., Mi., Do., Fr., Sa. 15.00 – 19.00 Uhr; So. 13.00 – 19.00; von Weihnachten bis 15. März geschlossen
Sammlungen und ausführliche Informationen über Moor, Torf und Fehn, Großgeräte der Torfindustrie, Museumstjalk, Moorlehrgarten.

Bederkesa
Museum Burg Bederkesa; Bederkesa
Öffnungszeiten: Oktober bis April 10.00 – 17.00 Uhr außer montags; Mai bis September 10.00 – 18.00 Uhr
Archäologisch-kulturgeschichtliches Museum im Landkreis Cuxhaven.

Schuhmacher-Museum
Öffnungszeiten: So. 15.30 – 17.30 und nach Vereinbarung
Vorstellung alter Schuhmacher-Handwerkstechniken

Bergen-Belsen
Gedenkstätte und Dokumentenausstellung; Gedenkstätte Belsen, Bergen
Öffnungszeiten: 1. 2. – 30. 9. von 8.00 – 18.00 Uhr, 1. 10. – 31. 1. von 8.00 – 17.00 Uhr
Gedenkstätte an das ehemalige Konzentrationslager Bergen-Belsen.

Bispingen
Greifvogelgehege Bispingen; an der B 209 zwischen Lüneburg und Soltau
Öffnungszeiten: 1. Mai – 31. Oktober Mi., Sa., So. 15.00 Uhr, 1. Juli – 30. Sept. tägl. 15.00 Uhr

Borkum
Inselmuseum „Dykhus"; Roelof-Gerritsz-Meyer-Straße, Borkum
Öffnungszeiten: Mai bis September täglich 10.00 – 12.00 und Di. – Sa. 15.00 – 18.00 Uhr, Oktober bis April Di. und Fr. 15.00 – 18.00 Uhr.
Sammlungen der Flora und Fauna Borkums, zur Inselgeschichte, zum Küstenschutz und Seenotdienst.

Brake
Schiffahrtsmuseum der Oldenburgischen Weserhäfen; An der Kaje und Breite Straße 9, Brake
Öffnungszeiten: Di. – Sa. 10.00 – 12.00 und 14.00 – 17.00 Uhr, So. 10.00 – 17.00 Uhr
Umfangreiche Sammlungen zur Schiffahrtsgeschichte, zur Entwicklung der Schiffahrt und des Schiffbaus an der Weser und zur seemännischen Volkskunde, historischer Laden eines Schiffsausrüsters, Reederei-Kontor und Fliesensammlung.

Bremervörde
Bachmann-Museum (Kreismuseum); Bremervörde
Öffnungszeiten: Mo. – Do. 8.00 – 12.00, Mo. – Do. auch 13.00 bis 16.00 Uhr, Fr. 8.00 – 13.00, So. 10.00 – 12.00 Uhr und nach Vereinbarung
Sammlungen zur Erd-, Ur- und Frühgeschichte sowie Geschichte und Volkskunde, alte Waffen, Möbel des 19. Jahrhunderts.

Brome
Heimatmuseum Burg Brome; Junkerende, Brome
Öffnungszeiten: März – Dezember, So. 10.00 – 12.30 und 15.00 – 17.30 Uhr, Mai – Oktober zusätzlich Sa. 15.00 – 17.30, Mai 18.00 – 21.00 Uhr
Ländliche Selbstversorgung und Darstellung des alten Handwerks im Bromer Raum.

Bruchhausen-Vilsen
Museumseisenbahn; Am Gaswerk, Bruchhausen-Vilsen

Erste Museums-Eisenbahn Deutschlands. Historische Dampflokomotive, Personen- und Güterwagen.
Fahrplanmäßige Dampfzüge an den Wochenenden Mai bis September. So. und Feiertage, ab Juli auch Sa. (DB-Kursbuch-Streckenfahrplan-Nummer 114). Sonderfahrten nach Vereinbarung.
Auskünfte auch Gemeindeverwaltung, Lange Straße 11, Bruchhausen-Vilsen, Telefon (0 42 52) 39 10.

Buchholz
Schmetterlingspark Seppensen; Zum Mühlenteich 2, Buchholz i. d. N.
Öffnungszeiten: 1. April bis 31. Oktober täglich 9.30 – 18.00 Uhr
Lebende, freifliegende Schmetterlinge aus allen Teilen der Welt in bezaubernder Umgebung.

Carolinensiel
Sielhafenmuseum für die Niedersächsische Nordseeküste; Am Hafen Ost 8, Carolinensiel
Geöffnet von Februar bis Dezember
Sammlung zu Schiffahrt, Schiffbau, Deichbau, Museumshafen.

Celle
Bomann-Museum; Schloßplatz 7, Celle
Öffnungszeiten: April – Oktober täglich 10.00 – 17.00 Uhr; November – März Mo. – Sa. 10.00 – 17.00 Uhr, feiertags, So. 10.00 – 13.00 Uhr
Darstellung von Kulturgeschichtlichem anhand von ländlich-bäuerlichen Arbeitsgeräten, Trachten und Stubeneinrichtungen.

Cloppenburg
Museumsdorf Cloppenburg; Niedersächsisches Freilichtmuseum, Eingang: Bether Straße, Cloppenburg
Öffnungszeiten: 1. März bis 31. Oktober: Werktags 8.00 – 18.00 Uhr, sonntags 9.00 – 18.00 Uhr; 1. November bis 28. Februar: werktags 9.00 – 17.00 Uhr, sonntags 10.00 – 17.00 Uhr. Führungen nach Vereinbarung.
50 Originalgebäude aus dem 16. bis 19. Jahrhundert; Sammlung zur bäuerlichen Bau- und Wohnkultur Nordwestdeutschlands, zum historischen Handwerk, zur Volkskunst und zur sakralen Kunst des Oldenburger Münsterlandes sowie Sonderausstellungen zur Volkskultur Nordwestdeutschlands; Kunstausstellungen.

Cuxhaven
Wrackmuseum Cuxhaven; Dorfstraße 80, Cuxhaven-Stickenbüttel
Öffnungszeiten von Ende März bis Ende Oktober und in den Weihnachtsferien: Di. – Fr. 9.00 – 12.00 und 15.00 – 18.00 Uhr, Sa., So. und feiertags 10.00 – 12.00 Uhr und 15.00 – 18.00 Uhr
Dieses in Europa einmalige kleine Fenster zum Schiffsfriedhof auf dem Meeresboden zeigt geborgene Wrackteile und Ladungsstücke versunkener Schiffe.

Feuerschiff „Elbe 1"; An der Klappbrücke, Cuxhaven-Zentrum, Deichstraße/Zollkaje
Öffnungzeiten vom 1. April bis 15. November: Di. – Fr. 13.00 – 17.00 Uhr, Sa. 12.00 – 17.00 Uhr, So. 10.00 – 17.00 Uhr
Im noch voll funktionstüchtigen ehemaligen Feuerschiff können die Unterkünfte, Maschinenraum und Kommandobrücke besichtigt werden.

U-Boot-Archiv; Altenbrucher Bahnhofstraße 57, Cuxhaven-Altenbruch
Öffnungszeiten: Di. und Fr. 9.30 – 11.30 Uhr
Sammlung von wertvollen Ausstellungsstücken, Archiv mit Angaben über alle U-Boote des In- und Auslandes, umfangreiche Bibliothek.

Karl-Waller-Museum; Südersteinstraße 38, Cuxhaven-Zentrum
Öffnungszeiten: Mo. – Fr. 9.30 – 13.00 und 15.00 bis 18.00 Uhr, Sa. 9.30 – 13.00 Uhr
Das „Reyesche Haus" im Stil des norddeutschen Klassizismus um 1780 erbaut, beherbergt eine Dauerausstellung zum Thema „Von der Kaiserlichen zur Bundesmarine" sowie in der Abteilung für Vor- und Frühgeschichte Steinwerkzeuge und Urnenfunde aus der Siedlungsgeschichte der Nordseeküste.

Schneidemühler Heimatstuben
Öffnungszeiten: Di. 10.00 – 12.00 Uhr und 15.00 – 17.00 Uhr
Neben seltenem Archivmaterial aus der Geschichte der Stadt Schneidemühl und der Grenzmark Posen-Westpreußen ist eine bemerkenswerte Auswahl von Literatur aus dieser Region vorhanden.

Uns lütt Schiffsmuseum; Wehrbergsweg, Cuxhaven-Duhnen
Öffnungszeiten vom 1. 3. bis 31. 10. und in den Weihnachtsferien täglich 10.00 – 13.00 Uhr und 15.00 – 18.00 Uhr.
Über 30 Schiffsmodelle sind originalgetreu nachgebildet. Schiffsinstrumente und Ausrüstungsgegenstände geben Einblick in die „christliche Seefahrt".

Windpark Cuxhaven
Im Nordholz (an der A 27 zwischen Cuxhaven und Bremerhaven) steht der Windpark Cuxhaven. Dort speisen 25 Windenergie-Konvertoren Strom für etwa 600 Haushalte in das Netz. Informationen gibt es im Besucherpavillon; technisch interessierte Besuchergruppen können unter 0 47 21/50 11 25 eine sachkundige Führung vereinbaren.

Dahlenburg
Heimatmuseum St. Laurentius; Ehrenfriedhof, Dahlenburg
Öffnungszeiten: 1. 5. – 30. 9., So. 10.00 – 12.00 Uhr
Ur- und Frühgeschichte, Ortsgeschichte, Zinnfigurendiorama.

Dannenberg
Heimatmuseum im Waldemarturm; Dannenberg
Öffnungszeiten: April – Oktober Mi. u. Sa. 15.00 – 17.00 Uhr, So. u. feiertags 14.00 – 16.00 Uhr
Im Wehrturm Exponate zur Vor- und Frühgeschichte, Dannenberger Stadtgeschichte, Fürstentum Dannenberg, einheimische Tierwelt.

Delmenhorst
Städtische Galerie „Haus Coburg", Fischstraße 30/Ecke Friedrich-Ebert-Allee, Delmenhorst
Öffnungszeiten: Mo. – Fr. 15.00 – 19.00 und So. 11.00 – 13.00 Uhr, sonst nach Vereinbarung.
Städtische Kunstsammlung, Sonderaus-

stellungen, Delmenhorster Heimatstube, Ostdeutsche Heimatstube.

Detern-Stickhausen
Museum Burg Stickhausen; Burgstraße, Detern-Stickhausen
Öffnungszeiten: Mo. – Sa. 10.00 – 11.00 und 14.00 – 16.00, So. 14.00 – 18.00 Uhr
Naturkunde, Kulturgeschichte, Volkskunde des Ortes und der Umgebung, Vogeleiersammlung.

Dornum
Bockwindmühle; Bahnhofstraße 9; Dornum
Öffnungszeiten: von Pfingsten bis September So, Di, Do. 11.00 – 12.00 und 15.00 – 17.00 Uhr

Dorum
Niedersächsisches Deichmuseum; Poststraße 16, Dorum
Öffnungszeiten: 1. 5. – 31. 10. Mo. – Fr. 14.00 – 17.00 Uhr, Sa. und So. 14.00 – 18.00 Uhr
Informationen über Deichbau und Küstenschutzmaßnahmen im Bereich der Wesermündung und der Nordseeküste.

Ebstorf
Kloster Ebstorf; Kirchplatz 10, Ebstorf
Öffnungszeiten: 2. April bis 31. Oktober Mo. – Sa. 10.00 – 12.00, 14.00 – 18.00 Uhr, So. 14.00 – 18.00 Uhr
Herausragendes Ausstellungsstück des Klosters ist die berühmte Weltkarte aus dem 13. Jahrhundert.

Edewecht-Wittenberge
Freilichtmuseum „Tollhus up'n Wurnbarg"; Wittenberger Straße 14, Edewecht-Wittenberge
Öffnungszeiten: nach Vereinbarung.
Ehemaliges Zollhaus mit bäuerlichen Nebenbauten, wie z. B. Bleichhaus, Backofen und weiteren Gegenständen aus der Geschichte der Ammerländer Landwirtschaft.

Ehestorf
Freilichtmuseum am Kiekeberg; Ehestorf
Öffnungszeiten: 1. März bis 31. Oktober Di. – Fr. 9.00 – 17.00 Uhr, Sa. – So. 10.00 – 18.00 Uhr, 1. November bis 28. Februar Di. – So. 10.00 – 16.00 Uhr
Bauernhäuser des 17. – 19. Jahrhunderts mit Nebengebäuden.

Emden
Kunsthalle für Ostfriesland; Hinter dem Rahmen 13, Emden
Öffnungszeiten: Di. 10.00 – 20.00, Mi. – Fr. 10.00 – 17.00, Sa., So. 11.00 – 17.00 Uhr
Kunstsammlung Henri Nannens; Kunst des 20. Jahrhunderts, besonders Expressionisten

Museeumsfeuerschiff im Ratsdelft; Faldernstraße, Emden
Öffnungszeiten: Mo. – Fr. 10.00 – 13.00 und 15.00 – 17.00, Sa., So. 11.00 – 13.00 Uhr

Museumsfeuerschiff „Amrumbank"; Modelle und Bilder zum Lotsenwesen, mehrere Schiffsmodelle, Seekartenausstellung.

Ostfriesisches Landesmuseum und Emder Rüstkammer; Neutorstraße, Rathaus am Delft
Öffnungszeiten: Mo. – Fr. 10.00 – 13.00 und 15.00 – 17.00, Sa., So. 11.00 – 13.00 Uhr
Vor- und Frühgeschichte, Landesgeschichte (Münzen, Portraits), Kunstgeschichte (Skulpturen und Gemälde), Kunsthandwerk (Silberbesteck, Teegeschirr).
Die Rüstkammer zeigt prunkvolle Angriffs- und Verteidigungswaffen, Jagd- und Prunkwaffen, Fahnen und Scharfrichterausrüstung.

Pelzerhaus; Emsmauerstraße 12, Emden
Öffnungszeiten: Di. – Fr. 10.00 – 13.00 und 16.00 – 18.00, Sa., So. 11.00 – 13.00 Uhr
Schifferstube; Ausstellungen einheimischer Künstler.

Emsbüren
Große Heimathofanlage; Ludgeristraße, Emsbüren
öffnungszeiten: nach Vereinbarung mit dem Heimatverein Emsbüren
Niederdeutsches Bauernhaus von 1766 mit Wagenremise, Backhaus, Schafstall, Scheune, Heuerhaus, Brunnen im Hofplatz und vollständiger Einrichtung.

Automobil- (und Puppen-)Museum Emsbüren; Industriegebiet Emsbüren
Öffnungszeiten: So. 10.00 – 12.00 und 14.00 – 18.00 Uhr, werktags 8.00 – 18.00 Uhr
Ungewöhnliche Sammlung von Automobilen und umfangreiche Puppensammlung.

Esens
Heimatmuseum in der Feldmühle; Walpurgisstraße, Esens
Öffnungszeiten: März – Oktober Di. – Do. 15.00 – 18.00 Uhr
Siedlungsgeschichte des Harlingerlandes, der Stadt Esens und der Umgebung

Turm-Museum St.-Magnus; Kirchplatz, Esens
Öffnungszeiten: April – Oktober So. 11.00 – 12.00 Uhr, Juli – August auch Di. und Do. 15.00 – 17.00 Uhr
Bilder, Dokumente und Gegenstände zur Kirchengeschichte im Raum Esens.

August-Gottschalck-Haus; Burgstraße 8, Esens
Öffnungszeiten: April – Oktober Di., Do. und So. 15.00 – 18.00 Uhr, Sa. 10.00 – 12.00 Uhr
Gedenkstätte und Ausstellung zur Geschichte der ostfriesischen Juden.

Museum für Holographie (Holarium); Kirchplatz, Esens
Öffnungszeiten: Di. – Sa. 10.00 – 12.00 u. 15.00 – 17.00 Uhr und nach Vereinbarung
Sammlung zur Entwicklung der Holographie und Dokumentation ihrer Anwendungsgebiete.

Fallersleben
Hoffmann von Fallersleben-Museum; Schloßplatz 6, Fallersleben
Öffnungszeiten: Di. u. Do. 9.00 – 12.00 und 16.00 – 18.00 Uhr
Spezialsammlung über den Dichter Heinrich Hoffmann von Fallersleben.

Fallingbostel
Hof der Heidmark; Soltauer Straße 24, Fallingbostel
Öffnungszeiten: Di. – So. 9.00 – 12.00, 14.00 – 18.00 Uhr

Dieser Heidebauernhof umfaßt Bauernhaus, Speicher, Backhaus, Bleicherhütte, Immenzaun und Brunnen.

Fedderwardersiel
Nordseehaus Butjadingen, Fedderwardersiel
Öffnungszeiten: Di. – So. 10.00 – 12.00, 14.00 – 18.00
Fauna und Flora der Nordsee, Schwerpunkt „Nationalpark Wattenmeer".

Fischerhude
Otto-Modersohn-Museum; In der Bredenau 88, Ottersberg-Fischerhude
Öffnungszeiten: 10.30 – 13.00 und 14.30 – 18.00 Uhr; zwischen 1. November und 1. April jedoch nur Samstag/Sonntag
Andenken an den Mitbegründer der Worpsweder Künstlerkolonie, Nachlaß Otto Modersohns.

Friedeburg
Heimatkundliches Museum des Heimat- und Verkehrsvereins Friedeburg in der „Schule am Glockenturm"; Schulweg, Friedeburg
Öffnungszeiten: 15. April bis 30. September Mi. 16.00 – 17.30 Uhr
Dokumentation des Friesischen Heerweges, der Entwicklung der einst wichtigen Grenzfestung Friedeburg und der Geschichte der Klöster Reepsholt und Hopels.

Geeste
Emland-Moormuseum; Geestmoor 6, Geeste-Groß Hesepe
Öffnungszeiten: Di. – So. 9.00 – 18.00 Uhr, Führungen nach vorheriger Vereinbarung
Museumshalle und Freilichtmoormuseum. Darstellung der Moorkultivierung, der Torfgewinnung und Torfverarbeitung. Lehrpfade durch ein 23 Hektar großes Moorgelände.

Gifhorn
Internationales Wind- und Wassermühlen-Museum; Bromer Straße, Gifhorn
Öffnungszeiten: täglich 10 – 18 Uhr
Mehrere Originalwindmühlen, im Ausstellungsgebäude zahlreiche Mühlenmodelle

Kreisheimatmuseum Gifhorn; Schloß Gifhorn, Schloßstraße, Gifhorn
Öffnungszeiten: Mi. – Fr. 14.00 – 18.00 Uhr, Sa. und So. 11.00 – 17.00 Uhr, Schulklassen nach Voranmeldung, Mi. – Fr. vormittags
Chronologisch-thematische Sammlung zur Regionalgeschichte.

Göhrde
Waldmuseum in Göhrde
Öffnungszeiten: Di. – Sa. 10.00 – 17.00 Uhr, So. 10.00 – 12.00 Uhr und 14.00 – 17.00 Uhr, 31. 10. – 28. 2. geschlossen

Großefehn
Windmühle von 1812 in Bagband; An der B 72, Großefehn-Bagband
Öffnungszeiten: von April bis September sonntags und feiertags 10.00 – 12.00 und 14.00 – 18.00 Uhr
Windmühle mit Gegenständen des Müllerei- und Mühlenbauwesens.

Historische Huf- und Wagenschmiede „Striek"; Kanalstraße Nord, Ostgroßefehn
Öffnungszeiten: auf Anfrage. Telefon (0 49 43) 201-114 oder 42 34

Fehnmuseum „Eiland" in Westgroßefehn;
Öffnungszeiten: zunächst auf Anfrage. Telefon (0 49 43) 201 114 oder (0 49 45) 13 33
Sammlung zu Ortskunde, Fehngeschichte, Moorkultivierung und Schiffbau in Großefehn. Ständig finden hier wechselnde Ausstellungen statt.

Großheide-Berumerfehn
Wald- und Moormuseum; Großheide-Berumerfehn
Öffnungszeiten: Mi., Sa. und So. 10.00 – 18.00 Uhr, Juni und August täglich 10.00 – 18.00 Uhr
Flora und Fauna von Wald und Moor, Lehrgarten, Forstlehrpfad.

Hage
Magda-Heyken-Haus; Eschenthüner, Hage
Öffnungszeiten: Mi. und Fr. 16.00 – 17.00 Uhr
Heimatkundliche und historische Sammlung über Hage.

Handweberei-Museum; Oskar-Wolff-Straße 22, Hage
Öffnungszeiten: Di. – Fr. 15.00 – 18.00 Uhr und nach Vereinbarung
Vorstellung der alten Handwerkstechnik des Webens

Hankensbüttel
Otterzentrum Hankensbüttel; Aktion Fischotterschutz e. V., Postfach 12 16, Hankensbüttel
Öffnungszeiten: 1. März – 30. November 9.00 – 18.00 Uhr, 1. Dezember bis 28. Februar 9.00 – 17.00 Uhr
Verschiedene Marderarten in ihren natürlichen Lebensräumen; eindrucksvolles Freigelände.

Kloster Isenhagen; Klosterstraße 2, Hankensbüttel
Öffnungszeiten: April – Oktober Führungen Mo. – Sa. 9.00 – 11.00, 15.00 – 17.30, So. 13.30 – 17.30, nicht an Karfreitag
Evangelische Stiftsdamen präsentieren kostbare Stickereien.

Haren (Ems)
Mühlenmuseum; Landegger Straße, Haren (Ems)
Öffnungszeiten: Mai bis September Di., Mi., Do. von 15.00 – 17.00, So. 15.00 – 18.00 Uhr
Mersmühle von 1825, Heuermannshaus aus Lotten, Backhaus, Wagenremise, weitere Gebäude aus dem 19. Jahrhundert, Sammlung von Objekten, Dokumenten und Abbildungen zum Thema „Vom Korn zum Brot".

Freilichtmuseum mit Instrumentalmuseum; Haren-Rütenbrock-Kanal, Kanalstraße, Haren
Öffnungszeiten: Mai bis September So. 15.00 – 18.00 Uhr und Di., Mi., Do. 15.00 – 17.00 Uhr
Nachgebaute speziell Harener Schiffstypen im Haren-Rütenbrock-Kanal. Ausstellungen in den „Laderäumen" der einzelnen Museumsschiffe zu den Themenbereichen: „Nautik, Schiffs- und Bootsbau, Schiffbarmachung und Schiffahrt auf der Ems".

Harpstedt
Historische Kleinbahn „Jan Harpstedt"; Museumseisenbahn auf der Strecke Delmenhorst-Harpstedt
Von Ostern bis September finden elf Verkehrstage an Sonn- und Feiertagen nach festem Fahrplan statt. Sonderfahrten für Vereine und Gruppen nach Vereinbarung. Auskünfte: Delmenhorst-Harpstedter Eisenbahn GmbH, Harpstedt, Telefon (0 42 44) 10 11

Haselünne
Freilicht- und Heimatmuseum; Lingener Straße, Haselünne
Öffnungszeiten: nach Vereinbarung; Führungen von Mai bis Sept. Di. und Sa. 16.00 Uhr, Okt. Sa. 16.00 Uhr, Nov. bis April am zweiten Samstag jedes Monats um 16.00 Uhr
Freilichtmuseum mit sieben Fachwerkbauten. Sammlung von bäuerlichen und bürgerlichen Einrichtungsgegenständen und Geräten, landwirtschaftlichen und handwerklichen Arbeitsgeräten. Funde aus der Stein- und Bronzezeit. Burgenarchäologische Abteilung für das Emsland. Sudentendeutsche Stube.

Brennereimuseum im ehemaligen Burgmannshof („Bentinck-Hof"); Bahnhofstraße, Haselünne
Öffnungszeiten: nach Vereinbarung. Auskünfte: Frau Frommelt i. Fa. Berentzen, Telefon (0 59 61) 50 22 14.
Sammlung alter Brennereigeräte, Dampfmaschine, Destillations- und Abfüllanlage.

Hatten
Museum Fachwerkstatt Alte Druckerei; Astruper Straße 42, Hatten-Sandkrug
Öffnungszeiten: So. 14.00 – 18.00
Originalgetreu restaurierte Druckmaschinen und Handsatzeinrichtungen.

Schmiedemuseum; Am Sandweg 23
Öffnungszeiten: So., Mo. – Fr. 9.00 – 18.00, Sa. 9.00 – 13.00, So. 14.00 – 18.00 Uhr
Schmiede, Handwerkzeuge, bäuerliche Geräte und Waffen.

Hermannsburg
Missionsmuseum „Ludwig-Harms-Haus"; Harmsstraße 2, Hermannsburg
Öffnungszeiten: Di. und Do. von 14.00 – 17.00 Uhr und So. von 11.00 bis 12.00 Uhr
Christliche Missionsgeschichte.

Hitzacker
Walter-Honig-Heimatmuseum; Zollstraße 1, Hitzacker
Öffnungszeiten: 14. 5. – 15. 10. Di. – Sa. 9.30 – 11.30 und 15.30 – 17.30, So. 9.30 – 11.30 Uhr
Ur- und Frühgeschichte, Stadtgeschichte, Schiffahrt auf Elbe und Jeetzel.

Höhbeck-Vietze
Heimatmuseum; Bergstraße, Vietze
Öffnungszeiten: Mi., Sa. und So. 17.00 – 18.00 Uhr
Geologie und Vorgeschichte, Jagd und Fischfang, bäuerliches und bürgerliches Hausgerät.

Hösseringen
Landwirtschaftsmuseum und Landtagsplatz Hösseringen; Hösseringen
Öffnungszeiten: 1. 4. – 14. 6. Di. bis Sa. 14.00 – 17.30, sonn- u. feiertags 10.30 – 17.30 Uhr; 15. 6. – 15. 9. täglich (außer montags) 10.30 – 17.30 Uhr; 16. 9. – 31. 10. Di. bis Sa. 14.00 – 17.30, sonn- und feiertags 10.30 – 17.30 Uhr; 1. 11. – 31. 3. sonn- und feiertags von 10.30 bis zum Einbruch der Dunkelheit spätestens bis 17.30 Uhr.
Sehr umfangreiches Freilichtmuseum mit zahlreichen Gebäuden und der Vorstellung bäuerlicher Arbeits- und Lebensweise.

Hoya
Niedersächsisches Institut für Sportgeschichte; Hasseler Steinweg 2, Hoya
Öffnungszeiten: Mo. – Fr. 8.30 – 12.30 Uhr
Dokumentationszentrum zur Erforschung und Registrierung der Sportentwicklung in Niedersachsen. Ehrengalerie des Niedersächsischen Sports als Dauerausstellung. Sportbücherei und Sportarchiv.

Heimatmuseum Hoya; Im Park 1, Hoya
Öffnungszeiten: Sa. 15.00 – 17.00, So. 15.00 – 18.00 Uhr
Ausstellungsstücke zur regionalen Geschichte der ehemaligen Grafschaft Hoya und Gegenstände der Alltagskultur.

Hude
Sammlungen zur Klostergeschichte; Freunde des Klosters Hude e. V., Hurreler Straße 1, Hude
Öffnungszeiten: Mai bis September Sa., So. und an Feiertagen 15.00 – 17.00 Uhr
Objekte, Anschauungsmaterial und Modelle zur Klostergeschichte.

Hude-Vielstedt
Vielstedter Bauernhaus, Heimatmuseum der Delmenhorster Geest; Hude-Vielstedt
Öffnungszeiten: ganzjährig täglich außer Do. 15.00 – 18.00 Uhr, für Gruppen nach Vereinbarung
Sammlungen zur Heimatgeschichte und zum Leben und Arbeiten auf dem Land mit Bodenfunden und Geräten aus dem 1. bis 4., 10. bis 13., 15. bis 19. Jahrhundert.

Jever
Schloß- und Heimatmuseum; Schloß, Jever
Öffnungszeiten: Di. – So. 10.00 – 17.00 Uhr; Mitte Januar bis Mitte Februar geschlossen.
Historische Räume des Schlosses, berühmter Audienzsaal von 1546, Galerie der Landesherren aus dem Hause Anhalt-Zerbst, Sammlungen zur Ur- und Frühgeschichte des Jeverlandes, zur bodenständigen Wohnkultur, ländlichen und stadtbürgerlichen Arbeit. Alte Werkstätten.

Landwirtschaftsmuseum „Schlachtmühle Jever"; Hooksweg 9
Öffnungszeiten: Di. – Sa. 10.00 – 13.00 und 15.00 – 17.00, So. 11.00 – 17.00 Uhr; von Mitte Januar bis Ende Februar geschlossen
Bäuerliches Arbeits-, Wohn-, und Handwerksgerät.

Juist
Küstenmuseum; Juist
Öffnungszeiten: Mai bis Oktober sowie während der Oster- und Weihnachtsferien Mo. – Fr. 9.00 – 12.00 und 14.30 – 18.00 Uhr, Sa. 9.00 – 12.00 Uhr
Juister Inselgeschichte, Geomorphologie der südlichen Nordsee, Friesische Warfenkultur, Sturmfluten, Deichbau, Küstenschutz, Nationalpark Wattenmeer, Meerestiere, Seevögel, Inselpflanzen, Schiffahrt, Fischerei, Seezeichen, Seenot, Strandung, Rettungswesen, Erdöl- und Gasbohrungen.

Krummhörn-Campen
Landwirtschaftsmuseum;
Öffnungszeiten: Mai – Okt. und in den Oster- und Herbstferien Di. – Fr. 10.00 – 13.00 und 14.00 – 17.00; Sa. und So. 14.00 – 17.00 Uhr
Sammlung zur Agrartechnik mit Geräten, Traktoren und Maschinen seit 1850 auf den Höfen Ohling und Heikens.

Krummhörn-Greetsiel
Bäckereimuseum „Poppinga's Alte Bäckerei"; Sielstraße 21, Greetsiel
Öffnungszeiten: 15. 3. – 31. 10. 11.00 – 19.00 Uhr, sonst 13.00 – 18.00 Uhr außer Dienstag
Historische Einrichtungs- und Gebrauchsgegenstände der Wohn- und Gewerbekultur sowie des Bäckereiwesens.

Krummhörn-Groothusen
Osterburg;
Die Osterburg kann nur nach vorheriger Vereinbarung besucht werden, Telefon (0 49 26) 13 31-13 33.
Die Osterburg in Groothusen befindet sich im Besitz der Familie Kempe, den direkten Nachkommen der Häuptlingsfamilie Haitetsna. Einmalige Zeugnisse Krummhörner Vergangenheit, Ahnengalerie mit Gemälden der Vorfahren, kostbare Möbel, Keramiken und Bücher.

Krummhörn-Pewsum
Ostfriesisches Freilichtmuseum „Manninga-Burg"; Drostenplatz (Marktplatz), Pewsum
Öffnungszeiten: 15. Mai bis 15. September Di. – Do. 11.30 – 13.00 und 14.00 – 15.00 Uhr, Sa. und So. 15.00 – 17.30 Uhr
Restaurierte Wasserburg aus dem 15./16. Jahrhundert.
Mühle mit Lager und Gulfhaus; Manningastraße, Pewsum
Öffnungszeiten: 15. Mai bis 15. September Di. und Do. 9.30 – 11.00 und 15.45 – 17.15 Uhr, Sa. und So. 15.00 – 17.30 Uhr
Windmühle (Galerieholländer) aus dem Jahr 1843 mit Lager- und Gulfhaus. Geräte aus der Landwirtschaft, dem ländlichen Handwerk und dem Deichbau.

Lamstedt
Börde-Museum; Hinter den Höfen, Lamstedt
Besichtigung nach Vereinbarung mit dem Museumsleiter H.-H. Meyer, Tel. 0 47 73/2 46
Niedersächsisches Bauernhaus mit Brunnen, Sammlungen von heimatlichem Kulturgut und Trachten.

Langeoog
Schiffahrtsmuseum der Insel Langeoog; Haus der Insel, Langeoog
Öffnungszeiten: Mitte März bis Oktober Mo. – Fr. 10.00 – 12.00 und 14.00 – 17.00, Sa. 10.00 – 12.00
Sammlung zur Geschichte der Schiffahrt und der Insel.

Lathen
Technisches Museum (Magnetschwebebahntechnik); Große Straße 3, Lathen
Sammlung zur Magnetschwebetechnik mit Fahrzeugen und Modellen und Erläuterungen zur Technik.

Leer (Ostfriesland)
Heimatmuseum; Neue Straße 12 – 14, Leer
Öffnungszeiten: Di. – Fr. 10.00 – 12.00, 15.00 – 17.00 Uhr, So. 11.00 – 12.30 Uhr
Sammlungen zur Naturkunde, Vorgeschichte, Darstellung der Ortsgeschichte (von 800 bis heute), Wohnkultur und Kunst Ostfrieslands, zur Geschichte und Schiffahrt der Stadt Leer, Ernst-Petrich-Sammlung von Gemälden und Grafiken.

Lilienthal
Niedersächsiches Kutschenmuseum; Trupe 10, Lilienthal
Öffnungszeiten: April bis Oktober Sa. und So. 11.00 – 12.00 Uhr
Sammlung von Pferdewagen und Kutschen.

Lingen
Emslandmuseum Lingen; Burgstraße 28a/b, Lingen (Ems)
Öffnungszeiten: Mo. u. Do. 15.00 – 17.00 Uhr
Möbel, Metallgerät, Zinn, niederländische Wandfliesen und Delfter Keramik. Außerdem Räume zur Naturkunde, Ur- und Frühgeschichte sowie zur kirchlichen Kunst. Stadt- und regionalgeschichtliche Sammlungbefindet sich derzeit im Aufbau.

Lohne
Industrie-Museum; Gertrudenstraße 11, Lohne
Öffnungszeiten: Do. 16.00 – 18.00, Sa. 14.00 – 17.00, So. 14.00 – 18.00 Uhr
Industriegeschichte Lohnes; Schreibfedernherstellung, Tabak- und Korkverarbeitung, Machinenbau u. a.

Lübeln
Freilichtmuseum Wendlandhof Lübeln; Lübeln
Öffnungszeiten: 1. 4. – 31. 10. Di. – So. 14.00 – 18.00 Uhr, 1.5. – 30. 9. auch 10.00 – 12.00 Uhr.
Dörfliche Baukultur und bäuerliches Leben.

Lüchow
Wendländisches Heimatmuseum; Burgstraße, Lüchow
Öffnungszeiten: täglich 10.00 – 18.00 Uhr
Geologie, Ur- und Frühgeschichte.

Lüneburg
Rathaus; Am Ochsenmarkt, Lüneburg
Öffnungszeiten: Führungen Di. – Fr. 10.00, 11.00, 12.00, 14.00, 15.00 Uhr, Sa., So. feiertags 10.00, 11.00, 14.00, 15.00 Uhr
Eines der schönsten mittelalterlichen Rathäuser in Norddeutschland, dessen gut erhaltene Räume aus der Zeit der Gotik und der Renaissance mit ihrer historischenen Ausstattung Seltenheitswert haben und während der Führung erläutert werden.

Ostpreußisches Landesmuseum; Ritterstraße 10, Lüneburg
Öffnungszeiten: Di. – Fr. 10.00 – 17.00 Uhr
Vorgestellt werden die Landesgeschichte, Kulturgeschichte, Naturkunde und Kunst Ostpreußens, sowie charakteristische Bernstein- und Goldschmiedearbeiten.

Museum für das Fürstentum Lüneburg; Wandrahmstraße 10, Lüneburg
Öffnungszeiten: Di. – Fr. 10.00 – 16.00 Uhr, Sa. – So. 11.00 – 17.00 Uhr
Bedeutende Sammlung zur Stadt- und Landesgeschichte, zur Kunstgeschichte, zur Volkskunde des Lüneburger Landes sowie eine vor- und frühgeschichtliche Abteilung.

Deutsches Salzmuseum; Sülfmeisterstraße 1, Lüneburg
Führungen: Mo. – Fr. 11.00, 12.30, 15.00, 16.00 Uhr; Sa. – So. 11.30, 15.00 Uhr
Öffnungszeiten: Mo. – Fr. von 10.00 – 18.00 Uhr, Sa. – So. 10.00 – 17.00 Uhr
Die Geschichte der Saline Lüneburg. Exponate zurSolegewinnung, Salzherstellung.

Kloster Lüne; Am Domänenhof, Lüneburg
Öffnungszeiten: 1. April bis 15. Oktober Mo. – Sa. 9.00 – 11.30, 14.30 – 17.00 Uhr, So. 11.30 – 12.30, 14.00 – 17.00 Uhr
Das bis heute erhaltene gotische Gebäude war einst Benediktinerinnenkloster. Besonders sehenswert sind die gotischen Bildteppiche und Weißstickereien, die jedes Jahr in der letzten Augustwoche gezeigt werden.

Brauereimuseum; Heiligengeiststraße 39 – 41, Lüneburg
Öffnungszeiten: täglich 10.00 – 12.00, 15.00 – 17.00 Uhr
Norddeutschlands einziges Brauereimuseum mit der 500jährigen Geschichte der Lüneburger Braukunst.

Lüdingworth
St.-Jacobi-Kirche
Dieser „Bauerndom", um 1200 erbaut, zeigt sakrale Kunstwerke und eine der berühmtesten Orgeln Norddeutschlands. Kirchenführung im Anschluß an die um 10.00 Uhr beginnenden Gottesdienste. Informationen: Evangelisch-lutherische Kirchemgemeinde Lüdingworth, Tel.: 0 47 24/17 70.

Marienhafe
Kirchenmuseum; Am Markt, Marienhafe
Öffnungszeiten: April – Sept. Mo. – Sa. 10.00 – 12.00 und 14.00 – 17.00, So. 14.00 – 17.00 Uhr
Historische Zeugnisse und Kunstwerke der Marienkirche

Nordholz
Marine-Luftschiff-Museum; Nördlicher Ortsausgang von Nordholz an der L 135, Nordholz
Öffnungszeiten (ganzjährig): Mi. 14.00 – 16.00 Uhr, April bis September So. 14.00 – 17.00 Uhr, 1. 6. – 31. 8. auch Do. 14.00 – 16.00 Uhr
Im ehemaligen Luftschiffstützpunkt der Deutschen Marine im Ersten Weltkrieg zeigt dieses kleine Museum Originalstrukturteile, Luftschiffpropeller, Fotos, Modelle und den Nachbau einer Führergondel.

Meppen
Museum für Meppener Stadtgeschichte; Obergerichtsstraße, Meppen
Öffnungszeiten: Di. – Fr. 10.00 – 12.00, 14.00 – 17.00Uhr; So. 15.00 – 18.00 Uhr, sowie nach Vereinbarung
Zahlreiche Urkunden und Siegelabgüsse, Keramik und Handwerkszeug, Waffen und Uniformen, Trachten und Wohnkultur, Kupferstiche und sakrale Kunst, Modelle der bedeutenden alten Festung Meppen, der Paulsburg und eines Ackerbürgerhauses

Munster
Panzermuseum Munster; Hans-Krüger-Straße 33, Munster
Öffnungszeiten: 1. Mai – 31. Okt. Di. – So. 13.00 – 18.00 Uhr
Militärische Fahrzeuge, Uniformen, Orden.

Neuenkirchen
Kunstverein Springhornhof; Neuenkirchen
Öffnungszeiten: Di. – Fr. 14.00 – 18.00 Uhr, Sa. – So. 11.00 – 18.00 Uhr
Kunstwerke besonders von jungen Künstlern, Kunstobjekte in der Landschaft.

Neuharlingersiel
Museum für alte Seenotrettungsgeräte; Am Hafen Westseite, Neuharlingersiel
Öffnungszeiten: April bis November täglich 15.30 – 17.00 Uhr
Rettungsboote, Rettungsgeräte, Bilder und Urkunden, Darstellung des Rettungswesens in der alten Rettungsstation der Deutschen Gesellschaft zur Rettung Schiffbrüchiger (DGzRS).

Buddelschiffmuseum; Am Hafen Westseite 7, Neuharlingersiel
Öffnungszeiten: April bis Oktober Mi. – So. 10.00 – 13.00 und 14.00 – 17.30 Uhr
Sammlung von Schiffsmodellen aller Zeiten als Flaschenschiffe; über 100 Buddelschiffe.

Nienburg
Museum Nienburg; Leinstraße 48, Nienburg
Öffnungszeiten: Di. – Do. 10.00 – 13.00 und 15.00 – 17.00 Uhr, Sa. und So. 11.00 – 13.00 Uhr
Kirchliche Kunst, Münzwesen, Fliesen, Handwerk, Geologie (spez. Saurier im Landkreis Nienburg), Weserfischerei, Ur- und Frühgeschichte, Dauerausstellung im Quat-Faslem-Haus zum Thema „Arbeiten und Wohnen im Bauernhaus der letzten 200 Jahre".

Norden (Ostfriesland)
Heimatmuseum; Am Markt 36, Norden
Öffnungszeiten: März bis Oktober Di. – Fr. 15.00 – 18.00, Sa. 10.00 – 12.00 Uhr
Sammlungen zu Küstenschutz, Deichbau, Handel und Gewerbe, zur Stadtgeschichte von Norden mit Wohnungseinrichtungen des 18. Jahrhunderts, Kaufmannsladen und Werkstätten, Sammlung von schönen Fliesen und alten Lampen.

Ostfriesisches Teemuseum; Westerstraße 1
Ostfriesisches Teemuseum mit Sammlung Oswald von Diepholz. Spezialmuseum zum Thema „Tee". Teekultur Ostasiens, Teeanbau, Teezubereitung, Teegeschirr.

Nordenham-Abbehausen
Moorseer Mühle; Nordenham-Abbehausen, Telefon (0 47 31) 22 49
Öffnungszeiten: auf Anfrage
Windmühle mit Sammlungen von landwirtschaftlichen Geräten und Dokumenten zum Deichbau und zur Wasserwirtschaft der Wesermarsch.

Nordenham
Museum Nordenham; Hansingstraße 18, Nordenham
Öffnungszeiten: Di. – Fr. 14.00 – 17.00, Sa. 15.00 – 18.00 Uhr, So. 10.00 – 12.00 Uhr und 15.00 – 18.00 Uhr; Gruppen auch nach Vereinbarung
Vorgeschichtliche Watten- und Wurtenfunde, historische Handwerke, Dokumentation über Deicharbeit, Sturmfluten und Küstenfischerei, Industrie- und Stadtgeschichte Nordenhams.

Norderney
Fischerhaus-Museum; Im Wäldchen am Weststrand, Heimatverein Norderney, Norderney
Öffnungszeiten: März bis September Mo. – Sa. 15.00 – 17.00 Uhr, So. 10.00 – 12.00 Uhr
Sammlung zur Kultur der Inselfriesen, zur Geschichte der Fischerei und zur Entwicklung des Kur- und Badebetriebes an der südlichen Nordsee.

Stadtarchiv; Rathaus, Friedrichstraße 31, Norderney
Ganzjährig geöffnet
Sammlung zur Geschichte Norderneys, zur Seefahrt, Fischerei, Heimat- und Volkskunde der Ostfriesischen Inseln. Kartensammlung.

Nordholz
Kurioses Muschelmuseum; Mühlenstraße 71, Nordholz-Deichsende
Öffnungszeiten: Anfang April bis Ende Oktober: Di. – So. 14.00 – 17.00 Uhr
Ein phantasievolles Museum mit mehr als 200 ausgestellten Muscheln aus aller Welt.

Oldenburg
Kleines Augusteum (Oldenburger Kunstverein); Elisabethstraße 1a, Oldenburg

Öffnungszeiten: bei Sonderausstellungen Di. – Fr. 15.00 – 17.00 Uhr und Mi. 16.00 – 19.00 Uhr
Sammlung von Kunstwerken des 19. und 20. Jahrhunderts. Sonderausstellungen mit Werken zeitgenössischer Kunst.

Posttechnisches Museum; Fernmeldeamt der Deutschen Bundespost, Poststraße 1, Oldenburg
Sammlung zur Post- und Fernmeldetechnik im alten Oldenburger Hauptpostgebäude von 1902.

Blei-Museum im Pressehaus; Nordwest-Zeitung, Peterstraße 28 – 34, Oldenburg
Zu besichtigen für Gruppen nach Anmeldung.

Darstellung des Drucks in Bleisatz, komplett eingerichteter Arbeitsplatz eines Schriftsetzers.

Auto-Veteranenhof – Dr. Fritz Hardach; Oldenburg-Bornhorst
Auskünfte: Dr. med. Fritz-W. Hardach, Mottenstraße 8, Oldenburg, Telefon (04 41) 2 50 04
Sammlung alter Automobile.

Landesmuseum für Kunst und Kulturgeschichte; Schloß, Schloßplatz 1 und Augusteum, Elisabethstraße 1, Oldenburg
Öffnungszeiten: Di. – Fr. 9.00 – 17.00 Uhr, Sa. und So. 10.00 – 17.00 Uhr
Im Schloß: Historische Räume, Gemäldegalerie, Sammlung von Kunst und Kunsthandwerk von der Gotik bis zur Gegenwart, Sammlung zur Kulturgeschichte und Volkskunde des Oldenburger Landes. Im Augusteum: Kunst des 20. Jahrhunderts.

Stadtmuseum Oldenburg; Raiffeisenstraße/Am Stadtmuseum, Oldenburg
Öffnungszeiten: Di. – Fr. 9.00 – 17.00 Uhr, Sa. 9.00 – 13.00 Uhr, So. 10.00 – 18.00 Uhr
Sammlungen zur Geschichte und Kultur der Stadt Oldenburg. Darstellung bürgerlicher Wohnkultur des 17. bis 20. Jahrhunderts. Bernhard-Winter und Theodor-Francksen-Stiftung.
Kunstsammlung mit den Schwerpunkten Malerei und Plastik Oldenburger Künstler.

Staatliches Museum für Naturkunde und Vorgeschichte; Damm 40 – 44, Oldenburg
Öffnungszeiten: Di. – Fr. 9.00 – 17.00 Uhr, Fr. 9.00 – 15.00, So. 10.00 – 17.00 Uhr
Sammlungen zur Geologie, Pflanzen- und Tierwelt, Vor- und Frühgeschichte, Siedlungsarchäologie und Landeskunde des nordwestniedersächsichen Küstenraumes, zur Naturkunde und zur Völkerkunde. Schausammlung, Edelsteine und Mineralien. Sonderausstellungen.

Osnabrück
Kulturgeschichtliches Museum; Heger-Tor-Wall 27, Osnabrück
Öffnungszeiten: Di. – Fr. 9.00 – 17.00 Uhr, Sa. und So. 10.00 – 17.00 Uhr
Sammlungen zur Kulturgeschichte und Volkskunde des Osnabrücker Raumes und der Stadt Osnabrück. Kunstsammlung mit Werken vom Mittelalter bis zur Neuzeit. Zwei Außenstellen, ein Steinwerk des 13. Jahrhunderts in der Dielinger Straße 13 und der Bocksturm (Befestigungsturm von 1250), enthalten vor- und frühgeschichtliches Gerät, Waffen und Rechtsaltertümer (Foltergeräte).

Museum am Schölerberg, Natur und Umwelt, Planetarium; Am Schölerberg 8, Osnabrück
Öffnungszeiten: Di. 10.00 – 12.00, Mi. – So. 10.00 – 18.00 Uhr
Sammlungen zur Geologie des Osnabrücker Berglandes, zur Mineralogie, Biologie und zur Astronomie. Lebendes Hochmoor. Ökologischer Museumsgarten. Planetarium.

Bischöfliches Diözesanmuseum; Kleine Domfreiheit, Osnabrück
Öffnungszeiten: Di. – Fr. 10.00 – 13.00 und 15.00 – 17.00 Uhr, Sa. und So. 10.00 – 13.00 Uhr
Domschatz und Paramentensaal. Sammlung kirchlicher Kunst, besonders mittelalterlicher Plastik. Kulturgut zur Geschichte des Doms und der Diözese. Zinnkammer.

Otterndorf
Kreismuseum „Kranichhaus"; Reichenstraße, Otterndorf

Öffnungszeiten: 15. Juni bis 15. September Di. – Sa. 10.00 – 12.00 und 14.30 – 16.30 Uhr, So. 10.00 – 12.00 Uhr
Sammlungen zur Kulturgeschichte und Volkskunde des Landes Hadeln.

„Torhaus“; Am Großen Specken, Otterndorf
Öffnungszeiten: April bis September Mi. und Do. 14.00 – 17.00, Sa. 10.00 – 17.00 Uhr
Kulturgut aus dem Patenkreis Labiau

Museum für moderne Kunst des Landkreises Cuxhaven; Sackstraße, Otterndorf
Öffnungszeiten: Mi. – Fr. 10.00 – 13.00 und 15.00 – 18.00 Uhr, Sa. und So. 10.00 – 13.00 Uhr
Studio a – Sammlung zeitgenössischer Kunst

Ovelgönne
Norddeutsches Handwerkermuseum; Breite Straße 24, Ovelgönne
Öffnungszeiten: So. 15.00 – 17.00 Uhr
Norddeutsche Handwerks- und Handelstradition

Papenburg
Heimatmuseum; An der Marktkirche 6, Papenburg
Öffnungszeiten: Di. – Do. 15.00 – 17.00 Uhr
Sammlung heimatkundlicher Gegenstände, Moorabteilung mit Außenanlagen, Schiffbauabteilung. Kapitänsstube, emsländische Küche.

Schiffahrtsfreilichtmuseum; Hauptkanal, Wiek, Papenburg
Öffnungszeiten: 10.30 – 12.00, 14.30 – 16.30 Uhr
Nach Originalplänen nachgebaute alte Papenburger Schiffe, die in den Kanälen vor Anker liegen.

Von-Velen-Museum (Fehnmuseum); Splittingkanal, Papenburg
Ganzjährig zu sehen. Besichtigung nach Vereinbarung mit dem Fremdenverkehrsbüro in Papenburg, Telefon (0 49 61) 82-2 21
Interessantes Freilichtmuseum zur Entstehung der Fehnsiedlung Papenburg mit alten Fehnhäusern, Pütten, Stichkanal mit Verlaatschleuse und Brücken, Helling, Torfschiff. Denkmalsfiguren aus der Aufbauzeit der Fehnkolonie. Historisch-ökologische Bildungsstätte.

Quakenbrück
Stadtmuseum; Markt 7, Quakenbrück
Öffnungszeiten: Do., Sa. 15.00 – 18.00 Uhr, So. 10.30 – 14.30 Uhr
Sammlungen zu Stadtgeschichte und Kirchengeschichte, Handel, Handwerk, Haushalt, Waagensammlung, Apotheke, Archiv.

Rhauderfehn
Fehn- und Schiffahrtsmuseum für Ostfriesland und das Saterland; Rajen 5, Westrhauderfehn
Öffnungszeiten: März bis Dezember Di. – Sa. 10.00 – 12.00 und 15.00 – 17.00 Uhr, Sonn- und feiertags 10.00 – 12.00 und 15.00 – 18.00 Uhr
Sammlungen zur Fehn- und Moorbesiedelung, zum Leben und zur Kultur der Fehntjer, zur Schiffahrtsgeschichte und zur seemännischen Volkskunde.

Rotenburg
Heimatmuseum Rotenburg; Burgstraße 2, Rotenburg
Öffnungszeiten: Di., Mi., Fr., So. 10.00 – 12.00 u. 15.00 – 18.00 Uhr; Do. 10.00 – 12.00 Uhr, Sa. 15.00 – 18.00 Uhr
Ausstellungsstücke zur Volkskunde, Stadtgeschichte, Ur- und Frühgeschichte des Rotenburger Raumes.

Schneverdingen
Heimathaus „De Theeshof"; Hansahlener Dorfstraße, Langelohsberg
Öffnungszeiten: täglich außer Montag 15.00 – 18.00 Uhr
Heimatkundlicher Sammlung aus Schneverdingen und der Umgebung

Schortens-Heidmühle
Ostdeutsche Heimatstuben im Bürgerhaus Heidmühle; Weserstraße 1, Schortens
Öffnungszeiten: Mo. – Fr. 16.00 – 18.00 Uhr
Sammlung von Einzel- und Erinnerungsstücken, Modellen und Nachbildungen, Dokumenten und Bildmaterial über die deutschen Ostgebiete.

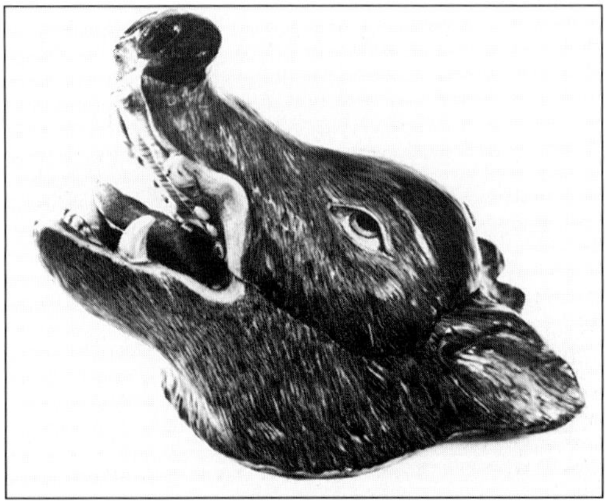

Sögel
Emslandmuseum Schloß Clemenswerth; Schloß Clemenswerth, Sögel
Öffnungszeiten: 1. April bis 1. November Di. – So. 10.00 – 12.30 Uhr und 14.00 – 18.00 Uhr
Sammlungen zur Vor- und Frühgeschichte, zur Landesgeschichte und zur Volkskunde des Emslandes. Sammlungen zur Jagd und zum Jägerbrauchtum. Sonderausstellungen zeitgenössischer Kunst und zeitgenössischem Kunsthandwerk.

Soltau
Norddeutsches Spielzeugmuseum im Rathaus; Poststraße 7, Soltau
Öffnungszeiten: Di – So. 14.00 – 17.00 Uhr; von 1. Juli bis 15. September auch 10.00 – 12.00 Uhr
Umfangreiche Sammlung zeigt qualitativ Hochwertiges aus vier Jahrhunderten. Zu sehen sind ein seltenes Steiff-Orchester, Puppenstuben, Eisenbahnen, Holzspielzeug und vieles mehr.

Spiekeroog
Spiekeroog-Museum; Noorderpad 1, Spiekeroog
Öffnungszeiten: April bis Nov. und Weihnachten tägl. 10.00 – 12.00 und 15.00 – 18.00 Uhr
Sammlung zur Inselgeschichte, zur Entwicklung des Badelebens und des Seenotrettungswesens sowie zur Tier- und Pflanzenwelt der Insel.

Museum der Hermann-Lietz-Schule; Hellerpad 2, Spiekeroog
Öffnungszeiten: 15. März bis 30. November Mo., Mi., Sa. 15.00 – 17.00 Uhr
Naturkunde- und Inselmuseum mit dem Seewasseraquarium.

Kurioses Muschelmuseum; An der Strandhalle, Spiekeroog
Meeresmuscheln und Seeschnecken, etwa 2000 Exponate

Soltau
Museum Soltau; Poststraße 11, Soltau
Öffnungszeiten: Juni – September Di. – Fr. 16.00 – 18.00 Uhr
Ur- und Frühgeschichte bis zur Völkerwanderungszeit, die Stadtgeschichte mit Siedlungskunde und die Welt der Soltauer Ackerbürger zu sehen. Ergänzt wird das Angebot des Museums durch Wechselausstellungen.

Stade

Schwedenspeicher-Museum; Am Wasser West, Stade
Öffnungszeiten: Di. – Fr. 10.00 – 17.00 Uhr, Sa., So. 10.00 – 18.00 Uhr
Sammlungen zur Vor- und Frühgeschichte und Stadtgeschichte. Sonderausstellungen und kulturelle Veranstaltungen.

Heimatmuseum; Inselstraße 12, Stade
Öffnungszeiten: Di. – Sa. 10.00 – 13.00 und 14.00 – 16.00 Uhr auch 2. und 4. So. jeden Monats
Sammlungen zur bäuerlichen Kultur im Gebiet Stade.

Freilichtmuseum; Auf der Insel, Stade
Das Museumsgelände ist jederzeit frei zugänglich. Das Altländer Haus ist zu besichtigen Mai bis September Di. – So. 10.00 – 13.00 und 14.00 – 17.00 Uhr
Geestbauernhaus von 1841. Altländer Marschenbauernhaus von 1733. Bockwindmühle und Göpelwerk vom Ende des 17. Jahrhunderts, Altländer Prunkpforte von 1791, Nebengebäude.

Baumhaus-Museum „Alt-Stade" im Baumhaus; Am Wasser Ost 28, Stade
Öffnungszeiten: März bis Oktober Sa. 15.00 – 18.00 Uhr, So. 10.00 – 12.00 und 15.00 – 18.00 Uhr, November bis Februar So. 15.00 – 17.00 Uhr
Hafengebäude von 1773; Privatmuseum mit Ausstellungsstücken des 13. bis 19. Jahrhunderts, Bildern und Urkunden zur Geschichte der Hansestadt Stade, alte Gebrauchsgegenstände.

Kunsthaus am Wasser West; Wasser West 7, Stade
Öffnungszeiten: Di. – Fr. 10.00 – 17.00, Sa., So. 10.00 – 18.00 Uhr
Galerie für eine Sammlung alter Worpsweder Meister

Südbrookmerland

Moormuseum Moordorf; Victorburer Moor 7 a, Südbrookmerland-Moordorf
Öffnungszeiten: Mai bis Oktober Di. – So. 10.00 – 18.00 Uhr
Freilichtmuseum mit Landarbeiterhaus, Sodenhütte, Kolonistenhaus und Lehmhütten. Im Ausstellungsgebäude Darstellung der 200jährigen Geschichte der Moorkolonie Moordorf.

Surwold

Waldmuseum; Im Erholungsgebiet „Surwold's Wald", Waldstraße, Surwold
Lebensräume heimischer Tiere in Moor, Heide, Feuchtweide, Feldflur mit Hecken und Wald (Laub- und Kiefernwald); Tierpräparate, Nester, Baumgruppen.

Syke

Kreismuseum; Herrlichkeit 65 (an der B 6), Syke
Bauernhaus mit Nebengebäuden, Ausstellungsschwerpunkte: Ur- und Frühgeschichte, Römerzeit, Stadtgeschichte, Handwerk und bäuerliche Produktionsmethoden (19. Jahrhundert) des heimatlichen Raumes.

Uelzen

Heimatmuseum Uelzen im Schloß Holdenstedt mit Glassammlung Röver; Schloß Holdenstedt, Holdenstedt
Öffnungszeiten: Di. – Sa. 14.30 – 17.00, So. 11.00 – 17.00 Uhr
Ausstellungsstücke zur Uelzener Stadtgeschichte und eine wertvolle Gläsersammlung.

Uplengen

Windmühle Remels; Alter Postweg 111, Uplengen-Remels
Besichtigung nach Anmeldung bei der Gemeindeverwaltung: Telefon (0 49 56) 5 90

Windmühle mit Sammlungen zur Ortskunde.

Varel
Heimatmuseum; Neumarktplatz 3, Varel
Öffnungszeiten: Di. – So. 15.00 – 18.00 Uhr
Sammlungen zur Geschichte des Ortes und der Edlen Herrschaft Varel ab 1667. Gedenkraum für den Heimatdichter Georg Ruseler (1877-1920).

Vareler Windmühle; Mühlenstraße 52, Varel
Öffnungszeiten: Sa. 10.00 – 12.00 Uhr, Mai bis Oktober Mi. und So. 10.00 – 12.00 Uhr
Voll betriebsfähige Windmühle von 1847 mit umfangreicher heimatkundlicher Sammlung und Sammlung zur Frühgeschichte der Vareler Industrie.

Verden
Deutsches Pferdemuseum; Andreasstraße 17, Verden
Öffnungszeiten: tägl. außer Mo. 9.00 – 16.00 Uhr
Umfassende Sammlung zum Thema Pferd, umfangreiches Archiv, Bibliothek.

Heimatmuseum; Untere Straße 13, Verden
Öffnungszeiten: Di., Mi., Fr., Sa., 10.00 – 13.00 und 15.00 – 17.00 Uhr, So. 14.00 – 17.00 Uhr
Vor-, Orts- und Heimatgeschichte, Entwicklung des Handwerks, Zinnfigurenausstellung, Lehringer Speer (ältester Holzspeer der Welt).

Visbek
Steinzeitliche Ausstellung im Rathaus Visbek; Goldenstedter Straße 1, Visbek
Öffnungszeiten: Mo. – Do. 7.30 – 12.30 sowie 14.00 – 16.00 Uhr, Fr. 7.30 – 12.30 Uhr
Werkzeuge, Waffen und Keramik aus den Megalithgräbern der Umgebung.

Walsrode
Vogelbauermuseum im Vogelpark Walsrode; Ahrsener Straße 3, Walsrode
Öffnungszeiten: Mitte März bis Anfang November täglich 9.00 – 19.00 Uhr

Vogelpark Walsrode; Am Rieselbach, Walsrode
Öffnungszeiten: 15. März bis 1. November täglich 9.00 – 19.00 Uhr
Der größte Vogelpark der Welt mit 5000 Vögeln aus allen Kontinenten und Klimazonen.

Walsrode
Heidemuseum; Hermann-Löns-Straße 2, Walsrode
Öffnungszeiten: Mo. – Sa. 10.00 – 13.00 u. 14.00 – 18.00 Uhr, sonn- u. feiertags 14.30 – 17.30 Uhr
Bäuerliche Lebens- und Arbeitswelt, Hermann-Löns-Zimmer.

Kloster Walsrode; Hindenburgplatz, Walsrode
Führungen April – September tägl. 15.00, 16.00, 17.00 Uhr; Oktober: täglich 15.00 u. 16.00 Uhr; Karfreitag keine Führungen
Ältestes Heidekloster, jedoch mit relativ junger Bausubstanz. Besonders sehenswert sind die Glasmalereien und der Nonnenchor.

Wangerland-Hooksiel
Maritime Gerätesammlung im „Alten Hafen"; Hooksiel
„Mudderschiff" (Prahm zur Reinigung der verschlammten Fahrrinnen vor den Toren der Sielhäfen) und historisches Schiffszubehör in Freiaufstellung.

Wangerland-Ziallerns
Wurtendorf Ziallerns bei Tettens; Wangerland
Öffnungszeiten: Juni bis August Di. und Do. 15.00 – 17.00 Uhr
Durch Ausgrabungen seit 1958 freigelegter vorchristlicher Wohnplatz. Sammlung von Bodenfunden und Anschauungsmaterial.

Wangerooge
Inselmuseum im Alten Leuchtturm; Gemeindeverwaltung, Peterstraße, Wangerooge
Öffnungszeiten: 15. Mai bis 31. Oktober täglich 10.00 – 12.00 und 15.00 – 17.00 Uhr
Heimatmuseum mit Sammlungen zur Geschichte der Insel und der Schiffahrt im Alten Leuchtturm von 1855/56. Muschel- und Bernsteinsammlung.

Weener (Ems)
Heimatmuseum Rheiderland; Neue Straße 26,Weener
Öffnungszeiten: vom 1. 4. bis 30. 11. Di., Sa. und So. 15.00 – 17.00 Uhr
Sammlungen zur Vorgeschichte, Kulturgeschichte und Volkskunde des Rheiderlandes, einschließlich Land- und Hauswirtschaft, Ziegel- und Backsteinbrennerei, Töpfereiwesen und Handwerk.

Westoverledingen
Mühle Mitling-Mark; Marker Mühlenweg, Westoverledingen, Mitling Mark
Öffnungszeiten: 1. April – 31. Okt. Mi., Fr., So. 15.00 – 17.00
Vollfunktionsfähige und renovierte Galerie-Windmühle mit über 400jähriger Geschichte; angegliederte Sammlung „Omas Küche" und Hausratsgegenstände der Jahrhundertwende verziert mit Mühlenmotiven.

Ostfriesisches Schulmuseum Folmhusen; Alte Schule Folmhusen an der B 70, Westoverledingen
Öffnungszeiten: nach Vereinbarung
Komplette Schulklasseneinrichtung aus der Zeit der Jahrhundertwende, Sammlung von Gegenständen und Dokumenten zur Schulgeschichte.

Wienhausen
Kloster Wienhausen; An der Kirche 1, Wienhausen
Führungen: 1. April bis 1. November werktags/nicht kirchl. Feiertage: 10.00, 11.00, 14.00, 15.00, 16.00, 17.00 Uhr; So./kirchl. Feiertage: 11.30, 13.00, 14.00, 15.00, 16.00, 17.00 Uhr; ab 1. Oktober: 10.00, 11.00, 14.00, 15.00, evtl. 16.00 Uhr
Sehenswert ist u. a. die prächtige Bemalung des Nonnenchors. In der Pfingstzeit

werden die kostbaren gotischen Bildteppiche, die Geschichten aus der Bibel zeigen, für einige Tage ausgestellt.

Wietze
Erdölmuseum Wietze; Schwarzer Weg 7 – 9; Wietze
Öffnungszeiten: 1. April bis 31. Oktober Mi., Sa., So., feiertags 13.30 – 16.30 Uhr
Altertümliche Förderanlagen und Ölfeldeinrichtungen erinnern an die Pionierzeit der Erdölförderung.

Wildeshausen
Dampfkornbranntweinbrennereimuseum; Brauereiweg 26, Wildeshausen
Öffnungszeiten: Mai bis September So. 15.00 – 18.00 Uhr
Sammlung von Gegenständen und Dokumenten zur Kornbrennerei.

Wilhelmshaven
Küstenmuseum; Rathausplatz 10, Cityhaus, Wilhelmshaven
Öffnungszeiten: Di. – Fr. und So. 10.00 – 13.00, 14.00 – 17.00, Sa. 10.00 – 13.00 Uhr
Sammlungen zur Geologie und Siedlungsarchäologie des Küstengebietes, zur Geschichte der Stadt und ihres Umlandes und der Marine. Kunstsammlung von Künstlern der Region.

Heinrich-Gätke-Halle der Vogelwarte Helgoland; An der Vogelwarte 21, Wilhelmshaven-Rüstersiel
Öffnungszeiten: Di. 8.00 – 13.00, Do. 13.00 – 17.00 Uhr
Schausammlungen des Instituts für Vogelforschung. Übersicht über die Vogelwelt der Nordseeküste, u.a. die berühmte Sammlung von H. Gätke.

Kunsthalle; Adalbertstraße 28, Wilhelmshaven
Öffnungszeiten: während der Ausstellungen Di. und Mi. 11.00 – 17.00 Uhr, Do. 11.00 – 21.00 Uhr, Fr. – So. 11.00 – 17.00 Uhr
Städtische Kunstsammlungen. Sonderausstellungen, besonders zeitgenössischer Kunst.

Wilsede
Heimatmuseum „Dat ole Hus"; Wilsede
Öffnungszeiten: 1. 5. – 31. 10. von 10.00 – 12.00 und 14.00 – 17.00 Uhr
Einrichtung eines Bauernhauses, Darstellung der Lebens- und Wirtschaftsweise der Heidebauern.

Wingst
Waldmuseum Wingst; Wassermühle, Wingst
Besichtigung nur nach vorheriger Anmeldung
Anschauungsmaterial über die Bedeutung des Waldes für Wirtschaft, Kultur und Landschaft als Lebensraum und Umweltelement, Beispiele zur Pflanzen- und Tierwelt.

Winsen (Aller)
Winser Museumshof; Brauckmanns Kerkstieg, Winsen
Öffnungszeiten: Ostern – 31. 10. Mi. u. Sa. 15.00 – 18.00 Uhr, So. 9.30 – 12.30 u. 15.00 – 18.00 Uhr, 15. 5. – 14. 9. auch Fr. 15.00 – 18.00 Uhr
Freilichtmuseum mit verschiedenen bäuerlichen Gebäuden und Einrichtungsgegenständen.

Winsen (Luhe)
Museum St. Georg; St. Georg-Straße 1, Winsen
Öffnungszeiten: So. 10.00 – 12.00 Uhr
Vor- und Frühgeschichte, Stadtgeschichte, Werkstätten verschiedener Handwerker.

Wittmund
Heimatmuseum Peldemühle; Esenser Straße, Wittmund
Öffnungszeiten: Mai bis September Di. – Sa. 10.00 – 12.30, 14.00 – 17.30 Uhr, So. 10.00 – 12.00 Uhr
Mühlenmuseum mit volkstümlichen Sammlungen zur Landwirtschaft und zum Handwerk im Harlingerland.

Wolfsburg
AutoMuseum Wolfsburg; Dieselstraße 35, Wolfsburg
Öffnungszeiten: 9.30 – 17.00 Uhr
Über 100 Originalautos des Volkswagenwerkes, Schautafeln, Bilder zur Geschichte des Automobils.

Heimatmuseum; Schloß Wolfsburg; Wolfsburg
Öffnungszeiten: Di. – Fr. u. So. 9.00 – 18.00, Sa. 13.00 – 17.00 Uhr
Ur- und Frühgeschichte, dörflicher Lebensraum, Stadtentwicklung.

Worpswede-Schlußdorf
Torfschiffswerft; Worpswede-Schlußdorf
Öffnungszeiten: April – Okt. Mi. 12.00 – 15.00, Fr., Sa. 15.00 – 18.00 Uhr, So. 10.00 – 12.00 und 15.00 – 18.00 Uhr
Sammlung alter Anfertigungs- und Ausrüstungsgegenstände für den Torfschiffbau und den Torfstich in der Zeit zwischen 1850 bis 1930.

Worpswede
Ludwig-Roselius-Museum für Frühgeschichte; Lindenallee 5, Worpswede
Öffnungszeiten: 10.00 – 18.00 Uhr
Sammlungen und Darstellungen zur Vor- und Frühgeschichte des nordwestdeutschen Raumes, ursprüngliche Sammlung des „Väterkunde-Museums" Bremen. Museumsgarten.

Große Kunstschau des Landkreises Osterholz; Lindenallee 3, Worpswede
Öffnungszeiten: 10.00 – 18.00 Uhr

Worpswede-Graphothek des Landkreises Osterholz; Lindenallee 3, Worpswede
Öffnungszeiten: 10.00 – 18 Uhr
Sammlung und Gesamtüberblick über die Gegenwartskunst im Landkreis Osterholz.

Haus im Schluh; Im Schluh 37, Worpswede
Öffnungszeiten: 14.00 – 18.00 Uhr

Wustrow
Museum Wustrow; Lange Straße 9, Wustrow
Öffnungszeiten: Di., sonn- u. feiertags 15.00 – 18.00 Uhr
Jüngere Geschichte seit dem 19. Jahrhundert, Verbindungen des Wendlandes zur Altmark.

Zetel-Bohlenbergerfeld
Nordwestdeutsches Schulmuseum Zetel; Wehdestraße, Zetel
Öffnungszeiten: Mai bis Sept. Mo. – Fr. 9.00 – 12.00 und 14.00 – 16.00 Uhr, So. 14.30 – 18.00 Uhr
Schulraum einer einklassigen Schule um 1900. Sammlungen zur Schulgeschichte mit Lehr-, Anschauungs- und Arbeitsmaterial des 19. und 20. Jahrhunderts in historischem Schulbau. Schulbuch- und Lernmittelsammlung.

Zetel-Neuenburg
Alte Rauchkate beim Schloß Neuenburg; Zetel-Neuenburg
Öffnungszeiten: 15. Mai bis 15. Sept. So. 16.00 – 18.00 Uhr, 15. Juni bis 15. Sept. auch Mi. 16.00 – 18.00 Uhr
Rauchkate mit Nebengebäude und Einrichtung. Im Grafenschloß heimat- und vogelkundliche Sammlung.

Adressenverzeichnis

Kurverwaltungen, Fremdenverkehrsämter

Achim, Stadtverwaltung; Obernstraße 75; 28832 Achim; Tel. 0 42 02/5 61, Fax 56298

Ahlden, Verkehrsverein; 29693 Ahlden; Tel. 0 51 64/82 41

Altenmedingen, Fremdenverkehrsverein; 29575 Altenmedingen; Tel. 0 58 07/3 07

Amelinghausen, Verkehrs- und Kulturverein, 21385 Amelinghausen; Tel. 0 41 32/92 09 19, Fax 920916

Ankum, Gemeindeverwaltung; Hauptstraße 32; 49577 Ankum; Tel. 0 54 62/4 75

Apen, Fremdenverkehrsamt; Hauptstraße 18; 26689 Apen; Tel. 0 44 89/73 73, Fax 7380

Aurich, Verkehrsverein; Am Pferdemarkt; 26603 Aurich; Tel. 0 49 41/44 64, Fax 10655

Bad Bentheim, Städt. Verkehrsbüro; Schloßstraße 2; 48455 Bad Bentheim; Tel. 0 59 22/31 66 und 73 13, Fax 7354

Bad Bevensen, Kurverwaltung; 29549 Bad Bevensen; Tel. 0 58 21/57-0, Fax 5766

Bad Zwischenahn, Kurverwaltung; Auf dem Hohen Ufer 24; 26160 Bad Zwischenahn; Tel. 0 44 03/5 90 81 oder 6 10, Fax 61158

Baltrum, Kurverwaltung; 26579 Baltrum; Tel. 0 49 39/80-0, Fax 8027

Bardowick, Samtgemeinde; 21357 Bardowick; Tel. 0 41 31/12 10 06, Fax 128116

Barßel, Fremdenverkehrsverein; Lange Straße 25; 26676 Barßel; Tel. 0 44 99/81 40, Fax 8159

Bassum, Stadtverwaltung; Alte Poststraße 14; 27211 Bassum; Tel. 0 42 41/8 40, Fax 8439

Bederkesa, Kurverwaltung; Amtsstraße 8; 27624 Bederkesa; Tel. 0 47 45/7 91-45, Fax 6043

Behringen, Verkehrsverein; Schwarze Höhe 15; 29646 Behringen; Tel. 0 51 94/8 30

Bergen (Celle), Stadtverwaltung; 29303 Bergen (Celle); Tel. 0 51 51/4 79-0 und Fremdenverkehrsverein Bergen e. V.; Tel. 0 50 54/3 92

Bergen/Dumme, Fremdenverkehrsverein; 29468 Bergen/Dumme; Tel. 0 58 45/2 26 u. 4 71

Bienenbüttel; Fremdenverkehrsverein; 29355 Bienenbüttel; Tel. 0 58 23/88 50 und 88 51

Bispingen, Verkehrsverein; 29646 Bispingen; Tel. 0 51 95/8 87, Fax 39816

Bleckede, Verkehrsverein; 21354 Bleckede; Tel. 0 58 52/3 99-22, Fax 39999

Bockhorn, Gemeindeverwaltung; Am Markt 1; 26345 Bockhorn-Jadebusen; Tel. 0 44 53/73 11, Fax 71501

Bodenteich, Kurverwaltung; 29389 Bodenteich; Tel. 0 58 24/10 11 u. 10 12, Fax 3308

Bomlitz, Fremdenverkehrsamt; 29699 Bomlitz; Tel. 0 51 61/4 89-30, Fax 489-19

Börger, Gemeindeverwaltung; Waldstraße 4; 26904 Börger; Tel. 05953/323

Borkum, Kurverwaltung; Goethestraße 1; 26757 Borkum; Tel. 0 49 22/30 31, Fax 4800

Brake, Stadt Brake; Schrabberdeich 1; 26919 Brake; Tel. 0 44 01/10 22 13, Fax 102216

Bremervörde, Verkehrsverein „Vörder Land e. V."; 27432 Bremervörde; Tel. 0 47 61/36 38 u. 8 63 35

Brome, Flecken Brome; 38465 Brome; Tel. 0 58 33/15 00

Brookmerland, Samtgemeindeverwaltung Brookmerland; Am Markt 10; 26529 Marienhafe; Tel. 0 49 34/8 11, Fax 81222

Bruchhausen-Vilsen, Gemeindeverwaltung; Lange Straße 11; 27305 Bruchhausen-Vilsen; Tel. 0 42 52/3 91-1 11, Fax 3318

Buchholz i. d. Nordheide, Verkehrsverein Buchholz; 21244 Buchholz i. d. Nordheide; Bahnhofstraße 7; Tel. 0 41 81/3 84 97, Fax 39384

Bunde, Samtgemeindeverwaltung; Kirchring 2; 26831 Bunde; Tel. 0 49 53/8 09-0, Fax 80912

Butjadingen, Kurverwaltung Butjadingen; Haus des Gastes; 26969 Nordseebad Burhave; Tel. 0 47 33/16 16, Fax 8989

Carolinensiel-Harlesiel, Nordseebad Carolinensiel-Harlesiel GmbH; Am Hafen West 2; 26409 Wittmund; Tel. 0 44 64/3 09 und 80 14

Celle, Fremdenverkehrsverband Celler Land; Markt 6; 29221 Celle; Tel. 0 51 41/12 12, Fax 12459

Clenze, Informations-Zentrum; Lange Straße 40; 29459 Clenze; Tel. 0 58 44/14 22

Cloppenburg, Stadtverwaltung Sevelter Straße 8; 49661 Cloppenburg; Tel. 0 44 71/18 50, Fax 85502

Cuxhaven, Kurverwaltung; Cuxhavener Straße 92; 27476 Cuxhaven; Tel. 0 47 21/40 40, Fax 49080

Dahlenburg, Verkehrsverein „Tor zur Göhrde"; 21368 Dahlenburg; Tel. 0 58 51/8 60

Dangast, Kurverwaltung Dangast; Nordsee-Kuranlage Deichhörn; Am Alten Deich 4; 26316 Varel ; Tel. 0 44 51/8 10 21, Fax 81887

Dannenberg (Elbe), Gäste-Information; 329451 Dannenberg (Elbe); Tel. 0 58 61/ 8 08-1 00

Detern, Freizeit- und Erholungs-GmbH, Informationspavillon; Alte Heerstraße 6; 26847 Detern; Tel. 0 49 57/7 11

Döhle, Verkehrsverein Döhle; 21272 Egestorf; Tel. 0 41 75/2 11

Dorfmark, Verkehrsverein; 29683 Fallingbostel; Tel. 0 51 63/13 39

Dornum, Nordseeküstenbadeorte Dornum-Dornumersiel-Nesse-Neßmersiel mit Nordseebad Dornumersiel; Westerstraße 3; 26553 Dornum; Tel. 0 49 33/29 02 oder 19 02, Fax 549

Dörpen, Gemeindeverwaltung; Hauptstraße 117; 26892 Dörpen; Tel. 0 49 63/ 40 20, Fax 40230

Dorum, Kurverwaltung; Poststraße 16; 27632 Dorum; Tel. 0 47 42/87 50 bis 87 53, Fax 2079

Dötlingen, Gemeindeverwaltung Dötlingen; Hauptstraße 26; 27801 Neerstedt; Tel. 0 44 32/89 12, Fax 8989

Düshorn, Verkehrsverein; 29644 Walsrode; Tel. 0 51 61/56 15

Ebstorf, Verkehrsbüro des Fremdenverkehrsvereins; 21272 Ebstorf; Tel. 0 58 22/ 29 96

Edewecht, Fremdenverkehrsverein Edewecht e. V.; Rathausstraße 7; 26188 Edewecht; Tel. 0 44 05/16 21, Fax 4044

Egestorf, Verkehrsverein Egestorf e.V.; 21272 Egestorf; Tel. 0 41 75/15 16

Emden, Verkehrsverein Seehafenstadt Emden; An Bord des Feuerschiffs im Ratsdelft; 26721 Emden; Tel. 0 49 21/ 2 00 94, Fax 32528

Emsbüren, Gemeindeverwaltung; Markt 18; 48488 Emsbüren; Tel. 0 59 03/70 20, Fax 70255

Eschede, Fremdenverkehrsverein; 29348 Eschede; Tel. 0 51 42/4 11-0, Fax 411-38

Esens-Bensersiel, Kurverwaltung, Kirchplatz; 26427 Esens; Tel. 0 49 71/30 88, Fax 4988

Esterwegen, Gemeindeverwaltung; Poststraße 13; 26897 Esterwegen; Tel. 0 59 55/ 2 00-22, Fax 20020

Eyendorf, Verkehrsverein Eyendorf; Salzhausener Straße 11; 21376 Eyendorf; Tel. 0 41 72/51 19

Fallingbostel, Kurverwaltung; 29683 Fallingbostel; Tel. 0 51 62/40 00, Fax 400-500

Freren, Samtgemeindeverwaltung; Markt 1; 49832 Freren; Tel. 0 59 02/5 05 -2 21, Fax 505505

Friedeburg, Gemeindeverwaltung; Hauptstraße 96; 26446 Friedeburg; Tel. 0 44 65/14 14, Fax 8654

Friesoythe, Stadtverwaltung; Lange Straße; 26169 Friesoythe; Tel. 0 44 91/ 29 30, Fax 2000

Ganderkesee, Gemeindeverwaltung; Rathausstraße 24; 27777 Ganderkesee 1; Tel. 0 42 22/4 40, Fax 6074

Garlstorf am Walde, Verkehrsverein; 21354 Bleckede, Tel. 0 41 72/3 15

Garstedt, Verkehrsverein Garstedt; 22848 Norderstedt; Tel. 0 41 73/75 16 oder 3 60

Gartow, Kurverwaltung; 29471 Gartow; Tel. 0 58 46/3 33, 4 51 u. 4 52

Geeste, Fremdenverkehrsamt der Gemeinde Geeste; Postfach 1129; 49744 Geeste; Tel. 0 59 37/69-36, Fax 6925

Gifhorn, Stadt Gifhorn, Tourist Information; 38518 Gifhorn; Tel. 0 53 71/881 75/ 8 80, Fax 88258

Goldenstedt, Gemeindeverwaltung; Hauptstraße 39; 49424 Goldenstedt; Tel. 0 44 44/3 63, Fax 1760

Greetsiel-Krummhörn, Verkehrsbüro Greetsiel; Zur Hauener Hooge 15; 26736 Krummhörn; Tel. 0 49 26/13 31-13 33, Fax 2029

Großefehn, Gemeindeverwaltung Ostgroßefehn; Kanalstraße Süd 54; 26629 Großefehn; Tel. 0 49 43/2 01-1 14, Fax 201106

Großenkneten, Gemeindeverwaltung; Markt 3; 26197 Großenkneten; Tel. 0 44 35/60 00 und 51 16, Fax 60040

Großheide, Gemeindeverwaltung; Schloßstraße 10; 26532 Großheide; Tel. 0 49 36/60 21, Fax 7049

Hage, Kurverwaltung Hage; Koosterlohne 1; 26524 Hage; Tel. 0 49 31/7 43 90, Fax 189913

Hagen, Samtgemeinde Hagen-Rathaus; Amtsplatz 3; 27628 Hagen; Tel. 0 47 46/ 87 37

Hagenburg, Gemeindeverwaltung; Schloßstraße 3; 31588 Hagenburg; Tel. 0 50 33/76 80, Fax 67434

Hambühren, Verkehrsverein; 29313 Hambühren; Tel. 0 50 84/63 55

Handeloh, Gemeindeverwaltung; 21256 Handeloh; Tel. 0 41 88/2 19 oder 551

Hankensbüttel, Fremdenverkehrsverein Heidmark Hankensbüttel e. V.; 29386 Hankensbüttel; Tel. 0 58 32/83 21

Hanstedt, Verkehrsverein; 21271 Hanstedt; Tel. 0 41 84/5 25, Fax 7695

Haren (Ems), Stadtverwaltung; Neuer Markt 1; 49733 Haren (Ems); Tel. 0 59 32/ 80, Fax 8282

Harpstedt, Verkehrsverein; Amtsfreiheit 4; 27243 Harpstedt; Tel. 0 42 44/82 33 und 10 08, Fax 8229

Haselünne, Stadtverwaltung; Krummer Dreh 18 – 19; 49740 Haselünne; Tel. 0 59 61/5 09-33, Fax 50950

Hatten, Gemeinde Hatten; Hauptstraße 21; 26209 Hatten-Kirchhatten; Tel. 0 44 82/88 81 oder 8 88 66, Fax 88839

Helgoland, Kurverwaltung, Lung Wei; 27498 Helgoland; Tel. 0 47 25/8 08 50, Fax 426

Hermannsburg, Verkehrsverein Hermannsburg e. V.; 29320 Hermannsburg; Tel. 0 50 52/80 55, Fax 8423

Herzlake, Gemeindevewaltung; Neuer Markt 2; 49770 Herzlake; Tel. 0 59 62/ 88-19, Fax 2130

Hitzacker, Kurverwaltung Hitzacker, 29456 Hitzacker; Tel. 0 58 62/80 22 u. 80 23, Fax 7615

Hodenhagen, Verkehrsverein; 29693 Hodenhagen; Tel. 0 51 64/13 01

Holm-Seppensen, Bürger- und Verkehrsverein Holm-Seppensen; 21244 Buchholz; Tel. 0 41 87/2 99

Holtriem, Verkehrsamt Holtriem; Auricher Straße 9; 26556 Westerholt; Tel. 0 49 75/6 18

Hooksiel, Kurverwaltung Wangerland; Nebenstelle Hooksiel; Lange Straße 18; 26434 Wangerland; Tel. 0 44 25/2 15

Horumersiel-Schillig, Kurverwaltung Wangerland; Zum Hafen 3; 26434 Wangerland; Tel. 0 44 26/87 10, Fax 8787

Hösseringen, Verkehrsverein Hardautal; 29556 Suderburg; Tel. 0 58 26/16 16

Hoya, Stadtverwaltung; Schloßplatz 2; 27318 Hoya; Tel. 0 42 51/8 15-0, Fax 81550

Hude, Gemeinde Hude (Oldb), Verkehrsamt; Parkstraße 53; 27798 Hude; Tel. 0 44 08/8 03-0, Fax 8333

Ihlow, Gemeindeverwaltung; Alte Wieke 6; 26632 Ihlow; Tel. 0 49 29/89-3 01, Fax 89210

Isenbüttel, Fremdenverkehrsverein Tankumsee; 38550 Isenbüttel; Tel. 0 53 74/88 17 o. 2732

Jesteburg, Verkehrsverein Jesteburg; 21266 Jesteburg; Tel. 0 41 83/53 63

Jever, Verkehrsverein; Alter Markt; Johann-Ahlers-Haus; 26441 Jever, Tel. 0 44 61/7 10 10, Fax 4232

Juist, Kurverwaltung; Friesenstraße 18; 26571 Juist; Tel. 0 49 35/8 09-2 22, Fax 809223

Kirchlinteln, Gemeinde Kirchlinteln; 27308 Kirchlinteln; Tel. 0 42 36/87-0, Fax 87-26

Knesebeck, Verkehrsverein; 29379 Wittingen; Tel. 0 58 34/8 27 u. 3 30

Lachendorf, Verkehrsverein Lachetal; 29331 Lachendorf; Tel. 0 51 45/2 01 24, Fax 20120

Langeoog, Kurverwaltung; Hauptstraße, Postfach 1263; 26465 Langeoog; Tel. 0 49 72/6 93-9, Fax 6588

Lathen, Gemeindeverwaltung, Fremdenverkehrsbüro, Haus des Gastes; Große Straße 3; 49762 Lathen; Tel. 0 59 33/66 47, Fax 6666

Leer, Stadtverwaltung; Rathausstraße 1; 26789 Leer; Tel. 04 91/8 20, Fax 82399

Lilienthal, Gemeindeverwaltung; Klosterstraße 16; 28865 Lilienthal; Tel. 0 42 98/2 70 10, Fax 270169

Lingen (Ems), Stadtverwaltung; Elisabethstraße 14-16; 49808 Lingen; Tel. 05 91/8 23 35, Fax 82499

Löningen, Verkehrsverein Hasetal; Poststraße 21; 49624 Löningen; Tel. 0 54 32/42 22, Fax 8736

Lorup, Gemeindeverwaltung; Auf der Burg 2; 26901 Lorup; Tel. 0 59 54/2 30

Lüchow, Gästeinformation im Amtshaus; 29439 Lüchow; Tel. 0 58 41/1 26-2 81

Lüchow, Naturpark Elbufer-Drawehn; Königsberger Straße 10; 29439 Lüchow; Tel. 0 58 41/1 20-4 25

Lüneburg, Fremdenverkehrsamt · Verkehrsverein; Rathaus; 21335 Lüneburg; Tel. 0 41 31/30 95 93 u. 3 22 00, Fax 309598

Lüneburg, FVV Lüneburger Heide; Lüner Weg 22; 21337 Lüneburg; Tel. 0 41 31/5 20 63, Fax 52442

Lüneburg, Landkreis Lüneburg; Auf dem Michaeliskloster 4; 21335 Lüneburg; Tel. 0 41 31/26-3 60

Meißendorf, Verkehrsamt der Gemeinde Winsen (Aller), 29308 Winsen/Aller, OT Meißendorf; Tel. 0 51 43/6 62 67, Fax 66268

Meppen, Stadtverwaltung; Markt 43; 49716 Meppen; Tel. 0 59 31/15 30, Fax 153253

Müden (Aller), Fremdenverkehrsverein; 38539 Müden (Aller); Tel. 0 53 75/12 50

Müden (Örtze), Verkehrsverein; 29328 Faßberg; Tel. 0 50 53/3 29, Fax 59719

Munster, Verkehrsamt; 29633 Munster; Tel. 0 51 92/1 30-2 40 o. 2 43 o. 2 48, Fax 130-215

Neuenkirchen (Oldb.), Gemeindeverwaltung; Küsterstraße 4; 49434 Neuenkirchen; Tel. 0 54 93/2 92, Fax 5633

Neuharlingersiel, Kurverein; Am Hallenbad; 26427 Neuharlingersiel; Tel. 0 49 74/4 01, Fax 788

Neuhaus (Oste), Verkehrsverein Ostemündung; Bahnhofstraße 13; 21785 Neuhaus (Oste); Tel. 0 47 52/ 6 39

Nienburg, Stadtkontor; 31582 Nienburg; Tel. 0 50 21/8 73 55, Fax 64070

Norden-Norddeich, Kurverwaltung; Körper Weg; 26506 Norden; Tel. 0 49 31/1 72 02, Fax 172290

Nordenham, Stadt Nordenham, Amt für Wirschaftsförderung und Öffentlichkeitsarbeit; Walther-Rathenau-Straße 25; 26954 Nordenham; Tel. 0 47 31/8 42 16, Fax 84349

Norderney, Kurverwaltung; Am Kurplatz; 26548 Norderney; Tel. 0 49 32/89 10, Fax 891112

Nordholz-Spieka, Verkehrsverein Nordholz-Spieka; Wurster Straße 12; 27634 Nordholz; Tel. 0 47 41/10 48

Nordhorn, Verkehrs- und Veranstaltungsverein; Firnhaberstraße 17; 48529 Nordhorn; Tel. 0 59 21/1 30 36

Oldenburg, Verkehrsverein; Lange Straße 3; 26122 Oldenburg; Tel. 0 44 41/1 57 44, Fax 27326

Osnabrück, Städtisches Verkehrsamt; Markt 22; 49074 Osnabrück; Tel. 05 41/3 23-22 02, Fax 3234201

Ostenholzer Moor, Silencehotel Heide-Kröpke; 29664 Ostenholz; Tel. 0 51 67/2 88, Fax 291

Ostrhauderfehn, Gemeindeverwaltung; Hauptstraße 117; 26842 Ostrhauderfehn; Tel. 0 49 52/80 50 oder 51 42, Fax 80530

Otterndorf, Städtisches Fremdenverkehrsamt; Rathaus; 21762 Otterndorf; Tel. 0 47 51/1 31 31, Fax 13103

Papenburg, Stadtverwaltung; Hauptkanal rechts 68 – 69; 26871 Papenburg; Tel. 0 49 61/82-2 21, Fax 82315

Pogum-Ditzum-Jemgum, Verkehrsverein Küstenorte Pogum-Ditzum/Nordsee und Jemgum/Ems e. V., Pogum; Kirchring 11; 26844 Jemgum; Tel. 0 49 02/6 36 und 049 58/1 88-0

Quakenbrück, Stadtverwaltung; Am Markt 1; 49610 Quakenbrück; Tel. 0 54 31/18 20, Fax 18259

Rastede, Verkehrsverein Rastede; Sophienstraße 27, Rathaus; 26180 Rastede; Tel. 0 44 02/88 31 oder 8 80, Fax 8888

Rehburg-Loccum, Fremdenverkehrsamt; Heidtorstraße 2, 31547 Rehburg-Loccum; Tel. 0 50 37/3 02 13, Fax 5434

Rethem/Aller, Fremdenverkehrsamt; 27336 Rethem/Aller; Tel. 0 51 65/20 91 – 20 93

Rhauderfehn, Rhauderfehn-Information; Unterende 47; 26817 Rhauderfehn; Tel. 0 49 52/87 00, Fax 80379

Rhede (Ems), Gemeindeverwaltung; Emsstraße 8; 26899 Rhede; Tel. 0 49 64/2 67 oder 2 11, Fax 523

Rosche, Verkehrs- und Heimatverein; 29571 Rosche; Tel. 0 58 03/10 11

Rotenburg/Wümme, Informationsbüro der Stadt; 27356 Rotenburg/Wümme; Tel. 0 42 61/7 11 00, Fax 71145

Rotenburg/Wümme, HWO Heide-Wümme-Oste, Fremdenverkehrgesellschaft; Kreishaus; 27356 Rotenburg/Wümme; Tel. 0 42 61/75-3 20

Sachsenhagen, Samtgemeindeverwaltung; Markt 1; 31553 Sachsenhagen; Tel. 0 57 25/10 62, Fax 6743

Salzhausen, Verkehrsverein Salzhausen; 21376 Salzhausen; Tel. 0 41 72/90 99 15

Samtgemeinde Gellersen, Fremdenverkehrsverein Gellersen; 21394 Kirchgellersen; Tel. 0 41 35/6 47

Samtgemeinde Ostheide, Samtgemeinde Ostheide; Schulstraße 2; 21397 Barendorf; Tel. 0 41 37/80 08-0

Sande, Gemeindeverwaltung Sande; Hauptstraße 79; 26452 Sande; Tel. 0 44 22/40 84, Fax 4087

Scharnebeck, Verkehrsverein Samtgemeinde Scharnebeck e. V.; 21379 Scharnebeck; Tel. 0 41 36/9 07-21, Fax 90735

Scheeßel, Gemeindeverwaltung; 27383 Scheeßel; Tel. 0 42 63/30 20

Schnackenburg, Stadtverwaltung; 29493 Schnackenburg; Tel. 0 58 40/2 25, Fax 1218

Schneverdingen, Verkehrsamt; 29640 Schneverdingen; Tel. 0 51 93/8 31 80-1 83, Fax 83184

Schnuckendorf Neuenkirchen, Tourist-Information; 29643 Neuenkirchen; Tel. 0 51 95/17 18, Fax 7085

Schortens, Verkehrsverein Schortens; Weserstraße 1; 26419 Schortens; Tel. 0 44 61/8 01 98, Fax 890110

Schwarmstedt, Fremdenverkehrsamt; 29690 Schwarmstedt; Tel. 0 50 71/8 09 55 oder 8 09-0, Fax 80958

Selsingen, Verkehrsverein; 27446 Selsingen; Tel. 0 42 84/89 24

Sittensen, Verkehrsverein der Börde Sittensen; 27419 Sittensen; Tel. 0 42 82/59 49, Fax 5950

Sögel, Gemeindeverwaltung; Clemens-August-Straße 39; 49751 Sögel; Tel. 0 59 52/20 60, Fax 2700

Soltau, Heidekreis Soltau-Fallingbostel; Winsener Straße 17; 29614 Soltau; Tel. 0 51 91/85-238

Soltau, Reise- und Verkehrsbüro; 29614 Soltau; Tel. 0 51 91/24 74, Fax 8424

Spiekeroog, Kurverwaltung; Noorderpad 25; 26474 Spiekeroog; Tel. 0 49 76/ 17-0, Fax 1747

Stade, Fremdenverkehrsamt; Bahnhofstraße 3; 21682 Stade; Tel. 0 41 41/37 38 oder 40 14 50, Fax 401457

Stadland, Gemeindeverwaltung; Am Markt 1; 26935 Stadland; Tel. 0 47 32/ 8 90, Fax 8947

Südbrookmerland, Fremdenverkehrsverein Großes Meer Südbrookmerland; Forlitzer Straße 200; 26624 Südbrookmerland; Tel. 0 49 42/14 50 und 626, Fax 209444

Suderburg, Verkehrsverein Hardautal; 29556 Suderburg; Tel. 0 58 26/16 16

Suhlendorf, Verkehrsverein; 29562 Suhlendorf; Tel. 0 58 20/3 46 und 3 70

Surwold, Gemeindeverwaltung; Hauptstraße 75; 26903 Surwold; Tel. 0 49 65/3 91

Syke, Stadtverwaltung; Kirchstraße 4; 28857 Syke; Tel. 0 42 42/16 40, Fax 4480

Uelsen, Verkehrsbüro; Altes Rathaus; 49843 Uelsen; Tel. 0 59 42/14 11

Uelzen, ARGE Fremdenverkehr Uelzen; Veerßer Straße 45; 29525 Uelzen; Tel. 05 81/7 30 40

Uelzen, Städtisches Verkehrsbüro; 29525 Uelzen; Tel. 05 81/80 01 32

Undeloh, Verkehrsverein Undeloh; 21274 Undeloh; Tel. 0 41 89/3 33, Fax 507

Unterlüß, Verkehrsverein Unterlüß e. V.; 29345 Unterlüß; Tel. 0 58 27/74 41 u. 50 15

Uplengen, Gemeindeverwaltung; Alter Postweg 113; 26670 Uplengen; Tel. 0 49 56/5 90, Fax 5933

Vechta, Stadtverwaltung; Kapitelplatz 3; 49377 Vechta; Tel. 0 44 41/8 86-0, Fax 88620

Verden (Aller), Tourist-Information; 27283 Verden (Aller); Tel. 0 42 31/1 23 17, Fax 12202

Verden (Aller), Verkehrsamt; Ostertorstraße 7a; 27283 Verden; Tel. 0 42 31/ 1 23 17, Fax 3855

Verden, Fremdenverkehrsförderung Verden; Bremer Straße 4; 27283 Verden; Tel. 0 42 31/15-480

Visselhövede, Fremdenverkehrsamt; 27374 Visselhövede; Tel. 0 42 62/16 67, Fax 2042

Volkwardingen, Verkehrsverein; 29646 Bispingen; Tel. 0 51 94/23 67

Waddeweitz, Fremdenverkehrsverein Drawehn; 29496 Waddeweitz; Tel. 0 58 49/2 01

Wahrenholz, Gemeinde Wahrenholz; 29399 Wahrenholz; Tel. 0 58 35/2 74

Walsrode, Tourist-Information; 22664 Walsrode; Tel. 0 51 61/20 37, Fax 73395

Wangerooge, Kurverwaltung; Strandpromenade; 26486 Wangerooge; Tel. 0 44 69/89-0, Fax 8914

Weener (Ems), Stadtverwaltung; Osterstraße 1; 26826 Weener, Tel. 0 49 51/30 50, Fax 30550

Werlte, Gemeindeverwaltung Werlte; Marktstraße 1; 49757 Werlte; Tel. 0 59 51/2 01-0, Fax 20153

Wesendorf, Gewerbe- und Verkehrsverein Samtgemeinde Wesendorf; 29392 Wesendorf; Tel. 0 53 76/8 99-21

Westerstede, Tourist-Information Ammerland; Am Markt; 26655 Westerstede; Tel. 0 44 88/18 88, Fax 5555

Westoverledingen, Heimat- und Verkehrsverein; Bahnhofstraße 18; 26810 Westoverledingen; Tel. 0 49 55/55 41 oder 33 32, Fax 3335

Wiedensahl, Gemeindeverwaltung; Rathaus; 31719 Wiedensahl; Tel. 0 57 26/4 30 oder 4 84

Wiefelstede, Fremdenverkehrsverein; Kirchstraße 4; 26215 Wiefelstede; Tel. 0 44 02/8 67 74, Fax 86766

Wienhausen, Verkehrsverein der Samtgemeinde Flotwedel e. V.; 29342 Wienhausen; Tel. 0 51 49/88 99 u. 81 70

Wieren, Samtgemeinde Wrestedt; 29568 Wieren; Tel. 0 58 02/40 11

Wiesmoor, Verkehrs- und Heimatverein; Hauptstraße 199; 26639 Wiesmoor; Tel. 0 49 44/8 74, Fax 305250

Wietze, Verkehrsverein Aller-Wietzetal e. V.; 29323 Wietze; Tel. 0 51 46/5 07 15, Fax 50711

Wietzendorf, Verkehrsverein e. V.; 29649 Wietzendorf; Tel. 0 51 96/1 78-27

Wildeshausen, Verkehrsverein Wildeshausen; Westertor 4; 27793 Wildeshausen; Tel. 0 44 31/65 64

Wilhelmshaven, Wilhemshaven-Information; Börsenstraße 55 b; 26382 Wilhelmshaven; Tel. 0 44 21/2 62 61 – 62, Fax 12508

Wingst, Kurverwaltung; Hasenbeckallee 1; 21789 Wingst; Tel. 0 47 78/3 12

Winsen (Aller), Verkehrsamt Winsen (Aller); Am Amtshof 4; 29308 Winsen (Aller); Tel. 0 51 43/6 62 67, Fax 66268

Winsen/Luhe, Stadt Winsen/Luhe; Schloßplatz 1; 21423 Winsen (Luhe); Tel. 0 41 71/60 61-36

Winsen/Luhe, Elbe und Heide; Kreishaus; 21423 Winsen/Luhe; Tel. 0 41 71/ 6 93-2 28

Wittingen, Stadt Wittingen; 29378 Wittingen; Tel. 0 58 31/2 61 62, Fax 26160

Wittmund, Stadtverwaltung; Knochenburgstraße 11; 26409 Wittmund; Tel. 0 44 62/8 30

Worpswede, Fremdenverkehrsbüro; Bergstraße 13; 27726 Worpswede; Tel. 0 47 92/14 77, Fax 31239

Wremen, Verkehrsverein; Dorfplatz; 27638 Wremen; Tel. 0 47 05/2 10

Wrestedt, Samtgemeinde Wrestedt; 29559 Wrestedt, Tel. 0 58 02/40 11 oder 40 13

Zetel, Gemeindeverwaltung; Ohrbült 1; 26340 Zetel; Tel. 0 44 53/50 50, Fax 50577

Zeven, Samtgemeindeverwaltung; 27404 Zeven; Tel. 0 42 81/7 16-0

ORTSVERZEICHNIS

Alhuser Ahe 117
Altenbruch 119
Altes Land 162
Amerika 47
Ammerland 30
Apen 39
Arle 67
Asendorf 219
Aurich 231
Bad Bentheim 81
Bad Essen 79
Bad Iburg 54
Bad Zwischenahn 31
Bardowick 104
Barkhausen 144
Barßel 39
Bederkesa 58
Behringen 23
Bentheim 80
Berne 29
Boekzeteler Meer 37
Bokelesch 39
Bokeloh 75
Bruchhausen-Vilsen 216
Bückeberge 166
Bückelte 75
Bücken 112
Bullenseen 40
Bülzenbett 141
Burlage 100
Buxtehude 178
Cappel 118
Carolinensiel 199
Clemenswerth 68
Cloppenburg 215
Cuxhaven 232
Damme 103
Dammer Berge 103
Dammhausen 180
Dankern 122
Delmenhorst 31
Deutcher Olymp 202
Döhle 23
Dornum 62
Dötlingen 30
Driever 39
Duhnen 235
Dülwald 166
Dümmer 102
Egestorf 22, 23
Ehrhorn 23
Einem 23
Elisabethfehn 39
Emsland 122
Esens 67
Esklum 39
Estebrügge 165
Ewiges Meer 14
Feddersen Wierde 61,153, 154
Fischerhude 172
Flögeln 136
Folmhusen 39
Friedeburg 46
Ganderkesee 29
Gartow 193
Gesmold 76
Gifhorn 224
Gödens 51
Golzwarden 118
Groothusen 152
Großefehn 37
Großes Meer 231
Guderhandviertel 163
Gühlitz 161
Güstritz 161
Hadeln 118, 119
Hage 18
Halemer-Dahlemer-See 139
Handeloh 23
Haren 122
Harlesiel 199
Harlinger Land 62
Harpstedt 29
Hasbruch 26
Haselünne 81
Heber 23
Heidenschanze 142
Heiligenberg 219
Helmstedt 98
Hilter 123
Höhbeck 192
Hohenkirchen 198
Holte 75
Horneburg 162
Horneburg 181
Howeck 31
Hoya 117
Hude 26, 27
Hülshagen 171
Hüvener Mühle 75
Iburg 54
Iheringsfehn 39
Ihlienworth 121
Ihlow 34
Inzmühlen 23
Jever 177
Jever 194
Jork 164
Kleinenkneten 132
Krebshagen 167
Krummhörn 150
Laascher See 192

Landegge 123
Langholter Meer 39
Lappwald 92
Lathen 123
Lauenbrück 43
Lauenhagen 171
Leer 39
Lengener Meer 50
Leybucht 151
Lübeck 106
Lübeln 149, 161
Lüdingsworth 119
Luhmühlen 111
Lüneburg 211
Lüneburger Heide 20, 21, 127
Lütetsburg 18
Mammoißel 161
Mansingen 31
Marienhafe 18
Mariental 92
Meuchefitz 161
Mitling Mark 39
Moordorf 228
Moormerland 39
Münchehagen 144
Neuenburg 51
Neuenkirchen 43,119,165
Neuharlingersiel 197
Neuhaus/Oste 121
Neuhaus 222
Neumühlen 32
Neuwerk 235
Niederhaverbeck 24
Niedernwöhren 171
Nienburg/Weser 117
Norden 19
Nordgeorgsfehn 39
Nordsehl 171
Oberhaverbeck 24
Oldenburg 118
Oldenburger Münsterland 215
Oldendorf 79
Oldendorf 126
Oppenweher Moor 103
Osnabrück 54, 76
Oste 222
Osteel 19
Osten 121, 206, 207
Ostfriesische Inseln 86
Ostfriesland 62
Otterndorf 119
Otterndorf 202
Papenburg 39
Pestrup 130
Pipinsburg 140
Püggen 161
Reepsholt 50
Remels 39
Rhauderfehn 39
Rotenburg/W. 40, 41
Rulle 79
Rußland 46
Rutteler Mühle 51
Rysum 153
Sachsenhagen 171
Satemin 161
Scharnebeck 111, 208
Schaumburger Wald 166
Scheeßel 43
Schelenburg 76
Schledehausen 78
Schnackenburg 188
Schreyahn 160
Schwarzes Meer 50
Sellhorn 23
Sieben Berge 143
Sievern 140
Sillenstede 198
Soderstorf 126
Sögel 68
Spiekeroog 86
Stade 182
Stadthagen 166
Steenfelde 39
Steinkirchen 163
Stemmer Moor 103
Stöckse 117
Sudermühlen 23
Südgeorgsfehn 39
Sumpfmoor Dose 50
Surwold 123
Tettens 198
Teufelsmoor 172
Tewel 45
Thülsfelde 212
Timmel 37
Totengrund 22
Undeloh 23
Uplengen 39
Verden 33
Vietze 192
Visselhövede 45
Volkwardingen 23
Völlen 39
Walbeck 99
Wangerland 198
Wehlen 23
Wendland 158
Werlte 75
Westeraccum 67
Westerlay 31
Westerstede 30
Westoverledingen 39
Wiedensahl 168
Wiefelstede 30
Wiesedermeer 50
Wiesmoor 37, 50
Wildeshausen 133
Wilsede 23
Wilseder Berg 26
Wolfsburg 236
Worpswede 175
Wümmequelle 43
Zeetze 161

BILDNACHWEIS

Brigitte Sajak: S. 13, 16, 17, 18, 19, 20, 21, 24, 25, 28, 29, 30, 31, 33, 36, 37, 38, 39, 41, 42, 44, 46, 47, 51, 53, 59, 60, 64, 65, 69, 70, 72, 73, 76, 77, 85, 91, 93, 94, 95, 97, 100, 101, 103, 104, 105, 106, 107, 109, 111, 113, 115, 116, 117, 125, 128, 132, 133, 137, 152, 153, 155, 156, 158, 159, 161, 169, 172, 175, 177, 189, 190, 191, 193, 195, 196, 197, 203, 205, 208, 209, 213, 214, 221, 223, 228, 229
Landkreis Lüchow-Dannenberg (Archiv): S. 149
Städt. Kurverwaltung Bad Iburg: S. 55, 56, 57
Werner Voss, Clenze: S. 160
Bernd Schrader: S. 40, 45, 173, 216, 217, 219
Kurverwaltung Spiekeroog: S. 88, 89, 90
Fördergesellschaft zur Erhaltung der Schwebefähre Osten e. V.: S. 206, 207
Stiftung AutoMuseum Volkswagen: S. 236, 237
Landkreis Cuxhaven, Amt für Regionalplanung und Wirtschaftsförderung: S. 120, 121
Elmar Saathoff: S. 163, 165, 179, 180, 181
Hery A. Lauer: S. 141
Bärbel Lübbecke: S. 224, 225

Die Zeichnungen stammen von Björn Winkler.

Umschlaggestaltung: Liselotte Lüddecke (Fotos: Brigitte Sajak)